내 사랑
못난희

내 사랑 못난희 1

초판 1쇄 찍은 날 § 2007년 3월 21일
초판 1쇄 펴낸 날 § 2007년 3월 31일

지은이 § 이정숙
펴낸이 § 서경석

편집장 § 문혜영
편집책임 § 이종민
편집 § 한지윤

펴낸곳 § 도서출판 청어람
등록번호 § 제1081-1-89호
등록일자 § 1999. 5. 31
어람번호 § 제5-0135호

주소 § 경기도 부천시 원미구 심곡1동 350-1 남성B/D 3F (우) 420-011
전화 § 032-656-4452 팩스 § 032-656-4453
http://www.chungeoram.com
E-mail § eoram99@chollian.net

ⓒ 이정숙, 2007

ISBN 978-89-251-0614-4 (SET)
ISBN 978-89-251-0615-1 03810

내 사랑 못난희 1

이정숙 지음

도서출판 청어람

2권 목차

병풍이 멋지게 드리워진 넓은 방이 방울 소리로 요란했
다.

"상관견관(傷官見官), 재극인, 식신제살(食神制殺)……."

알아듣지 못할 말을 늘어놓고 있는 사람은 요란하게 한복을
차려입은 점술인으로, 눈을 감고서 마치 혼이 빠진 듯 방울을
흔들어대고 있는 차였다. 투실투실한 얼굴에 쪽진 머리가 딱 어
느 종가집의 무서운 시어머니 상이다.

척! 점술인은 방울을 흔들던 손을 멈추더니 이번에는 책상 위
에 쌀알을 쫙 뿌렸다. 고상한 정장 차림의 두 중년 여인은 이름
난 점술인의 행동을 고요히 지켜보고 있었다. 특히 눈매가 서글

서글한 쪽 부인은 더욱 직설적인 눈으로 점쟁이가 하는 행동을 하나하나 새기듯 바라보았다.

"나왔어!"

점술인이 화장을 떡칠한 부리부리한 눈을 치켜떴다. 서글서글한 인상의 박사현 여사는 점술인의 입매를 유심히 쳐다보았다. 점술인이 박 여사를 쓰윽 훑더니 딱 부러지는 어조로 입을 열었다.

"노란색이야, 노란빛이 보여! 노란빛이 이 천지 모르고 날뛰는 대주를 잡을 거야. 여자가 기가 세. 대주하고는 서로 못 잡아먹어 안달이야. 아주 사이가 안 좋아. 대주가 여자를 아주 싫어하겠어. 그러나 이 노란 여자가 대주를 휘어잡아 사람을 만들 거야. 무조건 노란색이야, 얼굴만 보면 으르렁거리는 노란색. 그 여자가 대주를 살려!"

"흐음……."

점집에서 돌아오는 리무진 안에서 박사현 여사는 계속해서 흐음, 흐음 낮은 번뇌만 읊조리고 있었다. 박사현 여사를 선동해서 점집으로 끌고 간 장본인인 임 여사는 뾰족한 얼굴에 가느다란 눈매로 박사현 여사를 눈치껏 요리조리 살폈다. 그러나 눈치 하면 삼 단이고, 그 화통하기가 여장부 못지않은 박사현 여사의 구미를 맞추기란 쉽지 않았다. 현실적이고 단호하고 합리적인 그녀를 점집까지 끌고 갔다는 것 자체로도 성공이었으니.

"흐음……."

박사현 여사는 창밖을 바라보며 아직도 그런 소리를 내고 있었다. 본래 아예 관심없는 쪽이나 아니라고 생각한 부분은 탁 치고 더는 안 돌아보는 올곧은 성격이니, 저 정도로 고심한다는 것만도 대단한 관심의 표현이었다. 임 여사는 온갖 보석으로 치장된 삐쩍 마른 팔을 움직여 차내에 비치된 음료를 박사현 여사에게 조심스럽게 건넸다.

"만나본 소감이 어떠세요? 역대 대통령 당선자를 한 번도 헛 짚은 적이 없다지 않아요."

본래 여우상이라 그런 건지 임 여사는 살짝만 입을 열어도 호들갑스럽게 보였다. 묵직하고 이지적인 느낌의 박사현 여사는 임 여사와 마음이 그리 잘 맞는 편은 아니었지만, 임 여사의 남편이 회사 내의 요직을 차지한 심지 깊은 사람이기에 웬만하면 그녀의 말을 들어주었다.

박사현 여사는 임 여사를 따라 생전 처음 점집이라는 곳에 가 보았다. 그것은 평소의 박 여사를 생각했을 때 전혀 부합하지 않는 행동이었다. 그러나 아들자식 때문에 하도 속을 썩다 보니 혹시나 하는 기대를 접을 수가 없었다.

아직도 서교동 임 여사는 입에 침까지 튀겨가며 점쟁이의 영험함에 대해 설명하고 있었다. 그러나 박 여사는 음료를 마시며 한쪽 귀를 차단했다. 사실 계속 한숨을 내쉰 것은 아들자식에 대해 생각하고 있었기 때문이지, 점쟁이의 말을 신경 쓰고 있는

게 아니었다. 노란빛 따위는 이미 기억 저편에 흘려보낸 후였
다.

솔직히 ‘천지 모르고 날뛰는 대주’ 라는 표현에는 박 여사도
순간적으로 혹하긴 했다. 아무런 설명도 하지 않았는데 은혁의
특징을 바로 맞혀 버린 것이다. 그러나 아무리 생각해도 그저
막연한 말일 뿐이라는 생각이 들었다. 그 정도 예언이야 당장
조간신문을 펼쳐도 발견할 수 있는 것 아닌가.

남쪽으로 가면 귀인을 만난다. 올 여름에는 물을 조심해라.
집에 사과나무가 있지? 있었으면 큰일 날 뻔했어 등등.

하나같이 밥을 먹으면 배가 부르다는 말과 별반 다를 것이 없
다는 게 박사현 여사의 생각이었다. 너 아침에 집 나가서 밤에
들어오지? 마치 설렁설렁 유도를 당한 것 같아 기분이 좋지 않
았다.

오늘따라 더욱 적극적으로 비위를 맞춰오고 있는 임 여사의
말을 흘려들으며 박 여사는 점에 대한 것은 잊기로 결정했다.

그러나 잠시 후 걸려온 전화에 박사현 여사는 또 기겁을 했
다.

“뭐야! 오천만 원?”

갑자기 뒷목을 짚으며 쓰러지려는 박 여사를 임 여사가 재빠
르게 받치고 호들갑을 떨었다.

“사모님, 갑자기 왜 그러세요? 사모님!”

박 여사는 끙, 신음을 흘리고는 보석에 휘감긴 임 여사의 깡

마른 팔을 다독이며 밀었다. 이보시오, 임 여사. 사모님 안 죽었으니까 너무 그렇게 호들갑 떨지 말아요.

박사현 여사는 냉정을 되찾고 휴대폰을 고쳐 쥐었다. 전화는 상무 직을 맡고 있는 큰아들에게 온 것이었다. 또 한 건 멋지게 사고를 터뜨린 당사자는 바로 막내아들 은혁이었고.

"카드를 어떻게 썼기에 한 달 카드 값이 오천만 원이란 말이냐! 오천 원이 아니라 오천만 원이 정녕 맞는 게야!"

[고지서만 한 아름이에요. 게다가 그 녀석이 제일 많이 쓰는 비자카드 내역은 아직 확인도 못…….]

"메야?!"

그럼 도대체 그게 다 얼마라는 거야! 내 이 녀석을 당장!

"더 이상은 안 되겠다. 일단 그 녀석 카드를 모조리 정지시키고 차도 빼앗아. 다리를 부러뜨리든 발가락을 부러뜨리든, 어떻게든 그 녀석을 잡아! 옆에 붙들어놓지 않으면 네 녀석부터 잘라 버릴 테니 그리 알고!"

[하지만 어머니, 은혁이가 그렇게 한다고 말을 들을…….]

"노란색! 노란색을 찾아! 팔딱팔딱 살아 날뛰어서 서로 못 잡아먹는 노란색 말이다!"

[……네? 어머니, 갑자기 무슨 말씀이세요?]

"그 녀석, 결혼시킨다는 말이다!"

전화기 저쪽이 고요해졌다. 청맹과니처럼 날뛰는 놈을 결혼시켜서 어떤 여자의 인생을 망치려 하는 것이냐며 절대 결혼 불가를 외치던 어머니가 갑자기 노선을 틀었으니 놀라울 만도 했다. 하지만 박사현 여사의 본심은 여자 쪽이 불쌍해서라기보다 은혁이 놈이 데리고 오는 여자가 다 고만고만해서 도무지 마음에 차지 않는 이유였다. 아직은 골치 아픈 존재가 막내자식 하나뿐이었지만, 그 여자들 중 하나와 결혼을 시키면 오늘 같은 고지서가 두 배로 돌아올 것은 불 보듯 빤했다. 그만큼 감당이 안 되는 푼수 타입들뿐이었다.

어찌 그렇게 여자 보는 눈이 없는 건지. 여자라면 무조건 스커트부터 짧고, 이곳저곳 올록볼록 몸매만 좋으면 장땡이라고 생각하는 아들놈이니…….

[어머니, 결혼이라니요. 은혁이가 들으면 당장 내일이라도 요트 타고 도망갈 겁니다.]

"차라리 도망가라고 해라. 그렇게라도 내 눈에 안 띄면 오히려 환영이야. 노란빛이다. 은혁이를 휘어잡을 수 있는 노란빛을 찾아야 하니까……."

사실 말은 그렇게 하고 있었지만 박 여사 자신도 정리가 잘 되지 않았다. 노란빛이라, 그게 정확히 무슨 말인지도 모르겠고 형태가 있는 것도 아니니, 아무래도 오천만 원이라는 소리에 너무 놀라서 경솔한 반응이 나간 모양이다. 반면, 옆에 앉아서 통화 내용을 요리조리 엿듣고 있던 임 여사는 가느다란 입술이 만족감으로 한없이 말려 올라가고 있었다.

'됐어! 효주아, 드디어 엄마의 이 지능적인 계략이 빛을 발하

고 있다. 굿판을 벌여놨으니 넌 이제 맛난 떡만 받아먹으면 되는 것이야.'

미리 점쟁이와 말을 맞춰놓았고 일부러 박 여사를 그 점집으로 데리고 갔다. 그런데 그 녀석이 제때에 사고까지 쳐주어 이런 행운이 생겨 버린 것이다. 아니라면 그 냉철한 박사현 여사가 점에 휘둘리기나 할 위인인가.

"끙. 노란빛, 노란빛이라……."

박사현 여사는 사흘이 멀다 하고 사고를 치는 아들 때문에 잠시 눈이 뒤집힌 것을 인정하면서 천천히 중얼거렸다.

[어머니, 노란빛이라니 그게 무슨 말씀이세요?]

"아니야, 그럴 리가 없지. 아무리 그 점쟁이 말이 옳다고 해도 인연이 그렇게 쉬우면야. 쯧쯧, 어미가 그냥 한심한 말을 한 것이니 일단 은혁이 놈부터 회사로 불러들여라. 지금 바로 회장실로 움직일 테니까 시간 맞춰 오지 않으면 거꾸로 매달아 바다에 던져 버릴 거라 전하고! 알아들었지?"

뚝! 박사현 여사는 말할수록 신경질 나서 괜히 큰아들한테 언성을 높이고는 전화를 끊어버렸다. 늘 막내 녀석 때문에 잘하고 있는 큰 녀석만 달달 볶이는 것이다. 그 잘난 막내놈은 도무지 미꾸라지처럼 잡혀주지를 않으니.

돈이 문제가 아니라 이제는 그 녀석의 인생이 문제였다. 세상에 그렇게 골치 아픈 인생이 어디 또 있을까. 제 놈이 스물여덟 먹도록 여기저기 카드사의 VIP 지출 회원이 된 것 말고 해놓은 일이 뭐가 있는가.

결혼이라…… 지혜로운 여자와 결혼하는 것이야말로 철없이 날뛰는 놈을 정신 차리게 하는 가장 전통적인 방법이긴 한데, 남들 다 하는 정없는 정략결혼이 제 놈에게 얼마나 도움이 되겠는가. 결국 서로 못 참고 몇 년 못 가 이혼한다는 소리밖에 더 나오겠는가. 그럴 바에야 차라리 품 안에 끼고 살면 살았지, 인류 전체에 피해를 줄 녀석을 밖으로 내보낼 수 없었다.

"은혁이가 또 무슨 일을 벌였나 봐요."

박사현 여사는 그제야 임 여사의 존재를 돌아보며 씁쓸하게 웃었다.

"임 여사, 내가 늙었나 봐. 노란색이라니, 도대체 무슨 말을 한 건지, 원."

그러나 임 여사는 속으로 히죽 웃고 있었다. 사모님, 조금만 기다리세요. 이제 곧 '대주와 서로 사이가 좋지 않은 노란빛'이 계시처럼 나타날 테니까요. 딸, 점쟁이, 자신 이렇게 삼각지대를 형성하여 맞춰놓은 말이 이제 곧 빛을 발할 것이다.

탄탄한 자금력과 생산성으로 국내 굴지의 위치까지 올라간 태원그룹, 그 회사를 견고하게 받치고 있는 지 회장과 박사현 여사의 망나니 막내 자식. 그 막내 자식을 좋아하는 철없는 딸내미 때문에 약간의 트릭을 감행했다.

딴생각에 빠진 임 여사 옆에서 박 여사는 관자놀이를 지그시 눌렀다. 철의 여인, 박사현에게 문제가 될 것은 아무것도 없었

다. 오로지 꼴뚜기도 아닌 주제에 함께 뛰는 망둥이처럼 정신을
못 차리고 있는 막내 지은혁, 그 하나 때문에 박사현 여사의 이
마에 주름이 펴질 날이 없었다.

제1장 어쩌다 마주친 싸가지

"**난**희야, 늦겠다!"

"네, 엄마."

아버지에게 도시락을 전해 드리러 가기 위해 막 이층에서 뛰어내려 오던 난희는 때마침 계단을 올라오고 있던 여동생과 정통으로 부딪쳤다.

"으악!"

그 바람에 여동생 상희가 들고 있던 주스가 그만 난희의 하얀 스웨터에 쏟아졌다. 안 그래도 점심시간을 맞추려면 마음이 바쁜데 태클이 걸렸다.

"언니, 쏘리."

"어휴, 이걸 어째."

아버지가 도시락을 깜빡 잊고 출근하셔서, 오후 수업만 있었던 난희는 자신이 가져다 드리겠다고 지원을 하고 나섰다. 그런데 하필이면 동생과 부딪치는 바람에 스웨터를 다시 갈아입어야 하는 것이다. 자칫하면 점심시간을 놓치는 불상사가 생길지도 모르겠다. 오랜만에 효녀 노릇하고서 아버지께 머리라도 쓰다듬어 달라고 하려던 차인데 말이다. 요즘 학과 공부 외에 외무고시 준비까지 병행하느라 전처럼 아버지와 대화를 많이 나누지 못한 것이 내심 미안했었다.

물론 아버지는 언제나 난희를 지원해 주고 바쁘게 공부하는 딸에게 용기를 주시는 분이었다. 일 년 선발 이십여 명도 안 되는 외무고시에 합격하기란 하늘의 별 따기였다. 말 그대로 대한민국의 어려운 시험 중의 하나였고, 선발되는 인원도 대부분이 최고대학의 최고학부 출신이다. 아버지, 어머니는 당신들의 딸이 최고학부에 들어간 것도 모자라 그 어렵다는 시험을 준비한다는 것 자체를 자랑으로 여기시는 분들이다. 그런 부모님께 보답하기 위해서라도 난희는 잠자는 시간까지 줄여가며 더욱 열심히 노력했다. 지금도 국제법 공부를 하다가 살짝 시간을 놓쳐버렸다. 이미 삼십 분 전에 출발을 했어야 여유롭게 도착할 수 있는데.

난희는 흰 스웨터를 예술적으로 적신 주스만큼이나 노란 상희의 탈색된 머리를 콩 쥐어박았다.

"내가 아끼는 옷이잖아. 주스 같은 걸 갖고 올라오려면 좀 더 조심을 했어야지!"

게다가 머리카락의 나머지 반은 와인색으로 물들였으니 저게 무슨 요란한 패션인지 모르겠다.

"뭐 어때. 꼭 무늬 같은 게 좋기만 하네. 언니의 극악무도한 촌스런 패션에 일대혁명을 일으켜 준 걸 고맙게 생각하라구. 그 나저나 주스 다시 따라와야 하잖아!"

아니나 다를까, 뭐 낀 놈이 성질낸다고 더 난리다. 근데 상희 말을 듣고 보니 새하얀 스웨터에 쏟아진 주스가 꼭 무슨 무늬 같기는 했다. 그러나 아무리 염색업자가 울고 갈 무늬라고 하더라도!

"어휴, 너 때문에 내가 내 명에 못살 거야."

"저런, 조심하지. 다치진 않았니?"

주방에서 나온 어머니가 물기 묻은 손을 앞치마에 닦으며 쯧쯧 혀를 찼다.

"상희 너, 또 계단에서 뛰었지?"

"엄마는 만날 나만 갖고 그래. 이 집에 CCTV 없어? 이번에는 분명히 언니가 뛰었다구."

"맞아요, 엄마. 제가 급하게 내려오다가 부딪쳤어요. 급하긴 했지만 아무래도 애 머리 색깔 때문에 더 정신 사나워 그런 것 같아요."

난희는 언제 봐도 적응이 안 되는 상희의 머리카락을 보며 혀를 끌끌 찼다. 어떻게 된 애가 대학에 갈 생각은커녕 탤런트가 될 거라는 둥 허황된 소리만 늘어놓고 있으니……. 덕분에 점점 더 현란해지는 동생의 차림에는 집안 식구들 모두 두손두발 다 든 상태였다.

"오늘 언니랑 미용실 좀 가자. 아니면 언니가 검은색으로 염색해 줄게."

"이보우, 좋게 말하면 수수하고 맘먹고 나쁘게 말하면 촌티 나는 언니 씨. 내 걱정은 말고 언니나 미용실에 갔다 오슈. 대체 일류대 다닌다는 학생의 패션이 그게 뭐유? 본인은 대학생의 풋풋함이라고 우기고 싶겠지만 딱 융통성없는 촌색시 차림이거든요?"

"시끄러, 이 기집애야. 촌티 나도 좋으니까 제발 이 닭털 같은 머리카락 좀 어떻게 해봐."

난희는 대뜸 상희의 귓불을 잡아 몇 번 휘휘 저어서 제자리에 놓고는 이층으로 향했다. 당연히 상희가 뒤에서 요란법석을 떨었다.

"아프잖아! 엄마, 언니가 폭력 쓴 거 봤지? 봤지!"

"글쎄다, 요즘 들어 눈이 침침해지는 게……."

"저, 옷 갈아입고 금방 내려올게요."

"그래, 얼른 내려와. 점심시간 지나겠다."

"넵, 어마마마."

"어휴, 모녀 사기단! 모녀 사기단!!"

난희는 억울함에 소리치고 있는 상희를 뒤로한 채 상희와 함께 쓰는 방으로 얼른 들어가 노란 스웨터로 갈아입었다. 그리고 총알처럼 다시 나와서 상희의 옆을 요령껏 쌩하니 스쳐 지나 아버지의 회사로 향했다. 난희는 요즘 들어 어머니의 도시락을 놓고 출근하실 정도로 더욱 심해지는 것 같은 아버지의 건망증이 은근슬쩍 걱정되었다.

아버지는 삼십 년 직장 생활을 하시며 늘 어머니가 손수 지어주시는 도시락을 드셨다. 근검절약의 일환일 수도 있겠지만 부부간의 정이 남다르다는 것을 알 수 있는 것이기도 했다. 아버지를 위해 정성들여 도시락을 준비했을 어머니와 또 그 도시락을 하루도 빼놓지 않고 드시는 아버지를 생각하면 난희는 늘 흐뭇했다. 그래서 회사로 향하는 발걸음도 가벼웠다.

난희의 아버지는 태원그룹의 중역…… 이 되기를 평생소원으로 삼는 평범한 샐러리맨이다. 이제는 과장이란 칭호를 달았지만, 그래도 회사가 워낙 커서 그렇게 중요한 위치도 아닐뿐더러 아버지의 경력으로 치자면 그다지 높은 자리도 아니었다. 그러나 어머니는 아버지의 과장 직함을 매우 소중하게 여기고 대해주었다. 아버지 역시 당신의 평생을 바친 회사와 직책을 매우 자랑스럽게 여겼다.

난희는 평범하지만, 자상하고 따뜻한 부모님의 자식임을 늘 만족스럽게 생각했다. 그래서 그녀는 세상 사람들이 소위 말하는 일류대학이라는 곳에 합격하고 또 열심히 공부하여 장학금을 받아 부모님을 기쁘게 해줄 수 있다는 사실이 행복했다.

어머니의 정성이 담긴 도시락을 넣은 쇼핑백을 한 손에 들고서 가을 햇살이 쏟아지는 청명한 하늘을 올려다보았다. 찌를 듯 높이 솟아 있는 빌딩 사이로 손바닥 한 뼘 정도의 파란 하늘이 그 먼 거리에서도 선명하게 걸려 있었다. 아주 맑은 날이었다.

그녀는 하늘에 두었던 시선을 천천히 내렸다. 그때 엄청난 속도의 물체가 굉음과 함께 쇼핑백을 세차게 후려치고 지나갔다.

끼이익! 퍽!

"엄마야!"

심장이 쿵 떨어져 내리는 순간, 쇼핑백이 둔탁한 소리를 내며 땅에 떨어졌다. 종이 가방이 뜯어지고 바닥에 부딪힌 도시락 용기가 흉물스럽게 흩어지며 뒹굴었다. 난희의 눈동자가 정지했다. 그녀는 자신도 치일 뻔했다는 사실은 잊은 채 어머니의 정성이 담긴 도시락만 내려다보았다. 이럴 수가 없었다. 완전히…… 망가진 것이다. 종이 가방은 찢겨질 대로 찢어지고, 밥은 밥대로, 반찬은 반찬대로 뒹굴고 있었다. 이…… 누구야! 하염없이 도시락을 바라보고 있던 난희가 고개를 번쩍 들었다. 그리고 위험천만한 질주를 감행한 차 주인을 눈을 번뜩이며 찾았다.

은혁은 지금 눈앞에 보이는 것이 없었다. 그러니 앞에서 알짱거리는 통행인을 칠 뻔했다는 사실도 전혀 인식하지 못했다. 그는 터지기 일보 직전의 얼굴로 최신식 스포츠카의 급브레이크

를 밟았다. 타이어가 바닥을 긁으며 선 순간, 그는 차 문을 구둣
발로 걷어차고 곧장 빌딩 입구로 돌진했다. 그러나 몇 걸음도
채 내딛지 못해 그의 몸이 반사적으로 앞으로 홱 쏠렸다.

"으악!"

엄청난 스피드로 날아온 무언가가 그의 뒤통수를 후려치고
바닥으로 툭 떨어졌다.

"어이, 거기 양아치!"

비명이 튀어나올 정도로 아팠던 은혁은 눈을 부라리며 고개
를 획 돌렸다. 뒤통수를 만져 보았더니 다행히 피는 나지 않았
다. 내심 안심하며 이런 엄청난 짓을 저지른 장본인을 쳐다보는
데, 웬 촌티 나는 계집애 하나가 무섭게 노려보며 걸어오고 있
었다. 은혁은 뒷머리를 다시 만졌다가 기가 차다는 듯 헛웃음을
쳤다. 자신의 뒤통수를 강타하고서 땅에 뒹굴고 있는 저것은 분
명히 낡은 운동화 한 짝이었다. 그리고 다가오고 있는 여자의
한쪽 신발도 벗겨져 있었다.

"이게……."

지은혁 인생 최초의 기막힌 날이었다. 차마 말도 안 나오는데
바로 앞까지 걸어온 여자가 매서운 눈초리로 대뜸 소리쳤다.

"당장 변상하시지?"

"아, 짜증나. 뭘? 도대체 뭘!"

"우리 아버지 도시락 말이야!"

그녀의 손가락이 척! 하고 가리키는 방향을 따라가 보았더니

주인을 닮아 촌스러운 도시락 통이 흉물스럽게 내팽개쳐져 있었다. 반찬에서 흘러나온 양념도 더럽게 질질 새고 있다. 대충 상황을 보니 불결하게 뒹굴고 있는 저 도시락이 이 기집애 것인 모양이다.

흐응, 그렇게 된 사연이란 말이지? 은혁은 더없이 여유로운 눈을 하고서 보란 듯 천천히 팔짱을 꼈다.

"저게 대체 뭔데?"

"우리 아버지 도시락이라고 말했잖아."

"너 몇 살이냐?"

"우리 아버지 도시락!"

연신 으르렁거리며 도시락, 도시락, 도시락만 외쳐 대고 있는 것이다. 은혁은 귀가 따가워서 미간을 살짝 찌푸리고는 난희의 이마를 검지로 쿡 눌렀다.

"어휴, 시끄러워. 그러니까 누가 앞에서 얼쩡대래?"

"지금 말 다 했어요?"

"그렇다면 어쩔 건데? 지금 그깟 도시락 하나 때문에 감히 나한테 이 더러운 운동화를 던졌다는 거냐?"

무언가가 난희의 속에서 부글부글 끓어올라 왔다.

"그리고 뭐? 변상? 지금 누가 누구한테 변상해야 하는지 알기나 해? 못생긴 게 감히 내 뒤통수를 친 건 어떻게 변상할래?"

쉬지 않고 흘러나오는 은혁의 안하무인에 끝내 난희의 신경 줄이 팅 끊어졌다. 순식간이었다. 참다못한 난희가 눈물을 글썽이며 달려들더니 은혁의 팔을 냅다 물고 늘어졌다.

"으아아아악!"

은혁은 비명을 터뜨리며 난희를 밀어냈다. 그러나 아무리 밀어내도 거머리처럼 달라붙은 여자는 떨어질 줄을 몰랐다. 올가미처럼 단단하게 달라붙은 그녀를 밀어내는 내내 노란 별이 반짝거렸다. 얼마나 아픈지 하늘이 뱅글뱅글 돌면서 눈물이 찔끔 나는데 다행히 건물 안에서 직원들이 달려나와 그녀를 떼어냈다.

"이게 정말!"

드디어 올가미 같은 그녀에게서 해방되자 은혁은 팔을 치켜올렸다. 이성을 잃고 한 대 내려치려던 찰나 그의 앞으로 낯익은 얼굴이 불쑥 끼어드는 바람에 그의 팔이 멈칫했다.

"이 녀석아, 그 팔 못 내리니!"

도대체 박 여사는 또 언제 온 거야!

"엄마, 보고도 그래요? 저 계집애가 악어처럼 날 물어뜯었다고요!"

"네가 또 먼저 속을 뒤집었겠지. 네가 하는 일이 어련하려고. 그나저나 아가씨, 잠깐 나 좀 볼래요?"

은혁의 어머니, 그러니까 태원그룹의 안방마님께서 우아하게 몸을 돌려 난희를 쳐다보았다. 난희는 눈물을 뚝뚝 떨어뜨리면서도 여전히 분이 가시지 않은 얼굴로 은혁을 노려보고 있었다. 그 끈질긴 모습에 은혁은 입맛이 뚝 떨어지는 느낌이었다.

“어휴, 못생긴 게 고집도 세네. 근데 이게 뭘 잘했다고 계속 야려? 확 성질대로 해줄까 보다.”

“김 비서, 이 녀석 끌고 회장실로 가요.”

“예.”

“대체 엄만 왜 나한테 성질을 내는데? 잘못은 이 계집애가 했다고. 그 계집애 그냥 돌려보내기만 해봐. 내가 가만 안 둘 거야!”

“재갈 물려요!”

태원그룹의 여장부 박사현 여사의 명령에 김 비서가 은혁을 강제로 끌고 안으로 들어갔다. 은혁은 끌려가면서도 여전히 두 눈을 부릅뜬 채 뭐라 뭐라 소리치고 있었다.

곧 그 모습이 사라지자 박사현 여사가 천천히 시선을 돌렸다. 망나니 아들 때문에 멈출 틈 없는 한숨을 길게 내쉰 그녀가 물끄러미 난희를 바라보았다. 예쁘장한 얼굴, 큰 눈에 고집을 가득 담고서 훌쩍이고 있었다. 바로 그 노란색 스웨터를 입고서 말이다.

‘놀랍군. 정말 그 점이 맞을 줄이야.’

사실 회사 앞에 도착하기 전까지는 점괘에 대해 거의 잊어가고 있었다. 그러나 눈앞에서 펼쳐지는 광경을 접한 순간, 박 여사는 놀라고 말았다. 척 보기에도 또랑또랑하기 그지없는 아가씨가 자신의 골치 아픈 아들과 접전을 벌이고 있었다. 그런데 그 아가씨가 입은 스웨터가 바로 노란색이었다. 순간 마치 점쟁

이가 여기까지 따라와 귀에 대고 외치고 있는 듯 그 목소리가
쟁쟁 울리기 시작했다.

“여자가 기가 세. 대주하고는 서로 못 잡아먹어 안달이야. 아
주 사이가 안 좋아. 대주가 여자를 아주 싫어하겠어. 그러나 이
노란 여자가 대주를 휘어잡아 사람을 만들 거야.”

박 여사의 손끝이 저릿했다.

“노란색이야, 노란빛이 보여!”

분명 저 아가씨는 노란 스웨터를 입었다.

“여자가 기가 세.”

저 싸가지없는 아들 앞에서도 질리지 않고 바락바락 대드는
모습을 보니 기가 센 것도 맞다.

“대주하고는 서로 못 잡아먹어 안달이야. 아주 사이가 안 좋
아.”

아들놈이 손찌검까지 하려는 꼴을 보이며 싸우는 모습을 보
라, 저거야말로 못 잡아먹어 안달난 것이 아니고 무엇인가.

“이 노란 여자가 대주를 휘어잡아 사람을 만들 거야.”

한 번도 타인에게 간섭받은 적이 없는 싸가지가 하늘을 찌르
는 안하무인 아들 녀석이 따박따박 대들어오는 저 아가씨 때문
에 화가 나 있다. 그렇다는 것은 저 녀석을 휘어잡을 수도 있다
는 소리가…… 아닐까? 그렇게 연결 지어 생각해 보면 안 되려
나?

도대체가 말 한 마디 한 마디 들어맞지 않는 게 없었다. 우연

이라고 해도 어떻게 그렇게 딱 맞아떨어질 수 있다는 말인가. 평소 냉철함으로 소문난 박사현 여사도 그쯤 되니 현실 감각을 잃을 만했다. 무심코 지금까지의 신념을 버리고 점술의 세계에 풍덩 빠져 버리고 싶은 욕구가 이는 것이다.

"아니, 저 아가씨는 누구야."

아니나 다를까, 차에서 따라 내린 서교동 임 여사도 놀란 듯 중얼거리고 있었다. 그러나 지금 박 여사는 임 여사에게까지 신경을 쓸 여유가 없었다. 그녀는 오로지 난희만을 쳐다보며 심적인 동요를 누르고는 차분한 목소리로 입을 열었다.

"자, 나 좀 따라올래요?"

난희는 천천히 고개를 들었다. 소매로 눈물을 쓰윽 닦고 말했다.

"우리 아버지 도시락 변상해 주세요."

태원그룹 안방마님의 입가에 슬쩍 미소가 번졌다.

"알았어요. 따라와야 변상을 해주든 말든 하지요."

척 보기에도 깐깐하고 분위기있어 보이쯤 그녀가 우아하게 몸을 돌리더니 회사 안으로 들어갔다. 난희는 팽개쳐진 도시락을 주섬주섬 챙겼다. 먹을 수는 없겠지만 밥도 담고 반찬도 대충 집어넣고 뚜껑을 닫았다. 너무 아깝고 서러운 맘에 꼭 배상을 받아야겠다는 생각이 들었다. 대충 마무리를 하고서 얼른 일어나 그 중년 부인을 쫓았다.

그나저나 저 부인은 누구지? 싸가지를 시장에 팔아먹은 아까

그 남자가 엄마라고 부른 것 같았는데…… 어쩌다 그런 아들을
두셨어요? 혹시 태교에 문제가 있었던 건 아닌가요? 임신 중에
드시면 안 될 위험한 무언가라도 드신 건?

　입구를 지나 윤이 나는 대리석 바닥을 밟으며 걷는데 경비부
터 모든 사람들이 앞서 가는 그 여인을 향해 구십 도로 공손하
게 인사를 했다. 아니나 다를까, 허리를 꼿꼿이 펴고 걸어가는
여인의 뒷모습이 참으로 인상 깊었다. 높은 사람인가? 난희는
고개를 갸웃거리며 중년 여인이 오른 전용 엘리베이터에 올랐
다.

　'아, 오늘 일진이 무척이나 사납구나. 아침에 상희하고 부딪
칠 때부터 알아봤어야 해. 그나저나 점심시간 다 지나겠다. 아
버지의 점심이 걱정되지만 변상은 꼭 받아야겠고…….'

　엘리베이터는 상념을 가득 담은 난희를 싣고서 으리으리한
광채를 내며 천천히 위로 올라가고 있었다.

　"아버지의 도시락이라고 했던 것 같은데. 아버지께 도시락을
전해 드리러 온 건가요?"

　전용 엘리베이터 안에서 박 여사가 난희의 노란 스웨터를 보
면서 넌지시 물었다. 난희는 잘 갈무리를 한, 죄다 찢어진 종이
가방을 안고서 고개를 끄덕였다.

　"네, 아버지 도시락이에요. 점심시간에 맞춰야 하는데 갑자기
차가 뒤에서 치는 바람에……."

　생각 같아서는 그 싸가지없는 남자가 위험천만한 운전을 해

서 소중한 남의 도시락 가방을 이 꼴로 만들어놓았다고 말하고 싶었지만, 그 남자의 모친이라는 분 앞이라 어쩐지 조심스러웠다.

"어미로서 사과할게요. 마음이 안 좋겠지만 풀길 바라요."

박 여사의 사과에 금방까지 불만을 가득 담고 있던 난희는 그나마 미소를 지어 보였다. 역시 잘못된 모자 관계인 것 같다. 병원에서 아기가 바뀐 걸지도 모르겠다.

"아니에요. 본의 아니게 회사 앞에서 소란을 피웠습니다. 저도 잘한 건 없어요. 하지만 차라리 제가 치였다면 그렇게 화가 나지는 않았을 거예요. 저에게는 너무나 소중한 도시락인데, 그걸 치고서도 오히려 너무 뻔뻔하게 나오니까 경솔한 행동이 앞섰어요."

할머니 밑에서 자란 난희는 어른께는 무조건 공손해야 한다고 배웠다. 비록 그 싸가지없는 남자의 모친이라도 말이다. 자신이 잘못하면 바로 부모님으로, 더 나아가서는 할머니의 잘못으로 직결되는 거니까. 그래서 지금 화나는 마음은 분수처럼 넘쳤지만 꾹꾹 눌러 밟는 중이었다. 그래도 그 남자의 뻔뻔함에 대해서는 절대로 짚고 넘어갈 생각이었다. 아무튼 다시 한 번 눈에 띄어봐라. 그냥 두지 않으리라!

"소중한 도시락이라고 했나요?"

"네, 도시락 하나 가지고 유난을 떤다고 하실지 모르겠지만, 아버지께서 드실 도시락이라 제게는 더없이 귀합니다. 그 남자

분은 그깟 도시락이라고 했지만, 아버지는 삼십 년 동안 하루도 거르지 않고 어머니께서 싸주시는 이 도시락을 드시면서 저희 자매들을 키우셨습니다. 절대 그런 단어로 불릴 만한 것이 아닙니다."

말하다 보니 다시금 억울한 맘이 들어 목소리에 흐느낌이 섞였다.

박 여사의 입가에 잔잔한 미소가 돌았다. 또박또박 말하는 것과 동시에 아버지를 믿고 있는 딸의 여린 모습까지 지녔다. 방금 전 회사 앞에서 이 아가씨가 왜 그렇게 도시락을 들고서 맹수처럼 달려든 것인지 이해가 되었다. 그러니까 이 아가씨가 그렇게 맹렬했던 이유는 이 도시락이 바로 아버지에게 갈 것이기 때문이었나 보다.

'도시락이 아버지가 가장으로서 힘을 낼 수 있는 근원이라…… 이 아가씨는 지금 그렇게 표현한 것인가. 거기다 딸은 아버지가 드실 그 도시락을 더없이 소중하게 여긴다는 것이로군. 요즘 아가씨 중에도 그런 생각을 하는 사람이 있다는 게 놀라워.'

그런데 그 못난 녀석이 면전에 대고 그런 소리를 했으니 어미로서 더욱 창피한 것은 이 아가씨는 그래도 녀석을 '그 남자 분'이라고 표현한 것이었다.

"아가씨, 이름이 뭐죠?"

"민난희입니다."

“나이는?”

“86년생이에요.”

흠, 스물둘이라…….

박 여사는 이 아가씨의 모든 게 궁금해졌다. 초면에 실례겠지만 이것저것 알고 싶은 게 한두 가지가 아니었다. 그 ‘대주와 사이가 안 좋은 노란빛’이라는 점괘 때문에 어쩐지 마음이 산란했다. 난희도 조금 의아해하는 모습이긴 했지만 별다른 말 없이 공손하게 대답을 해왔다.

“이 시간에 도시락을 전하러 오는 걸 보니 직장인은 아닌 것 같고…….”

“학생입니다. 오늘은 오후 수업이라 오전에 시간이 났거든요.”

“어느 대학교인지 알 수 있을까요?”

“한국대학 정치학과 3학년입니다.”

박 여사는 고개를 끄덕였다. 어쩐지 처음부터 똑 부러진다 했더니. 이 아가씨가 말한 대학과 학부는 최고의 명문이었다. 사실 시커먼 속으로는, 혹시라도 이 일이 못난 아들놈과의 인연일지도 모르겠다는 타당성을 지우고 있었는데, 듣고 보니 아들놈이 치여도 너무 치였다. 내 자식은 그 녀석인데, 어쩐지 이 아가씨를 내 아들놈에게 내어주기가 아깝다는 생각이 들어 박 여사는 속으로 고개를 절레절레 저었다.

“그렇군요. 역시 생각했던 것만큼 재원이네요.”

"아, 아닙니다. 과찬의 말씀이세요."

"칭찬을 받을 만한 경우에는 산뜻하게 받아들이는 것도 칭찬한 쪽을 편하게 해주는 일이랍니다. 그렇게 생각하지 않나요?"

박 여사의 입가에 빙그레 미소가 걸렸다. 보기에는 무척 냉철하고 차가운 분일 것 같았는데, 건네는 말이나 미소는 무척이나 다정다감했다. 난희는 박 여사의 말에 공감을 하며 고개를 끄덕였다.

"네, 앞으로는 그렇게 하겠습니다."

"좋아요. 확실한 대답, 마음에 들었어요."

엘리베이터가 열리자 박 여사가 먼저 내렸다.

"자, 따라와요. 이유는 차차 설명해 줄 테니."

난희는 천천히 고개를 끄덕이며 그녀를 따라 내렸다.

"아니, 그 아가씨는 대관절 왜요?"

그때 언제 따라온 건지 임 여사가 박 여사의 옆으로 바짝 따라붙어 불안한 목소리로 물어댔다. 그러나 박 여사는 묵묵히 난희를 회장실로 안내할 뿐이었다. 박 여사는 오히려 임 여사의 태도가 이해가 가지 않았다. 누가 뭐라고 해도 자신에게 점집을 소개한 사람은 바로 그녀가 아닌가. 함께 점괘를 들었고 지금 이 광경을 봤다면 자신이 왜, 어찌하여 이 생면부지의 노란색 아가씨에게 관심을 보이는 것인지는 스스로 알아채야 옳은 것이다. 그 정도 눈치도 없이 오히려 불안해하는 모습을 보이고 있다니, 쯧.

　무엇이 어떻든 지금 박 여사는 임 여사보다 이 아가씨에게 온 신경이 가 있었기에, 나중에 보자는 말로 임 여사를 단호하게 차단했다.

　난희는 한숨을 흘리며 조용히 박 여사의 뒤를 따라 걷고 있었다. 올라오는 와중에 주고받은 대화나 미소 등으로 마음은 조금 풀렸다지만, 도대체 왜 저분을 따라가고 있는 건지에 대해서는 아직까지도 그 이유를 짐작할 수 없었다. 설명해 주리라 생각했던 저분은 괜히 자신에 대한 개인정보 차원의 조사만 하시고.

　아무튼 저분 자체는 믿을 만한 사람인 것 같다는 느낌이었다. 뭐, 사실…… 그보다 더 중요한 게 있을까? 믿으면 되는 거지. 아무튼 곧 도시락 값은 변상 받을 수 있겠지?

　태원그룹 회장실은 아침부터 또 발칵 뒤집혔다. 늦게 얻은 막내아들이라 만인의 귀여움을 온몸으로 받고 자란 지은혁이 또 사고를 친 것이다. 며칠 잠잠하다 했더니 로열패밀리의 일원으로서 카드 값 무서운지 모르고 골드카드를 긁어버린 탓에, 몇 개 부서 인원의 월급 총합과 맞먹는 명세서가 날아든 것이다. 문제는 이런 일이 처음이 아니라는 것이었다.

　돈이야 막으면 된다지만, 도무지 사람 노릇을 안 하고 망나니처럼 돌아다니고만 있으니 그 미래가 걱정되어 지 회장은 지끈거리는 이마를 눌렀다. 문득, 아침나절에 난데없이 점괘를 보러 간다는 말을 한 아내의 목소리가 떠올랐다.

“도저히 방법이 있어야지요. 서교동 임 여사가 용한 점집을 알고 있다고 부추기니 속는 셈치고 한번 가보려고 해요.”

서교동 임 여사라 하면 태원그룹의 주식을 상당량 보유하고 있는 그룹 내의 또 다른 실세인 김시황 이사의 안사람이다. 김 이사는 창업 멤버인 부친 대(代)부터 지금까지 태원과 함께해 와 이제는 가족과도 같은 사람이었다. 그러나 그 안사람은 김시황 이사와 다르게 경박하기로 소문이 난 여자였다. 그녀가 점을 맹신한다는 것은 이미 유명한 일이었고, 슬하에는 은혁보다 한 살 어린 딸자식을 두고 있다.

그러나 아무리 권유가 들어왔다고 해도 아내가 점을 보겠다고 나설 줄은 몰랐다. 박사현 여사가 누군가. 바로 완벽한 사업 수완을 발휘해 재계의 거물급으로 자리 잡은 성격 깐깐하고 합리적이기로 유명한 인물이 아닌가. 그런 그녀의 입에서 점이라는 말이 나오니 지 회장이 놀랄 만도 했다. 은혁의 형들을 출가시킬 때도 그 흔한 궁합 한 번 안 본 사람이 무슨 바람이 불어서.

그러나 오죽 답답했으면 그런 생각까지 했겠는가. 지 회장의 이마에 깊은 주름이 졌다. 부모가 양쪽으로 모두 바쁘다 보니 자식들에게 잔정을 베푸는 데 소홀했던 것은 사실이다. 그러나 그만큼 무엇 하나 부족한 것 없이 뒤를 받쳐 주었다고 생각했는데, 막상 막내 같은 불량품이 생기고 나니 참으로 후회가 되는 것이었다.

　사실 자식 농사를 완전히 망친 것은 아니었다. 은혁의 두 형은 현재 경영 수업을 착실히 받고 있는 유능한 인재들이었다. 둘 다 국내 명문대에서 석사 학위를 받은 후 외국으로 건너가 전문지식을 쌓고, 돌아와 자리를 잡았다. 반듯한 성품, 수려한 인물로 각각 좋은 아내를 배필로 맞아 안정적인 가정을 이루고 있었다.

　그런데 단 한 녀석, 늦게 얻은 은혁이 시즌 별로 사고를 쳐주니 지 회장과 박 여사의 얼굴에서 시름이 사라지지 않았다. 막내라고 바람 불면 날아가랴, 비 오면 젖으랴 무조건 귀하게 키운 것이 탓이면 탓일 것이다.

　그때 문이 열리더니 정보 통신 계열사를 맡고 있는 여걸이자 그 문제의 망나니의 모친이기도 한 박사현 여사가 회장실로 들어섰다. 뜬금없이 본 점괘의 결과가 좋았던 건지 표정이 밝아 보였다.

　보이는 대로 현재 박 여사는 기분이 좋았다. 올라오는 도중에 이것저것 나눈 대화로 더욱 난희가 마음에 들었기 때문이다. 성격 똑 부러지지, 위아래에 대한 개념도 잘 정립되어 있지, 생각 바르지, 거기에 최고학부 학생이라고까지 하니 그 똑똑함이야 오죽하겠는가. 그러니 누구라도 알아차릴 흡족함이 만면 가득 돌고 있는 것이다.

　"들어와요."

　박 여사의 권유에 난희는 회장실 안을 기웃거리며 살짝 발을 들이밀었다. 순간, 갑자기 남자의 머리를 후려쳤던 게 생각나 덜컥 겁이 났다. 설마 회사 앞에서 깽판을 쳤다고 회장실까지 끌고 온 건가? 아직 그 길에는 양념 자국이 남아 있을 텐데……. 하지만 그렇다고 여기까지 데리고 올 필요가 있을까? 아니야, 잘 생각해 보자. 겨우 그깟 일로 회장실까지 구경할 수 있는 사람이 어디 있겠어. 도대체 내가 무슨 생각을 하는 거야. 그냥 도시락 값을 변상해 준다고 했으니까 그것 때문에 데리고 온 거겠지. 그렇다면…… 도시락 값 정도도 회장실에서 결재가 떨어져야 하는 건가?

머리를 복잡하게 하는 의문들은 많았지만 난희는 생각을 곧게 잡았다. 그 와중에도 흉물스럽게 터진 쇼핑백은 여전히 꼭 끌어안고 있었다.

박 여사는 궁금증이 많은 얼굴이나 똑바른 시선으로 회장실로 들어서고 있는 난희를 가만히 들여다보았다. 보면 볼수록 단정하고 똑똑해 뵈는 얼굴이다. 무엇보다 맑고 살아 있는 눈빛이 마음에 들었다. 맑은 눈은 인상을 선명하게 만드는 일등공신이므로.

"뭐야, 넌? 네가 여긴 왜 왔어?"

바로 그때 먼저 회장실에 와 있던 은혁이 불구대천지 원수를 대하듯 난희를 노려보며 거적을 떨기 시작했다. 난희 역시 보기 싫은 얼굴이 있어 놀랐지만 낯선 환경, 그리고 낯선 어른들 앞이라 일단 평정을 유지했다.

그렇더라도 난희는 이 상황이 도무지 이해가 가지 않았다. 으리으리한 이곳이 회장실이라면 저기 위엄있게 앉아 계신 분은 회장님이란 말인데, 도대체 저 왕 싸가지는 어째서 이곳에 있는 거지?

"인사드려요. 태원그룹 회장님이세요."

박 여사의 소개에 난희가 얼른 지 회장을 향해 공손히 허리를 숙였다. 무슨 일인지는 모르겠지만 아버지가 몸담고 계시는 회사의 가장 큰 어른이니 당연히 예의를 지켜야 했다.

"반가워요. 그런데 아가씨는……?"

난희만큼이나 이 상황이 잘 이해가 가지 않는 지 회장이 박 여사를 쳐다보며 상황을 설명해 달라는 눈짓을 했다. 박 여사가 천천히 소파에 앉으며 말했다.

"자, 일단 자리에 앉읍시다. 지은혁, 너도 앉고."

"제가 왜 저딴 거랑 같이 앉아요!"

은혁이 살벌한 눈을 하고 소리치는 순간, 그때까지 조용히 참고 있던 난희의 이마에 핏대가 섰다. 그녀가 찢어진 쇼핑백을 조심스레 안은 채 천천히 한 걸음 앞으로 나섰다.

"회장님, 죄송합니다만 잠시 한 마디만 하겠습니다."

"그러게."

"초면인데 말씀이 지나치시군요. 좀 더 나은 호칭을 사용해 주실 수는 없는 건가요?"

"하! 더러운 운동화로 내 뒤통수 친 거 기억 안 나냐? 보너스로 내 팔 물어뜯은 것도 벌써 잊어먹었냐고!"

은혁이 팔을 걷어붙이며 씩씩거렸다. 난희는 한숨을 폭 내쉬었다. 생각 같아서는 아직도 자기 잘못을 모르고 있는 저 싸가지 왕을 어떻게든 해주고 싶지만…….

"어른들 계시니까 잘잘못은 나중에 따지도록 하죠."

품위있는 내가 참는다.

"기가 막히는구만. 좋아, 도망가지 말고 기다려. 도망만 가봐. 지구 끝까지라도 쫓아가서 사과를 받아내고 말 테니까."

"흥분하지 마세요. 난 듣기 거북한 호칭을 자제해 달라고 부탁한 것뿐이에요."

"어휴, 저걸 그냥."

"내가 사물인가요? 멀쩡한 사람한테 왜 자꾸 지시대명사를 쓰죠? 인칭대명사 몰라요?"

난희는 다다다 할 말을 쏟아내고 고개를 홱 돌려 버렸다. 그나마 최소한의 인격적인 대화를 원할 상대가 아닌 것 같아 일찌감치 포기하는 게 나을 듯했다.

시종일관 차분하게, 그러나 제법 당차게 자신의 의견을 말하는 난희와 무조건 흥분하고 과격한 언행만 일삼는 자신의 아들을 번갈아 보고 있던 박 여사는 지끈거리는 이마를 눌렀다.

"자자, 그만 하면 됐고 일단 앉아라. 아버지 기다리시잖니."

"전 가요. 제가 왜 여기 앉아요? 아버지가 카드 막아버리겠다고 해서 온 것뿐이에요. 그리고 쟤는 말씀 끝나시면 저한테 보내세요. 절대 그냥 보내지 말고."

여전히 은혁은 오로지 난희만 보며 으르렁거리고 있었다. 그러나 난희는 새치름한 눈으로 콧방귀를 흥 끼고는 소파에 앉았다.

"너도 앉아."

"싫다니까요."

"지은혁, 앉으라고 했다!"

결국 박 여사가 성대에 힘을 빡 주며 엄포를 놓았다. 평소 잘 볼 수 없는 어머니의 엄포에 은혁은 벌레 씹은 얼굴로 털썩 앉았다. 사실 무시무시한 박사현 여사의 성격은 유명했지만, 그건 직접 화를 내는 것보다는 감정을 전혀 드러내지 않고 내뱉는 한마디가 무섭다는 뜻이 더 컸다. 게다가 막내인 은혁에게는 더욱 오냐오냐하는 경향이 있는 박 여사가 성질을 내니 은혁은 배신을 당한 마음이었다. 이게 다 저 촌닭 때문이다!

박 여사의 눈치에 따라 지 회장까지 상석으로 옮겨 앉아 대충 자리가 정리되자 박 여사가 입을 열었다.

"거두절미하고 지은혁, 결혼해라."

순간 은혁뿐 아니라 지 회장마저 놀라서 휘둥그레진 눈으로 박 여사를 쳐다보았다. 지금 이 회장실 안에서 침착한 사람은 박 여사와 난희뿐이었다. 오히려 난희는 고소해하고 있었다. 무슨 사연이 있는지는 모르겠지만 결혼하라는 말에 저렇게 쇠못 씹은 표정을 하는 것을 보니 좋지는 않은 모양이다. 그러니 고소해해 줘야지.

그나저나 저 싸가지가 결혼을 하는 건 하는 거고, 회장님 부인인 이분께서는 먼저 도시락 문제부터 해결해 주셔야 하는 게 아닌가? 포스가 남다르다 했더니 역시 태원그룹의 안방마님이었다. 그렇다면 저 왕싸가지는? 여사님더러는 엄마라 하고 회장님에게는 아버지라 하니 그런즉, 저분과 회장님은 부부이고, 자연적으로 싸가지는 저 두 사람의 아들이 된다는 뜻이다.

잘났다, 왕싸가지! 그래서 그렇게 안하무인이셨구만!

좋다, 다 좋은데 저 싸가지의 결혼이 중대사란 것도 알겠는데, 가장 중요한 제 도시락은요?

"누, 누가 결혼을 해요?"

얼떨떨한 것인지 은혁은 화도 내지 않고 멍한 어투로 물었다. 박 여사는 아무렇지 않은 얼굴로 아들의 심장에 다시 대못을 박았다.

"너다."

"왜, 왜 그러세요! 그게 말이 돼요, 아버지?"

은혁이 안 되겠는지 방향을 바꿔 지 회장에게 지원 사격을 요청했다. 아닌 게 아니라 지 회장도 얼떨떨한 얼굴로 박 여사를 바라보고 있었다.

"사람 참, 그게 갑자기 무슨 말이오."

"지금은 자세한 설명을 하기가 그렇고, 회장님께는 조금 있다가 말씀드릴게요. 일단은 제 의견을 따라주세요."

“거참.”

“하! 말이 되는 소리를 하세요. 그래요, 결혼요. 결혼을 한다고 칩시다. 도대체 누구와 하라는 말씀이세요?”

“여기 이 아가씨.”

박 여사의 우아한 손짓이 난희를 향하는 순간에도 난희는 그 손이 자신을 지목했다는 사실을 전혀 알지 못했다. 한참 고소해하고 있다가 정신을 차려보니 모두의 시선이 자신을 향하고 있었다. 특히 은혁의 눈초리는 경악 그 자체였는데…….

“저, 저요?”

난희가 고개를 갸웃거리며 손가락으로 자신의 얼굴을 가리켰다. 은혁은 말도 안 나오는 듯 어버버거렸고, 지 회장은 으음, 낮은 소리를 흘렸다. 박 여사만이 침착한 얼굴로 난희를 바라보고 있었다.

“제가 뭘 어떻게 한다구요?”

“난희 양, 초면에 이해가 안 가겠지만.”

당연하다. 당연히 이해가 안 간다. 내가 바라는 건 오로지 도시락 값의 변상일 뿐이었다. 그걸 왜 회장실까지 와서 결재를 받아야 하는 건지 그게 궁금했던 거다. 도대체 이게 말이 되는 소린가.

가만…… 가만있어 봐. 그럼 처음부터 저분은 이럴 계획으로 나를 데려오신 건가? 도시락 값 변상에는 안중에도 없이? 그래서 엘리베이터 안에서도 그렇게 꼬치꼬치 물어보신 거? 하지만 도대체 왜? 무엇 때문에? 내가 무슨 죄를 져서!

난희가 살이 덜덜 떨릴 정도로 기가 막힌 의문과 배신감에 휩싸여 있든 말든 박 여사는 자신의 할 말만 했다.

"정식으로 청혼을 넣을게요. 태원그룹의 이름으로 청혼하는 겁니다. 순서가 잘못된 건 알지만 당사자에게 이쪽 입장을 전하는 게 일단 중요하다는 생각에 실례를 했어요. 물론 지금 바로 답을 달라는 건 아니에요. 며칠 생각해 보고."

"싫습니다!"

"말도 안 돼요!"

누가 먼저랄 것도 없이 두 젊은 혈기가 동시에 버럭 외쳤다. 그 서슬에 깜짝 놀란 박 여사가 말을 멈춘 사이 두 사람은 파바밧! 서로를 죽일 듯 노려보았다.

"제가 왜 저 말도 안 되는 남자와 결혼해야 해요?"

"누가 해주기는 한데? 내가 약 먹었냐, 너처럼 못생긴 걸 데리고 살게?"

"그러는 그쪽은요? 스스로가 꽤 잘생겼다고 생각하는 모양인데, 방에 거울도 없어요?"

"끝까지 따박따박 대들어. 너 정말 한번 혼나볼래?"

"두 사람 다 그만!"

결국 박 여사의 강제력있는 호통에 서로를 잡아먹을 듯 거세지던 신경전이 주춤했다. 그제야 이곳이 어딘지 다시 알아차린 난희는 죄송하다는 말을 하고는 입을 다물었다. 그러나 은혁은 홈그라운드이니 기가 죽을 이유가 없었다.

"엄마, 이게 말이 돼요? 제가 뭐가 모자라서 저런 여자랑 결혼해요?"

"네가 뭐가 모자라는지 아직도 모르니? 그러니 넌 아직 먼 게야."

"엄마!"

"그리고 이건 분명 우리 쪽에서 청하는 게다. 그러니 경거망동해서 일 그르치지 말고 너는 가만히 있어라. 부탁하는 쪽이란 걸 모르겠니?"

"아, 짜증나! 그러니까 왜 그 말도 안 되는 부탁을 하냐고요!"

그 소리에 난희가 꾹 다문 입술을 삐죽거렸다.

그건 나도 궁금한 사실이야, 이 싸가지없는 양반아. 이거 왜 이래?

"어허, 조용히 하래도."

박사현 여사는 눈썹을 꿈틀거리면서도 용케 성질을 누르고 있었다. 그러나 그 어미의 노력에도 불구하고 아들은 금방이라도 화르르 타오를 도화선처럼 소리치기만 했다.

"지금 제 인생이 지옥으로 굴러 떨어지게 생겼는데 가만히 있게 생겼어요?"

그때 갑자기 난희가 벌떡 일어나더니 좌중을 향해 정중하게 허리를 숙였다.

"죄송합니다. 예의가 아닌 것은 알지만 제가 있을 자리가 아닌 것 같으니 이만 나가보겠습니다."

"으음."

지 회장은 무엇이 어떻게 돌아가는 상황인지 알 수가 없어 계속해서 낮은 음성만 흘렸다. 사실 평소대로라면 대부분 아내의 의견에 따르는 편이었지만, 이번 경우는 그로서도 아들만큼이나 황당한 경우라 쉽게 이해할 수 없었다. 대관절 돌아가는 상황을 조금이라도 알아야 아내의 편을 들어주든지 말든지 할 것이 아닌가.

박 여사가 다급하게 나섰다.

"자, 난희 양, 일단 앉아봐요. 물론 경계심이 들겠지만 조금만 더 시간을 내줘요."

"이건 경계의 문제가 아니라고 봅니다. 상식적으로 이해가 안 되는 이 상황을 도저히 받아들일 수 없습니다. 올바르게 판단할 수 있는 사람이라면 누구라도 이럴 것이라고 생각합니다. 오늘 처음 뵈었지만 사모님은 제가 되고 싶은 여성상이라 저도 모르게 마음이 끌렸습니다. 하지만 사모님께 다른 마음이 있으셨다는 걸 안 지금, 무척 실망스럽습니다. 저는 정말, 사모님을 좋게 보았습니다."

난희의 말에 박 여사의 눈동자가 잠시 정지했다. 물론 결론은 실망했다는 뜻이었지만, 자신을 이상향으로 삼을 뻔했다는 이 아가씨의 맹랑한 말이 어쩐지 또 마음에 들었다. 자신에게 이렇게 대놓고 말해오는 젊은 피는 실로 오랜만의 신선함이었다. 박 여사는 비어져 나오려고 하는 호감의 웃음을 애써 참고는 나직이 말했다.

"그래요. 상황을 받아들이기 힘들다는 난희 양의 말, 내 충분히 이해해요. 그럼 결혼 이야기는 일단 뒤로 미룹시다. 그러니 잠시 앉아봐요."

"앉긴 뭘 앉아? 갈 길 가시지? 입만 살아서는."

박 여사가 깐죽거리는 은혁의 등을 매섭게 후려쳤다.

쫘악!

모진 소리가 난 후에야 은혁은 억울해 죽겠다는 표정으로 몸을 홱 틀고 분을 삭였다. 엄마가 변했다, 변해 버렸다! 그것은 은혁에게 무자비한 충격이었다.

정말 나갈 생각이었던 난희는 그 고소한 명장면이 너무나 마음에 들어 일단 마음을 가라앉혔다. 싸가지가 맞는 장면을 한 번 더 떠올리며 살짝 웃음을 흘린 그녀는 천천히 자리에 앉았다.

"그럼, 말씀을 들어보겠습니다."

"은혁이, 너 잘 들어라. 바로 네가 친 그 도시락 때문에 이 사단이 난 게야. 난희 양, 아버지 도시락이라고 했나요?"

박 여사는 은혁이가 사태를 깨우쳤으면 하는 마음에서 일부러 더 은혁을 집중시켰다. 그러나 그 녀석은 귀를 후비는 시늉을 하며 딴전을 피우고 있었다. 난희만 공손히 대답을 해올 뿐이었다.

"예, 그렇습니다."

"존함이 어떻게 되지요?"

"자재과 민재오 과장님이십니다."

"그렇군요."

박 여사는 천천히 고개를 끄덕였다. 그때 갑자기 난희가 고개를 번쩍 들었다.

"그런데 지금 시간이……?"

빠르게 손목시계를 들여다본 그녀가 갑자기 한숨을 폭 내쉬더니 어깨를 늘어뜨렸다.

"무슨 문제가 있나요?"

"아버지께서 점심을 못 드셨을 것 같아서요. 여기 오느라 점심도 못 챙겨 드리고…… 연락이라도 해드렸으면 좋았을 텐데……."

"아, 그렇군요. 이렇게 무심할 수가 있나, 미안해요."

박 여사는 자신의 생각에만 빠져 도시락 건을 챙겨주지 못한 것이 뒤늦게야 떠올라 미안해졌다.

그나저나 가족끼리 저렇게나 서로를 챙긴다는 것은 화목한 가정에서 올바로 자랐다는 의미일 것이다. 사실 우리 은혁이한테 가장 필요한 게 바로 그것인데 말이지…….

"내가 정말 중요한 일을 간과해 버렸군요. 정말 미안해서 어쩌지요?"

"아, 아닙니다."

박사현 여사의 거짓없는 사과에 난희는 오히려 난감해졌다.
도시락을 변상 받을 마음은 분명 있었지만, 기왕 이렇게 된 거
어른께서 사과를 하시니 되레 미안했던 것이다. 박 여사가 따스
하게 웃으며 말했다.

"민 과장이 착한 딸을 뒀네요."

"착하긴."

박 여사가 뻗어온 손아귀에 빈정거리던 은혁의 볼이 한 움큼
이나 잡혀 흔들렸다.

"아앗! 아파요!"

"이 녀석이 도시락을 그렇게 만들었으니, 집에서 만든 것에
비할 바는 안 되겠지만 내일부터라도 식사를 잘하실 수 있도록
내가 신경을 쓸게요."

박 여사는 마지막 단어에 힘을 주는 동시에 은혁의 볼을 팽개
치듯 놓았다. 그 힘이 얼마나 센지 은혁의 몸이 저만치 나가떨
어질 정도였다. 난희는 삐져 나오는 조소를 참느라 고생하며 겨
우 말했다.

"아니에요. 사실 아까 전엔 제가 좀 화가 나서 말을 함부로 했
습니다. 정말 변상해 달라는 건 아니었어요. 저기 저…… 분요,
저분이 도시락을 치고도 사과는커녕 나쁜 말을 쏟아내서 억울
한 마음에……."

생각 같아서는 저 자식이나 저 녀석, 저 철면피, 저누무 시키
등등 입에서 나오는 대로 하나도 거르지 않고 쏟아내고 싶었지

만 자리가 자리인지라 난희는 단어를 가려 썼다. 그러나 은혁은 기가 막힌다는 듯 난희를 노려보며 비웃기 시작했다.

"이분이 도시락을 좀 쳤다고 더러운 신발을 벗어 던지는 교양 있는 여자는 대체 뭐냐?"

"너는 좀 조용!"

박 여사가 벼락같이 호통을 치자 은혁은 가슴을 탁탁 치며 돌아앉았다. 난희는 비웃음을 삼키며 박 여사를 바라보았다.

역시나 박 여사만 따로 떼어놓고 본다면 저런 망나니 같은 아들의 어머니라는 게 믿어지지 않을 정도다. 그리고 그녀가 한 말에 조금 감동도 했다. 다른 말은 몰라도 '집에서 만든 것에 비할 바는 안 되겠지만'이라는 대목에서는 가슴이 찡했다. 돈이 많은 사람들은 가끔 '정성'이라는 단어를 무시할 때가 있다. 바로 저치처럼……. 그러나 박 여사는 자신이 왜 도시락 하나에 그렇게 흥분했는지 그 마음을 알아주는 듯했다.

어머니가 손수 싸시고 아버지가 기뻐하며 드시는 도시락, 그것이 바로 난희가 생각하는 도시락의 본래 의미였던 것이다.

'저런 분한테서 어떻게 저런 불량품이 나온 거지?'

또다시 이해가 안 가 은혁을 살짝 쳐다보았더니 그가 '어쩔래?' 하는 눈으로 쏘아보았다.

정말 유치해 죽겠군.

두 사람은 다시 불꽃을 튀기며 서로를 노려보았다. 박 여사가 그런 두 사람을 저지하며 말했다.

"그래요, 난희 양 말뜻을 이해하겠어요. 어쨌거나 이쪽에서 먼저 실수를 한 것이니 그에 대한 처리는 우리가 할게요."

"네, 알겠습니다."

박 여사는 흡족한 눈으로 난희를 바라보며 엷게 웃었다. 곧 난희가 손목시계를 들여다보더니 난처한 얼굴로 말했다.

"죄송하지만 오후 수업에 늦기 전에 그만 가봐야 할 것 같습니다."

"그렇군요. 그럼 오늘은 이만 일어나지요."

"저어, 한 말씀만 더 드리겠습니다. 말씀하신 결혼 문제는 절대로……."

"아, 그 문제에 대해서는 잊도록 해요. 말하기 참 민망하지만, 내가 경솔했던 것 같아요. 하지만 나름대로의 이유가 있어서 그랬던 것이니 난희 양이 너그러이 이해해요."

박 여사의 호쾌한 말에 은혁과 난희의 얼굴이 동시에 활짝 펴졌다.

사실 난희로서는 아무리 생각해도 '너그러이' 이해가 되는 문제가 아니었다. 제아무리 타당한 이유가 있었다고 해도, 일면식도 없는 자신을 불러다가 갑자기 결혼 이야기를 꺼낸 것은 도무지 상식 불가였다.

그러나 이 사람들이 누구인가. 그 거대한 태원그룹의 회장님, 사모님이 아닌가. 보통 사람의 상식으로는 이해할 수 없는 일을 척척 해버리기에 이런 거대한 기업을 운영할 수도 있겠지. 게다가 두 분이 아버지 회사의 회장님, 사모님이라는 걸 생각했을 때, 확실히 자신은 '너그러이' 이해해야 하는 입장이라는 판단이 들었다.

오히려 처음부터 말이 안 되는 일이었다고 생각하면 깔끔한 끝마무리이기는 했다. 어쩌면 이 모든 일이 저 불량품 남자 때문에 우연히 일어난 해프닝일 수도 있겠거니 생각하니 그런대로 이해가 가는 것이다. 웃샤! 난희는 홀가분한 마음으로 자리에서 일어났다.

"아버지가 근무하시는 곳의 사주를 이렇게 직접 만나뵙게 되어 기쁘고 설레는 경험이었습니다. 그럼 안녕히 계세요."

난희는 쇼핑백을 꼭 안고서 예의있게 똑 부러진 인사를 했다. 지 회장과 박 여사는 그런 난희를 흐뭇한 눈으로 지그시 바라보았다.

그때 노크 소리와 함께 문이 열리더니 누군가가 안으로 들어섰다. 인사를 마친 난희도 마침 나가려고 몸을 돌린 차라 자연스레 쳐다보니 웬 발랄하고 상큼한 생김의 아가씨가 개나리꽃처럼 노란 원피스를 입고 나풀거리며 다가오고 있었다.

"안녕하세요. 효주 왔어요."

척 보기에도 있는 집 자식의 외관에 스스럼없는 말투를 종합해 볼 때 이 집 딸이거나 못 되어도 친척쯤 되는 모양이다. 난희는 별다른 관심 없이 무심하게 그녀를 스쳐 지나 밖으로 나갔다. 그런데 막 문을 닫고 생각해 보니 그 아가씨의 옷도 자신처럼 노란색이었다. 그것도 우연이라면 우연이려나? 아무튼 난희는 이제 태원그룹에 대한 것은 떨쳐 버리고 싶다는 생각을 하며 홀가분한 마음으로 회장실 복도를 날듯 걸어갔다.

서교동 임 여사의 딸 효주는 어머니의 지시에 따라 회장실로 찾아온 참이었다. 어릴 때부터 지 회장 내외는 효주를 딸처럼 생각하며 귀여워해 주었다.

"무조건 노란 원피스만 입으면 돼. 그 옷을 입고 은혁이 앞에 나타나면 만사형통이야. 사이가 절대 안 좋아야 한다는 걸 강조해 놨으니까 은혁이가 평소처럼 구박하면 넌 죽자사자 대들어. 다른 때처럼 기죽어서 설설 기면 산통 다 깨는 거야. 알았지?"

자신의 등을 떠밀며 엄마가 했던 말이다. 사랑하는 사람에게 왜 대들라는 건지는 모르겠지만, 효주는 일단 엄마의 말을 듣기로 했다. 좋았어, 잘해봐야지. 오빠의 연인이 될 수만 있다면 난 뭐든지 할 거야.

"어서 오렴."

박 여사가 효주의 노란 원피스를 쓰윽 훑어보며 입을 열었다.

'오케이. 아줌마도 내 원피스가 마음에 드나 봐. 어쩜, 이 원피스의 정체가 뭔지는 모르지만 시작은 좋은 것 같네.'

박 여사의 시선을 잡은 것이라 확신한 효주는 생글생글, 자신이 생각하기에 가장 예쁜 미소를 지어 보이며 웃었다.

"안녕하세요, 아줌마, 아저씨. 오빠도 안녕?"

"안녕이고 뭐고, 넌 또 뭐야! 왜 너까지 계란 노른자 같은 걸

입고 눈앞에서 왔다 갔다 하는 거야. 어휴, 그놈의 노란색, 꼴도 보기 싫으니까 저리 가!"

"이 녀석이. 동생한테 무슨 말투가 그러니?"

박 여사가 등을 철썩 때리자 은혁이 오만상을 쓰며 포효를 했다.

"아오, 아프잖아요! 도대체 오늘 왜 그러세요? 왜 동네 북 취급이냐고요! 그동안 안 때린 거 오늘 다 때리려고 작정하셨어요? 아파 죽겠잖아요!"

"아프라고 때린 게다. 그리고 소리 좀 그만 질러라. 머리 아프니까."

"하여간 저 가요."

"가긴 어딜 가겠다는 게야. 어떻게 돈을 썼기에 카드 값이 그 모양인지 그것부터 설명해야 넌 나갈 수 있어."

"왕창, 열심히 쓰면 그렇게 나와요. 대답 됐죠? 저 잡지 마요. 그 계집애 잡아야 하니까."

"저 녀석이!"

"오빠, 어디 가?"

효주가 울상을 지으며 은혁에게 달라붙었다.

"아, 몰라. 짜증나니까 묻지 마."

파리채 치듯 효주를 쳐낸 은혁이 바람처럼 사무실을 뛰쳐나갔다. 어……? 하니 벌써 나가 버린 후였다. 모든 것에 게으르다가도 제 볼일 생기면 저렇게 동작부터 빠른 녀석이 막내자식이라는 위인이었다.

박 여사는 옅은 한숨을 내쉬고는 효주를 돌아보았다. 그 예리한 시선이 효주의 노란 원피스에 머물렀다. 그때 효주는 자신의 불찰에 대해 생각하고 있었다. 분명히 엄마는 은혁이가 평소처럼 땍땍거리면 기죽지 말고 대들라고 했는데……. 하지만 그 지은혁 앞에서 어떻게 성질을 낸단 말이야. 말 한 마디도 못 붙이게 하는 못된 성격을 접하면 번번이 기가 죽고 마는데…….

'아뿔싸!'를 외쳤지만 이미 은혁은 사라졌고, 정신을 차리고 보니 박 여사가 자신을 주의 깊게 쳐다보고 있었다. 그래, 오빠를 놓쳤다면 아줌마라도 잡아야 해.

방향 전환을 한 효주는 원피스를 일부러 더욱 나풀거렸다. 노력이 통한 건지 박 여사는 깊은 생각에 빠진 모습으로 한참이나 원피스를 들여다보았다. 한참 후에야 그녀가 천천히 입을 열었다.

"옷이 아주 예쁘구나. 어머니께서 골라주셨겠지?"

어쩐지 박 여사의 표정이 마치 웃음을 억지로 눌러 참고 있는 듯 기묘했기에 효주는 고개를 갸웃거리며 천천히 대답했다.

"네? 네."

"회장님, 저 나갑니다. 아참, 자세한 이야기는 나중에 해드릴게요."

"궁금하지만 당신이 좋을 대로 해요."

지 회장은 언제나 자신의 아내를 믿는 사람이었다. 지 회장에게 가벼운 목례를 한 박 여사는 효주에게도 인자한 미소를 지어 주고는 밖으로 나갔다.

"저, 아줌…… 마?"

이럴 수가 없다는 생각으로 효주가 팔을 뻗었지만 박 여사는 이미 나가 버린 후였다. 이게…… 끝이에요? 원피스 말이에요. 한참 쳐다보셨잖아요.

'옷이 아주 예쁘구나. 어머니께서 골라주셨겠지?' 박사현 여사가 남긴 말은 그게 다였다. 그럴 거면 뭐 하러 그렇게 의미심장한 눈으로 들여다보신 거냐구. 아니야, 아줌마는 겉으로 잘 표현하는 사람이 아니니까 분명 내 원피스를 보고 무슨 생각을 하고 계신 거야. 틀림없이 그럴 거야.

효주가 그렇게 자신을 다독이고 있을 때, 박사현 여사는 평소의 냉철한 얼굴로 돌아가 또각또각 긴 복도를 걷고 있었다. 그녀의 입매가 천천히 말려 올라갔다.

"임 여사, 머리를 좀 썼군."

그제야 박 여사의 머릿속에서 오늘 일이 하나씩 착착 정리가 되었다. 점을 권한 임 여사, 미리 노란색을 운명처럼 정해 입을 맞춰놓은 후 딸을 밀어 넣는다……. 어김없이 딱딱 맞아떨어지는 상황이었다. 왠지 임 여사답지 않으면서도 가장 임 여사다운 계획이 아닌가.

처음 의도대로 되었다면 지금쯤 임 여사는 쾌재를 부르고 있겠지. 그러나 생각지도 못한 곳에서 난희라는 아가씨가 튀어나왔고…….

"쿡쿡. 하하, 하하하!"

갑자기 복도가 울릴 정도의 통쾌한 웃음소리가 터져 나왔다. 실로 오랜만에 크게 웃는지라 눈물까지 찔끔 나왔다. 그러나 박 여사는 웃음을 멈출 수가 없었다. 애초에 효주를 염두에 두었던 노란빛, 그러나 자신의 눈에 띈 건 우연히 도시락 가방이 부딪친 민난희의 노란빛이라……. 아무리 생각해도 오늘 일어난 일련의 사건들이 너무 재미있는 박 여사였다.

은혁은 눈에 불을 켜고 달렸다. 얼마나 속도를 냈는지 넥타이가 펄럭펄럭 날렸다. 중간중간 직원들의 인사를 대충 넘기며 무조건 촌스럽고 우악스런 뒤태를 찾았더니 저만치 앞서 걸어가고 있는 얄미운 뒤통수를 발견할 수 있었다. 은혁은 속도를 높여 노란 스웨터를 입은 난희의 손목을 확 잡아 돌려 세웠다.

"아얏!"

미간을 찡그리며 돌아선 난희는 곧 자신을 무식하게 돌려 세운 무뢰한이 은혁이라는 것을 발견하고는 벌컥 소리쳤다.

"이거 놔요!"

"너 누가 도망가라고 했어? 내가 지구 끝까지라도 쫓아간다고 했지?"

"미안하지만, 저는 방배동 사니까 지구 끝까지 쫓아올 필요까지는 없거든요? 그리고 도망간 거 아니고 갈 길 가는 거니까 거

치적거리지 말고 비켜줄래요, 쫌?"

"그래도 끝까지 따박따박. 뭐, 좋아. 넓은 아량으로 용서해 줄 테니까 일단 쌓인 빚만 갚아."

"빚? 빚은 아까 사모님께서 갚아주시기로 하신 거 아니었나요? 왜요? 개인적으로도 보상하고 싶어요? 미안하지만 됐거든요?"

"하! 말이 안 통하는군. 너 뭘 믿고 그렇게 잘났냐? 네 냄새 나는 운동화로 내 뒤통수 친 거, 그리고 이 몸의 귀한 팔 물어뜯은 거 어떻게 보상할래?"

"정당방위였으니까 그만 비키시죠. 유치해 보여요."

은혁은 기가 막혀서 말도 나오지 않았다. 지금껏 바람둥이 막 가파로 반평생을 살아오면서 몸매 좋고 돈 많고 얼굴 예뻐서 도도한 여자들은 나름대로 봐왔지만 이렇게 100% 모자란 조건으로 콧대가 하늘을 찌르는 여자는 생전 처음이었다.

"아량을 베풀어 그쪽의 실수는 잊어줄 테니까 이제 그만 치근 덕거려요."

"뭐? 치, 치근덕?"

"이러는 거 너무 뻔히 들여다보이는 수작 아니에요? 나한테 관심있어요?"

"이, 이게 정말 사람을 뭐로 보고!"

은혁이 마치 한 대 치기라도 할 것처럼 주먹을 홱 치켜세웠 다. 순간 난희의 눈초리가 사나워지더니 무서운 눈으로 그를 노려보았다.

"한다 한다 했더니 이젠 여자까지 때려요?"

약이 오를 대로 오른 은혁의 주먹이 부들부들 떨렸다.

"못 때릴 건 뭔데?"

"글쎄요, 스스로 가치를 깎아내리겠다는데 내가 무슨 말을 하겠어요?"

"너 그렇게 짜증나게 굴다가 정말 맞는 수가 있다. 난 여자 남자 안 가려, 알아?"

"그거야 딱 한마디 나눠보니 알겠더군요. 왜요? 더 할 말 있어요?"

난희와 은혁의 시선이 무섭게 얽혀들었다. 은혁은 당장이라도 한 대 때리고 싶은 것을 필사적으로 참으며 천천히 팔을 내렸다.

"휴, 내가 참는다. 한 대 때리고 빌딩 사줄 일 없으니까."

"웬 빌딩?"

"못 알아듣는 척하지 마. 가난한 것들은 다 그러잖아? 한 번 건수를 잡으면 거머리처럼 달라붙지. 그게 가난한 사람들의 습성 아닌가?"

난희의 눈에서 파란 광채가 일었다. 그녀가 부들부들 떨며 한 마디 한 마디 씹듯 내뱉었다.

"사람 어떻게 보고 이럽니까? 그깟 빌딩 한 채를 나 자신보다 소중히 여긴다고 말하는 겁니까, 지금?"

“왜? 억울하신가?”

물론 억울하다. 너무 억울해서 울컥 눈물까지 나려 했다. 덜 된 인간이라는 건 살 떨리게 인식했지만 이 정도일 줄은 몰랐다. 정말이지 그녀가 본 인생 최악의 인간이었다. 건들거리며 피식피식 웃는 그 얼굴에 주먹이라도 꽂아주고 싶었지만 난희는 말 섞기조차 싫어서 몸을 획 돌렸다. 그녀는 온몸에 힘을 주고 분노를 내리누르며 한 걸음 한 걸음 걸었다. 잘 닦인 대리석 바닥을 밟을 때마다 분노가 치솟아올랐다. 따라오기만 해봐. 정말 가만 안 둬.

“야! 너 거기 서봐.”

짖지 말라고 했다, 응!

“거기 서라니까!”

“싫어! 싫다고!”

난희는 빽 소리치며 몸을 획 돌려 은혁을 노려보았다. 은혁이 정장 수트의 바지 주머니에 손을 찌르고는 피식 웃었다.

“싫다더니 왜 서?”

“대체 하고 싶은 말이 뭐니?”

“뭐니? 자알~ 한다. 한참 어린것이 어디서 반말이야?”

“난 마음으로 존대하고 싶지 않은 사람을 존중하는 예의까지는 없거든.”

“이걸 그냥.”

“자알~ 한다.”

은혁은 자신이 했던 말을 똑같이 흉내 내는 난희를 부글부글 끓는 얼굴로 노려보았다.

"됐어, 됐고. 너 내가 가만히 생각해 보니까 기가 막혀서 하는 말인데, 물론 말도 안 되는 소리였지만 결혼 얘기 나왔을 때 감히 나를 거부했었어. 너 주제를 좀 알아야겠다. 자존심 상하게 어떻게 네가 날 거부해?"

난희는 뻔뻔스럽기 그지없는 은혁을 물끄러미 쳐다보고 있었다. 그 유치한 꼴을 가만히 보고 있자니 억울한 마음도 가시고 천천히 평정이 되었다. 솔직히 저런 말도 안 될 정도로 한심한 인간 때문에 억울해할 필요가 없었다.

"지금 누가 자존심이 상했다고 짖고 있는데 말이지, 미안하지만 정말 자존심 상할 사람은 나거든?"

"어쭈. 근데 이게, 짖어? 짖어어?"

"난 지금껏 열심히 노력해서 하고 싶은 걸 모두 다 스스로 이뤘어. 처음부터 모든 걸 가지고 태어난 그쪽 같은 사람은 모르겠지만, 세상엔 자기 자신의 힘으로 이룰 수 있는 게 무한대로 많아. 난 그걸 지금껏 이뤄왔고 앞으로도 그럴 거야. 그런데 내 미래에 대해 뭘 안다고 그쪽이 날 무시해? 앞으로 십 년 후, 아니, 오 년도 아깝겠다. 그사이에 누가 더 높은 위치에 있을지 그쪽이 감히 예측할 수 있어?"

"기가 막히는구만. 고작해야 아직 학생 같은데 그 주제에 열심히 노력해서 성공한다는 게, 대기업에 취직하는 것밖에 더 있어? 다시 말해 제 아무리 용을 써봐야 넌 월급을 받는 고용인이고, 나는 그 월급을 주는 고용주라는 말이다. 오너, 알아들었어? 그게 바로 평민과 귀족의 갭이라는 거다. 아무리 발버둥 쳐봐야 너와 난 출발 지점 자체가 다르다고. 이래도 내가 함부로 예측할 수 없다고 끝까지 우길 테냐?”

“정말 대단하시네요. 부정 탈까 봐 말 안 하려 했지만, 과연 오 년 후에 내가 어디까지 성공해 있을지 꼭 지켜봐요.”

“내가 약 먹었냐? 하고 많은 여자 중에 널 왜 보고 있어!”

“그리고 이건 노파심으로 덧붙이는 말인데, 오 년 동안 그나마 상속 받을 돈 미리 다 써서 빈털터리 되지 말고 그쪽도 노력하고 살아요. 알았어요?”

난희는 퍼붓듯이 말을 쏟아내고는 그가 미처 대꾸할 틈도 주지 않고 바람처럼 비상구로 내달렸다. 그 성격상 쫓아와서 머리채라도 잡을까 싶어 그야말로 정신없이 달렸다. 그러나 다행히 더 이상의 추격은 없었다. 몇 층 더 내려와 안전하게 엘리베이터로 옮겨 탄 난희는 그제야 한숨을 돌리고 카타르시스를 느꼈다.

“어휴, 다시는 안 보기를.”

난희는 성호까지 그어가며 간절히 빌었다. 소금이 있다면 냅다 뿌리고 싶을 정도로 재수없는 인간이다.

한편, 은혁은 갑자기 맞은 연타에 정신을 차리지 못하고 있었다. 뿐만 아니라 그의 생애 처음으로 당한 독한 공격에 심각한 패닉까지 덧붙여진 상태였다. 겨우 정신을 차리니 이 독한 것이 어찌나 빠른지 벌써 사라지고 없었다. 잠시 조용히 서 있는가 싶던 그가 구둣발로 벽을 냅다 걷어차고는 씩씩거렸다.

"어디 두고 보자, 방배동. 그냥은 안 둔다!"

은혁은 이를 드륵드륵 갈면서 성큼성큼 걸어 코너를 돌아 사라졌다. 그때 가까운 복도 끝에 숨어 있던 그림자 하나가 천천히 걸어나오더니 곧 멈춰 섰다. 박 여사는 참고 있던 웃음을 그제야 터뜨렸다. 그러나 곧 헛기침을 하고는 옷매무새를 가다듬었다.

아직도 난희라는 아가씨가 똑 부러지게 외치던 모든 말들이 귀에서 쟁쟁거리며 맴도는 것 같았다. 어찌나 매섭고도 차지게 말하는지 자신도 놀랄 지경이었는데, 뭣 모르고 설치던 그 한심한 아들놈은 얼마나 충격일까.

올해 나이 스물여덟, 그러나 제 놈이 지금껏 해놓은 일이 뭐가 있는가. 그래도 머리가 완전히 꼴통은 아니었는지 그나마 중간 수준의 대학에 입학해 준 것까지는 좋았는데, 재학 중에 형을 따라 유학을 보낸 것이 화근이었다.

어느 때부턴가, 그곳의 유학생들과 어울려 다니기 시작하더니 얼마 가지 않아 매일같이 술과 파티에 빠져들었다. 그때 만난 친구들이 지금까지도 함께 노는 부류들이었는데, 하나같이 도피성 유학길에 오른 재벌가 자녀들로 향락과 사치가 말도 아니었다. 그나마 은혁은 형이 옆에 있어서 파티는 파티대로 즐기되 나름대로 공부도 해서 학위는 무사히 취득할 수 있었다. 지 회장은 그나마 잘한 것이라며 은혁을 추켜세웠지만 박 여사는 그렇지 못했다.

얻은 것은 분명히 있는 유학이었지만 그 유학 이후 아들은 확실히 더 망가졌다. 아무리 자주 보지 못한 어미라도 모자지간이니 그 엄연한 차이를 바로 알아챌 수 있었다. 그러나 은혁은 '놀 만큼 놀았어도 괜찮은 성적으로 학위를 땄으니까 아버지 말마따나 상관하지 마세요!' 라는 입장을 고수하면서 더욱 기세등등했다. 그쯤 되니 차라리 아들이 그 잘난 학위를 따지 않는 쪽이 더 나았을지도 모른다는 생각까지 들었다. 그러면 '도대체 유학가서 한 게 뭐냐!' 라는 핑계를 대면서 닦달이라도 하련만, 제 할 일은 해놓았으니 신경 끄라는 데는 아무 말도 할 수 없었다.

귀국 후 아들은 그렇게 큰소리치던 학위를 사용하기는커녕 유학 때부터 익힌 향락문화에만 더욱 절어서 살았다. 그때 사귄 친구들과 만나는 회수도 잦아지고, 하고 다니는 짓도 점점 더 가관이었다. 형들을 시켜 몇 번을 잡아 앉혀놓고 경영 수업을 시키려 해도 틈만 나면 미꾸라지처럼 쏙쏙 빠져나가니, 급기야 형들도 지치고 박 여사도 지쳐 버렸다.

"저가 하고 싶은 마음이 들면 하겠지."

형들에게는 그렇게 엄한 아버지였던 지 회장은 은혁에게만은 한없이 너그러웠다. 제 놈이 그걸 믿고 더 설치는 것을 알고 있는 박 여사였지만, 그녀 역시 남편과 다를 바가 없었다. 막내자식이라 그런가. 따로 생각할 때는 그렇게 밉기만 한데, 막상 얼굴을 대하고 보면 애틋한 마음부터 먼저 드니 자식을 망친 당사자가 바로 부모인 것 같아 박 여사는 때마다 회한이 일었다.

그때 유학을 보내지 말고 늦었더라도 자신의 품에서 데리고 거두었어야 했다는 후회가 드는 것이다. 독립적이고 본래부터 냉철한 성격이 있는 형들과 다르게 은혁은 어쩐지 어릴 때부터 유달리 엄마를 많이 찾았고 어리광이 심했다. 막내라 그런 탓이라고 생각해도 본래 타고난 성격 자체가 정을 많이 바라고 착착 달라붙는 성향이 있었다. 그걸 바쁘다는 핑계로 자주 안아주지도 못하고 보모 손에서만 키웠으니.

형들과 똑같을 것이라 생각하고 주의를 기울이지 않은 것이 잘못이었다. 살뜰한 정을 바라는 막내아들의 욕구를 맞추어주지 못한 것이다. 그래서 저렇게 망나니가 된 것인지, 박 여사는 엄마로서 자신이 무척 실격이라는 것을 아들이 클수록 인정하고 있었다.

그래도 포기할 수는 없어서, 박 여사는 어떻게든 은혁이 성인으로서 제 몫을 할 정도로만 교육시키라고 형들에게 단단히 일렀다. 그러나 이 계열사 저 계열사에 몇 번을 끌어 앉혀놔도 은혁은 그때마다 채 삼 개월을 채우지 못했다. 말단 사원, 대리급, 팀장급 등등 온갖 직책에 강제로 앉혀놔도 안하무인으로 문제를 일으키지 않으면 살살 빠져나가 놀고 있으니, 그 짓만 근 이년 동안 이어질 듯 이어질 듯 되풀이하다가 종국에는 모두 포기해 버렸다.

제 큰형의 말로는 정신만 차리면 사업에 대한 감각도 있고 센스도 있어서 잘할 것 같다는데, 그놈의 정신이 도무지 차려지지 않으니 그게 문제였다.

결국 현재는 보다시피 저 원하는 대로 좋다고 자유롭게 돌아다니며 활개를 치고 있는 중이었다. 일은 안중에도 없고 수중의 카드나 펑펑 긁고 다니며 하릴없이 지내는 것이다.

그런 녀석에게 그 아가씨가 똘똘하기 그지없는 어투로 정곡을 찔러댔으니 제 놈이 오죽 충격을 받았을까. 분명 부글부글 끓어올랐겠지. 혈압이 올라 말도 안 나왔겠지. 역시나 아들놈은 단 한 마디도 못하고 벙 쪄서는 눈앞에서 그 아가씨를 놓쳐 버렸다.

쿡쿡, 박사현 여사는 유쾌한 웃음을 터뜨렸다.

"그 아가씨 참 탐나네. 어디 보자, 자재과 민재오 과장이라……."

천천히 중얼거리며 총무과로 걸음을 옮겼다.

제2장 태원그룹 싸가지 vs 방배동 못난 '희'

난희는 수업이 끝난 후 집으로 돌아왔다. 막 문을 여는 순간 갑자기 무언가가 맹수처럼 뛰어들더니 난희를 얼싸안고 환호성을 질러댔다.

"뭐, 뭐야?"

커다란 개가 뺨을 핥는 것 같기도 하고, 사자가 포효하는 것 같기도 한 그 생명체를 겨우 품에서 떼어내고 보니 상희였다.

"언니! 언니!"

뭐가 그렇게 좋은지 상희가 난희를 또 와락 안아왔다.

"언니! 나 너무 좋아아!"

"깜짝 놀랐잖아. 왜 그래? 엄마, 애 왜 이래요?"

엄마가 국자를 들고서 고개를 설레설레 저었다.

“직접 들어라. 나도 뭐가 뭔지 모르겠다.”

“언니, 나 드디어 모델 됐어!”

상희가 핫팬츠 차림으로 잘빠진 몸매를 유감없이 드러내 보이며 기쁨에 찬 환호성을 질렀다. 난희는 눈이 휘둥그레져서 가방을 내려놓았다.

“모델?”

“응! 모델. 그것도 그 이름도 찬란한 길거리 캐스팅. 내가 친구들이랑 걸어가고 있는데 웬 아저씨가 다가오더니 명함을 주는 거야. 언니도 알지? 대부분의 스타들이 그런 식으로 캐스팅돼서 초특급 스타가 되잖아! 예스, 예스, 이에스!”

상희는 지금 제정신이 아닌 것 같았다. 갸름한 얼굴에 큰 눈, 오뚝 솟은 버선코가 특히 예쁜 상희는 당장이라도 연예인이 된 것처럼 들떠 있었다. 기대감에 부풀어 오른 눈으로 바라보고 있는 걸 보니 언니의 축하를 기다리고 있는 모양이다. 얼마든지 놀라워해도 좋아!

그러나 난희는 차분하기 그지없는 목소리로 동생에게 말했다.

“좋은 일이긴 하다만 잘 알아보고 해. 그런 것 사기도 많다니까.”

순간, 상희의 얼굴에서 미소가 걷혔다. 그녀가 뾰로통한 눈으로 난희를 노려보았다.

"언니, 지금 초 치는 거야?"

"내 말은 신중을 기하라는 거야. 시사 프로그램에도 그렇고, 신문에도 그렇고, 그런 걸로 접근해서 사기 치는 사람들이 많다잖아. 세상이 얼마나 무서운데."

"언니! 대체 왜 그래?"

"으, 응?"

"진짜 내 언니 맞아? 이렇게 기쁜 일에 어떻게 그런 말을 할 수 있냐구. 내가 얼마나 원한 일인지 뻔히 알면서. 언니, 혹시 질투해? 내가 예쁘다고 질투하는 거냐고."

"왜 말이 그렇게 흘러가? 내 동생이 예쁘면 나도 좋지, 갑자기 웬 이상한 소리야?"

"웃기지 마. 언니는 질투하고 있어. 그게 아니라면 어떻게 그런 식으로 찬물을 끼얹을 수 있어? 남도 그렇게는 말 안 하겠다. 아니, 다들 질투에 눈이 멀어 나쁜 말을 해도 언니만은 좋아해 줘야 하는 것 아니야? 하긴 언니한테 이런 일이 좋은 일 축에나 끼겠어? 잘난 언니 눈에는 내가 하는 모든 일이 유치하고 한심해 보일 테니까. 바보처럼 사기나 당하고 다니는 애로 보일 테니까. 똑똑하고 잘난 언니한테는 말이야!"

난희는 마치 벼락처럼 퍼부어지는 힐난을 변명 한 번 못하고 듣고 있었다. 물끄러미 동생을 바라보는데, 그렇게 퍼붓고도 모자랐는지 상희가 또 흥분하며 외쳤다.

"언니도 아니야. 아니, 우리 가족 모두가 그래. 내가 하는 일은 다 허술하고 한심한 행동이고, 언니 하는 일만 대단하잖아. 대체 왜들 그래? 난 주워왔어? 공부 못하면 사람도 아니냐고!”

“상희야, 언니 말 좀 들어봐. 말이 왜 그렇게 흘러가니. 누가 널 허술하게 생각한다고 그래? 그저 언니는 좀 더 신중하게…….”

“신중하기는 뭘 신중해? 이게 나한테 온 기회일지도 모르는데 그런 노인네 같은 생각 때문에 놓쳐 버리면 언니가 내 인생 책임질래?”

“상희야.”

“아, 몰라. 다들 이래. 엄마도 기뻐해 주기는커녕 잔소리나 하고, 언니도 똑같아. 다들 미워!”

눈에 불을 켜고 마지막까지 바락바락 악을 쓴 상희가 그대로 이층으로 뛰어올라 갔다. 워낙 갑작스럽게 받은 공격이라 붙잡을 틈도 없었다. 이층 계단이 무너질 정도로 울리더니 문소리가 쾅당 진동을 했다. 그야말로 집이 내려앉을 만큼의 괴력이었다.

“엄마, 쟤 왜 저러우?”

“글쎄 말이다. 나도 노파심에 몇 마디 했는데 너까지 그러니까 화가 난 것 같아.”

어머니가 설레설레 고개를 저었다. 난희는 한참을 생각하다가 어깨를 으쓱했다.

“그렇다면 아무래도 내가 말을 잘못한 것 같네. 그냥 무조건 축하해 줄 걸 그랬어. 그렇지만 언니가 되어서 덮어놓고 축하해

주는 것보다는 신중하라는 의미로 조언을 해주는 게 나을 것 같
아서 한 말이었는데.”

“올라가서 얘기 좀 해봐. 저렇게 성질내면 한 달은 가니까 얼
른 풀어줘라.”

“네, 알았어요.”

난희는 한숨을 폭 내쉬고 이층으로 향했다. 주방으로 들어가
려던 어머니가 아차, 생각난 듯 난희를 불렀다.

“난희야!”

“네?”

“너 오늘 아빠 회사에 안 갔었니? 아빠한테 전화 왔었어. 너
찾던데.”

순간 지금까지 잊고 있던 정오의 악몽이 떠올랐다. 또한 심각
한 인간 말종인 그 녀석도.

“그게요, 회사까지는 갔었는데 귀찮은 일에 말려드는 바람에
그만 도시락을 못 전해 드렸어요. 죄송해요. 아버지 점심 못 드
셨다죠?”

“아니, 안 오기에 사드셨다고 하더라. 그런데…….”

“네? 왜요?”

“아니, 아니다. 상희한테 올라가 보렴.”

난희는 고개를 갸웃거리며 이층으로 올라갔다. 어쩐지 엄마
가 말끝을 흐리는 것 같았는데…….

어머니는 계단을 올라가는 딸의 뒷모습을 조용히 바라보고

있었다. 오후쯤 남편에게 전화가 걸려왔다. 그런데 급하게 난희를 찾는 목소리가 이상하게도 떨리고 있었다. 남편의 억양만 들어도 그 마음을 알 수 있는 잉꼬부부로서 오늘 남편의 어투는 분명 어딘가 의심스러웠다. 뭔가 걱정스러운 일을 짊어진 사람처럼……. 그래서 딸의 눈치를 살피며 말했지만 딸의 표정은 그저 산뜻했다.

"별일이야 있으려고."

어머니는 국자를 품에 꼭 안고 주방으로 들어가며 중얼거렸다.

난희는 방문을 똑똑, 노크했다.

첩첩산중이라……. 오늘이 딱 그 짝이었다. 낮에는 백 년에 한 번 있을까 말까 한 해프닝에 연루되어 천 년에 한 번 볼까 말까 한 엄청난 싸가지 왕을 만나더니, 그것도 모자라 집에 돌아오자마자 동생의 핀잔을 다발로 먹었다.

아, 머리 아파.

대답이 없기에 난희는 한숨을 내쉬고 방문을 열었다. 방을 함께 쓰는지라 노크 안 해도 되는데. 일단 전혀 해결할 엄두가 안 나는 싸가지 왕의 일은 잊기로 하고, 그나마 해결 가능성이 있고 또 꼭 해결해야 하는 동생과의 일을 마무리 짓기 위해 방 안으로 들어섰다.

상희는 뿔이 잔뜩 난 채로 인형을 꼭 끌어안고서 침대 위에 웅크리고 앉아 있었다. 그 현란한 머리카락 색깔은 언제 봐도 마음에 안 들었지만 그것 외에는 정말 예쁘고 잘난 동생이다. 난희는 어릴 때부터 똘망똘망하고 똑 부러지게 생겼다는 칭찬을 들었다. 반면, 상희는 인형처럼 예쁘다는 칭찬을 들었다. 시원하게 오뚝 솟은 콧날과 달콤할 정도로 큰 눈, 다듬지 않아도 갈매기처럼 휘어지는 눈썹과 빨간 입술 등 모든 것이 매력 포인트인 동생 상희는 무표정할 때가 가장 예쁘다. 무슨 생각을 하는 건지 알아챌 수 없어 더 신비로운 비스크 인형 같은 얼굴이랄까.

그러나 정작 상희는 그 평을 싫어했다. '무슨 생각을 하는 건지 알아챌 수 없다는 말은 내 머리가 비었다는 뜻이야?' 그렇게 발끈하곤 했었다. 그걸 왜 그렇게 이해해야 하는 건데?

자랄수록 상희는 난희의 똑똑한 면과 자신을 비교했고, 조금이라도 지적인 면에서 뒤처진다는 뜻으로 해석되는 말을 들으면 가차없이 공격을 해왔다. 지금 내가 멍청하다고 깔보는 거지? 등등의 말들로.

'난 다음 세상에 다시 태어난다면 똑똑한 머리보다 예쁜 얼굴과 긴 팔다리를 갖게 해달라고 빌겠어. 그래서 언니는 네가 부러워' 언젠가 크리스마스 날 상희에게 그런 말을 했었다. 그 해 크리스마스, 상희는 그 어느 때보다 기뻐하며 축복받은 얼굴을 했다. 내심 난희의 그 말이 마음에 들었던 것이다. 언니가 나를 부러워하고 있다니…….

그러나 사실 난희의 속사정은 달랐다. 마치 은총이라도 입은 것처럼 기뻐하는 상희의 얼굴을 보며 그녀는 안도의 한숨을 돌리고 있었다. 그 당시 난희는 국내 최고의 명문대에서 합격 통보를 받았는데 무려 장학생으로까지 뽑혀서 정말 정신이 없었다. 그 일로 가족뿐 아니라 모든 지인들의 관심이 난희에게 쏠렸다. 덕분에 그 며칠 동안 상희의 심사가 편치 않았다. 난희는 의기소침한 동생에게 용기를 주고 싶어 그런 말을 했고, 결과는 대성공이었다.

그렇다면 난희의 속마음은? 예쁜 얼굴보다야 똑똑한 머리가 낫다? 그건 아니었다. 그저 생긴 대로 사는 게 최고다. 국민교육 현장에 명시된 말마따나 '타고난 저마다의 소질을 개발하고 우리의 처지를 약진의 발판으로 삼아……' 가 난희의 최종 좌우명이었다.

"상희야, 화났니?"

난희는 침대 한쪽 끄트머리에 살며시 앉아 조심스럽게 물었다. 인형을 더욱 꼭 끌어안은 상희가 몸 전체를 팩 돌렸다. 기집애, 성질머리 하고는.

"언니가 미안하다. 그런 뜻으로 말한 건 아니었어."

그래도 팩! 저런 식으로 몇 도씩 틀다 보면 삥 돌아 제자리로 돌아오겠다.

"그래, 언니가 했던 말 다 취소할게. 캐스팅 된 거 정말 축하해. 나도 그런 식으로 성공한 사람들 이야기 많이 들어봤어."

"언니가 듣긴 뭘 들어? 다 사기라며?"

여전히 퉁명스러운 어투였지만, 상희가 말을 섞어왔다는 것은 풀겠다는 여지가 있다는 것이었다. 난희는 기회의 고삐를 확 낚아챘다.

"사람은 자기한테 온 기회를 잘 잡아야 한다잖아. 그래서 능력과 재능이 아무리 뛰어나도 행운을 타고난 사람을 못 따라간다는 말도 있고. 그런데 넌 능력도, 재능도 뛰어난 데다 행운까지 겹친 사람인가 봐. 정말 대단해. 내 동생이란 게 자랑스러워."

"입바른 소리 하지 마. 맘에도 없으면서 아부는."

"어머, 내가 너한테 아부할 일이 뭐가 있니? 언니는 그저 느끼는 대로 말하는 거야. 정말이야. 너무너무 축하해."

오버를 해가며 상희를 흘끔 보니 아직도 볼이 퉁퉁 부어서 벽을 보고 있었다. 이걸로는 모자라나?

"언니는 길거리를 아무리 다녀도 그런 거 꿈도 못 꾸잖아. 명함을 주기는커녕 도를 믿으시냐는 말밖에 안 걸어오는데 너는 과연! 정말 대단해. 너한테는 명함 든 피디가 걸어오는데 나한테는 도나 걸어오고 있으니 얼마나 대단하니? 그러기 정말 쉽지 않잖아. 서울시 유동 인구가 얼마며, 그중에 모델 하고 싶어 안달 난 사람은 또 얼마니? 확률로 따지니까 정말 입이 안 다물어진다. 언니는 네가 내 동생이라는 게 자랑스러워."

그제야 상희의 몸이 조금 움찔했다. 귀여운 녀석.

그녀가 힐끗 난희를 돌아보더니 샐쭉한 얼굴로 말했다.

“언니도 실은 부러운 거지? 그랬으면 좋겠단 거지?”

“그, 그럼!”

“정말이지?”

“그렇다니까. 두말하면 잔소리지, 얘는.”

마침내 길고 긴 아부의 시간이 끝나자 상희가 인형을 놓고 바른 방향으로 돌아앉았다. 난희의 등골에 저절로 식은땀이 흘렀다. 동생 비위 맞추면서 살기, 정말 너무 힘들다.

상희가 그 늘씬하게 잘빠진 팔로 턱을 괴더니 심란한 얼굴로 말했다.

“사실은 나 오늘 무지 화났어. 명함 받고 너무 좋아서 친구들한테 말했는데 다들 나쁜 소리만 하는 거야. 그게 그렇게 쉽겠니? 아니면 내 친구도 열 장은 받았다더라. 그런데 지금 다들 놀고 있잖아? 그런 맥 빠지는 소리들만 하고 있는 기집애들을 보니까 얼마나 화가 나는지.”

난희의 가슴이 찌르르 울렸다. 문제는 더 깊은 곳에 있었던 것이다. 그것도 모르고 벌어진 상처에 소금을 뿌렸으니…….

“그랬구나. 정말 못된 애들이네.”

“근데 친구들은 그렇다 쳐도 언니까지 그러니까 김새지 않겠어?”

“그래, 그랬겠다. 나 정말 혼나도 싸다.”

“근데 그 기집애 정말 명함 열 장 받았을까?”

“걱정 마. 나이트클럽 홍보 명함이었을 거야. 분명히 네 거랑은 퀄리티가 다른 것일 테니까 신경 쓸 거 없어.”

“흐음.”

상희가 골똘히 생각하더니 고개를 번쩍 들었다.

“퀄리티가 뭔데?”

난희는 웃어버리고 말았다. 어떻게 보면 순수하고, 어떻게 보면 귀여운 동생이 정말 좋았다. 난희는 애정이 듬뿍 담긴 눈으로 상희를 바라보며 천천히 일어났다. 그리고 우아하게 손을 들어 상희의 이마를 사정없이 쥐어박았다.

“기집애야. 공부 좀 해!”

“우씨, 언니!”

“하여간 축하해. 혹시 언니 도움 필요하면 언제든 말하고, 약속 잡으면 일단 긴장하고, 무조건 덥석 믿지 말고 현명하게 판단해서 해. 넌 좋은 재능을 가진 아이니까 꼭 성공할 거야. 그러니까 조급해하지 말고. 알았지?”

“응. 하지만 나 너무 설레서 잠도 안 올 것 같아.”

눈을 반짝이며 동생이 행복한 상상에 빠져들었다. 난희는 그런 동생을 향해 싱긋 웃고는 수건을 챙겨 욕실로 들어갔다.

“네에?”

그날 저녁, 난희는 믿을 수 없다는 눈으로 아버지를 향해 외쳤다. 퇴근하자마자 수심이 가득한 얼굴로 어머니와 난희를 불러 앉힌 아버지가 하신 말에 난희와 엄마는 동시에 놀라고 말았다. 그나마 상희가 살을 빼야 한다며 나이트에 간 상태라 다행이었지, 아니었으면 이런 말도 안 되는 일을 상희까지 들을 뻔했다.

"아버지, 그게 무슨 말씀이세요?"

"그러게요. 당신, 갑자기 무슨 말이에요?"

난희와 어머니가 협공을 하여 아버지를 몰아세웠다. 코너에 몰린 중년 가장은 담배를 뻑뻑 피우며 한숨을 흘렸다.

"글쎄 말이다. 갑자기 회장님 호출이 있어서 올라갔더니 그런 말씀을 하시지 뭐냐. 회장님 얼굴을 지척에서 뵙기도 흔치 않은 일이고, 게다가 사모님까지 계신 자리라 도대체 무슨 일인가 싶었는데 그런 말씀을 해오시니, 이거 참."

아버지는 답답한지 담배 연기만 연신 내뿜었다. 그에 어머니가 분기탱천하여 소리쳤다.

"아니, 우리 난희가 지금 나이가 몇인데 벌써 결혼 이야기예요? 글쎄, 결혼이라니. 물론 신경 써주시는 거야 놀랍고 고마운 일이지만 무슨 회장님께서 사원 딸 결혼하는 것까지 간섭이냐구요. 대체 누구와 우리 난희를 결혼시키겠다는 거예요?"

아버지가 모녀에게 해오신 말씀은 '난희야, 회장님께서 네 결혼 문제를 말씀해 오셨다' 였다. 그러니 자초지종을 모르는 어머니로서는 저렇게 물으실 수밖에. 난희는 입술을 꼭꼭 깨물었다.

다 해결된 일일 줄 알았는데, 설마 자신을 보내놓고 그런 꿍꿍
이속을 펼치고 있었을 줄이야.

곧 아버지가 꽁초를 비벼 끄고는 어머니를 똑바로 쳐다보았
다.

"그러니까 회장님의 막내 아드님과 우리 난희를……."

"네에?"

너무 놀라서 아버지의 말을 끊어버린 어머니는 굳어버린 모
습으로 잠시 아무 말도 하지 못했다. 아버지는 또다시 한숨을
폭 내쉬었다. 난희만이 팔짱을 끼고서 냉정한 자세를 유지하고
있었다. 도대체 태원그룹의 속을 알 수가 없었다. 없었던 일로
하겠노라고 그 사모님께서 분명 자신의 입으로 말했던 것이다.
다른 사람은 몰라도 그분만은 믿고 싶었는데. 아니, 무엇보다
이 청혼을 계속해서 넣고 있는 이유 자체가 이해가 안 갔다.

어머니가 침을 꿀꺽 삼키고 재차 물었다.

"그, 그러니까 상대가 그 태, 태원그룹의 아들이란 말씀이세
요?"

"그렇다니까."

"왜, 왜요?"

"이 사람아, 그걸 나한테 물으면 어찌하나. 난희, 네가 설명해
봐라. 혹시 우리 몰래 그 댁 아드님을 사귀었던 게냐?"

"아버지, 말이 되는 소리를 하세요. 오늘 처음 본 얼굴이에
요."

난희는 부뚜막에 오른 송아지처럼 펄쩍 뛰며 외쳤다. 행여나 그런 불량품을 사귈 이유가 없다구요!

"나도 그럴 줄 알았지. 회장님 말씀도 두 사람은 그럴 생각이 전혀 없으니 우리끼리 어떻게 합심을 좀 해보자시고……. 도대체 난 갑자기 무슨 일인지 정신을 못 차리겠다. 그런데 하필이면 왜 난희, 너란 거냐? 나는 참 뭐가 뭔지……."

"뭐가 어떻게 관계가 되었든 명백히 말씀드리는데요. 절대! 불가능한 일이에요. 아버지도 행여나 넘어가지 마세요. 정말, 잠깐이나마 사모님을 멋지다고 생각했었는데 거짓말쟁이시네요. 저한테는 분명 없던 일로 하자시고는 아버지한테 접근하는 건 또 무슨 경우예요? 한 기업을 운영하신다는 분들이 이렇게 무개념이어도 되는 거예요? 정말 화나. 엄마, 안 그래요?"

난희는 불쾌한 표정을 감추지 않고서 어머니를 돌아보았다. 두둥, 순간 무언가 환한 달덩어리가 떠올라 있다 싶었더니 바로 어머니의 얼굴이었다. 어머니가 그 얼굴에 행복과 축복이라는 두 개의 단어를 나열해 놓고서 열렬히 딸내미를 바라보고 있었다.

"어, 엄마?"

난희는 무언가 예감된 두려움을 느끼며 흠칫 뒤로 물러섰다. 아니나 다를까, 엄마가 난희의 두 손을 덥석 쥐었다. 그리고 하신다는 말씀이.

"난희야, 나는 네가 해낼 줄 알았다."

"뭐, 뭘…… 해내요?"

"그래. 연예인만 재벌이랑 결혼하라는 법 있니? 네가 그 여자들보다 못한 게 뭐가 있어. 인물이 딸리니, 학벌이 딸리니? 엄마는 네가 해낼 줄 알았다."

"왜, 왜 이러세요."

제발 정신 차리세요! 난희는 두려움을 담은 눈으로 어머니를 쳐다보았다. 어머니의 얼굴에 이글거리는 욕망이 제발 현실이 아니기를 빌었다. 어떻게 그 존경하는 어머니와 속물근성을 연결시킬 수 있단 말인가. 난희는 이 모든 원흉인 은혁을 생각하며 이를 갈았다. 그나마 다행인 것은, 그 싸가지없는 얼굴을 떠올리니 더없이 차분해진다는 것이었다. 난희는 잡혀 있던 손을 쏙 빼내고서 냉정하게 말했다.

"어머니, 아버지, 잘 들으세요. 이건 그냥 해프닝일 뿐이에요. 도대체 태원그룹 사람들이 하나같이 약을 먹어 이런 일들을 벌이는 건지는 모르겠지만 전 거기에 맞춰줄 마음 따위 전혀 없어요. 엄마, '경국대전'에 보면 성종 때는 혼인 비용이 없어 혼인을 못하는 양반 자식들한테 보조금을 지원하는 일도 있었대요. 이유가 뭔지 아세요? 바로 혼인보다 더 중요한 인륜의 도리는 없다고 생각했기 때문이에요. 음양의 화합이 바로 나라의 평안을 결정짓는 중대한 요소라고 생각한 거라구요. 옛 성인들의 행동은 다 배울 게 있다고, 그토록 중요하게 여겨졌던 결혼을 어떻게 어제 처음 만난 남자하고, 그것도 무슨 음모가 도사리고 있는지도 모르는 상황에서 진행시켜요? 전 절대 못해요."

난희는 일부러 고사를 인용하며 선언했다. 이렇게까지 말하는데 부모님도 더 뭐라고 하시지는 않겠지. 가끔 빠져나가기 힘든 일이 생길 때면 난희는 꼭 이 수법을 쓰곤 했었다. 어려운 말을 줄줄 늘어놓으며 당위성을 부여하면 부모님은 특히 엄마가 '아이고, 똑똑한 우리 딸. 그래, 너를 믿으마. 네 판단대로 하렴' 하면서 난희의 뜻을 들어주셨던 것이다.

지금껏 성공한 경력이 있었기에 난희는 마음을 턱 놓고 엄마의 말을 기다렸다. 그에 어머니가 자애로운 미소를 머금으며 대답했다.

"그래, 똑똑한 우리 딸. 이렇게 똑똑하니 태원그룹 회장님 눈에 들었겠지."

콰쾅! 이게 무슨 소리일까. 벼락이 치는 소리인지 뇌가 깨지는 소리인지 모르겠다.

그러거나 말거나 어머니의 눈은 이미 하트 모양으로 변해 있었다. 마치 딸이 다이애나 황태자비라도 되는 듯한 눈이었다. 평범한 집안의 딸로 태어나 우연히 로열패밀리의 일원이 되는 그런 스토리를 기대하는 것인가. 난희는 착잡한 마음으로 아버지를 돌아보았다. 다행히도 아버지만은 초조한 기색이었다.

"아버지, 걱정하지 마세요. 제 인생은 제 거예요. 제가 해결할게요."

"그, 그래. 아빠는 항상 난희를 믿는다."

그제야 난희는 겨우 마음이 놓였다. 아버지는 억울한 딸의 상황을 이해해 주시는 거다.

"제가 회장님과 단판을 짓든, 사모님께 말씀을 드리든 할게요. 그러니까 아버지는 걱정하지 마세요."

"그게 말이다. 난희야…… 아빠도 물론 네가 싫다는 일을 추진하기는 싫지만 말이다. 이미 이번 주말에 약속을 잡았는데 그때 딱 한 번만 나가주면 안 되겠니?"

아버지도 참, 대한민국에 안 되는 게 어디 있어요? 다 되지! 아, 아니, 그게 아니잖아요! 난희는 그야말로 벼락 맞은 얼굴로 아버지를 쳐다보았다. 믿었던 아버지마저, 아니, 아버지가 제일 커다란 사고를 치신 것이다. 어떻게 약속을, 그것도 이번 주말에 마음대로 잡을 수가 있는 거냐구요!

이젠 경악을 하기도 지친 그녀가 반쯤 넋이 빠진 얼굴로 중얼거렸다.

"약속이라니요?"

"사모님과 함께 약속을 잡았는데 말이다. 그때까지만 네가 어떻게 좀 해다오. 사모님께서…… 그것마저 싫다면 태원에 대한 신뢰가 없다는 뜻으로 해석하시고 다른 일을 찾아도 좋다고 하시는 바람에……."

내가 이 나이에 회사에서 밀려나면 뭘 할 수 있겠니, 라는 말이 구구절절 이어졌지만 나머지 말은 듣지도 못했다.

쿵! 난희는 그대로 마룻바닥에 쓰러져 버렸다. 부모님이 놀라서 자신의 이름을 외쳤으나 그 소리는 아련하게, 아주 멀리에서 울렸다. 그러나 난희는 도저히 대답할 기력이 없었다. 재생불능…….

"하하하하. 촌것, 촌것! 그것 봐라. 감히 촌것 네가 날 이길 수 있을 것 같아?"

싸가지의 무시무시한 조소가 온 사방에서 밀려들고 있는 것 같았다.

"엄마, 정말 이러시기예요?"

난희의 집이 풍비박산이 난 이튿날, 은혁의 집에서도 똑같은 접전이 일고 있었다. 거두절미하고 일요일에 양가 상견례가 있을 거라는 박사현 여사의 말에, 그 아들이 거품을 물고 있는 중이었다.

"도대체 왜 그런 약속을 마음대로 정하시는 건데요! 왜 그러시냐고요!"

아우, 그 방배동 촌뜨기, 속사포, 땡삐! 나랑 무슨 원수가 져서.

은혁은 주먹을 말아 쥐고 부들부들 떨었다. 안 그래도 그때 당한 것을 생각하면 자다가도 벌떡 일어날 지경인데, 남의 속도 모르고서 부모님은 완전히 결혼을 시킬 것처럼 나오고 있었다.

내 속도 모르고, 맘도 모르고. 그런 유행가 가사가 심장을 마구 쥐어뜯었다.

갑자기 부모님께서 이렇게 나오는 이유를 모르겠다. 첫날은 그나마 아버지라도 놀란 기색이니 다행이었는데, 하룻밤 새에 아버지까지 가세를 해오니 더 미칠 지경이었다. 아이고, 우리 박 여사, 그 연세로 베갯머리송사라도 하신 거냐고요.

"절대 그 기집애랑 결혼할 수 없어요. 안 해요, 안 한다고요!"

날뛰듯 외쳤지만 박 여사는 차분하기만 했다. 그녀가 더없이 우아한 손길로 난을 마른 헝겊으로 닦아가며 말했다.

"약속은 정오다. 중식으로 할까 했지만 일식이 깔끔할 것 같아 그렇게 정했다."

"중식이고 일식이고 전 그 기집애 얼굴만 봐도 다 토할 것 같다니까요!"

"너 먹으라고 마련하는 음식 아니니 걱정 말아라. 사실 너 먹이기 아까웠는데 오히려 잘됐구나. 차라리 넌 먹지 말고 조용히 있으렴. 만약 약속에 늦거나 참석하지 않는 일이 생길 시에는 정말 카드를 정지할 테니 그렇게 알고."

"엄마!"

"난희 양이 성적이 아주 좋더구나. 능력있는 재원이니 난희 양 수준에 걸맞는 언행을 하도록. 평상시처럼 행동해서 부모 얼굴에 먹칠 하지 말고 그쪽 부모님 앞에서도 행동 조심하고. 알겠니?"

“엄마, 제발 귀 좀 열어보세요. 제 말 들리세요? 전 싫다고요. 그런 촌스런 기집애랑 어떻게 결혼해요? 생각해 보세요. 미워 죽겠는데 만나긴 뭘 만나요.”

“은혁아, 차가 없으면 다니기에 많이 불편하겠지?”

박 여사의 우아한 협박에 급기야 은혁의 얼굴이 얼어붙고 말았다. 평소, 사원들이 어머니를 슬금슬금 피하는 이유를 이제야 알 것도 같았다.

한 번도 협박 비슷한 것조차 받아보지 않았던 은혁으로서는 충격 그 자체였다. 그런데 지금 그 박사현 여사가 귀한 막내아들의 숨통을 틀어쥐고서 흔들려는 것이다. 조용히 입 닥치고 함께 나가자꾸나. 말이 좋아 권유지, 박 여사의 교양있는 협박 안에 능구렁이가 천 마리는 모여살고 있었다.

그러나! 그럼에도 절대 여기에서 질 수 없어서.

“그 기집애가 저를 싫어한다고요. 저는 별개로 그 기집애가 제가 싫다고 펄쩍 뛰잖아요.”

“그러니 더 미움 사지 말도록 언행 조심하도록.”

“어휴, 엄마가 걔에 대해 아세요? 얼마나 화나게 하는지 모르시잖아요.”

“그러는 너는 난희 양을 알고?”

“알아요. 정말 정떨어지게 하는데 재주가 있는 기집애라고요. 따박따박 얼마나 잘났는데요.”

“그거 참 어미 마음에 꼭 드는구나.”

도무지 말이 안 통하는 박 여사 앞에서 은혁은 머리카락을 마구 헝클어뜨렸다. 한참 후에야 그가 비장하게 말했다.

"그럴 거면 차라리 세영이랑 결혼할게요. 뭐, 효주도 좋아요, 연미도 괜찮고. 하여간 아무하고나 할 테니까……."

"은혁아, 네 방 정리 좀 해주련? 좀 복잡한 것 같던데, 네 수집품들 말이다. 영 답답해 보이는 것이 어미가 좀 치워줄 수 있다만."

은혁은 말문이 막힌 채 눈이 찢어져라 어머니를 노려보았다. 그러나 박사현 여사는 흥! 콧방귀를 뀌고는 다시 난에 집중했다.

'제길.'

박사현 여사와의 정면대결을 잠시 뒤로 미룬 은혁은 그 길로 몸을 돌려 밖으로 뛰어나갔다. 박 여사는 아들의 뒷모습을 바라보고 있다가 도우미에게 차 한 잔을 시키고는 여유롭게 미소를 지었다. 어디, 두 사람을 좀 더 지켜볼까? 현재 그녀가 원하는 것은 두 사람의 결혼이라는 극약처방만은 아니었다. 그저 사소한 부딪침을 바라고 있다고나 할까.

늙어서 주책인가?

박 여사는 도우미가 내온 솔잎차를 음미하며 마셨다. 늦게 얻은 자식이라 더욱 애지중지 키웠다. 지금은 미운 척 닦달도 해보고 강요도 해보고 있지만 도대체 내리사랑이 뭔지 박 여사는 은혁에게 일정 기간 이상은 더 매몰차게 할 자신이 없었다. 누구라도 나서서 자식 놈에게 따끔한 일침을 놓아준다면 기쁘겠지만 곁에는 그럴 사람이 하나도 없다. 어쩌면 난희라는 아가씨가?

"그러나 그것도 두고 봐야 할 일, 사람 일이란 모르는 것이니."

박 여사는 중얼거리며 천천히 자리에서 일어섰다.

끼이익, 은혁은 스파크가 튈 정도로 빠르게 차를 출발시켰다. 주차장을 박차고 튀어나온 스포츠카가 마찰을 일으키며 거리를 질주했다.

"난희? 웃겨. 그래, 방배동 못난이! 어디 두고 보자."

액셀러레이터를 더욱 밟았다. 스포츠카는 계기판의 숫자를 점점 올리며 난희의 학교를 향해 전속력으로 달리고 있었다.

오전 수업이 끝난 후, 난희는 점심을 먹기 전에 과 선배 지헌과 자료를 정리하고 있었다. 그것은 원서 복사본이었는데 교수님의 논문을 돕기 위한 자료였다. 난희는 자신도 공부를 할 겸 교수님의 일을 가끔 도와드리곤 했다. 정치학과 3학년인 그녀는 해외 연수는커녕 배낭여행으로 잠시 외국에 나갔다 온 것이 전부였지만 영어 등 언어 방면에 특히 능통했다.

지헌은 졸업반이다. 제대 후에 난희와 같은 학년으로 복학해서 현재 외무고시를 차근차근 준비하고 있었다. 난희 역시 함께 준비하는 처지라 지헌과는 많은 자료를 주고받는 사이였다. 서로 저서에 대한 정보를 주고받기도 하고, 리포트를 써서 의견을 교환하기도 했다. 난희에게 지헌은 선배이자 같은 길을 가는 동료였다.

"이것만 마치고 밥 먹으러 가자."

난희는 지헌의 말에 알았다며 고개를 끄덕였다. 두 사람은 일을 할 때는 거의 말을 하지 않았다. 지헌도, 난희도 완벽주의자로는 둘째가라면 서러운 성격들이라 맡은 바 임무에만 충실하려는 경향이 있었다. 손짓을 빨리 하며 자료를 정리하고 있는데 빈 교실의 문이 살짝 열렸다.

"난희야."

돌아보니 친구인 주영이었다. 난희는 코끝으로 흘러내려 온 안경을 위로 올리며 주영을 바라보았다.

"응?"

"저기, 손님이 찾아오셨거든?"

"손님?"

찾아올 손님이 전무한 난희는 고개를 갸웃거리며 주영의 뒤쪽을 바라보았다. 순간 난희의 눈이 휘둥그레졌다. 럭셔리? 뭐좋다. 몸 전체를 명품으로 도배한 저 날라리가 누구더라? 저 터지기 일보 직전의 얄미운 얼굴이?

"다, 당신이 여긴 어쩐 일이에요?"

너무 놀라 황당함도 도망가 버렸다. 도무지 이곳에서는 볼 수 없으리라 생각한 인물, 즉 은혁이 짜증으로 폭발하기 직전의 얼굴로 성큼성큼 들어섰다.

"할 말 있으니까 찾아왔지. 학교를 전부 다 뒤졌잖아!"

"그러니까 누가 뒤지랍디까?"

"랍디까? 여전히 저 말하는 것 좀 봐라."

"이봐요, 전 그쪽하고 단 한 마디도 섞고 싶은 마음이 없거든요?"

"누군 있어?"

"찾아온 건 그쪽인 것 같은데요?"

"그러니까 짜증나는 거 아니야!"

은혁이 버럭 화를 내는 바람에 뒤에 선 주영이 주춤했다. 난희는 그야말로 창피한 심정으로 주영과 지헌을 번갈아 보았다.

"저기, 선배, 주영이랑 먼저 식사하러 가실래요? 전 불청객이 갑자기 찾아와서요."

"얼씨구. 너 말 다 했냐?"

"좀 조용히 하고 기다리고 있을래요? 예의란 것도 몰라요?"

"지금 열 받아서 앞이 안 보일 지경인데 예의 찾을 일 있어?"

난희는 골치가 딱딱 아파와 이마를 누르고는 지헌을 다시 돌아보았다. 그는 난희와 은혁을 물끄러미 번갈아 보다가 별다른 말 없이 고개를 끄덕이고 나갔다. 주영과 그가 나간 후 천천히 문이 닫혔다. 난희는 쓰고 있던 안경을 벗어 미간을 꾹꾹 누르고는 다시 썼다.

"도대체 여긴 왜 왔어요?"

"너 도대체 무슨 생각이야?"

적반하장도 유분수라고 갑자기 쳐들어와서 대뜸 따지는 이 인간을 어떻게 해야 구원할 수 있을까.

"무슨 말이 앞뒤 없이 그래요? 최소한 알아듣게는 설명해 줘야 할 거 아니에요."

"일요일 약속 말이야! 빌어먹을 상견례!"

"흥, 그걸 왜 저한테 물어요? 안 그래도 그것 때문에 얼마나 화나는지 알아요? 도대체 태원그룹 사람들 속마음이 뭔가요? 뭘 원하는 건데요?"

"야!"

갑자기 은혁이 버럭 소리치는 바람에 빈 교실이 찡 소리가 날 정도로 울렸다. 깜짝 놀란 난희가 기겁을 하며 몇 걸음 뒤로 물러났다. 예의는 밥 말아 먹을 정도도 없다는 거야 미리 알고 있었지만, 해도 해도 너무한다.

"왜 소리는 지르고 그래요!"

그래서 똑같은 크기로 맞받아쳐 주었다. 누구는 성대 없이 사나?

은혁이 저승사자라도 되는 양 무시무시한 눈에 조소를 띠었다.

"내가 묻고 싶은 말을 왜 네가 하는 거지? 너야말로 나한테, 아니, 태원에게 원하는 게 뭐야?"

“정말 자꾸 화나게 할래요?”

“그게 아니면 왜 너하고 내가 자꾸 연루가 되냔 말이야!”

“이봐요. 연루는 남이 일으킨 사건에 말려들어서 피해를 입게 된다는 뜻이에요. 사건을 처음 일으킨 사람이 누군가요? 그쪽 어머니 아니냐구요. 왜 종로에서 뺨 맞고 한강 가서 눈 흘겨요? 피해자는 우리 쪽인 걸 정말 몰라요? 당장 그 약속 취소해요. 그리고 다시는 당신이란 사람하고 연관 짓지 말라는 말도 전해요.”

“그 말이 통하면 내가 여기까지 왔겠어? 도대체 네가 뭐라고 했기에 아버지까지 날 못 잡아먹어 안달인 거냐고.”

“그걸 왜 저한테 물어요? 정말 인지능력 없어요? 상황 파악이 안 돼요?”

“이게 정말 말끝마다 사람을 가르치려 들어. 너 그렇게 잘났냐?”

“적어도 그쪽보다는 잘났다고 생각하네요.”

“어휴, 내가 않느니 죽지.”

“그러시든지.”

난희는 팔짱을 끼고 고개를 팩 돌렸다. 은혁은 당장이라도 폭발할 것 같은 분노를 꾹꾹 누르며 얄밉도록 새침한 난희의 얼굴을 물끄러미 쳐다보았다.

“너, 안경 쓰니까 더 화상이다. 그 얼굴로 돌아다녀지던?”

“지적인 용모라는 찬사는 받았습니다만?”

“됐다, 너랑 말 섞어봐야 나만 피곤하고. 아무튼 우리 쪽은 내가 해결할 테니까 너도 가만히 있지만 말고 확실히 하란 말이야. 언감생심 슬쩍 태원에 들어오고 싶은 욕심 따위 버리고. 알았어?”

“기가 막혀서. 대체 그 자신감은 어디서 나와요? 아니, 그 안하무인, 어디서 나오냐구요.”

“그럼 아니냐? 너한테는 좋은 기회잖냐. 이거야말로 신분 상승의 뻔한 스토리 아니겠냐고. 솔직히 구미 당기는 얘기 아니야?”

“정말…… 저질스러워서.”

“너 지금 한 말 다시 말해봐.”

“하라면 못할 줄 알아요? 저질스럽다고요!”

“이게 정말!”

눈을 부릅뜬 은혁이 책상을 쿵 밀치고 다가왔다. 그 바람에 그동안 힘들게 분류해 놓았던 A4 용지 더미가 팔랑거리며 와르르 떨어져 내렸다.

“어머! 어떡해!”

순간, 난희가 비명을 지르며 은혁을 획 밀치고 허리를 굽혔다. 매섭게 떠밀린 은혁의 몸이 옆에 놓인 책상에 쿵 부딪혀 뒤로 우르르 밀렸다.

“어엇, 거기도 안 돼요!”

하필이면 밀어버린다는 게 지헌이 정리해 놓은 자료가 쌓인 책상이라 난희가 스톱을 외치며 달려들었다.

"안 돼애애!"

"이, 이게! 오지 마!"

기우뚱한 은혁은 자신을 향해 돌진해 오는 메주 덩어리를 막느라 필사적으로 몸을 틀었다. 그런데 하필이면 튼다는 것이 방향을 잘못 잡아 책상과 함께 쓰러져 내렸다.

우당탕 퉁탕!

교실 전체가 울리는 요란한 굉음이 한바탕 일어난 후 정적이 돌았다. 마치 도미노처럼 전체적으로 쭉 밀려서 제멋대로 어긋난 책상 배치, 온 사방에 굴러다니는 A4 용지들, 그리고…… 엎친 데 덮친다는 말은 이럴 때 쓰는 걸까. 난희는 지금 자신에게 닥친 상황 때문에 일시적인 공황 상태가 되었다. 책상과 함께 쓰러지며 필사적으로 자료를 끌어안으려고 했던 것까지는 좋은데, 왜 지금 끌어안고 있는 것이 자료가 아니라 얄미운 생명체가 된 건지…….

그야말로 맨바닥에 뒤통수로 헤딩을 한 은혁 쪽은 눈을 뜨지 못하고 있었다. 아무래도 제대로 부딪친 모양이다. 아니나 다를까, 얼굴에 청색 증세가 나타나는 것이 혹시, 뇌진탕……?

앞이 샛노래진 난희가 그의 몸을 사정없이 흔들어댔다. 그의 위에 올라타고 있다는 것도 잊은 채.

"이봐요! 이봐요!"

"윽!"

단말마의 신음이 굴뚝 뚫리듯 터져 나오며 은혁이 꿈틀거렸다. 일차적인 생명의 신호를 캐치한 난희는 더욱 사정없이 그의 어깨를 흔들어댔다.

"이봐요. 죽으면 안 돼요! 죽지 말란 말이야! 여기서 죽으면 나보고 어쩌라고!"

앞으로의 기구한 인생이 파노라마처럼 펼쳐지며 두려움이 눈물로 변하여 흘러내리려는 찰나, 은혁이 눈을 번쩍 떴다. 순간 두 사람의 눈동자가 마주치며 누가 먼저라 할 것 없이 일시에 몸이 굳어버렸다.

"너…… 왜 올라와 있어?"

"그, 그러는 그쪽은 왜 아래에 있어요?"

일단 아주 낮은 목소리로 용건을 주고받은 두 사람, 그러나 침묵은 몇 초 가지 않았다. 은혁이 먼저 욕설을 퍼부으며 난희를 밀어버렸다. 졸지에 뒤로 밀쳐진 난희는 바닥에 엉덩방아를 쿵 찧으며 우거지상을 썼다.

"아이코야."

뒤통수를 문지르며 일어난 은혁은 아직도 타격이 있는 건지 꽤 오래 비틀거렸다. 마치 탈춤이라도 추듯 갈지자로 움직이던 그가 잠시 후 고개를 번쩍 들었다.

"너, 내가 이대로 죽었으면 어쩔 뻔했어!"

"그쪽이 죽었으면 괴로워지는 인생은 나예요. 살인자 될 일 있어요?"

“너 내가 잠깐 죽었다가 살아난 거 알아, 몰라?”

“그러니까 누가 함부로 자료를 건드리래요? 그나저나 이걸 다 어떡하지? 밥도 못 먹고 정리한 건데. 이거 하느라 몇 시간 걸린 줄이나 알아요?”

“그딴 걸 내가 왜 알아야 돼? 에잇, 이따위!”

성질 더럽다 더럽다 해도 저딴 놈은 정말 처음이지 싶다. 저 성질난 건 알겠는데 도대체 왜 자료에 화풀이를 하며 구둣발로 걷어차는 건지. 덕분에 안 그래도 흩어진 자료가 이차적 확인사살까지 받은 후 그 몸에 발자국이 선명하게 찍힌 채 꽥! 목숨을 잃었다.

“이 남자가 정말!”

난희가 더는 참지 못하고 벌떡 일어나 가공할 힘으로 그의 가슴을 냅다 밀어버렸다. 불시에 습격을 당한 은혁의 몸이 둔탁하게 책상에 나가떨어지면서 뒤로 쭉 밀렸다. 이번 건 더욱 타격이 클 것이다. 척추 뼈가 책상에 정통으로 부딪쳤을 테니까. 그래도 화가 안 풀려 그를 더 노려봐 준 난희는 곧 자료를 주섬주섬 챙기기 시작했다.

“으으……”

한편 책상과 함께 한바탕 뒤로 밀려난 은혁은 척추고 옆구리고 온통 결려서 정신을 차릴 수가 없었다. 마치 신경통 걸린 노파처럼 휘청거리다가 겨우 중심을 잡고 일어선 그가 부들부들 떨며 난희에게 다가섰다.

"너 좋은 말로 할 때 일어서."

"싫어요. 이거 정리해야 하니까 이제 그만 가요."

"일어서라고 했다."

"싫다고 했어요."

"이걸 정말."

"때리기만 해봐요!"

완전히 이성을 잃어버린 은혁의 손바닥이 난희의 뺨으로 날아가려는 찰나 난희가 얼굴을 치켜들고 또렷하게 외쳤다. 그 사나운 시선이 은혁의 눈을 똑바로 쳐다보는 순간, 은혁의 팔이 정지했다. 조금만 더 늦었더라면, 어쩌면 정말 뺨이 돌아갔을지도 모르겠다. 그러나 팔은 멈췄고 두 사람은 한 치의 양보도 없이 서로를 노려보고 있었다.

"정말…… 때리기만 해봐."

갑자기 난희의 목소리가 떨린다 싶더니 눈동자가 번들거리기 시작했다. 퐁퐁 솟아오른 눈물이 눈동자를 가득 메웠다. 은혁은 기가 막히다는 얼굴로 난희를 내려다보았다.

"야, 내가 때렸어? 네가 뭐가 억울해서 울어?"

"때리려고 했잖아요."

"안 때렸잖아! 이게 정말 사람 여러 가지로 열 받게 하네."

"최소한의 양심마저 없었다면 그쪽은 분명 날 때렸을 거예요. 이건 맞은 거나 다름없어요."

"정말 미치겠네. 안 때렸는데 뭐가 때린 거랑 같아!"

“맞은 것하고 똑같은 모멸감을 느꼈으니까 때린 거랑 같다구
요.”

난희가 더욱 서럽게 흐느껴 울었다. 은혁은 어이를 상실한 채
멍하니 서 있었다. 한 대라도 때리고 이런 취급을 받으면 억울
하지나 않겠다. 정말 한 대 때려도 모자랄 판에 자비를 베풀어
겨우 봐줬더니, 맞은 거나 똑같다고 박박 우기는 것도 모자라
저렇게 서럽게 울고 있는 것이다. 은혁은 형체를 알 수 없는 아
메바를 보는 심정으로 난희를 쳐다보았다.

기집애가 매섭기는, ‘때리기만 해봐’라고 말하며 날카롭게
쏘아보는 그 시선에 멈칫했다. 저 조그만 몸으로 위협하는 것
하나는 끝내주는 여인이다. 역시 박사현 여사가 찜한 여자라 뭐
가 달라도 다른 건가? 도저히 사각지대는 없단 말인가.

은혁은 난희라는 여자에게 점점 두려움이 들기 시작했다. 이
상하게도 요 조그만 몸으로 아득바득 대드는 모습을 볼 때마다
무척 익숙한 포스가 느껴지는 것이…… 누구를 닮았더라? 성
은 박 씨요, 내 아버지의 부인인 바로 그 여성 분…… 이었던
가?

정말…… 못살겠다. 여자의 몸으로 태원 천하통일의 야망을
이룬 여자! 현재 태원의 탄탄함에 단단한 기반을 더한 여자, 바
로 그녀가 박사현 여사였다. 당당하게 망토를 휘날리며 언덕 위
에 우뚝 선 원더우먼…… 이 아니라 원더사현! 그 존재감 있는
눈빛을 바로 이 얄미운 계집애가 똑같이 하고 있을 줄이야. 그

것은 안 그래도 얄미운 감정에 짜증을 더해 이제는 완전히 그녀가 미워졌다.

"제길, 그만 울어!"

짜증이 치솟아 소리를 버럭 질렀는데도 난희는 훌쩍거리며 자료를 챙기고 있었다. 저럴 때는 그냥 훌쩍이기만 하면 차라리 귀엽기라도 하련만, 바득바득 자료를 챙기고 있는 모습이 정말이지 정떨어진다.

"너, 안경 써서 안 맞은 줄이나 알아."

난희는 입을 꾹 다문 채 그를 쳐다보지도 않았다.

"어쨌거나 박 여사를 튀기든 삶든 네 맘대로 하는 건 좋은데, 약속은 반드시 파기해."

여전히 난희는 이삭 줍는 여인처럼 자료만 챙기고 있었다.

"사람이 말을 하면 대꾸를 해!"

"아직 안 갔어요?"

"너 정말 사람 열 받게 하는 인종이다. 아냐?"

"그런 인종도 있어요?"

"앞으로, 절대, 다시는 보는 일 없길 바란다."

"오히려 내 쪽에서 바라는 바예요."

은혁의 그림자가 부들부들 떨리고 있다는 것이 느껴졌다. 가만히 보니 최단시간 흥분에 빠져드는 흥분의 왕자인 것 같다. 그러나 난희는 일부러 더 본체만체하며 자신의 일에만 집중했다. 그는 혼자서 분노를 삭이는 것 같더니 몸을 홱 돌렸다. 드디어 가는 모양이다.

다행이라고 생각하는 찰나 커다란 그림자가 불쑥 다가오더니 그나마 챙겨서 한쪽에 쌓아놓은 자료를 또 퍽 걷어찼다. 종이가 팔랑! 하며 공중에 날리는 순간, 난희가 벌떡 일어났다. 그러나 은혁은 피식 웃고는 벌써 저만치 가서 문을 열고 있었다.

"밑 빠진 독에 물 잘 부으라고, 미스 콩쥐."

달칵, 문이 닫혔다.

"이, 이…… 이 자시이익!"

결국 고함이 터져 나왔다. 생전 처음으로 요상한 오기가 치솟고 있었다. 말로는 한 번도 진 적이 없었다. 똑 부러지는 성격과 확실한 일처리로 누군가에게 냉대받은 일도, 냉대할 일도 없었다. 그저 모든 사람들과 두루두루 친했고, 무언가 찜찜하게 마무리를 지은 일도 없었다.

그런데 지금 그녀의 인생에 너무나 얄미운 종자가 싹을 틔우고 있었다. 사람을 너무 화나게 해서 말초신경부터 짜증이 확 솟구치게 만드는 남자.

"그래, 좋아."

손을 탁탁 털어 허리에 척 얹었다.

"뛰는 놈 위에 나는 놈 있지? 하지만 나는 놈이 있으면 그 등에 탄 놈도 있는 거야. 지은혁, 두고 봐. 당신 실수했어."

그쪽이 하기 싫은 거? 그거 내가 다 하게 해주지. 분노와 짜증이 뒤섞여서 오장육부가 타 들어갈 정도의 화학 반응이 일게끔 내가 산소를 불어넣어 주겠다 이 말이야.

"두고 보라구."

똑바로 고정된 난희의 두 눈동자에 불길이 화르륵 지펴졌다.

제3장 뛰는 놈 위에 나는 놈, 나는 놈 위에 등에 탄 놈,
등에 탄 놈 위에 또 무등 탄 놈?

서교동 임 여사의 자택에는 현재 냉랭한 기운이 감돌고 있었다. 계절은 바야흐로 여름으로 넘어가고 있었건만 정원에서는 한기가 돌았고 그나마 거실은 아예 얼어버렸다. 임 여사는 짜증을 부리고 있는 외동딸 효주의 눈치를 보느라고 식은땀이 흐를 지경이었다.

"어떡할래? 엄마만 믿으라며! 다 책임진다며!"

벌써부터 몇 시간째 저 모양이다. 임 여사는 할 말 없다는 표정으로 앉아서 '도대체 저걸 가졌을 때 뭘 먹었기에 저렇게 표독스러울까' 라는 생각을 하고 있었다. 외동딸로 온갖 귀여움을 받으며 자란 효주는 그 성질 급하고 난폭하기가 은혁과 막상막

하였다. 성격이 그렇게 붕어빵인 걸 보면 그야말로 찰떡궁합인데 은혁은 효주에게 통 관심이 없었다. 관심만 없으면 다행인데 싫어하는 티를 팍팍 내면서 구박까지 해대니 딸이 가여운 것은 둘째 치고 어떨 때는 은혁이 그놈의 주리를 틀고만 싶었다.

'대체 돈 빼면 남는 게 하나도 없는 네 녀석이 우리 딸을 구박하는 이유는 뭐냐.'

그런데도 효주는 그 녀석만 좋다고 저렇게 목을 매고 있으니, 사람의 안목은 참으로 제각각이로구나 싶은 것이다.

답답했던 임 여사가 효주를 붙들고 은혁과 비슷한 조건의 남자를 찾아주겠노라 통사정을 해보아도 막무가내였다. 절대 단념할 수 없다는 걸 보면 조건만으로 좋아하는 건 아닌 듯싶었다. 저 사치 심하고 욕심 많은 것이 조건으로 좋아하는 게 아니라면 도대체 무엇 때문일까? 하지만 아무리 생각해 보아도 그 성격 나쁜 지은혁에게서 도무지 장점을 찾아낼 수가 없었다. 뭐, 좀 반반하게 생기긴 했지만, 한 번 입을 여는 것만으로도 그 잘난 외모는 단번에 묻힐 만했다. 그만큼 지은혁은 독설의 대가였던 것이다.

무조건 은혁만이 좋고, 은혁이 아니면 안 된단다. 도대체 제 마음대로 안 되는 은혁이 안달이 나기도 하겠지. 그렇다고 저렇게 떼를 쓰면 어쩌자는 건지.

"엄마가 노란 원피스만 입으면 된다고 했잖아! 그런데 이게 뭐야, 오빠가 이 옷 얼마나 싫어했는지 알아? 보기도 싫다고 했단 말이야!"

효주가 성질대로 발기발기 찢어버린 원피스를 홱 집어 던지면서 소리쳤다. 저 아까운 걸 어쩌자고 저렇게 찢어놓은 건지…….

사실 효주는 돈으로 키운 것이나 다름없었다. 얼굴은 손 안 댄 곳이 없고, 옷이며 구두며 백이며 액세서리까지 사시사철 명품으로 도배를 해주었다. 어디 가도 뒤처지지 않도록 그렇게 신경을 써서 키웠는데 그 지은혁이라는 불한당 같은 녀석이 딸의 자존심을 사정없이 짓밟고 있었다.

어릴 때부터 보고 자란 은혁과 효주, 자연 효주의 얼굴이 변하는 것을 은혁이 모를 리가 없었다. 외국에 나갔다가 들어올 때마다 효주의 얼굴이 조금씩 바뀐 것은 효주의 뜻이기도 했지만 임 여사가 딸을 부추긴 탓이기도 했다.

얼굴은 그 사람의 이미지를 결정짓는 가장 큰 조건이다. 엄마인 임 여사는 딸 효주가 세상에서 가장 예쁘고 모든 사람에게 사랑받는 사람이기를 원했다. 그러기 위해서는 더 예뻐져야 한다고 생각했다. 그래서 효주가 아주 잠깐 코가 마음에 안 든다는 소리를 흘리면 코를 고쳐 주었고, 눈이 마음에 안 든다고 하면 또 눈을 건드려 주었다. 어느새 임 여사의 욕심은 효주의 욕심으로 바뀌었고, 이제 가만히 두어도 효주가 저 스스로 알아서 외국으로 나가 마음껏 고쳐서 돌아오고는 했다. 외모의 일대혁명을 일으켜서 돈을 바른 효주의 얼굴은 정말 매끈하고 예뻤다.

　그런데 다른 누구도 아닌 바로 은혁이 대놓고 그것을 걸고넘어지며 떠들기를. '또 고쳤냐?', '이번엔 또 얼마짜리냐? 눈이 부자연스럽잖아! 집으려면 제대로 집든지!' 그런 망언을 서슴지 않았던 것이다. 그나마 그것으로 끝이라면 다행인데, 그 싸가지 없는 녀석이 작년 겨울에 코를 높인 효주를 붙들고 '수술 망친 것 같다. 돈 아깝게 뭐 하러 했냐?'라는 일갈을 날린 것이다. 그럴 때 모르는 척해주는 매너를 은혁에게 바란 것은 무리였을까. 덕분에 성이 난 효주를 달래느라 임 여사만 진땀을 빼야 했다.

　그런 일까지 있었으니 딸이 은혁을 포기할 줄 알았건만 효주는 그 일 이후에도 따라다니기를 멈추지 않았다. 어쨌거나 딸이 저렇게나 목을 매니 임 여사도 수를 쓸 수밖에 없었는데, 그 방법이 박사현 여사를 움직이는 것이었다. 박사현 여사가 누구인가. 제아무리 지은혁이라도 박사현 여사라면 꼬리를 내릴 게 분명했다. 덫에 걸린 늑대 꼴이 되는 건 시간문제일 것이었다.

　절대 쉽게 볼 상대가 아니었기에 그만큼 미리부터 계획을 세워 차근차근 진행을 시켰고, 거의 다 된 일이라 생각하고 있었다. 이제 노란 원피스를 입은 딸만 박 여사의 앞으로 밀어 넣으면 끝이라고 생각한 찰나, 하필이면 정체불명의 아가씨가 불쑥 튀어나온 것이다. 도대체 그 아가씨는 자신과 무슨 불구대천지 원수를 졌기에 그 절체절명의 순간에 하필이면 노란 옷을 입고 나타나, 또 하필이면 은혁과 숨넘어갈 정도로 치열한 접전을 벌이면서 다 된 밥에 코를 빠뜨리는 건지. 임 여사는 그저 한숨만

나올 뿐이었다.

"울지 마라. 엄마가 여기서 물러날 사람으로 보이니?"

임 여사가 딸에게 손수건을 건네며 말했다. 효주는 통통 부은 눈으로 임 여사를 바라보며 훌쩍거렸다.

"그게 무슨 말이야?"

"엄마가 다 생각해 둔 게 있어."

"소용없는 거 아니야? 어차피 다 끝난 거잖아. 아줌마가 그 이상한 기집애랑 결혼시킬 거라 그랬단 말이야."

"결혼이 그렇게 쉽니? 박 여사는 배팅의 귀재다. 아직 확실한 게 없는데도 일부러 큰 판돈을 건 사람처럼 으스대는 것뿐이야."

"뭐?"

"박 여사를 곧이곧대로 믿어선 안 돼. 그 능구렁이 같은 할망구는 동시에 너를 지켜보고 있을지도 모른다. 능히 그럴 만한 위인이지. 그러니 너도 다 끝났다고 생각하지 말고 바짝 긴장해. 그러니 이제부터 엄마 말 잘 들어야 해. 결국 마지막까지 포기하지 않는 사람이 이기는 게임인 게다."

"그렇지만 여기서 어떻게 더해? 오빠를 그만큼 사랑하고 아줌마, 아저씨한테도 정말 정말 최선을 다하는데 모두 눈 하나 꿈쩍하지 않잖아."

"그러기에 누가 그런 자리를 욕심내래!"

짜증이 울컥 나버려 소리를 빽 지른 순간, 효주가 신경질을 내려는 기미를 보였다. 임 여사는 얼른 진정에 나섰다.

"겨, 결혼이 가능할 리가 없어. 그래 봐야 은혁이도 너무 싫어하고 있고, 알아보니 집안도 아주 별거 아니더구나. 어차피 불가능한 일이야. 태원그룹의 막내아들과 평사원의 딸이라니, 말이 되니? 박 여사가 얼마나 욕심꾸러기인데 그걸 봐줄까."

"아줌마가 추진하고 있다잖아. 그 촌뜨기가 좋다잖아."

"다 트릭일 게다. 어차피 그 아가씨도 이용당하는 것밖에 안돼."

철모르고 날뛰는 아들을 잡기 위해 머리를 쓰고 있는 게 아니라고 어떻게 장담할 수 있겠는가. 임 여사는 박사현 여사의 성격을 가늠하며 온갖 가능성있는 추측을 해보았다. 역시 아무리 생각해 봐도 그 아가씨는 박사현 여사가 탐낼 상대가 아니었다. 평사원 아버지, 게다가 다른 회사 사람도 아니고 태원 사람이다. 그렇다고 은혁이 죽자사자 쫓아다니는 상대도 아니고. 학벌은 그나마 괜찮지만 외모 쪽이 효주에게 딸리지 않는가.

역시 어느 것 하나 태원과 어울리는 면이 없는 아가씨였다. 태원의 며느리가 되려면 자신의 딸인 효주 정도는 되어야 한다.

"엄마, 정말이지? 나 절대 그 촌뜨기한테 질 수 없단 말이야. 슬쩍 봤지만 내 상대가 안 됐어. 내가 어떻게 그런 기집애한테 오빠를 뺏길 수 있어?"

"알았어. 일단 엄마한테 맡겨. 너는 아무 일 없었다는 듯이 박 여사 앞에 자주 나서고. 알았지?"

그제야 효주가 눈물을 닦고서 고개를 끄덕였다. 그리고 벌떡 일어나 갈기갈기 찢어진 원피스를 툭 차고선 제 방으로 들어갔다. 임 여사는 지끈거리는 이마를 누르고는 무엇부터 해야 할지 차곡차곡 정리했다.

어떻게 해야 그 늑대 같은 할망구의 속을 알 수 있을 것인가. 그리고 그 눈을 피해 일을 되돌릴 것인가. 현재 임 여사의 가장 큰 장애물은 역시 박사현 여사였다.

며칠 후, 상희는 외출 준비를 끝내고 거실로 내려왔다. 난희는 학교에 갔고, 어머니는 요 앞 슈퍼에 갔기에 집이 텅 비었다. 나가려고 해도 누가 들어와야 할 것 같아 거실에서 빈둥거리고 있는데 초인종이 울렸다. 나가보니 우체부가 꽤 두툼한 서류 봉투를 내밀며 PDA에 사인을 해달라고 했다. 상희는 나중에 스타가 되면 사용하려고 미리 만들어둔 자신의 사인을 멋들어지게 휘갈겨 주었다.

이름만 쓰면 되는데 무슨 연예인이라도 되는 것처럼 거창한 사인을 하는 것도 모자라 날짜까지 적는 상희를 보며 아저씨가 인상을 찌푸렸다. 아가씨, 지금 바쁜 사람 붙들고 장난하나? 그러거나 말거나 상희는 아저씨에게 코를 찡긋해 주고는 서류를 가지고 거실로 들어왔다.

받는 사람은 '민재오 과장 앞' 이었는데 좀 특이했다.

〈받는 사람

민재오 과장 앞(민난희).〉

좀 의아하기는 했지만 별반 관심이 없었던 상희는 봉투를 테이블 위에 툭 던져 놓고 TV를 켰다. 거실 바닥에 배를 깔고 빈둥거리는데 어머니가 통 오지 않았다. 상희는 음료수라도 마실 양으로 일어섰다가 서류 봉투를 흘끗 쳐다보았다.

"근데 왜 아버지 이름 옆에 언니 이름이 있는 거지?"

고개를 갸웃거리던 상희는 호기심이 발동해 천천히 서류 봉투를 뜯었다. 혹시 아버지와 언니 사이에 어떤 모종의 사건이 있는 것이 아닐까? 요상한 상상의 나래를 펼치며 살살 뜯던 봉투를 급기야 북 찢었다. 나중에 아버지가 아시면 싫어하겠지만 인간 민상희가 언제 앞뒤 가리고 생각하는 사람이었던가.

봉투를 열어 거꾸로 들고 테이블에 탈탈 터는데 사진이 우르르 떨어졌다. 상희는 점점 이상해져서 사진을 집어 들었다. 순간 그녀의 눈이 휘둥그레졌다.

이것은 아버지의 불륜 장면…… 이 아니라 생전 처음 보는 자~알생긴 남자의 사진이었다. 건장하니 몸매 되고, 쌈빡하니 스타일 죽이고, 그야말로 조각처럼 깔끔하게 생긴 남자가 사진 속에 있었다. 그런데 특이한 점은 남자의 정면 사진이 없다는 것이었다. 사진들이 하나같이 다 몰래 찍기라도 한 것처럼 옆모습, 뒷모습 일색이었다. 망원렌즈로 잡은 것 같은 모습은 척 보기에도 어떤 구린내가 줄줄 흐르고 있었다. 그럼에도 남자는 뚜렷할 정도로 잘생겨서 눈에 확 띄었다.

"우와, 정말 제대로다. 뭐 이렇게 잘생긴 남자가 있어? 그런데 이게 뭐 어쨌다는 거지?"

상희는 흘러내리는 침을 쓰윽 닦고서 사진을 좀 더 자세히 관찰했다. 처음에는 잘생긴 남자의 얼굴에만 집중했는데 갈수록 옆에 있는 사람의 모습도 보였다. 사진마다 여자들이 달랐다. 그리고 몇 장을 더 넘기는 순간,

"헉!"

상희는 놀라고 말았다. 오픈카에서 키스하는 모습, 으슥한 곳에서 서로 껴안고 있는 모습, 호텔에서 나오는 포즈, 선글라스를 끼고 서로를 더듬는 민망한 모습 등…… 바보가 봐도 사진 속 남자의 정체를 금방 알 수 있었다.

"이 남자 순 바람둥이잖아!"

별꼴이야. 생긴 값 한다더니 딱 그 짝이네.

상희는 구시렁거리면서도 마지막 장까지 다 살펴보았다. 관음증의 유혹을 도저히 견디지 못해서였다. 마지막 사진에 뚝 떨어진 침을 닦고서 서류에 내용물이 더 있을까 싶어 살펴보았더니 사진은 없고 요상한 메모가 있었다.

〈이런 식의 행태를 일삼는 사람을 사위로 삼아 딸의 인생을 망치고 싶으신지요. 가까이 있는 지인으로서 귀댁의 따님을 걱정하는 마음이 앞서 보내는 것이니, 오해 마시고 현명한 판단을 내리기 바랍니다. 덧붙이자면 이 사진은 빙산의 일각입니다.〉

글은 길었지만 내용의 요지는 간단했다. 이런 바람둥이 자식을 왜 사위 삼아? 정신 차려! 라는 말인 건 알겠는데…….

"도대체 사위라니? 무슨 뜻이야?"

상희는 고개를 갸웃거리며 봉투에 사진을 몰아넣었다. 그 순간 현관문이 열리는 바람에 화들짝 놀란 상희는 대충 봉투를 마감해서 뒤로 숨길까, 테이블 밑에 넣어버릴까 요란을 떨다가 결국 자연스럽게 옆구리에 끼고 사뿐 돌아섰다.

"아직 안 나갔니?"

어머니가 무거운 쇼핑 봉투를 들고 거실로 들어섰다.

"으, 응."

상희는 어설프게 웃고는 휘파람을 불며 계속 딴청을 피웠다.

"엄마 들어왔으니까 나가보렴."

"응."

어머니는 별다른 눈치를 못 채고 주방으로 들어갔다. 상희는 잠시 망설이다가 뽀르르 엄마를 따라 들어갔다.

"왜? 뭐 주리?"

"응, 나 물."

뛰는 놈 위에 나는 놈, 나는 놈 위에 등에 탄 놈,
등에 탄 놈 위에 또 무등 탄 놈?

어머니가 물을 따르는 동안 상희는 수많은 번뇌에 휩싸였다. 이걸 어떻게 해야 할까. 사진이 하나같이 그따위인데 이런 사진을 과연 보여 드려야 하는 걸까? 그렇지만 사진을 보낸 사람의 의도가 너무 다분했다. 이건 말 그대로 협박인 것이다. 게다가 누구인지, 무슨 사연인지는 모르겠지만 어쨌거나 사진 속의 장면은 사실일 테고. 아버지와 언니가 연관된 사진이면 보여 드리는 게 옳겠지만, 그렇다고 어떻게 이런 애먼 사진을 부모님께 보여 드릴 수 있을까.

"마셔."

상희는 비시시 웃고는 컵을 든 채 식탁 의자에 앉았다. 엄마는 냉장고 문을 열어 쇼핑해 온 식료품을 부스럭거리며 꺼냈다.

"저기 엄마, 혹시 요즘 집에 무슨 일 있어?"

"응? 무슨 일?"

"아니, 그러니까…… 그냥 여러 가지 일. 분위기가 좀 다른 것 같아서."

"네가 웬일이니, 그런 것도 다 물어보고?"

"무슨 말이 그래? 나야말로 우리 가족을 얼마나 사랑하는 사람인데?"

어머니가 별 웃긴 소리를 다 듣겠다는 듯 깔깔 웃었다. 상희는 뾰로통한 얼굴을 하고 있다가 냉장고 정리를 하느라 바쁜 어머니의 등에 대고 다시 물었다.

"근데 언니 시집가?"

순간 어머니의 손이 딱 멈추더니 천천히 고개를 돌렸다.

"응?"

"아니, 언니 말이야. 토, 통화를 하는 걸 들은 것 같은데……
남자가 어쩌고…… 그러니까 아빠 사위가 어쩌고……."

"사위? 설마 상희 너……."

어머니가 눈을 가늘게 뜨고 상희를 날카롭게 쳐다보았다. 순
간 심장이 덜컥 내려앉은 상희는 침을 꼴깍 삼켰다.

"너 다 들은 거니? 난희가 정말 결혼 이야기를 하던?"

"으, 응? 응."

생각지도 못한 특종이었다. 상희는 묘하게 가슴이 설레었다.
아니, 이 언니가 정말 결혼하는 거야? 그것도 이 사진 속의 남자
랑? 이렇게 잘생긴…… 바람둥이랑?!

상희의 오버와는 관계없이 어머니는 긴 한숨을 내쉬었다.

"엄마도 모르겠다, 뭐가 어떻게 돌아가는 건지. 물론 자리로
봤을 때는 최고로 좋은 자리다만 난희가 저렇게 싫다고 하니."

"시, 싫대? 왜? 남자가…… 바람둥이래?"

"모르겠다, 바람둥이인지 뭔지. 엄마도 잘 모르는 일이니까
너도 당분간 입 다물고 있어. 그 얘기만 하면 언니 히스테리 일
으키니까."

"저, 정말 사귄 거야? 그 잘생긴 남자랑?"

"응? 잘생긴 남자?"

상희는 순간 자신의 입을 톡톡 때려주고 싶었다. 대체 앞뒤

뛰는 놈 위에 나는 놈, 나는 놈 위에 등에 탄 놈,
등에 탄 놈 위에 또 무등 탄 놈?

분간 못하고 튀어나오는 이 입방정을 어찌해야 할지.

"아…… 왠지 잘생겼을 것 같아서."

"사귀긴 뭘 사귀니? 그러니까 요는…… 음, 정략결혼 같은 걸로 이해하면 된다."

"에? 정략결혼?"

"말하자면 그렇다는 거야. 저쪽에선 언니가 마음에 들었나 본데."

"언니 엄청 부럽다. 정략결혼이라니 좋은 거잖아. 근데 웬 히스토리?"

"히스토리가 아니라 히스테리."

"엄마, 난 지금 유머를 한 거라고."

"아무튼 언니는 싫어해. 다 이유가 있으니까 그렇게 알고 절대 언니 앞에서는 말하지 마."

"글쎄, 무슨 이윤데?"

"이 이상은 엄마가 말할 부분이 아니니까 그렇게 알고 더 묻지 마렴."

그리고 어머니는 다시 냉장고 정리를 시작했다. 어쩐 일인지 엄마의 얼굴에 근심이 가득했다. 깔깔 웃는 게 주특기인 낙천주의 엄마가 저 정도로 심각한 얼굴을 하고 있다는 건 일이 보통 엄청난 게 아니라는 뜻과 같았다.

아닌 척하고 있지만 역시 엄마는 뭔가를 아시는 거야. 그 남자가 바람둥이란 걸 아시고는 속으로 한탄을 하시는 거야. 혼자 속을 끓이고 있나 봐. 걱정 마, 엄마. 나도 알고 있으니까 정 힘들면 나한테라도 말해. 내가 다 들어줄게.

온갖 주접을 떨어가며 상희는 주방에서 죽치고 있었다. 이제 곧 어머니의 특기가 나올 테니까.

"하긴 결혼을 시킨다고 해도 문제다. 서로 잘 알지도 못하는 상태에서 부모님 마음에만 든다고 결혼이 될 리가 있니? 아무리 저쪽이 잘났다고 해도 요즘 세상이 어떤 세상인데 부모끼리 상의해서 애들 장래를 결정하겠어. 저렇게 학을 떼고 싫어하니, 에휴."

역시 나가지 않고 기다린 보람이 있었다. 엄마는 가정적이고 바지런하고 인자한, 그야말로 타고난 현모양처다. 즉 특별히 모난 곳 없는 매우 평범한 대한민국 가정주부라는 말인데, 단 하나! 말을 마음속에 담아두지 못하고 금방 내뱉는 것이 흠이라면 흠이었다. 그래서 딸들에게 거의 모든 말을 하시는 편이었고, 난희와 상희는 옆집 숟가락 젓가락이 몇 개인지, 구멍가게 과부 아줌마와 건어물가게 아저씨가 어떻게 바람이 난 것인지에 대해서까지 소상하게 알고 있었다. 역시나 지금도 묻지 않은 면까지 술술 풀어놓고 있는 것이다.

그러나 문제는 어머니가 그렇게 말을 했다고 해도 상희에게 논리적으로 사건을 꿰어 맞출 판단력이 없다는 것이었다. 대충 부모님끼리 이야기가 되어 언니가 결혼을 할지도 모르겠다는 것은 알겠는데 그 이상은 상희에게 정리 불가였다.

저쪽이 잘났는데 부모끼리 상의를 해서 언니가 학을 뗀다? 그럼 이 남자가 바람둥이란 사실은 어떻게 되는 거지? 아……모르겠다.

"왜 안 나가고 섰어? 약속 안 늦니?"

어머니가 대파를 들고 상희를 의아한 눈으로 쳐다보았다.

"어? 나, 나가요."

"근데 옆구리에 끼고 있는 건 뭐니? 서류 봉투 아니야?"

"이, 이거? 이건 서, 서류 봉투 맞아. 오, 오늘 에이전시 가는 데 필요한 서류가 있다고 해서."

"그랬어? 오늘 가는 거니? 그럼 진즉 말을 하지."

"아, 아니야. 그냥 오늘은 서류만 내고 올 거야. 엄마, 나 그럼 갈게."

상희는 저도 모르게 거짓말을 쏟아내고는 후다닥 주방을 나섰다. 에이전시에 제출할 서류? 그야말로 상희 인생 최고의 임기응변이었다. 이 서류를 과연 어머니에게 보여 드려야 할 것인가, 아니면 언니한테 먼저 주는 게 나을 것인가. 상희는 결정하지 못한 채 서류를 끌어안고 대문을 나섰다. 미니스커트 아래로 그녀의 발걸음엔 힘이 하나도 없었다.

잘생긴 남자, 그러나 눈살을 찌푸리게 하는 사진, 시집갈지도 모르나 가기 싫어 히스테리를 부린다는 언니, 그러나 잘생긴 남자…….

"뭐야, 도대체 정리가 안 되잖아. 누가 언니 아니랄까 봐 연애까지도 심오하게 하네.”

상희는 투덜거리며 지하철역으로 향했다. 어쨌거나 이런 사진을 부모님께 보여 드릴 수는 없으니 일단은 갖고 있는 게 낫겠다는 판단이었다. 연세 드신 부모님보다야 강심장인 언니에게 직접 주는 편이 더 낫지 않겠는가.

✱

그날 저녁, 세 집안의 풍경이 사뭇 대조적이었다. 먼저 난희의 집 안방에서는 난희와 부모님 간에 모종의 회의가 있었다. 마치 역적회의라도 벌이듯 안방의 분위기는 조심스럽고 비밀스러웠다.

“이건 처음엔 순전히 제 계획이었지만 할머니께 전화로 상의를 드렸더니 찬성해 주셨어요. 할머니께서 반대하시면 철수하려고 했는데…….”

“했는데?”

“막 웃으시던걸요? 어디 네가 하고 싶은 대로 해봐라, 그러셨어요.”

“어머니도 참. 난희야, 너도 할머니가 얼마나 짓궂으신 성정인지 알고 있잖느냐.”

“하지만 가벼운 장난에 동의하실 분도 아니죠. 전 할머니를 믿어요. 할머니도 절 믿어주셨어요.”

그래도 아버지는 못내 걱정스러운 얼굴이었다. 무엇보다 난희의 그 '계획' 이라는 것에 무척 놀라는 모습이었다.

"아무튼 아비는 네가 원하는 대로 따르마. 할머니도 찬성하셨다고 하니."

결국 아버지도 찬성을 하신 후, 난희는 그 '계획' 의 디테일한 부분까지 마치 작전 지시를 내리는 장군처럼 비장한 얼굴로 자세하게 설명했다. 어머니 역시 '어머, 그래도 되겠니?' 라며 계속 걱정스러운 시선으로 바라봤지만 난희는 단호했다. 그래서 잠시 사뭇 수심 어린 표정이긴 했지만 부모님은 난희의 추진력에 고개를 끄덕일 수밖에 없었다.

이로써 이름 하여 '지은혁, 뒤통수치기 작전' 의 서막이 오른 것이라고나 할까. 그 '계획' 으로 인해 부들부들 떨 사람은 지은혁 단 한 사람일 것이었다. 난희는 괴로움에 몸부림치는 지은혁을 여유롭게 내려다보며 비웃어주면 되는 것이다. 단, 이 계획을 위해서는 누구보다 아버지의 협조가 필요했다. 그리고 아버지는 확실하게 지원 사격을 해주시기로 약속하셨다.

물론 저쪽도 박 여사라는 도저히 무시할 수 없는 히든카드가 버티고 있긴 했지만, 별다른 위험 요소는 없을 거라는 판단이었다. 계획대로만 진행되어 주면, 자신은 지은혁의 자존심을 밟아버리는 동시에 겁을 주고, 또한 이 약혼을 단번에 깨어버리는 일석삼조의 효과까지 거두게 된다.

아, 제발 그렇게 됐으면 좋겠다. 더 이상 약혼 문제 같은 걸로

귀중한 시간을 빼앗기기 싫단 말이야. 난희는 간절하게 이 '계획'이 본래 의도대로 성공하기를 기원했다.

물론 아버지로서는 지은혁이라는 남자가 사주의 아들이니 아무래도 신경이 쓰일 터였고, 엄마 쪽은 재벌 사위를 눈앞에서 놓쳐 버린다는 것에 여전히 미련이 있는 것 같았지만 난희는 두 분의 아쉬움에 대해 신경을 쓸 여유가 없었다. 오로지 스스로의 정신 건강을 위해 이 계획의 성공만을 바랄 뿐이었다.

확실히…… 난희의 계획은 이론상으로 완벽한 것이었다. 다만 상대방의 링에 '박사현 여사'라는 두려운 상대가 있다는 사실을 너무 쉽게 간과한 것, 그게 바로 패인의 원인이었다는 걸 지금으로서는 전혀 모르고 있었다.

"그럼 제가 부탁드린 대로 해주세요. 그만 올라갈게요. 안녕히 주무세요."

모든 말을 마치고 방으로 돌아왔을 때 상희가 답지 않게 흠칫 놀라는 얼굴로 난희를 돌아보았다. 난희는 수상쩍게 자신을 살피는 상희를 똑같이 수상쩍게 쳐다보며 물었다.

"왜? 나한테 할 말 있니?"

"아, 아니야. 무슨……."

"싱겁긴."

"근데 말이야. 언니, 어, 엄마한테 들었는데…… 혹시 시집 가?"

난희의 눈이 동그래졌다.

뛰는 놈 위에 나는 놈, 나는 놈 위에 등에 탄 놈,
등에 탄 놈 위에 또 무등 탄 놈?

"응?"

"결혼하냐구."

"얜~ 내 나이가 몇인데 벌써 결혼해. 엄마도 참! 애를 붙들고 무슨 말씀을 하신 거야."

아, 이러면 또 곤란해지는 것이다. 언니는 또 전혀 모르쇠로 일관하고 있으니. 단순한 머리로 하루 종일 복잡하게 고민을 해서 그런지 머리가 터질 것 같았다. 뭔가를 알아야 이 사진을 척 내미는 건데. 언니는 아무 말도 안 해주지, 엄마 아빠도 다를 바 없지. 그렇다고 언니가 상처받을 사진을 함부로 내밀 수도 없고. 좀 일찍 나갈 걸, 괜히 빈둥거리다가 문제의 우편물을 받아서는…….

하지만 자신이 받았기에 망정이었지 아니었다면 엄마 손에 들어갈 뻔했다. 그 점에 대해서는 다행으로 생각하고 있지만.

"사귀는 사람…… 있었던 거지? 그것도 잘생긴 남자?"

"잘생기긴! 인간성이 얼마나 개차반인데. 그런 얼굴을 잘생겼다고 하면 세상 남자 모두 다 목매달아야 할 거야. 사귄 일도 없고 사귈 일도 없어. 그따위 남자, 분명 사생활도 엄청 복잡할 거야. 안 봐도 뻔해."

난희가 투덜거리며 의자에 앉은 순간 정곡이 찔린 상희의 심장이 뜨끔했다. 바람둥이는 언니 난희가 가장 싫어하는 부류였던 것이다.

자매끼리 서로 이상형에 대한 수다를 떨어왔기에 언니가 호감을 갖는 남성상 정도는 알고 있었다. 일단 외모는 누가 봐도 잘생긴 미형보다는 어딘가 정이 가는 훈남형을, 옷차림도 모델 포스를 풍기는 화려한 스타일보다 말쑥하고 깔끔한 세미 정장 쪽을, 백 마디 말을 좔좔 늘어놓으며 분위기를 띄우는 사람보다 몇 마디의 세련된 말로 조용히 분위기를 이끄는 사람을, 바로 그런 지적인 이미지를 좋아하는 언니였다.

그런 즉, 어떤 면을 봐도 사진 속에서 수많은 여자와 접촉하고 있는 그 남자가 '단정병'에 걸린 언니의 이상형이 될 확률은 0%였다. 그러니 도저히 연결고리가 없는 두 사람이 어째서 결혼 문제로까지 엮이고 있는지 상희로서는 궁금하지 않을 수 없었다.

점점 커지는 난해함에 침을 꼴깍 삼킨 상희가 천천히 입을 열었다.

"그럼…… 결혼 안 해?"

"안 해. 절대 안 해. 해가 서쪽에서 떠도 안 해. 그런 불량품 수집하는 취미는 없어."

봉투를 스르르 꺼내고 있던 상희의 손이 멈칫했다. 언니의 히스테리적인 반응은 그렇다 쳐도…… 가만있어 봐, 언니는 그 남자가 바람둥이라는 것도 이미 다 예상하고 있잖아. 그런데 불난 집에 부채질 할 사진을 들이밀면? 굳이 그럴 필요가 있을까? 저렇게 센 척하지만 사실 언니도 속상하면 잘 울먹이는 여잔데…….

뛰는 놈 위에 나는 놈, 나는 놈 위에 등에 탄 놈,
등에 탄 놈 위에 또 무등 탄 놈?   119

아니야, 그래도 보여줘야 해. 이건 분명 언니 앞으로 온 거고, 언니의 인생이 달린 문제잖아. 똑똑한 언니라면 자신의 일은 자신의 힘으로 잘 해결해 나갈 수 있을 거야. 오히려 남이 간섭하는 걸 싫어할 성격이지. 하지만…… 언니는 연애에는 젬병이잖아. 지금껏 남자 친구 한 번 안 만들어본 목석같은 저 여인이 남자에 대해 알면 얼마나 알겠어. 공부만 잘했지, 연애 쪽으로는 완전히 꽝이라고. 저러다가 시집이나 갈 수 있겠냐고 엄마가 만날 혼자 걱정하는 소리를 들었단 말이야. 골뱅이가 뱅글뱅글 도는 안경에 늘어진 런닝을 입은 만년 고시생 같은 남자나 안 데려오면 다행이라고 엄마가 그렇게나 걱정을 했었는데.

그래도 언니는 똑똑하니까 스스로 잘 판단할 수 있을 거야. 그러니까 보여주는 게 당연한 거야! 아니야, 그래선 안 돼. 언니는 남자에 대해 전혀 모르잖아. 숨기는 게 낫겠어. 아니야, 그래도 보여줘야지!

상희는 천사와 악마의 사이에서 미친 듯 갈등하고 있었다. 안 그래도 하나 이상을 생각해 본 적이 없었던 머리는 금방이라도 터질 것만 같았다. 언니 덕에 오늘 뇌를 너무 쓰고 있다. 안 쓰던 걸 한꺼번에 쓰면 확 돌아버릴 위험이 있다는데…….

자, 차분히 생각해 보자. 일단 나답게 생각해 보는 거야. 단순하게, 아주 단순하게…….

이 사진을 보여준다. 그러면? 지금도 저렇게 히스테리를 부리고 있으니까 당연히 결혼 같은 건 더 안 할 거라고 난리치겠지? 그럼 이 잘생긴 남자는 떨어져 나가겠지. 잘생긴 데다 돈도 많을 것 같은 남자가 휘리릭 나가떨어진다는 소리지. 그렇다면 내 형부가 안 되는 거지. 형부라…….

그 시점에서 상희는 가장 자신다운 고민에 즉각 휩싸였다.

형부, 잘생기고 돈 많은 형부는…… 언니 가진 모든 자들의 로망이다!

그런데 결혼을 안 한다면……?! 그럼 계절이 바뀔 때마다 새 옷을 사주고 처제, 처제 부르면서 용돈을 듬뿍 쥐어줄 내 멋진 형부는?

"상희, 너 이상하다. 나한테 뭐 할 말 있니?"

역시나 눈치가 삼 단인 난희의 날카로운 질문에 상희는 도리도리 고개를 흔들었다. 동시에 봉투도 서랍 안으로 천천히 다시 들어갔다.

미안해, 언니. 난 언니를 돈에 판 나쁜 년이야. 크흑!

"나, 나 잘 거야. 언니는 안 자?"

"응. 난 책 좀 보고."

"알았어. 그럼 먼저 잘게."

봉투는 일기장을 넣어두는 서랍 깊숙이 들어가 있었다. 상희는 다시 한 번 결심을 한 후 천천히 열쇠를 돌렸다. 이로써 누군가의 처음 의도와 다르게 봉투는 어둠 속에 묻혔다.

'내 돈줄은 내가 지킨다' 한 주책맞은 예비 처제의 말도 안 되는 사명감이 발동할 줄 그 누가 알았겠는가.

뛰는 놈 위에 나는 놈, 나는 놈 위에 등에 탄 놈,
등에 탄 놈 위에 또 무등 탄 놈?

한편 효주의 집 거실 분위기는 활발했다. 어제까지 긴장감이 흐르던 거실에서는 살얼음판 대신 희망에 찬 미소가 오가고 있었다.

"엄마가 손을 다 썼으니까 곧 좋은 소식이 있을 게야."

"정말이지? 정말이지?"

"그렇다니까."

그런 사진을 보고도 딸을 주겠다면 부모도 아니지, 암. 임 여사는 만족스러운 미소를 지으며 고개를 끄덕였다. 그러나 임 여사는 이내 패닉 상태에 빠지고 말았다. 그런 사진을 보고도 딸을 주겠다고 나선 사람이 바로 자신이었던 것이다.

그러나 지금 와서 그런 생각을 하면 무엇 하겠는가. 당장 당사자가 저리도 좋아하고 있으니……. 어쨌거나 임 여사는 모든 일이 순조롭게 풀릴 것이라고 믿어 의심치 않았다.

그리고 마지막 은혁의 집, 그곳은 비무장지대로서 현재 가장 상황이 좋지 않은 곳이기도 했다. 박 여사와 은혁의 팽팽한 신경전 덕에 집안사람들 모두가 초긴장 상태였다. 큰형 내외는 폭탄을 맡기 싫어 아예 늦은 귀가를 선택했고, 지 회장도 비즈니스 핑계를 대며 들어오지 않았으며, 일하는 사람들은 발끝을 세우고 걸어다녔다.

이제 약속 날짜가 이틀 남았다. 그럼에도 여전히 약속이 파기되었다는 소식은 들리지 않았고 이대로 간다면 만남이 이루어질 것이었다.

박사현 여사는 주도권을 쥔 만큼, 속이야 어떨지 모르겠지만 겉으로 보이는 모습만큼은 유유자적이었다. 결국 은혁 쪽에서 한숨을 폭 내쉬고 말았다.

"좋아요. 나가요. 나가면 될 거 아니에요."

일단 백기를 드는 척하며 박 여사를 살폈다. 그러나 박 여사는 여전히 그 속을 알 수 없는 표정으로 당연히 그래야지, 라는 덤덤한 대답을 해왔을 뿐이다. 원하는 결과를 얻고도 일말의 동요도 보이지 않는다. 포커페이스의 달인, 실로 두려운 존재. 언제부터 자신에게 박 여사가 두려운 어머니였단 말인가.

"대신 저쪽이 절대 안 된다고 하면 박 여사도 포기하시는 겁니다."

"그걸 설득하려고 만든 자리로 안다만."

"저 이만큼도 정말 많이 양보한 거라고요!"

"좋다. 인륜지대사를 결정하는 중요한 자리이고 하니, 만약 노력을 해도 여의치 않으면 어미가 포기하마. 대신 가서 예의 바르게 행동하고 무엇보다 성질 죽여라. 알았느냐."

"알았어요. 하면 되잖아요."

"그런 식으로 대답하지 말라는 당부였다. 다시 대답해 봐라. 알았느냐."

"(으, 젠장)네, 알겠습니다."

은혁은 겨우겨우 대답하고는 이층 제 방으로 뛰어올라 가버렸다. 박사현 여사는 흐뭇한 얼굴로 그 뒷모습을 바라보았다.

뛰는 놈 위에 나는 놈, 나는 놈 위에 등에 탄 놈,
등에 탄 놈 위에 또 무등 탄 놈?

앞으로 이틀 후, 그 아가씨의 행보에 어쩐지 무척 기대가 되었다. 어떤 행동을 해줄 것인가. 아니면 자신의 예상을 깨고 별다른 일 없이 흐지부지되어 끝나고 말 것인가.

그러나 박사현 여사는 민난희라는 아가씨에게 어떤 기대를 하고 있었다. 그것은 오랫동안 사람들을 봐오고 상대해 온 박여사의 직감 같은 것이었다. 무언가 좋은 일이 일어날 것 같은 예감이 드는 건 자신만의 희망일 뿐인 걸까.

약속 장소는 으리으리한 고급 호텔 레스토랑의 객실이었다. 난희는 온통 위화감을 주는 실내를 살며시 돌아보며 주눅이 들지 않으려고 노력했다. 이런 장소 따위 아무렇지도 않을 것 같았는데 별천지에 온 것 같다는 느낌을 지울 수 없었다. 나는 서민이로구나! 그런 생각을 하고 있다고나 할까. 그것은 부모님도 마찬가지인지 부모님의 얼굴에는 불안감마저 느껴졌다. 반짝일 정도로 닦아놓은 포크와 나이프, 멋진 접시와 크리스털 잔이 쭉 세팅되어 있는 테이블을 쳐다보며 난희는 옅은 한숨을 흘렸다.

난희와 부모님은 약속 시간보다 삼십 분 먼저 도착했다. 그리고 정확히 약속 장소보다 오 분 전에 은혁의 가족들이 들어섰다. 난희의 아버지는 지 회장이 들어오자마자 벌떡 일어나서 안절부절못했다. 난희는 아버지의 이마에 흐르는 식은땀을 닦아주고 싶었다. 모두 똑같은 사람인데 왜 이렇게 위화감을 느껴야 하는 걸까. 그러나 어쩌면 자신도 이미 위압감을 느끼고 있는지도 모르겠다. 이런 화려한 곳이 더없이 자연스러운 지은혁이라는 남자, 그리고 회장님 내외가 마치 딴 세계의 사람들 같았다.

싸가지 은혁은 말쑥한 검은 정장에 네이비블루 계열의 사선 무늬 타이를 했다. 그러나 아무리 단정하고 고급스러운 수트로 휘감았어도 난희의 눈에는 그저 깐죽거리는 안하무인 망나니로만 비춰졌다. 스물여덟이라고 했었나? 선이 뚜렷한 얼굴과 균형 잡힌 체형, 겉모습만 봐서는 충분히 미남이라고 볼 수도 있겠지만, 난희와 눈이 마주치자마자 이죽거리는 그 입매를 보니 한 대 딱 때려주고 싶을 만큼 밉상이다.

지 회장과 박 여사는 매우 느긋한 표정으로 자리에 앉았다. 다행인 것은 나이로 보나 지위로 보나 이 자리에서 제일 어른인 두 사람의 모습이 거드름을 피운다거나 상대방을 한 단계 내려다보는 것 같은 느낌은 아니라는 것이었다. 나란히 앉고 보니 은혁은 지 회장보다는 박 여사 쪽을 닮았다. 지 회장은 다소 크지 않은 체격에 호인형으로 사람 좋게 생겼으나, 박사현 여사는 이목구비가 뚜렷해 이지적이면서도 눈매만은 온화해서 지적이면서도 조금 웃는 듯한 느낌이 있었다. 은혁은 많은 부분 외탁을 한 것 같았지만 싸가지가 바가지라 저 박 여사의 온화함을 따라갈 조짐은 조금도 보이지 않았다.

난희는 부모님이 예의를 갖춰 인사를 마친 후 자신도 정중하게 인사를 하고 앉았다.

'나도 이 자리가 끔찍하도록 싫기는 마찬가지니까 그쪽도 표정 좀 풀지 그래요?'

앉으며 그런 뜻을 담아 쏘아보자 은혁은 매몰차게 시선을 돌려 버렸다.

'잘났어, 정말.'

"우선 어려운 자리일 텐데 나와주셔서 감사합니다."

박 여사가 먼저 운을 뗐다. 아버지 어머니는 허리를 굽신굽신 굽혀가며 아니라고 반색을 했다. 난희는 갈수록 이 자리가 마음에 들지 않았다.

"자, 일단 식사를 하고 이야기를 시작하도록 하지요."

난희와 부모님은 고개를 끄덕였고 이후 식사는 조용하면서도 차분하게 진행되었다. 지 회장과 박 여사는 가벼운 주제를 선택해 이야기를 이끌어 나갔고, 긴장한 모습이기는 했지만 부모님도 침착하게 대화를 받았다. 학교 이야기를 묻는 박 여사에게 난희는 예의 바른 어조로 대답했다. 부모님도 어설프게나마 은혁에게 질문을 하기도 했다. 물론 은혁은 매우 불성실한 태도로 대답을 해왔고.

식사가 모두 끝나고 차가 나왔을 때 박 여사가 비로소 이날의 가장 중요한 화제를 꺼냈다.

"그럼 본론으로 들어가도록 하지요. 저희는 민 과장님께 청을 드리고자 이 자리를 마련했어요."

박 여사는 매우 정중한 태도로 말을 이어갔다.

"본시 결혼이라는 것은 본인들의 의사가 우선이겠으나 집안끼리의 결합이라고도 하지요. 그러니 젊은 사람들보다 먼저 집안 어른들의 대화가 선행되어야 할 것 같아 이렇게 자리를 청했습니다."

"물론입니다. 그러나 요즘은 아이들의 생각을 많이 따르는 세태이고 보니……."

"그렇습니다. 민 과장님 말씀이 옳아요. 요즘 어떤 자식들이 부모님의 강요로 결혼을 하겠습니까. 그러나 회장님과 저는 오래전부터 우리가 바라는 며느리를 은혁이의 배필로 삼으려는 생각을 하고 있었습니다."

은혁의 눈이 휘둥그레졌다. 그는 잘 참고 있는 것 같았지만 언제 폭발할지 모르는 휴화산이었다. 그러나 박 여사는 신경도 쓰지 않는다는 듯 말을 이었다.

"좋은 아가씨가 우리 은혁이의 배필이 되어주기를 가장 바라고 있지요. 아들 둔 제 생각은 그래요. 민 과장님도 그렇지 않으신가요?"

"그, 그거야 저도 그렇지요."

놀란 눈을 크게 껌뻑이던 아버지는 어머니가 내밀어준 손수건으로 이마에 흐르는 땀을 닦았다. 그때 은혁이 갑자기 툭 끼어들더니 큰 소리로 말했다.

"죄송하지만 잠깐 저희끼리 대화를 좀 나누고 오겠습니다."

뛰는 놈 위에 나는 놈, 나는 놈 위에 등에 탄 놈,
등에 탄 놈 위에 또 무등 탄 놈?

“오늘은 어른들이 중심인 자리가 아니냐. 네가 나설 자리가
아니다.”

“그렇더라도 저희들에 관한 이야기가 중심이지 않습니까. 안
그렇습니까, 민 과장님?”

급기야 난희의 얼굴에 헛웃음이 어렸다. ‘안 그렇습니까, 민
과장님?’ 저런 싸가지없는 자식. 그래, 너 언제까지 그렇게 잘
난 척할 수 있을지 어디 한번 두고 보자. ‘계획’을 터뜨리는 데
있어 내심 미안한 마음도 있었는데 이제 다 물 건너갔다는 소리
다. 지은혁, 두고 보자!

난희는 천천히 시선을 돌려 아버지를 바라보았다. 그리고 시
선이 부딪치자 다시 한 번 더 다짐을 받았다. 아버지는 침을 꼴
깍 삼키고는 슬쩍 고개를 끄덕였다. 곧 그녀가 차분한 눈으로
박 여사를 돌아보았다.

“실례가 되지 않는다면 저도 저희끼리 먼저 대화를 나눠보고
싶습니다.”

박사현 여사가 물끄러미 난희를 들여다보다가 천천히 수긍했
다.

“그래요, 그럼 그렇게 합시다.”

말이 떨어지기가 무섭게 은혁이 벌떡 일어나 밖으로 나갔다.
난희도 조용히 일어나 따라 나갔다. 그녀는 나가기 전 다시 한
번 아버지에게 눈으로 언질 주는 것을 잊지 않았다. 아버지는
알겠다는 뜻의 눈빛을 보내왔다.

문을 열고 나가자마자 은혁이 그녀 앞으로 성큼 걸어왔다. 그 얼굴을 보니 오래도 참았다는 것이 확연히 드러났다. 난희는 의연한 눈으로 그를 마주 보았다.

"할 말이 있으신가요?"

그가 피식 웃으며 난희의 바로 앞까지 와서 섰다. 그리고 아주 조용히 말했다.

"너 말이다. 그렇게 입으니까 꽤 봐줄 만하다고 할 줄 알았지?"

빈들거리는 폼이 세상에서 가장 얄미운 형상이었다. 난희는 픽 웃으며 자신의 옷을 내려다보았다. 그래도 고급 레스토랑에 오는 것인데 창피하지는 않게 입어야겠다 싶어 몇 벌 없는 정장 중 하나를 꺼내 입고 왔다.

"새삼스레 반하지는 말아줘요. 관심 받기 귀찮으니까."

"너 아무래도 여기가 수상해. 설마 살짝 돈 건 아니지?"

그가 조소를 담은 손으로 난희의 머리를 슬쩍 만지려 했다. 난희는 바람과 같은 속도로 그 손을 매몰차게 쳐냈다.

"지금 뭐 하는 거예요?"

"기가 차서, 네가 지금 내 손을 쳤냐?"

허공에서 손이 멈춘 은혁이 헛웃음을 지었다. 감히 어느 안전이라고! 당장이라도 그렇게 외칠 것 같은 저 표정을 보라.

"내 몸에 함부로 손대지 마요."

"왜 이러세요. 나도 그다지 흥미가 가는 건 아니거든요. 나 눈

높아요. 알아요?"

"유치해, 정말."

난희는 팔짱을 끼고 고개를 팩 돌렸다. 그런데 이상하게 은혁이 조용했다. 다른 때 같았으면 흥분을 했어도 벌써 몇 번은 더해야 할 시기인데 웬일로 조용했다. 이상하다 싶어 흘끗 쳐다보니 그가 난희를 물끄러미 내려다보고 있었다.

"왜, 왜 그렇게 봐요?"

그가 바지 주머니에 손을 찔러 넣고는 피식 웃었다. 머리카락이 살짝 흘러내린 부드러운 인상으로 제법 매력적인 미소를 짓는다 싶었더니.

"자, 이제 우리 그만 화해하자. 계속 이렇게 유치한 행동을 해서 서로에게 득 될 게 뭐가 있겠냐."

꽤 신사적인 어투까지 써오는 것이다. 순간 난희의 머리가 빠르게 회전하기 시작했다. 어쩐지 행동을 바꾸고 있는 지은혁, 평상시의 모습을 숨기고 탈피를 한 듯한 그가 앞에 서 있다. 게다가 때 아닌 매력적인 미소도 폴폴 풍기는 것이, 수상하지 않을 수 없다!

"왜 갑자기 작전을 바꾸는 거죠?"

"작전이라니, 오해야. 너 같은 어린애하고 싸워봐야 나만 손해 아니냐. 어차피 서로 전혀 맞지 않는 상대인데 도대체 이게 지금 뭐 하는 거냐. 너하고 내가? 나 참, 이게 말이 되는 소리냐? 그러니까 서로 피차 원하지 않는 자리, 협상을 하자는 거다."

오호, 바라는 것이 그거였구나. 난희는 속으로 조용히 그를 비웃어주었다. 이제 아무래도 안 될 것 같으니 당근을 흔들어대시겠다?

"그거, 좋은 생각이네요."

그런데 미안하지만 난 당근보다는 채찍으로 후려쳐야 속이 시원하겠거든?

난희는 눈동자를 반짝이며 일부러 태연하게 웃어 보였다. 곧 은혁의 입가에도 미소가 둥실 떠올랐다.

"그래. 똑똑하다더니 역시 얘기가 통하는구나. 어차피 안에 있는 사람들은 다 적이라고 생각하면 돼. 살아나려면 우리끼리 말을 맞춰서 없었던 일로 만들 방법밖에 없다."

"뭐, 나쁘지 않네요."

"어차피 이제 더 볼 일 없으니까 서로 좋은 얼굴로 헤어져야지."

"저 역시 그렇게 된다면 더없이 좋지요."

"그럼 이제 우리 합의한 거다. 불만없지?"

"뭐, 좋아요."

명쾌한 난희의 대답에 은혁이 더없이 만족스런 얼굴로 손을 내밀었다. 화해의 악수를 청하는 정도의 센스? 난희는 사악한 미소를 속으로만 머금으며 싱긋 웃어주고는 그의 손바닥을 찰싹 때리는 것으로 악수를 대신했다. 그 태도에 은혁이 조금 께름칙해하는 눈을 했지만 난희가 워낙 태연했기에 별 의심 없이 안으로 들어갔다.

'그래, 마음 탁 놓고 있어라. 네가 구둣발로 차버린 내 A4 용지 장수만큼만 괴롭혀 줄게.'

난희는 그의 등을 향해 혀를 쏙 내밀어주고는 곧 따라 들어갔다.

두 사람이 자리에 앉자, 박 여사는 날카로운 눈매로 두 사람 사이에 흐르는 공기의 기운을 읽어보았다. 그러나 만족스러운 듯한 아들의 표정과 태연한 난희의 얼굴만 봐서는 간파하기가 쉽지 않았다. 순간적으로 위기의식을 느낀 박 여사는 좀 더 몰아붙여야겠다는 판단을 내렸다. 그녀가 지 회장에게 눈치를 주자 그가 굵직한 목소리로 입을 열었다.

"민 과장, 난희 양을 우리 태원 사람으로 내주게. 여러모로 뛰어난 여식이라 선뜻 마음은 내키지 않겠지만 잘 생각해 보았으면 좋겠네. 나는 안사람의 안목을 믿지. 그래서 좋은 인연이 되리라 믿어 의심치 않고."

"딸을 좋게 봐주셔서 감사드립니다. 하지만 그것이……."

순간 은혁이 난희의 시선을 강제로 붙들고는 어서 말하라는 눈치를 날렸다.

'되게 보채네. 알았어요. 기다려 달라구요.'

난희는 긍정의 제스처로 조용히 고개를 끄덕여 주었다. 박 여사가 단호한 어조로 말을 이었다.

"두 사람을 연분으로 만들어주고 싶어요. 그것이 회장님과 제 생각이에요.”

급기야 은혁이 더욱 안달을 내며 인상을 쥐어짰다.

‘야! 딴소리 더 나오기 전에 얼른 말하라고. 네가 싫다고 말하면 되는 거라고!’

‘사람도 참. 이봐요, 지은혁 씨. 뭘 그렇게 조급하게 굴고 그래요?’

난희는 일부러 더 태연한 표정을 해보이며 은혁을 살살 약 올렸다. 고양이는 쥐를 잡아 잡수실 때 한 번에 드시지 않거든? 가지고 놀 만큼 굴렸다가 잡수시는 거라고.

천천히 고개를 돌려 아버지의 주의를 끌었다. 난희를 돌아본 아버지가 그 눈짓을 받고는 고개를 끄덕였다. 곧 지 회장을 돌아본 아버지가 입을 열었다.

“일단 난희의 말을 들어보아도 될는지요.”

“그럽시다.”

은혁은 그제야 안심이라는 얼굴을 했다. 난희는 그것을 느끼며 잠시 목을 가다듬고는 천천히 입을 열었다.

“저는…… 잠정적으로 결혼에 찬성하겠습니다.”

“풉!”

순간 은혁이 마시고 있던 차를 내뿜었다. 뿜어져 나온 파편이 테이블에 튀자 박 여사가 싸늘한 눈으로 은혁을 쏘아보았다. 그러나 은혁은 지금 보이는 게 없었다.

“야! 너, 지금 뭐라는…….”

뛰는 놈 위에 나는 놈, 나는 놈 위에 등에 탄 놈,
등에 탄 놈 위에 또 무등 탄 놈?

"조용히 하거라!"

박 여사의 따끔한 저지에 은혁의 얼굴이 온통 구겨졌다. 그대로 놓아두면 펑 터질 것같이 그 열 받은 고무공 같은 얼굴에 난희는 고소해 미칠 것 같았다.

자, 기대하시라. 이게 바로 민난희가 계획하고, 할머니께서 잠정적으로 찬성하셨으며, 부모님이 지원 사격을 약속해 주신 '지은혁, 뒤통수치기 작전'의 서막이거든? 근데 지은혁 씨, 벌써부터 그렇게 놀라시면 어쩌나? 작전은 아직도 아주아주 많이 남았는데 말이야, 호호호.

박 여사가 얼굴에 찬찬한 미소를 띠며 말했다.

"잠정적이라?"

처음 이 계획을 말했을 때 부모님은 걱정스러운 얼굴을 했었다. 하지만 할머니는 달랐다. 당신께서는 워낙 큰 손녀를 믿어주시고, '모험'을 무척 즐기시는 성향까지 비슷해서 늘 그래 주셨던 것처럼 별다른 말씀이 없었던 것이다. 난희는 부디 이 계획이 성공하기를 바라며 자신이 세워둔 시나리오를 천천히 풀어놓기 시작했다.

"네. 대신 삼 개월의 여유 기간을 주셨으면 합니다. 이기적이고 계산적이라 생각하실지 모르겠지만, 저는 아직 학생이고 또 여자라 함부로 결정을 내릴 수가 없는 입장입니다. 물론 너무나 좋은 자리이고, 감히 마다할 입장이 아니라는 것도 알지만 가장 큰 문제점은 당사자들에게 감정의 교류가 전혀 없었다는 것입니다. 한자리에 함께하신 양가 어른들을 실망시켜 드리지 않기 위해서라도 저는 최선의 결론을 내릴 수밖에 없었습니다. 저희들에게도 서로를 볼 수 있는 기회를 주셨으면 합니다.”

“기회? 너하고 내가 뭘 한다고 기회가 필요해?”

은혁이 발딱 일어나려는 것을 박 여사가 또다시 기가 막힌 타이밍으로 저지했다. 은혁은 우리에 갇힌 사자처럼 으르렁거렸다. 그러나 난희는 눈 하나 깜빡하지 않았다. 바로 채찍을 들고 있는 박 조련사가 옆에 있기 때문에.

“그러니까 난희 양은 우리 아이를 믿지 못하겠다는 말이군요.”

“그에 대해서는 아비인 제가 말씀을 드리겠습니다.”

아버지가 나서는 순간 난희는 회심의 미소를 흘렸다. 바야흐로 아버지의 지원 사격, 2단계 작전의 시작인 것이다. 바로 여기부터가 자신이 아닌 아버지가 나서주셔야 하는 부분이었다. 앞으로 아버지가 내릴 제안은 자신의 영역으로 건드릴 수 있는 부분이 아니었으니까.

“믿고 안 믿고, 그런 문제와 별개로…… 저희들은 제 자식을 보호하고자 하는 마음이 우선일 수밖에 없습니다. 회장님, 그리고 사모님 입장에서 보시면 그저 평범한 보통 여식이겠지만 저와 제 아내 입장에서는 눈에 넣어도 안 아플 자식이고 자랑스러운 딸입니다.”

“오해가 있으시군요. 저희도 난희 양을 좋게 봅니다. 그래서 이런 청을 넣은 것이구요. 그만큼 저희 역시 아들 녀석을 소중하게 생각하고요. 그래서 더욱 신중을 기해 반려자를 선택하려는 것입니다."

"알겠습니다. 표현상 오해할 소지가 있었던 듯합니다. 저희는 난희와 은혁 군이 선택할 여유를 주고 싶은 마음입니다. 그래서 삼 개월의 여유 기간을 두려 하는 것이고요."

"그런 이유라면 삼 개월 따위도 필요없어요. 지금이라도 당장 선택할 수가……!"

으르렁거리며 튀어나오는 은혁을 박 여사가 홱 노려보았다. 보이지 않는 채찍에 막힌 은혁의 말끝이 천천히 흐려졌다. 언론의 자유가 막혀 버린 공간에서 은혁은 속만 탁탁 쳐야 했다. 박 여사가 우아하게 고개를 턴하고는 난희의 아버지를 돌아보았다.

"듣고 보니 충분히 그럴 수 있겠다 싶군요. 그러나 삼 개월이라니, 너무 긴 것 같습니다."

난희는 긴장감으로 손에 땀까지 찼다. 저 박 여사를 상대로 이제 슬슬 아버지가 폭탄을 던질 시간이 온 것이다.

"실은, 저희의 조건이 아직 끝나지 않았습니다. 삼 개월 동안 은혁 군이 저희 집에서 생활을 하는 것으로……."

드디어 마지막 폭탄이 투하된 순간 급기야 은혁이 자리를 박차고 일어났다. 의자가 바닥에 쓰러지며 요란한 소리를 냈다.

"지금 뭐라고 했습니까!"

"무슨 짓이냐, 앉아라."

그러나 이번에는 박 여사의 말도 통하지 않았다. 은혁은 성난 맹수처럼 통제를 잃은 상태였다.

"어떻게 그따위 조건을 내걸 수 있냐 묻잖아요! 그 집에서 뭐가 어째요?"

"앉아라."

"하지만 아버지, 이건 말이 안 되잖아요!"

"앉으라고 했다!"

박 여사도 아닌 지 회장의 묵직한 경고에 분위기가 일시에 엄중해졌다. 아버지는 마치 당신이 지시를 받기라도 한 것처럼 엉덩이를 들썩거리기까지 했다. 터질 폭탄이 터졌기에 마음은 여유로웠지만, 난희는 어쩐지 옅은 한숨이 흘러나왔다. 이것이 바로 샐러리맨의 비애라는 것이구나. 아버지는 이렇게 조마조마하게 버신 돈으로 우리를 키워주고, 공부를 시키고, 따뜻하게 지켜주신 것이구나. 그런 생각이 들었기에……

"네 녀석에게 이렇게 가르쳤더냐. 도무지 흥분하는 것 말고는 할 줄 아는 게 없어. 왜 상황을 냉정하게 파악하질 못해!"

도착한 후 처음으로 지 회장이 언성을 높였다. 은혁도 은혁이었지만 아까 전부터 자꾸만 난희의 아버지가 더 불안한 표정을 했다. 회사 최고 지휘자의 힐난은 역시 엄숙한 것인가 보다. 그런 아버지께 십자가를 짊어지게 한 자신이 더욱 죄송스러웠다.

그럴수록 저 '삼 개월간의 지은혁 포박 제의 건' 으로 이 약혼이 파기되어야 한다는 생각이었다. 그게 바로 이 계획의 가장 근본적인 목적이었다. 이런 기가 막힌 제안을 저 지은혁도, 회장님도 받아들일 리가 없다.

'그러니까 회장님이든 사모님이든 얼른 상황을 정리해 주세요. 태원그룹과 사돈이라니, 우리 아버지께 너무 큰 짐일 게 틀림없잖아요.'

난희가 그런 생각을 하는 가운데, 주먹을 부들부들 떨던 은혁이 억지로 자리에 앉았다. 그러나 못내 포기를 못하고 최대한 찢은 눈으로 난희를 잡아먹을 듯 노려보았다. 그 눈이 얼마나 무시무시한지 난희도 어쩔 수 없이 심장이 덜컥 내려앉았다.

은혁은 분노를 내리누르고 있었다. 민난희, 정말 무서운 여자다. 바로 몇 분 전까진 밖에서 협상을 하는 척을 하고서. 그러나 그 순간에도 저 여자는 이 모든 것을 계획하고 있었던 것이다. 모든 것을 미리 결정하고 자신의 머리 위에서 놀고 있었던 것이다.

'정말 정떨어지다 못해 무섭다. 무서워!'

'흥!'

난희는 냉정함을 유지했다. 그저 결심한 것을 그대로 옮기고 있을 뿐이었다. 삼엄해진 분위기 속에서 박 여사가 낮은 한숨을 흘리고 말했다.

"꼭 그렇게 해야겠습니까?"

"저희 쪽으로서는 최선의 선택입니다. 저희 조건이 지금보다 조금만 나았어도 이런 고민을 할 필요도 없었겠지요. 그러기에 더욱 신중하게 할 수밖에 없는 부모의 마음이라고 너그러이 이해를 해주시기 바랍니다.”

박 여사도 지 회장도 고요했다. 생각에 빠진 듯…….

난희도 이 상황에 집중하고 있었다. 자, 이제 ‘지은혁, 뒤통수 치기 작전’이 완전히 모습을 드러냈으니 어떤 결과가 기다리고 있을까나. 아직 완전히 마음을 놓을 수는 없었지만 일단 상황을 지켜볼 수밖에 없었다. 다만 기대할 만한 부분은 삼 개월간의 유예기간, 은혁의 실질적인 볼모 상황, 이 모든 것을 무릅쓰면서까지 약혼이 진행될 리가 없다는 것이었다.

난희는 이런 상황을 짐작하고서 미리 계획을 짰었다. 그리고 상황은 자신이 생각했던 바대로 흘러가고 있었다. 지금 경악하고 있는 지은혁과 곤란해하는 것 같은 회장님 내외의 모습만 봐도 알 수 있는 것이었다.

할머니는 ‘전혀 밑질 게 없는 장사’라는 표현을 하시면서 고개를 끄덕여 주셨다. 정 계획이 어긋나서 삼 개월 동안 그 싸가지없는 놈을 데리고 있게 되면, 당신께서 괴롭혀 주시겠노라 단단히 약속해 주셨던 것이다. 난희로서는 더없이 든든한 지원군이었다.

즉, 처음부터 삼 개월이니 은혁과 함께 지내겠느니 한 것은 모두 다 일부러 내세운 거짓말일 뿐이다. 굳이 표현하자면 ‘지은혁을 향한 위협’이라고나 할까. 모두 저 싸가지를 처리하기

뛰는 놈 위에 나는 놈, 나는 놈 위에 등에 탄 놈,
등에 탄 놈 위에 또 무등 탄 놈?

위해 자신이 낸 꾀일 뿐이었다. 이것이 바로 일석이조. 약혼을 깨어버림과 동시에 지은혁의 심장을 덜컥덜컥 내려앉게 하는 것. 일석삼조로 치자면 살살 놀려주는 추가적인 장점까지.

'휴, 이제 이 상황도 마무리 되겠지.'

그러나 너무 쉽게 마음을 놓았다는 것을, 아니, 박사현 여사를 너무 쉽게 봤다는 것을 난희는 몇 초도 못 가 깨닫게 되었다. 오랜 침묵, 혹은 고심 끝에 박사현 여사가 입을 열었다.

"그렇다면 저희도 조건을 제시하겠습니다."

순간, 한참 나태를 향해 달려가고 있던 난희의 눈이 번쩍 떠졌다. 그녀는 두려움이 담긴 눈으로 박 여사를 쳐다보았다. 이, 이건 생각지 못한 반격이다. 하지만 여기에서 더 무슨 수가 있을까. 진정하자, 어차피 궁지에 몰린 상태에서 내거는 배팅일 뿐이야.

그녀는 과연 승부수를 던지는 것인가? 이대로는 호락호락 못 물러나겠다는 오기? 아니면 도대체 무엇? 대체 왜 박 여사는 여기에서 그만두어 주지 않는 건가.

"말씀하십시오."

불안한 가운데 난희의 아버지가 낮게 말했다. 탁! 테이블을 한 손으로 짚은 박 여사가 단호하게 내뱉었다.

"그전에 약혼식을 올리도록 하지요."

콰쾅! 그야말로 하늘이 무너지는 충격이었다. 이건 꿈일 것이다. 현실일 리가 없었다. 난희는 망연자실했다. 자신이 바란 가장 큰 목적이 무엇이었던가. 그 모든 계획의 근본적인 목표가 무엇이었던가. 바로 저 약혼식의 파기가 아니었던가? 그런데 약혼식을 올려 버리면 도대체 뭐가 남는단 말인가. 삼 개월간의 유예기간이고 뭐고 도무지 무슨 필요가 있단 말이야!

절대 안 돼. 그럴 수는 없어요!

결국 자신은 한바탕 제자리걸음을 한 것밖에 되지 않는 것이다. 박사현 여사는 도대체…… 어떤 사람인가.

은혁도, 난희도 점점 더 커져만 가는 환각을 쳐다보며 이젠 발악도 못하고 있었다. 그저 아무 말도 못하고서 박사현 여사만 뚫어지게 쳐다보았다.

"그, 그런……."

반쯤은 정신이 나간 은혁과 난희, 그리고 당사자인 박사현 여사를 제외한 모두가 술렁거렸다.

"우리도 그 이상은 양보를 못하겠습니다. 나는 가장 합리적인 방안이라고 생각합니다만."

박 여사는 아예 쐐기를 박아버렸다. 순간 난희의 머릿속에 떠오르는 생각은.

'뛰는 놈 위에 나는 놈 있고, 나는 놈 위에 그 등에 탄 놈 있는데, 그 등에 탄 놈의 어깨에 무등을 탄 사람이 또 있었으니.'

박 여사를 감히 놈으로 표현할 수는 없었지만 그렇게 생각하지 않을 수가 없었다. 지금 상황에서는 누가 누구의 의도를 읽은 것인지 짐작하기도 벅찼다.

딸의 실패를 대충 체감한 난희의 아버지가 자신없이 중얼거렸다.

"그것은, 거 참⋯⋯."

"우리 아이가 많이 미덥지 않으신 모양입니다. 그러나 그 걱정하시는 바가 또 한편으로는 이해가 되니 참으로 속이 상하군요."

"엄마!"

"약혼식은 집안끼리만 조촐하게, 전혀 소문 안 나게 치르겠습니다. 그저 약속의 표현 정도로만 알아주세요. 어떻습니까. 단 한 사람, 난희 양을 위해 나도 많은 바를 접었습니다. 민 과장님, 이래도 안 되겠습니까?"

박 여사가 진지한 눈으로 아버지를 바라보았다. 그것은 고요한 위협, 혹은 난폭함을 내제한 우아한 권유였다.

순식간에 아버지의 표정이 엄숙해지더니 결국 천천히 입을 열었다.

"그러시다면⋯⋯ 알겠습니다."

아버지로서도 어쩔 수 없었다. 딸이 원하는 대로, 미리 맞춰 놓은 말을 풀어놓기는 했으나 딸의 꾀도 그것으로 다인 것 같았다. 아무리 똑똑해도 아직은 스물둘, 더 배울 것이 많은 학생이었던 것이다. 그에 비해 사모님은 어떤 분이신가. 그 카리스마는 익히 알고 있는 사실이었다. 어쩌면 이 상황은 '박사현 대 민난희'였는지도 모른다. 그리고 딸은⋯⋯ 잠정적으로 패배했다.

아버지의 대답이 떨어진 순간, 난희의 몸에서 힘이 쭉 빠졌다. 머리를 빠르게 회전시켜 현재 상황에서 은혁과 자신의 손실을 각각 가늠해 보았지만 지금으로서는 누가 더 유리한 고지에 있는 것인지 전혀 알 수 없었다.

모든 게 다 끝났다고, 거의 승리했다고 생각한 시점에서 박 여사의 고공플레이가 나올 줄이야.

'약혼이라……'

난희는 수없이 되뇌며 입술을 깨물었다. 박 여사의 칼날처럼 날카로운 목소리가 뇌에 날아와 쿡 박혔다.

"약혼한 즉시 아이는 옮겨 드리겠습니다."

"내, 내가 짐짝이에요? 옮기긴 뭘 옮겨요! 어떻게 이런 말도 안 되는 일을 벌여요! 전부 다 돌아버린 거 아니에요?"

"말조심하라고 그렇게 일렀거늘!"

"아, 몰라요! 난 도저히 찬성할 수 없으니까 엄마가 아들을 하나 더 낳아서 저 집에 보내든지."

박 여사의 얼굴이 하얗게 질렸다. 사돈 보기가 민망했다. 이러니 난희가 잔꾀까지 쓰면서 거부하고 나오는 것도 당연하다. 박 여사는 사돈의 눈치를 보며 은혁의 구두를 사정없이 밟아버렸다.

"으악!"

"호호호. 듣지 못했니? 이미 결정된 일이다. 이후 더 이상의 소동은 없어야 할 것이야."

뛰는 놈 위에 나는 놈, 나는 놈 위에 등에 탄 놈,
등에 탄 놈 위에 또 무등 탄 놈?

박 여사는 아들이 죽어가든 말든 굽으로 발등을 짓이겨 가며 마지막 말까지 다 했다. 난희의 가족들은 그런 광경을 멍한 얼굴로 바라보고, 지 회장은 모르는 척 고개를 돌렸다.

"자, 산뜻하게 마무리가 되었군요. 정말 좋은 날이 아닙니까?"

시침을 뚝 뗀 박 여사가 모두에게 웃음을 강요해 왔다. 결국…… 모두들 허허, 허허허 웃고 있었다.

단호하게 끊어버리는 데 있어 박 여사만한 사람이 또 있을까. 협박이든 회유든 어떤 방법을 쓰든 말이다. 난희는 인정하지 않을 수 없었다. 처음부터 자신의 등에 달린 피아노 줄은 박 여사에게 노출되어 있었던 것이다. 그것도 모르고서 저 스스로 날고 있는 것처럼 온갖 폼을 다 잡았었다. 인정해야 했다, 마음으로만 펄펄 뛰는 은혁과 자신이 다를 바가 없다는 것을. 더 이상 아무 말도 할 수 없는 두 사람은 결국 똑같이 패자라는 것을. 그렇다면 승자는 박 여사 한 사람?

그야말로 박 여사는 승리의 미소를 짓고 있었다. 골치 아픈 아들을 다른 집으로 떠넘김과 동시에 원하던 약혼 약속까지 받아냈다. 게다가 그 집안은 화목해 보이고, 그 딸이 머리를 쓰는 모습은 더 귀엽다. 이걸 일석이조라 해야 하나, 삼조라 해야 하나. 지금 박 여사의 심정으로는 일석 여러조라고 표현해도 모자랐다. 그만큼 흡족한 마음이었다.

엄마, 그리고 아버지. 난희는 부모님을 한 사람씩 훑다가 지 회장을 거쳐 마지막으로 박 여사를 바라보았다. 신기하게도 그녀가 자신을 보며 웃고 있었다. 그러나 그것은 서늘하기보다는 어딘지 모르게 포근해 보이는 미소라서 난희도 덩달아 웃고 말았다.

도대체 박 여사의 미소가 뜻하는 것이 무엇일까. 자신은 아직도 박 여사를 짐작조차 할 수 없었다. 지피지기면 백전백승이라는데, 지피지기가 안 되니 백전백승은커녕, 1전 1승조차 무리였던 게 아닐까?

"잘 부탁해요, 난희 양."

"네? 아…… 네."

"엄마, 아버지! 제발요!"

"되도록 약혼 날짜는 빠르게 잡겠다."

"엄마!"

"그만!"

남의 자식보다 더 칼처럼 자른 박 여사가 벌떡 일어났다.

"이후 자세한 상황들은 다시 뵙고 의논드리겠습니다. 그럼."

박 여사와 지 회장은 난희의 부모님과 인사를 나누자마자 빠르게 밖으로 나갔다. 어쩌면 다른 말이 나오기 전에 얼른 도망가 버리는 건지도 모르겠다. 진짜 치사하다. 은혁은 부들부들 떨며 박 여사를 원망했다. 모든 것이 원하는 대로 되었으니 얼마나 속이 후련하겠는가.

난희의 부모님은 그제야 조금 숨을 돌리는 모습이었다. 잠시 앉았던 아버지가 이제 그만 가는 게 좋겠다며 자리에서 일어섰다. 그러나 긴장을 너무 했던 탓일까. 일어나는 순간 삐끗한 몸이 테이블을 밀면서 그 바람에 찻잔이 엎질러졌다.

"앗, 이게 뭐야!"

하필이면 쏟아진 차가 은혁의 바지를 적셨다. 거칠게 일어난 그가 옷을 탁탁 털며 못된 소란을 피웠다. 깜짝 놀란 아버지가 냅킨을 들어 허둥지둥 달려가고, 어머니도 부리나케 일어섰다. 순간 은혁이 아버지의 손을 탁 치며 소리쳤다.

"이거 놔요, 짜증나게."

어머니의 걸음이 멈칫하고 아버지의 손이 허공에서 멈추는 순간 난희의 눈동자가 짧게 진동했다. 아버지는 머쓱한 얼굴로 냅킨을 천천히 테이블 위에 내려놓았다. 그 와중에도 은혁은 성질을 부리며 손으로 물기를 탁탁 털어대고 있었다.

"젠장, 도대체 뭐야."

난희의 가슴속에서 무언가 뜨거운 것이 북받쳐 올라왔다. 도저히 그 순간의 아버지를 볼 수 없었다. 생각 같아서는 당장이라도 달려가 저 나쁜 자식의 정강이라도 걷어차 주고 싶은데 몸이 움직이지 않았다. 일부러 아버지를 못 본 체했다. 그랬더니 아버지 쪽에서 먼저 난희의 눈치를 살피며 어색한 미소를 보여왔다. 가슴이 찌르르 울렸다.

"정말…… 세상에서 제일 최악이야."

난희는 감정이 시키는 대로 솔직하게 내뱉었다. 오로지 옷에만 집중하며 수선을 부리고 있던 은혁이 고개를 들었다. 그가 미간에 힘을 빡 주고 소리쳤다.

"그거 지금 나보고 한 말이냐?"

"최악이야. 지구상에서 가장 쓸모없는 생명체야."

"나보고 하는 말이냐고!"

"그럼 내가 내 자신한테 한 말이겠어?"

"난희야……."

다가온 어머니가 난희의 팔을 잡고서 보이지 않게 다독였다. 그럴수록 가슴은 더 아팠다. 눈물이 날 것 같았다. 차라리 시원하게 터지기라도 하면 좋겠는데 오기가 나서 눈물은커녕 욕만 나왔다. 아버지는 여전히 어색하게 웃으며 천천히 시선을 피했다. 주름이 깊이 팬 얼굴, 흰 머리가 조금씩 느는 아버지의 어깨가 오늘따라 더욱 좁고 초라했다. 그렇게 만든 것은 바로 저 자식!

"당신은 지금 자신이 무슨 잘못을 했는지 전혀 모를 거야. 그게 잘못된 거라는 걸 깨달을 때 아주 조금은 나은 사람이 되어 있겠지. 지금껏 아무도 그걸 안 가르쳐 줬지? 한번 두고 봐. 당신의 썩은 정신머리! 내가 뜯어고쳐 놓고야 말겠어!"

그나마 그런 의미있는 일이라도 해야 그쪽한테 내어주는 우리 집의 삼 개월이 덜 아까울 것 같다고. 안 그래도 계획은 계획대로 몽땅 틀어지고, 머리 쓴 건 쓴 대로 모조리 들켜 버린 것 같아 처참해 죽겠는데!

뛰는 놈 위에 나는 놈, 나는 놈 위에 등에 탄 놈,
등에 탄 놈 위에 또 무등 탄 놈?   147

"무슨 소리인지는 일단 관두고, 지금 너 계속 말 짧은 거 알아, 몰라?"

"말했지? 마음으로부터 존중하지 않는 사람에게는 존대하지 않는다고."

"난희야."

아버지가 놀란 얼굴로 다가와 난희를 진정시켰다.

"그만 해라. 어른들 또 걱정시키잖니."

"아버지도 어른이세요. 저한테는 가장 큰 어른이라구요."

옅은 담배 내음이 묻어 있는 아버지만의 약간은 텁텁한 그 냄새에 그만 눈물이 찔끔 삐져나왔다. 난희는 급격하게 눈을 깜빡여 눈물을 말렸다. 아무리 억울해도 저 녀석 앞에서만은 절대 울 수 없었다.

"가요. 엄마, 아버지."

저런 녀석 따위!

아버지 직장이고 뭐고 완전히 무시할 거야. 박 여사님한테 달려가서 모조리 돌려놓을 거라고!

"거기 서봐!"

"더 이상 하고 싶은 말 없어요."

"언제는 있었냐? 잠깐 서보라니까!"

난희는 상체를 틀어 그를 노려보았다.

"말 좀 하자고. 잠깐만 보고 가라고!"

난희는 옅은 한숨을 흘리고 부모님을 돌아보았다.

“엄마, 아버지…… 먼저 나가 계세요.”

부모님이 못내 걱정스러운 얼굴로 나간 후 난희는 허리를 꼿꼿이 펴고 천천히 팔짱을 꼈다.

“할 말 있으면 해봐요. 시간 없으니까 빨리 끝내요.”

“너 왜 나 속였어?”

“속이다뇨?”

“미리 다 짜고 온 거 말이다! 빌어먹을 삼 개월이 어쩌고, 네 집이 어쩌고 어째?”

“나 역시 마지막에 약혼 같은 말 따위가 나와서 전세를 뒤집을 줄 알았다면 그렇게 머리 쓰지도 않았어요. 안 그래도 그것 때문에 신경질 나 죽겠는데 건드리지 말라고요.”

“어휴, 저걸 정말, 적반하장이라더니.”

“누가 할 소린지 모르겠군요.”

“아, 됐어. 됐고. 너랑 더 말 섞어봐야 내 정신 건강에만 해롭다.”

은혁이 젖은 바지를 툭 털어버리고는 내뱉듯이 말을 이었다.

“내 인생에서 가장 후회되는 일이 있다면 바로 네 도시락을 친 일이다.”

“이상하네요? 난 인생에서 가장 뿌듯했던 순간이 바로 도시락을 친 그 남자한테 운동화를 던진 건데.”

은혁이 들고 있던 냅킨을 내팽개치고는 피식 웃으며 난희를 쳐다보았다.

“좋아, 기왕 이렇게 된 거 어디 한번 끝까지 해보자. 말해두지만 너 말이다, 정말 고맙다. 네 끝을 볼 수 있는 기회를 줘서 말이야.”

“나 역시 고마워요. 마지막에 너무 초라해지지 않도록 지금부터라도 마인드 컨트롤 잘하세요.”

“이봐, 못난이. 앞으로 아주, 아주, 매우, 대단히 잘해보자.”

“좋아요, 날라리 씨. 그럽시다.”

은혁의 속에서 천불이 일었다. 대체 이 눈썹 하나 까딱하지 않는 생명체는 어디서 온 거냐!

“에휴, 됐다.”

은혁이 시선을 돌려 버리자 난희는 가소롭다는 듯 웃어 보이고는 몸을 돌렸다. 어휴, 빨리 나가 버리든지 해야지, 원.

“야.”

“또 왜요? 그리고 이름 불러요. 이름 있는데 왜 자꾸 애, 쟤라고 불러요?”

“그래, 못난이.”

“여전히 유치해.”

“못난이, 너 말이다. 울었냐?”

순간 난희가 눈을 깜빡거렸다.

“울긴 누가 울었다는 거예요?”

“근데 왜 눈이 빨개? 울었잖아. 왜 거짓말해!”

“왜 소리는 지르고 그래요?”

"방금 전에 네가 먼저 소리치면서 울었잖아! 그리고 뒷골 당기게 건방진 소리도 했지?"

"건방진 소리는 그쪽이 하도 늘어놔서 내가 한 말이 건방진 축에나 낄까 모르겠네요."

"나만큼이나 너도 신랄했다고. 기억 안 나?"

난희는 은혁을 빤히 쳐다보았다. 도대체 또 무슨 소리를 하려고 저러는 건지.

"갑자기 최악이라는 둥 소리쳤잖아!"

경계하는 눈으로 은혁을 보던 난희가 시선을 홱 돌렸다. 그녀의 눈동자가 다시금 빨개졌다. 그럼 그때 뭐라고 말했어야 해? 그냥 가만히 있었어야 해? 그쪽은 그런 말 들어도 싸다고.

"도대체 뭣 때문에 내가 그딴 소리를 들어야 하냐?"

정말 한심한 남자다. 어떻게 저렇게 일자무식일 수 있을까. 하긴 기본적인 도리란 것에 대해 눈곱만큼도 알지 못하는 싸가지 도련님이 뭘 알겠어. 무슨 말을 어떻게 설명해. 당신이…… 힘없는 아버지를 봐야 하는 마음이 어떤 건지 알기나 해?

"충분히 그럴 만한 이유가 있어서 한 말이니까, 모르면 그냥 자중하고 살아요."

"그러니까 이유를 묻잖아."

"어차피 말해도 이해 못할 테니 알 것 없다구요."

"이게 정말."

"단 한 마디만 하죠. 만약 한 번만 더 그러면 그때는 정말 가만히 안 두겠어요."

나를 무시하는 건 좋지만 우리 식구한테까지 그러면 정말 가만 안 돼. 난희는 주먹을 꼭 말아 쥐고는 몸을 홱 돌렸다.

"야, 건방진 못난이! 무슨 소린지 알아듣게 말해야 할 거 아니냐고! 한 번만 더 그러는 게 도대체 뭘 더 그러는 건데에!"

"한 번이라도 좀 스스로 생각해 봐요. 최소한 그 정도는 할 수 있잖아요?"

난희는 문을 밀며 단조롭게 말했다. 탁, 문이 닫혔다. 은혁은 기가 차서 테이블을 한 번 걷어차 주고는 털썩 의자에 앉았다. 도무지 정이 가지 않는 타입이다. 그래도 나름 신경 써서 물어봐 주었건만…… 이라고 말하고 싶지만, 사실 왜 갑자기 그런 말을 묻게 된 건지 스스로도 모르겠다.

"아…… 열 받아."

은혁은 머리카락을 헝클어뜨리며 소리쳤다. 무엇보다 온몸에 흐르는 저 도도한 기운이란.

"어울리지도 않게, 짜증나게."

은혁은 투덜거리며 의자에 등을 기대고 벌렁 누웠다. 지금은 그런 것보다 과연 어떻게 해야 삼 개월간의 노예살이를 없었던 일로 돌리는가가 중요했다.

"박 여사가 설마 정말 그렇게야 하겠어?"

어머니의 성격상, 분명 떠보는 것일 뿐이리라. 은혁은 박 여사를 믿으려고 노력하며 팔을 이마에 얹었다. 그러나 불안한 마음이 도무지 가시지 않았다.

가장 큰 문제는 못난이라는 저 여자, 그리고 복병은 자신의 어머니인 박사현 여사였던 것이다.

제4장 지은혁과 그 부스러기들 등장!

며칠 후 오랜만에 친구들을 만난 자리에서 은혁은 친구들의 조롱을 참고 있었다. 사실 그의 성격상 참는다기보다 일부러 태연한 척하고 있다는 표현이 옳았다.

"너 드디어 꼬리 밟혔다며? 역시 네 어머니시다."

그런 말들이 한 마디씩 던져질 때마다 은혁의 미간이 점점 구겨졌지만 그렇다고 봐줄 친구들이 아니었다. 남의 불행이 곧 자신의 행복으로 직결되는 하릴없는 청춘들이었으니까.

"작작들 해라. 응?"

은혁은 위스키를 털어 넣으며 겁을 주었다.

"왜 그러냐? 기쁨은 나누면 두 배가 된다잖냐."

“그러게 말이다. 지은혁이 드디어 임자를 만난 건가?”

“야야, 비꼬지 말자. 명문대 재원이라는데.”

은혁은 난희의 얼굴을 떠올리며 쓴웃음을 삼켰다. 재원 같은 소리 하네. 못난이.

“그런데 정말 너희 회사 과장 딸이야?”

“김효주, 입 무거워지게 손 좀 봐줄까?”

급기야 은혁은 이 모든 말들이 새어나갔을 근원지인 효주를 홱 노려보았다. 효주가 길고 미끈한 다리를 꼬아가며 비시시 웃었다.

“왜에? 창피해? 그 여자가 창피한 거지?”

“시끄러우니까 저쪽으로 가 있어!”

“오빠, 정말 이럴 거야?”

“그러게. 너 왜 효주한테 화풀이냐? 화려한 생활을 청산해야 한다는 비관이 네 성격을 점점 더 파탄으로 몰고 간다는 걸 네 어머니는 왜 모르실까?”

친구의 말에 은혁은 위스키를 한 잔 더 털어 넣고 피식 웃었다.

“청산해? 내가 왜? 그 못난이 때문에? 말도 안 되는 소리 마.”

“오호, 전혀 관계없으시다? 하긴 그래야 지은혁이지.”

“그 못난이가 나한테 영향을 줄 수 있을 것 같아? 아, 됐어. 이제 그만 해. 자꾸만 생각나게 하지 마, 짜증나니까.”

“어이, 터프가이. 그녀가 그렇게 열악해?”

그때까지 옆에서 나태하게 앉아 있던 윤재가 서서히 몸을 일
으키며 물어왔다.

"시끄럽다니까."

외면하는 은혁의 어깨를 감싸며 윤재가 빙그레 웃었다.

"좋아, 내가 한번 손을 봐주겠어."

윤재가 잔을 부딪쳐 오며 예의 그 무시무시한 미소를 날렸다.
악명 높은 바람둥이, 같은 레벨의 은혁조차도 고개를 설레설레
내젓는 방탕아이자 집안에서는 내놓은 자식으로 통하며 친구들
사이에서는 후레자식으로 불리는 윤재. 그의 악랄한 미소를 은
혁이 잠시 들여다보았다.

"됐어, 인마."

은혁이 손을 내젓자 윤재가 팔을 풀면서 진지하게 말했다.

"내가 해준다니까. 바로 나가떨어지도록."

"헛소리하지 말라니까. 그렇게 쉬운 상대 아니야."

"그러니 내가 나서야지. 이봐, 터프가이. 한번 맡겨보라니
까."

윤재가 눈을 찡긋했다. 시원스러운 이마, 날씨 좋은 외국으로
돌아다니며 보기 좋게 태운 구릿빛 피부, 탄탄하고 떡 벌어진
가슴. 그야말로 바람둥이로서 필요한 기본적인 조건은 최상으
로 갖춘 놈이다. 평소 얼마나 웃어댔는지 속 쌍꺼풀이 진 눈 주
위로 눈주름이 자글자글 펼쳐져 있다. 은혁이 보기에는 주름살
인데, 여자들이 보기에는 매력이라나?

"무인도에 떨어뜨려 놔도 살아남을 여자야. 괜히 나섰다가 네가 당하지나 말아라. 그리고 그놈의 터프가이 소리 좀 하지 마."

"어차피 여자야. 그리고 공부만 한 녀석이라며? 간단하지. 맡겨달라니까, 친구로서! 내가 한번 해줄게."

"새끼, 하긴 뭘 해!"

은혁의 살벌한 눈초리에 윤재가 잠시 그를 바라보다가 푸핫 웃음을 터뜨렸다.

"이 자식, 이거 이상한 상상 하네. 그 한다가 그 한다냐? 누가 메주 덩어리 건드린대? 근데 너 이상하게 몸 사린다? 혹시 말로만 그렇고 너 그 여자를……."

"시끄럽다. 재수없는 소리 한 마디만 더 해."

"아니라면 나한테 던져, 인마. 왜 칼칼하게 반응이야?"

"오빠, 정말 이상하다?"

효주가 별꼴이 반쪽이라는 표정으로 은혁을 보며 기분 나쁘게 웃었다. 은혁은 기가 막혀서 그들을 쳐다보다가 벌컥 소리쳤다.

"이것들이 기분 나쁘게 사람을 뭐로 보고. 좋아, 데리고 오면 될 거 아니야!"

"오케이. 접수했어. 강도는 어떻게 할까? 강? 중? 약? 설마 약을 신청하진 않겠지?"

"메가톤급으로 해, 새끼야."

"됐어. 대신 성사되면 한 장 줘라."

“뭐?”

“좀 봐줘. 나 카드 정지에 지금 기근 상태야. 친구 좋은 게 뭐냐. 베스트 프렌드를 위해 살신성인으로 나서겠다는데 너는 자식이.”

은혁은 그럼 그렇지, 라는 눈으로 윤재를 훑어보았다. 저 후레자식 같은 놈이 웬일로 적극적으로 나온다 했다.

“제대로 해. 그리고 만약 발각되었을 시엔 너 혼자 뒤집어쓰는 것도 잊지 말고.”

“새끼, 의리 하고는.”

“나, 박 여사 칼 맞고 싶지 않은 사람이야.”

“하여간 지은혁, 너 같은 녀석에게 걸려든 그 여자도 어떻게 보면 참 안된 인생이다. 안 그러냐?”

은혁은 피식 웃으며 위스키 잔을 들어 천천히 흔들었다. 하긴 허리케인이 불어도 눈 한 번 깜빡 안 할 여자니까. 그래, 한번 호되게 당하면 알겠지. 못난아, 나를 원망 말고 박사현 여사를 원망해라. 나는 도저히 너는 안 되겠다. 너 역시 내가 안 되는 건 피차일반이지 않냐.

“히야, 땍땍거리는 평민이라. 기왕이면 얼굴도 좀 되면 좋겠다만 안 되면 어쩔 수 없고. 어쨌거나 기대가 되는걸?”

윤재가 구릿빛 얼굴에 조소를 띠며 피식피식 웃었다.

“먼저 간다.”

은혁이 벌떡 일어나더니 담배를 꺼내 물었다.

"야, 왜 먼저 가? 내일 데리고 올 거냐?"

"그래, 내일."

은혁은 윤재를 흘끗 쳐다보고는 손을 휘적휘적 저어 보이고 클럽을 빠져나왔다. 내일이라……. 한윤재, 명복을 빈다. 이 자식아.

✳

다음날 저녁, 방에서 책을 보고 있던 난희는 처음 보는 번호가 뜨는 액정을 물끄러미 보고 있다가 휴대폰을 열었다.

"여보세요."

[못난아.]

뚝! 난희는 전화를 끊고 다시 책을 보았다. 또 벨이 울려 물끄러미 들여다보다가 휴대폰을 귀에 댔다.

[야! 전화 끊을래?]

뚝! 난희는 또 전화를 끊고 침대에 툭 던졌다. 그리고 다시 책을 들여다보는데 휴대폰이 또다시 울렸다.

"별꼴이야."

난희는 배터리를 분리하려다가 지 회장과 아버지의 얼굴이 떠올라 별수없이 전화기를 귀에 댔다.

[너 정말 오래 살고 싶지 않구나. 감히 내 전화를 끊어? 그것도 연속으로 두 번이나?]

"번호는 어떻게 안 거예요?"

[박 여사가 알려줬다.]

"어머니를 그렇게 불러도 돼요?"

[내 마음이다. 그런데 너 앞으로 한 번만 더 내 전화 끊어봐. 가만 안 둘 테다.]

뚝! 난희는 가차없이 전화를 끊고 이번에는 방석 밑에 넣었다. 그러나 역시 벨은 다시 울렸고 난희는 한숨을 폭 내쉬고 휴대폰을 열었다.

"왜 자꾸 귀찮게 굴어요?"

[그래, 내가 참는다. 많이 참는다. 너 지금 어디냐?]

"알 것 없잖아요?"

[그래 봐야 네가 집이지 어디겠냐? 할 말 있으니까 잠깐 봐.]

"별꼴이야. 보자고 하면 내가 나갈 것 같아요?"

[절대 그럴 리 없지.]

"알면 끊으시죠? 지금 독서 중이니까."

[세상에 책 안 보는 사람 있어? 박 여사 때문이니까 고이 나오는 게 좋을 거다.]

"무슨 말이에요?"

[뭐, 선택은 네가 하는 거야. 나야 네가 잘 안 되면 더 좋은 사람이지만.]

난희는 전화기 저편을 고이 노려보다가 천천히 입을 열었다.

"어딘데요?"

[여기 못난이 집 앞이다.]

"에? 우리 집은 어떻게 알고."

[박 여사가 가르쳐 줬다니까 애가 왜 말귀를 못 알아들어. 오 초 기다릴 테니까 빨랑 튀어나와.]

뚝! 그리고 전화는 끊어졌다. 난희는 황당한 얼굴로 끊어진 전화기를 들여다보았다.

은혁은 의기양양하게 휴대폰을 내려놓고 담배를 꺼내 물었다.

"너만 먼저 끊을 수 있다고 생각하냐?"

왠지 먼저 전화를 끊은 것에 엄청난 뿌듯함을 느끼는 은혁이었다. 약 몇 십 분 후, 아주아주 게으르게 움직였다는 것이 드러나는 시간이 흐른 후, 대문이 벌컥 열리더니 난희가 나왔다. 그녀를 보는 순간 은혁의 눈썹이 확 일그러졌다.

"저, 저 꼬락서리 하고는."

꽤 오래 걸리기에 그래도 주제에 준비 같은 걸 좀 하는 건가 했더니. 집에서 입던 물 빠진 청바지, 흰 면 티 위에 체크 남방 하나, 그게 다였다. 거기에 어깨 정도 길이의 머리카락을 하나로 질끈 묶고서도 당당하게 걸어오고 있다. 차 안에 타고 있던 은혁은 신기한 물건 보듯 그녀를 쳐다보았다.

"용건이 뭐예요? 빨리빨리 말해요."

차 문 옆에 선 난희가 팔짱을 척 끼고는 말을 꺼냈다. 생각 같아서는 이 남자와 일 초라도 낭비하고 싶지 않은 마음이지만 많이 봐주고 있는 거야.

은혁이 황당하다는 듯 웃다가 담배를 비벼 껐다.

"일단 타."

"싫어요. 여기서 말해요."

"여기서 할 말이 아니라니까 그러네."

한참 은혁을 내려다보던 난희가 웬일인지 수긍을 하고는 조수석으로 올라탔다. 문이 닫히자마자 핸들을 유연하게 돌리며 은혁이 중얼거렸다.

"너도 고분고분할 때가 다 있냐?"

"피차 소득없는 일로 다퉈봐야 그쪽 얼굴 봐야 하는 시간만 늘어나니까."

"잘났다."

은혁은 도심을 질주하며 난희의 얄미운 옆얼굴을 힐끗 노려보았다. 저런 식으로 나오니 윤재의 수작을 들어준 것이 아주 잘한 일 같다는 생각이 들었다. 사실 난희의 집에 도착할 때까지는 죄책감이 좀 있었는데 그런 마음이 홀랑 가서 버렸다.

잠시 후, 난희는 다소 혼란스러운 눈으로 은혁을 쳐다보고 있었다.

차가 복잡한 거리에 들어서는 순간부터 표정이 일그러지기 시작하던 난희는 네온사인이 희번덕거리는 고급 클럽 앞에 서자 불편한 심사를 만면에 띠었다.

"뭐 해? 어서 내려."

은혁이 재촉하자 난희는 그의 시선을 피해가며 천천히 차에서 내려 발걸음을 옮겼다. 차 키를 종업원에게 건넨 은혁은 쾌재를 부르며 클럽 안으로 들어갔다.

그러나 난희는 사소한 불안감이 일었다. 꽤나 고급스러운 클럽의 외관 하며 드나드는 사람들의 옷차림과 환경이 부담스럽지 않을 수 없었다. 몸에 두른 사소한 한 가지까지 명품 일색인 사람들 틈에서 서성거린다는 것이 영 내키지 않았다. 마치 방금 고가의 쇼핑을 마치고 온 사람들처럼 모두들 미끈하고 화려한 모습들이었다.

'저 남자, 일부러 이런 데로 데리고 온 거 아냐?'

난희는 툴툴거리며 은혁을 따라 클럽의 테이블 사이를 걸었다. 자격지심인지 몰라도 지나치는 사람들이나 앉아 있는 사람들이 자신의 옷차림을 흘끔거리는 것만 같았다. 난희는 일부러 심호흡을 크게 하고 그들의 얼굴을 호박 덩어리로 상상하기로 했다.

'사는 게 다 그렇지. 부자들은 뭐 별거니?'

늙은 호박이 저 테이블에는 두 개, 이 테이블에는 네 개. 그렇게 생각하니 마음이 조금은 나아졌다. 그때 앞서 가던 날라리 호박이 몸을 휙 틀더니 말했다.

"너 여기 앉아서 기다려라."

"어, 어디 가게요!"

"난 주문 좀 하고 오려고 그래."

“주문을 왜 가서까지 해요?”

“여기는 그래. 내가 먹고 싶은 걸 내가 직접 말하겠다는데, 뭐, 불만있어?”

별안간 성질을 피우는 은혁을 보며 난희는 헛웃음을 쳤다. 누가 뭐라니? 성질 하고는.

“알았어요. 빨리 시키고 와요. 나 빨리 가야 해요.”

은혁은 그녀를 힐끗 쳐다보고는 이내 사라졌다. 난희는 은혁이 가버린 후 주위를 천천히 둘러보았다. 클럽 내부는 은은한 조명 외에는 전체적으로 어두웠다. 그녀는 은혁이 앉으라고 했던 스툴에 천천히 앉았다. 꽤 귀엽게 생긴 바텐더가 유리잔을 닦고 있는 긴 바(bar)의 앞자리였다. 그녀는 바텐더의 주문 요청에 대충 눈치를 봐가며 적당한 칵테일을 시켰다. 낮은 음악이 고요히 흐르고 있는데 갑자기 저쪽에서 왁자지껄한 웃음소리가 들려왔다. 화들짝 놀라 돌아보니 명품 족들이 우르르 몰려 앉아 신나게 음주가무를 즐기고 있었다.

여자들의 팔과 목에서 보석이 온통 찰랑거리고 반짝였다. 남자들도 금방 백화점에서 나온 듯 현란하고 미끈한 차림들이고. 나이는 자신과 한두 살 정도의 차이밖에 없는 것 같은데 어쩜 저리도 부유들 하실까. 난희는 자유스럽게 즐기고 있는 그들에게서 천천히 고개를 돌려 칵테일로 입술을 축였다.

‘어라? 이거 생각보다 맛있네?’

즐거운 웃음소리, 분위기있는 음악, 멋진 실내 장식. 꽤 괜찮은 곳이었다. 다만 문제가 있다면 자신으로서는 절대 익숙할 수 없는 낯선 공간이라는 것, 그리고 빌어먹을 동행이 지금 옆에 없다는 것.

'어디 간 거야? 빨리 좀 오지.'

난희는 저쪽에 앉은 여인과 자신의 옷차림을 은근슬쩍 비교하며 낮은 탄식을 했다. 몸 선을 드러내는 매혹적인 검은 드레스 차림의 여인, 아마 우아하고 럭셔리하다는 표현은 그녀 같은 사람들에게 사용할 것이다. 반면 자신의 차림은?

'뭐, 발랄하고 스포티하다고 볼 수 있지.'

난희는 어깨를 으쓱하고는 그래도 기죽지 않으려고 나름대로 스스로에게 용기를 불어넣었다. 그때 온갖 향수 냄새가 몰려온다 싶더니 하늘하늘한 실크 소재의 시폰드레스 차림의 여인들이 막 난희 옆을 지나갔다. 난희는 호호호 웃으며 지나가는 무리들을 건성으로 흘끗 쳐다보고는 달콤한 칵테일을 다시 마셨다. 그때 갑자기 거슬릴 정도로 높은 어떤 목소리가 귀를 파고들었다.

"어머, 누가 여기 잡상인을 들여보냈니?"

말속에 담겨 있는 가시는 그렇다 쳐도 마치 못과 쇠가 부딪치는 듯한 고음의 쇳소리는 정말 듣기 좋지 않았다. 그런데 하필이면 그 소리가 자신 쪽을 향한 것 같아 난희는 잠시 어리둥절했다.

에이, 그럴 리가 있나.

난희는 확인해 보고 싶은 마음도 없어서 다시 칵테일 잔을 들어 올렸다.

"그러게 말이야. 이제 여기도 발 끊어야겠다. 쟤 우물물 흐리는 미꾸라지 아니니?"

"호호호, 저 옷 좀 봐. 어떻게 저런 청바지를 입고 여기 들어올 생각을 다 했다니?"

"내 말이."

난희는 천천히 자신의 청바지를 내려다보았다. 신경 쓰지 않으려 했지만 그 말투와 목소리가 향하는 방향, 그녀들이 서 있는 위치, 자신의 청바지, 그리고 여자의 직감. 모든 것을 조합해 봤을 때 그녀들이 어이없어하는 주인공은 자신인 듯했다.

얼굴이 화끈거리는 것 같았지만 그래도 사람을 이렇게 무안 주는 그 얼굴들이 어떻게 생겨먹었는지 그것부터 확인해야겠어서 고개를 돌렸더니, 그녀들은 거만한 미소를 남기고 걸음을 옮기고 있었다. 난희는 칵테일 잔을 탁 내려놓고 자리에서 일어났다.

"잠깐 거기 서요."

그러나 그녀들은 컬을 넣은 머리카락을 우아하게 흔들며 호호호 웃고만 있었다. 난희의 말이 전혀 들리지 않는다는 듯 서로 깔깔거리며 웃기만 하는 것이다. 난희는 주먹을 꼭 말아 쥐고 속도를 내 그녀들 앞을 막아섰다. 그녀들이 딱 멈춰 서더니 피식 웃었다.

"뭐니?"

당당하게 막아선 난희는 일순간 깜짝 놀랐다. 뭐야, 뭐가 이렇게 예뻐? 은은한 조명 아래에서 그녀들의 얼굴은 영화배우 저리 가라일 정도로 미인들이었다. 게다가 호리호리한 몸매들 하며…….

이거 곤란한데. 예뻐도 보통 예뻐야 기겁할 소리를 날리지. 그저 저렇게 예쁜 얼굴들이 그렇게 가시 돋친 말을 할 수 있다는 게 신기할 뿐이다.

난희가 잠시 그녀들의 현란한 미모에 움찔하고 있을 때 한 짝의 하이힐이 플로어를 디디며 한 걸음 나섰다.

"뭐야? 너 우리한테 용건 있는 거니?"

그 땍땍거리는 목소리에 난희는 겨우 현실로 돌아왔다. 동시에 낮은 한숨을 내쉬었다. 정말 예쁜 얼굴들이었지만 가만히 보니 표정들이 결코 예쁘지 않았다. 거만하고, 차갑고, 냉정하고…….

"그쪽들이 저한테 용건 있는 것 아니었나요? 뒤에서 제 말을 하는 것 같던데요."

"어머, 얘 웃긴다. 너 무식한 거니, 용감한 거니? 그런 차림으로 창피하지도 않아?"

"옷을 입지 않은 것도 아닌데 창피할 게 뭐 있어요? 꼭 명품으로 치장을 해야 창피하지 않은 건가요? 명품이 사람의 본성까지 치장해 줘요?"

"어머, 어머. 애 맹랑한 것 봐."

"애, 애 하지 마세요. 당신은 얼마나 나이를 먹었기에 처음 본 사람한테 애, 쟤예요? 초면에 실례지만 그쪽은 몇 살이세요? 서른쯤 됐어요?"

"뭐? 뭐? 서른? 내, 내가 서른으로 보여?"

갑자기 하이힐의 여인이 흥분하며 소리치기 시작했다. 다른 사람에게는 기분 나쁜 소리를 아무런 거리낌 없이 하더니 자신은 한 마디도 듣기 싫어하는 것이다.

비웃음을 참아가며 그녀를 바라보던 난희가 갑자기 한 걸음 쑥 다가서서 그녀를 빤히 쳐다보았다.

"가만있어 봐요, 그런데 혹시 우리 본 적 없어요?"

하이힐의 여인이 주춤하더니 뒷걸음질을 쳤다.

"보, 보다니. 내가 너처럼 촌스러운 애를 어떻게 알아?"

"아니에요. 본 기억이 나는데…… 맞아! 태원에서 본 사람 아니에요? 회장실에서."

틀림없었다. 노란 원피스를 입고 있던 그 아가씨가 맞았다. 박 여사를 처음 만난 날, 막 회장실을 나가려고 할 때 안으로 들어서던 여자였다.

"흥, 별꼴이야. 그렇게라도 아는 척을 하고 싶니?"

효주는 당황한 속내를 들키지 않으려고 최대한 여유로운 표정을 하며 코웃음을 쳤다.

"자기가 자신을 창피해하지 않으니 우리가 어쩌겠어. 촌스러워진 클럽은 다시 안 오면 되는 거지."

"그러세요. 제가 여기 주인도 아닌데 안 오든 말든 무슨 상관
이겠어요. 그럼 가볼게요. 일행이 있어서요. 아 참."

몸을 돌리던 난희가 무언가를 잊었다는 듯 이마를 톡톡 두드
리며 효주를 쳐다보았다.

"잊을 뻔했는데 누가 말한 건지 모르겠지만 미꾸라지가 우물
을 흐린다고 했나요? 일어탁수(一魚濁水), 한 마리 물고기가 물
을 흐린다는 뜻이죠. 미꾸라지가 우물에 살아서야 되겠어요? 여
유 되시면 상식 공부 좀 하시는 게 어때요? 근데 이게 상식 축에
나 끼려나."

난희는 어깨를 으쓱하고는 유유히 몸을 돌렸다.

"저 기집애가 정말!"

"효주야!"

앞뒤 안 가리고 달려들려는 효주를 일행들이 저지했다.

"이거 놔!"

"은혁 오빠 왔어. 그만 가자."

그녀들이 효주의 귀에 작게 소곤거렸다. 순간 깜짝 놀란 효주
가 고개를 돌려 바라본 곳엔 정말 은혁이 걸어오고 있었다.

"하필이면, 쳇."

안 그래도 그가 고개를 한쪽으로 갸웃하며 효주 쪽을 쳐다보
고 있었다. 그 표정이 별로 좋지 않아서 효주는 당황한 표정을
감추며 재빨리 자리를 벗어났다.

한편 윤재가 아직 오지 않아 그와 통화를 하느라 잠시 자리를 떴던 은혁은 윤재와의 통화 이후 연이어 걸려온 전화들을 받느라고 시간이 좀 길어졌다. 오래 기다리게 했다고 또 바락바락 대들 난희의 얼굴을 떠올리자 속이 더부룩해졌다.

시무룩한 얼굴로 난희를 앉혀놓은 곳으로 가고 있는데 난희가 눈에 익은 무리들과 서 있었다. 분위기를 보아하니 다정한 느낌은 아니고 한판 붙기라도 한 것 같은데, 제자리로 돌아가는 난희는 여유로운 데 반해 효주 쪽은 열이 오를 대로 오른 것 같았다.

'안 봐도 비디오다. 건드렸다가 본전도 못 찾은 게지. 쯧쯧.'

은혁은 빠르게 상황 파악을 하고는 패자들이 떠난 자리에서 유유히 앉아 있는 난희의 옆으로 다가갔다.

"무슨 일이냐?"

"바쁜 사람 불러놓고 뭐 하는 거예요? 매너도 없어요?"

"너라면 너처럼 정떨어지게 노려보는 여자한테 매너 지키고 싶겠냐?"

난희는 고개를 팩 돌리고 칵테일을 쭉 마셨다. 은은한 조명 불빛이 난희의 하얀 뺨에 앉았다. 순간 은혁은 깜짝 놀라 어깨를 뒤로 뺐다. 오죽 놀랐으면 눈까지 비볐을까. 토라져서 옆으로 앉아 있는 모습이 꽤 예쁘게 비치는 걸 보니.

"오늘 일진 더럽게 사납잖아!"

은혁이 괜히 큰 소리로 투덜거리자 난희가 깜짝 놀라 은혁을 돌아보았다.

"놀랐잖아요. 갑자기 왜 소리는 지르고 그래요? 지금 화낼 사람이 누군데."

"너 말이다. 그래도 옆모습은 좀 봐줄 만하니까 제발 나 좀 똑바로 쳐다보지 말아줄래?"

"흥! 옆모습이 예쁜 여자가 진정 미인이라는 말도 몰라요? 행여라도 내 옆모습 절대 훔쳐보지 말아요. 알았어요?"

"앓느니 죽자. 앓느니 죽어. 메주 같은 얼굴로 어디서!"

"정말 용건 안 말할래요?"

"위스키."

난희의 말을 삼킨 은혁이 테이블을 톡톡 두드려 주문을 했다.

"싱가폴 슬링!"

난희도 질세라 마시고 있던 칵테일을 한 잔 더 주문했다. 대충 집히는 대로 시켰는데 요거 꽤 맛있네.

"네가 마신 건 네가 계산해."

"치사하게 그런 게 어디 있어요? 오자고 한 건 그쪽이니까 그쪽이 계산해요."

"그럼 박 여사한테 청구해. 어차피 이 모든 원흉은 박 여사니까."

"그쪽이 박 여사님하고 같이 사니까 알아서 해요. 별꼴이야, 정말. 하다하다 못해 이제 치사한 행동까지."

"그래, 좋아. 이번만 내가 계산해 주지."

"웃겨, 정말."

난희는 기가 차서 픽 웃었다. 이상하게 은혁도 희미하기는 하지만 아주 잠시 웃었다. 그러나 몇 초도 채 지나지 않아 서로에 대한 험담을 하며 그들의 얼굴은 일그러졌다. 바텐더가 그런 두 사람의 모습을 흥미롭게 지켜보고 있었다.

늘 그렇듯 은혁과 설전을 벌이며 난희는 다른 생각을 하고 있었다. 방금 자신을 화나게 했던 효주 일행, 그렇게 예쁜 여자들이 왜 사람을 무시하는 말들을 하는 걸까. 뭐랄까, 실망스러웠다. 그들의 눈초리나 사람을 내려다보는 건방진 포즈가 예쁜 얼굴을 받쳐 주지 못하고 있는 것이다. 그렇게 생각할수록 예쁜 얼굴 때문에 처음 느꼈던 좋은 이미지가 점차 희석되었다.

아빠는 항상 말씀하셨지, 마음이 예쁘면 얼굴도 함께 예뻐지는 거라고. 아무리 얼굴이 예뻐도 마음이 악하면 언젠가는 그 마음이 얼굴에 드러나는 거라고, 그러니 항상 웃고 긍정적으로 생각하라고. 그런 사람이 정말 미인이라고.

분명 그 여인들은 예뻤다. 그러나 난희가 생각하는 미인과는 거리가 있었다. 그래서 참 안됐다는 생각이 들었다. 아버지가 말씀하셨던 미인상에 포함되지 못해서.

난희는 불편한 마음으로 자리에 앉아 있었다. 은혁과 칵테일을 마시고 있는 사이 그의 친구라고 하는 인간들이 하나씩 늘어나더니 이제는 홀을 가득 채우고 있었다. 그런데 더욱 황당한 것은 우물에 풀어놓은 미꾸라지 같은 여인 역시 은혁의 친구라는 것이다. 그 집의 딸이나 친척쯤 되는 줄 알았는데 친구였다니. 역시 유유상종이다!

은혁은 어느새 테이블로 옮겨 친구들과 놀고 있었는데, 아무리 난희가 집에 간다고 해도 들은 체도 하지 않았다. 용건도 말해주지 않고 그렇다고 가도록 놔두지도 않으니 난감한 노릇이었다. 생각 같아서는 확 걷어차고 나가고 싶지만 나간다고 한들 여기가 어딘지도 모르는 데다 집 앞에 잠깐 나왔다가 끌려온지라 수중에 가진 돈이 하나도 없으니, 신경질을 꾹 누르고 일단 기다려 보는 수밖에 없었다.

그 사이 은혁의 친구들이 난희에게 질문들을 해왔다.

아버지는 무얼 하시냐. 어떤 집안이냐. 그럼 어머니는 무엇을 하시냐.

왜? 살고 있는 집값이 얼만지는 어째 안 물어보니?

그들이 사람을 판단하는 방식은 온통 배경뿐인지 물어오는 질문들이 거의 그런 식이었다. 그 이전에 자신들이 어떤 위치의 사람들인지 장황하게 설명하는 것도 잊지 않았다. 난희는 갈수록 시무룩해졌다. 왜 이 사람들 앞에서 아버지의 직업으로 평가 비슷한 것을 받아야 하는지 기분이 나빴다. 누가 누구를 평가할 자격이 있으며 또 평가해 달라고 부탁한 적이나 있었던가?

"여긴 대부분이 경영 2세대인데 자리에 어울리지 않는 사람이 끼면 격이 떨어지지 않겠니?"

꿀밤을 한 대 딱 놓아주면 고소할 것 같은 효주의 조소 섞인 빈정거림도 계속 이어지고 있었다. 난희는 일부러 효주의 말을 못 들은 체했다. 물론 왜 이렇게 애를 써가면서까지 저런 말들을 참아야 하는지 이해는 가지 않았지만.

"학생이죠? 유학 갈 건가요?"

누군가가 물어왔다.

"능력이 되면 갈 수도 있고, 꼭 필요하다면 가야겠지만 굳이 그럴 필요가 없다면 외화 낭비하면서까지 갈 생각은 없어요. 억지로 만들어진 권위를 가져다 쓸 생각은 없으니까요."

상대방 남자가 피식 웃었다. 은혁과 꽤 친한 친구 같은데 키가 크고 얼굴이 까무잡잡하다. 자기가 무슨 외국 영화의 남자 주인공이라고 착각하고 있는 모양새다. 콧수염만 붙이면 레트 버틀러 짝퉁이라는 소리가 딱 나오겠다.

그가 양주잔을 채우며 다시 말했다.

"한곳에만 머물면 사람이 편협하게 되지요."

"무조건 나간다고 시야가 넓어지는 것도 아니죠. 지금 현재 처한 곳부터 확실하게 아는 것도 중요하니까요. 바다를 건너든 아니든 어차피 사람 사는 방식은 근본적으로 비슷하다고 생각해요."

"그래도 엄연히 문화적인 차이라는 것이 있지요. 상대적인 차이를 습득할 필요도 있고."

"글쎄요, 물론 엄연한 차이는 있겠지만 둘 중 한 가지를 우위로 두는 인식은 싫거든요. 나갔다 들어온 사람만이 인정받는다는 것이 마음에 들지 않네요. 필요가 아닌 거품으로 인식되는 유학은 지양하고 싶은 바라서요."

난희는 외교관이 되고 싶었다. 열심히 노력해서 외교관이 되어 우리나라를 세계 속으로 심고 싶었지, 다른 나라에 우리나라를 맞추는 외교는 하고 싶지 않았다. 주체는 '나'라는 생각을 늘 하고 있었다.

"이상하게 핑계처럼 들리는군요. 사람들은 흔히, 하지 못하는 것을 이야기할 때 오기를 품고 먼저 반감부터 사곤 하지요. 그런 걸 자격지심이라고 하던가?"

능청을 가장한 남자의 말에 난희는 미간을 찌푸렸다. 이 남자는 지능적인 안티다. 순간적으로 든 생각이었다. 꽤 예의를 갖추고 대화를 유도하고 있는 것 같았지만 교묘하게 그녀를 비꼴 뿐 아니라 무언가를 알고 있는 듯한 분위기까지 풍겼다.

"어차피 시각은 상대적인 거 아닌가요? 저야말로 그쪽에서 하는 말이 오기로 들리니 이상하네요. 뭘 알아내고, 뭘 비꼬고 싶은 거죠?"

"그것 봐요, 공격적이지. 나는 아무것도 말한 것이 없소이다."

그가 어깨를 으쓱해 보이는 제스처를 취했다. 기가 막힌 난희

가 무슨 말을 더 하려는데 그 남자가 벌떡 일어나더니,

"난 술이나 더 마셔야겠군. 좀 지루해서 말이야."

라고 말하고는 저쪽 테이블로 가버렸다.

"윤재 오빠, 같이 가."

효주가 뽀르르 일어나더니 윤재라는 남자를 따라갔다. 난희는 졸지에 무시를 당한 기분으로 멍하니 윤재의 뒷모습을 보고 있었다. 정중한 척하면서 지 할 말만 다 하고 가고 있어.

난희는 입술을 삐죽 내밀었다.

"이봐요. 나 이제 갈 거예요. 무슨 말을 해도 안…… 어?"

이제 정말 가야겠다 싶어 은혁을 돌아보았는데 옆 자리가 텅 비어 있었다. 도대체 저 남자는 언제 또 저기로 가서 술을 마시고 있는 거야? 도대체 여기 사람들은 왜 한자리에 머물지 못하고 이곳저곳 이사 다니면서 술을 마시는 건지 도통 이해가 안 갔다.

문득 클럽 안을 삥 둘러보는데 방금 전 얄밉게 굴고 사라진 남자가 저쪽에서 그녀를 쳐다보고 있었다. 실내가 어두워 정말 시선이 마주친 건지는 확신할 수 없었지만 난희는 얼른 고개를 돌려 버렸다.

"그런 걸 자격지심이라고 하던가?"

그가 했던 말이 떠올랐다. 근묵자흑(近墨者黑)이라고 은혁의 친구들은 다 그처럼 성격이 꼬였나 보다. 차라리 대놓고 하는 게 낫지, 빙빙 돌려서 태연하게 비꼬는 것은 정말 듣기 싫었

다. 그런 면에서 은혁과 윤재는 차이가 있었다. 은혁은 좀 더 직설적인 반면 단순하고, 윤재는 배배 꼬는 반면 생각을 알 수 없었다.

그런데…… 가만히 생각해 보니 윤재의 말이 맞는 것도 같았다. 자신은 처음부터 이 자리가 불편했었다. 만약 이곳이 이렇게 호화로운 곳이 아니었어도 그랬을까? 사람들 틈에서 자신만 동떨어져 있는 것 같은 이질감을 느끼지 않았대도 이렇게 기분이 저조했을까? 아버지의 직업을 묻고 집안을 물었을 때 기분이 나빴던 이유는 정말 대답하기 싫어서였을까, 아니면…….

"아니야, 이런 생각을 해선 안 돼."

에잇, 조잡한 기분.

난희는 생각을 털어버리듯 고개를 내젓고는 홧김에 앞에 있는 양주를 털어 넣었다. 순간 혀가 타 들어가는 것 같더니 목구멍이 화끈거렸다. 너무 놀라서 생각해 보니 양주를 마신 것은 처음이었다. 만만하게 보고 마셨는데, 세상에 이렇게 독한 술도 있나 싶다.

'정말 이 남자 뭐야?'

화가 나서 은혁을 쏘아보았다. 마침 그도 난희를 바라보고 있었다. 그녀는 그의 시선이 도망가지 못하도록 얼른 낚아채 미간을 있는 대로 구기며 가겠다는 표정을 했다. 그러나 그는 다이아가 수북이 박힌 자신의 고급 손목시계를 가리키며 조금만 기다리라는 시늉을 했다.

“됐네요.”

벌떡 일어나려던 난희는 자신을 쳐다보고 있는 은혁의 못된 시선을 느끼고는 다시 풀썩 앉았다. 그리고 양주를 한 잔 더 따라 마치 입에 붓다시피 하며 마셨다. 목구멍이 화끈거리는 감각이 또 느껴졌다. 도무지 쓰고 독해서 세 잔은 못 마시지 싶었다. 지은혁 보란 듯 술을 대차게 마신 난희는 벌떡 일어나 입구로 향했다.

‘다시 부르기만 해봐. 또 속았어. 나쁜 놈.’

씩씩거리며 홀을 가로질러 걸어갔다.

‘저 녀석의 계획은 날 이런 곳으로 불러서 기를 죽일 생각이었던 거야. 어떻게 그런 유치한 생각을 할 수 있지?

난희는 마치 흙탕물에 발을 담근 것 같은 기분을 떨칠 수 없었다. 화가 날 대로 나서 씩씩거리며 걷는데 갑자기 누군가가 앞을 막아섰다. 멈추어 서 있는 것으로 보아 용건이 있는 사람 같은데? 고개를 드니 방금 전의 그 이상한 남자였다, 윤재라고 불리던.

“비켜줄래요?”

쌀쌀맞게 말했지만 윤재는 싱긋 웃을 뿐이었다. 100% 느끼남이다. 눈도 크고, 코도 오뚝하니 얼굴 윤곽도 차지게 잘빠졌고, 그러나 저렇게 생긴 남자는 아무리 잘생겨도 느끼해서 싫다.

“왜? 가려고?”

도대체 언제 허락을 했는지 모르겠지만 남자의 말끝이 짧아져 있었다. 하여간 여기 것들은 다들 가위를 들고 다니나? 다들 왜 이렇게 말들이 짧아?

"이것 봐요. 저 이래 봬도 성인이거든요? 말 좀 길게 해줄래요?"

"성인? 그거 좋은 단어군."

그러더니 성큼 다가온다. 자연 난희는 한 걸음 뒤로 물러섰다.

"성인은 모든 행동을 자신의 의사에 따라 결정할 수 있지."

"비, 비켜요."

이 남자 왜 이래?

"입에 맞지 않은 양주를 네 마음대로 털어 넣은 것처럼 네 행동의 주인은 너야. 안 그래?"

"그 헛소리에 뜻이 담겨 있기나 한 거예요?"

난희의 차가운 시선이 그를 견제하듯 훑었다. 취한 것 같기도 하고, 아닌 것 같기도 한데 남자의 표정이나 말투가 묘했다. 동시에 비상 경고등이 머릿속에서 요란하게 울렸다. 이런 곳에 선수가 없을 리 없지.

"한 마디도 못 알아듣겠으니까 물러나 줄래요? 아니면 정강이라도 한 대 차드릴까요?"

"그것도 성인인 네 의지야. 누가 말리겠어."

"무릎보다 조금 높은 곳을 차드릴 수도 있는데요."

사악한 표정으로 이 정도쯤 말하면 정떨어져서라도 남자들은 물러난다. 그러나 윤재는 피식 웃을 뿐이었다.

"난 가난하지만 지적인 여인도 괜찮다고 생각해."

난희의 눈이 동그래졌다. 순간 모멸감이 확 밀려들면서 얄미운 은혁의 얼굴이 떠올랐다.

'나쁜 자식, 다 말한 거야. 다 알고서 모두가 날 놀린 거야.'

난희는 싸늘해진 눈으로 입을 꾹 다문 채 옆으로 지나가려고 했다. 그러나 윤재에게 막혔다. 화를 꾹 누르고 이번에는 오른편으로 한 걸음 내디뎠다. 그것도 윤재에게 막혔다. 결국 좋지 않은 성격이 폭발한 난희는 자신을 막아서는 그의 정강이를 있는 힘껏 걷어차 주었다.

"으악!"

윤재의 커다란 몸이 흐트러지는가 싶더니 발목을 부여잡고 깡충거렸다. 난희는 그 틈을 타 재빨리 그를 스쳐 지나갔다. 홀의 모든 사람들이 그녀를 쳐다보고 있었다. 그러나 이제 난희는 전혀 거리낌이 없었다. 쳐다볼 테면 쳐다보라지. 응징해야 할 인간을 응징해 줬을 뿐이니까. 한 사람 더 응징에 들어가야 할 인간이 있기는 하지만 오늘만 날은 아니니.

한편 은혁은 윤재가 눈짓을 해서 일찌감치 친구들의 테이블로 떨어져 나가 있었다. 슬슬 작업에 들어가겠으니 넌 일단 뒤로 물러나 있으라는 녀석의 말이었다. 이미 그렇게 하겠다고 약속을 했으니 은혁은 윤재의 눈치에 따라 다른 테이블로 옮겼다. 윤재 녀석은 자신에게 눈짓을 주면서도 한편으로는 난희와 언쟁을 벌이고 있었다. '그런 걸 자격지심이라고 하던가?' 그런 폭탄발언을 터뜨려가면서 말이다. 아무튼 선수는 다르다니까.

더부룩한 마음은 좀 있었지만 난희와 자신의 인연이 얽힌 것 자체가 잘못된 것이었으므로, 은혁은 편하게 생각하기로 했다. 윤재가 예상보다 더 잘해주면 저 난희라는 녀석이 정말 화가 나 완전히 떨어져 나갈 수도 있는 일이니까.

윤재 녀석은 난희를 화나게 만들어놓고 슬쩍 뒤로 빠지는 전법을 택했다. 역시 홀로 남은 난희는 화가 난 것 같았다. 부글부글 끓어오르는 게 멀리서도 느껴졌다. 그런데 그 녀석이 화를 잘 다스리지 못한 건지 어울리지 않게 양주병에 손을 턱 뻗쳤다. 설마 저걸 마시…… 잖아!

은혁은 혀를 끌끌 차며 난희를 지켜보고 있었다. 한 잔에 완전히 놀란 것 같은 표정이던 그녀가 별안간 자신을 쳐다보더니 온통 인상을 썼다. 은혁은 좀 더 시간을 끌어야 했기에 손목시계를 가리켰고 그녀는 또 한 잔을 원샷해 버렸다. 슬슬 걱정이 되었다. 별로 술이 셀 것처럼 보이지 않는데, 괜히 취해서 일내면 자신만 귀찮아지는 것이다.

'윤재, 저 새끼 뭐 하는 거야?'

후딱후딱 하고 후딱후딱 끝냈으면 좋겠는데 녀석이 탐색전을 꽤 길게 벌이고 있었다. 그나마 난희가 두 잔 이상은 마시지 않고 자리에서 일어나 다행이었다. 그래, 차라리 그냥 집에 가라. 그게 낫겠다.

은혁은 어느새 그런 생각을 하고 있었다. 그런데 잘 걸어가고 있는 그녀 앞으로 윤재가 탁 막아섰다. 저 자식, 도대체 무슨 생각을 하고 있는 거야? 은혁은 오늘 윤재의 태도가 썩 마음에 들지 않았다. 왜 그런지는 모르겠지만 그냥 밸이 꼴렸다. 한참 지켜보니 둘 사이에 약간의 설전이 오가고, 그리고…… 매운 발차기가 윤재의 정강이에 내리꽂혔다.

오케이, 그거거든!

은혁은 자신도 모르게 터져 나올 뻔한 환호성을 겨우 삼켜야 했다. 왜 그런지는 모르겠지만, 네 녀석도 못난이한테는 안 된다는 걸 목격한 순간 온몸에 아드레날린이 솟아올랐다. 못난이는 역시 못난이다운 게 가장 잘 어울린다는 생각을 하고 있는 자신이 더럽게 웃겼지만 말이다.

저렇게 드센 세계가 바로 못난이가 살고 있는 야생의 세계가 아닌가. 윤재 놈의 도발에 넘어가 못난이를 이런 내기에 밀어 넣긴 했지만, 악독하게 당해 버리기를 바라는 마음은 솔직히 없었다. 그나마 당할 기미가 보이지 않아 다행이었다. 그런데 뭐가 다행이지? 아하, 아마도 그것일 것이다. 자신은 그렇게나 애먹은 상대인데 윤재에게 혹, 하고 넘어간다면 자신이 얼마나 자존심이 상하겠는가.

저쪽은 어쨌거나 저렇게 끝난 것 같았다. 난희는 기세등등했고, 윤재는 정강이를 차여서 깡충거리고 있고…….

확실하게 복수를 한 난희가 보무도 당당하게 입구로 걸어가
는데 세찬 힘이 그녀의 어깨를 홱 돌려 세웠다.

'저 새끼 참……. 포기를 모르는 인종이구만.'

은혁은 혀를 끌끌 차며 중얼거렸다. 누가 보기에도 '한윤재
패, 못난이 승'인데 도무지 인정하고 싶지 않은가 보다. 하긴 못
난이가 누구인가. 그녀와 대적하게 되면 누구든 저렇게 승부에
집착하게 될 수밖에 없다. 바로 자신처럼 말이다.

난희는 한심하다는 얼굴로 뒤를 돌아보았다. 부서질 정도로
자신의 어깨를 쥐고 있는 인간은 역시 윤재였다. 자신의 강타를
먹은 사람들은 한동안 움직이지 못하는데 이 남자는 이마에 식
은땀이 맺힌 상태에서도 괴력을 발휘하고 있었다. 이걸 잘 참는
다고 해야 하는 건지, 질기다고 해야 하는 건지, 구차하다고 해
야 하는 건지.

"이거 놔요."

난희가 차갑게 그의 팔을 털어냈지만 오히려 윤재는 몸을 붙
여오며 난희의 턱을 치켜올렸다.

"너 정말 귀엽게 논다. 응?"

"그쪽도 꽤 귀엽지만 아쉽게도 귀여운 남자는 내 타입이 아니
거든요?"

"그래? 그럼 어떤 타입이 좋은데?"

"당신 같은 타입만 아니면 다."

"하!"

"창피하니까 이거부터 놓고 말해요."

윤재의 손을 매섭게 털어내자, 아직 정강이에 무리가 남은 건지 그가 조금 비틀거리며 난희의 턱을 쥐고 있던 손을 놓았다.

"너 여기 말이다, 너무 쓸데없는 생각들로 가득 차 있는 거 아니냐? 함부로 행동하다가 후회하는 수가 있다."

윤재가 인상을 구긴 채 난희의 머리를 가리키며 말했다. 타입은 좀 달라도 행동하는 건 지은혁과 비슷해서 난희는 저도 모르게 피식 웃었다.

"다 꺼내서 비교해 봐도 그쪽 부품들보다는 쓸모있을 것 같거든요?"

정강이의 통증이 이제 서서히 가시는지 윤재의 얼굴이 평상으로 돌아왔다. 그리곤 그가 허리를 바로 세우고 조소를 날렸다.

"그런 식으로 발톱을 세우면 남자들이 더 잘 붙겠지. 색다른 매력이라고 인정해 줄 테니까. 그게 나름의 네 전략이겠지?"

여유로운 표정의 지능 안티, 역시 이 남자의 정체는 그것이었다. 난희는 자신을 도발하고 있는 윤재의 눈을 빤히 쳐다보았다. 기분? 나쁘지 않을 수 있겠는가. 어떤 자신감으로 저런 생각을 하고 있는 건지는 모르겠지만 썩은 정신에다가 대고 일장 연설을 해봐야 입장만 우스워지겠지.

"그걸 파악했다는 건 그쪽이 넘어온 걸로 해석해도 됩니까?"

"흥, 만약 그렇다면?"

"미안하지만 내 쪽에서 싫거든요?"

"너 이름 뭐냐."

다다다 이어지던 설전 중, 갑작스레 파고든 질문에 난희의 템포가 끊어졌다. 이 남자 왜 이렇게 차분하지? 같이 화가 나서 바락바락 싸우고 따져야 정상인데, 그래야 상대방의 허를 찌르고 들어갈 수 있는데. 즉 은혁과 같은 경우라면 충분히 말발로 이길 수 있겠지만 이 남자는 말이지, 좀 짜증났다. 똑같이 꼬인 타입이라도 차라리 산뜻하게 싸워서 확 펴는 게 낫지 이렇게 난해하게 꼬인 타입은 질색이었다.

"갑자기 논점에서 벗어난 말 묻지 말아요."

"내 논점은 이게 맞아. 이름이 뭐냐."

"김지영."

난희는 순발력을 총동원해 머릿속에 떠오른 친구의 이름을 사용했다. 지영아, 미안하다. 그렇지만 이런 녀석한테 내 이름을 알려줄 순 없잖니. 윤재가 천천히 다가왔다.

"너 분명히 네가 성인이라고 했지?"

"그랬다면요?"

"그럼 마음을 바꿔. 은혁이란 놈 말고 내 여자 돼라."

일순간 말문이 막혀 버렸다. 내 여자 돼라. 그 얼마나 멋진 말인가. 그러나 현재 난희는 너무나 닭살이 돋았다. 기가 막히고 덤으로 코까지 막혀서 말도 안 나오는 상황에 봉착했다.

뭐? 내 여자 돼? 이 자식을 그냥.

"지은혁 골치 아픈 놈이다. 내가 조금 낫다고 볼 수 있지."

얼토당토않은 말을 쏟아내는 그를 보며 난희는 오로지 재수 없음의 극치를 보고 있다는 생각만 했다. 그녀가 천천히 입을 열었다.

"도토리 키 재기. 내가 보기엔 둘 다 똑같이 골치 아프거든?"

그리고 몸을 돌리는 순간 강한 힘이 그녀의 팔을 돌려 세우더니 무언가 음습하고 더운 기운이 훅하고 밀려들었다. 그것은 처음 경험한 종류의 공기로서 그 정체를 파악하기까지 걸린 시간은 불과 몇 초도 안 걸렸다. 윤재의 입술이 그녀의 입술을 뻔뻔하게 덮으려는 찰나 구사일생으로 고개를 돌린 난희가 그의 가슴을 사정없이 밀어버렸다.

윤재가 뒤로 떠밀리며 눈썹을 확 구겼다. 그러나 더욱 일그러진 것은 난희의 얼굴이었다. 믿을 수 없었다. 수치로 온몸이 달아오르는 찰나 사람들이 자신을 보고 있다는 사실이 인식되었다. 살아오면서 지금처럼 창피한 적이 있었을까. 난희는 그대로 밖으로 달려나갔다.

치한, 인간말종, 벼룩 같은 자식! 쏟아 부어줘야 할 단어가 수없이 많았음에도 자신답지 않게 응징조차 못해주고 나왔다. 그녀로서는 처음 당한 일을 도무지 몸이 생각을 따라주지 않았다. 쥐구멍이라도 있으면 들어가고 싶을 뿐이었다.

윤재는 천천히 몸을 일으켜 입술을 쓱 닦곤 돌아섰다. 자신이 그런 행동을 하는 것이야 드문 일도 아니었지만, 입술도 못 엄어보고 떠밀린 경우는 처음이지 싶었다. 그 역시 처음 당한 거부로 반쯤은 놀란 상태였던 것이다. 효주가 경멸을 가득 담은 눈으로 윤재를 쏘아보고 있었다.

'오빠, 지금 뭐 하자는 시추에이션이야?'

효주뿐 아니라 모두의 표정에 그런 눈치들이 어른거리고 있었다.

"후, 아무래도 술이 과했나?"

머리카락을 헝클어뜨리며 돌아서는 순간, 정신을 차리기도 전에 무언가 벅찬 힘이 그의 뺨에 정통으로 내리꽂혔다. 덕분에 윤재의 몸이 휘청거리며 뒤로 쏠렸다. 별이 반짝이고 새가 날아다니기를 한참 후 윤재가 터진 입술을 닦으며 벌떡 일어났다.

"이 새끼, 뭐 하는 짓이야!"

윤재는 자신에게 쇠주먹을 날린 은혁을 노려보며 소리쳤다. 꽤 힘을 실어서 쳤는지 은혁도 손을 탈탈 털며 주먹의 통증을 털고 있었다.

"새끼야, 적당히 견제하라고 했지, 누가 헛짓거리 하랬어?"

"이 새끼가!"

윤재가 눈에 불꽃을 튀기며 은혁에게 달려들었다. 주먹이 은혁의 복부에 내리꽂히는 순간 은혁의 몸이 휘청했다. 다시 은혁의 주먹이 윤재의 옆구리를 파고들었다. 테이블이 쓰러지고 온갖 유리가 깨지는 소동이 일어났다. 순식간에 난장판이 된 홀에서 친구들이 한꺼번에 달려들어 뜯어말린 후에야 간신히 두 사람을 떨어뜨려 놓을 수 있었다.

"마음대로 해도 된다더니 이제 와서 무슨 상관이야!"

윤재가 터진 입술을 닦아가며 무섭게 소리쳤다. 은혁은 자신을 잡고 있는 친구들을 차갑게 털어버렸다.

"큰소리치더니 그깟 못난이한테 빠져서 가관도 아니더구만."

"빠지긴 누가 빠져! 그것도 다 계획이었어, 인마!"

"쯧쯧, 눈도 낮은 놈. 네 수준을 알겠다. 실망이다, 새끼야."

"웃긴 소리 하고 자빠졌네. 그러는 너는? 말로는 싫다더니 너야말로 홀랑 빠진 거 아니냐? 겉멋만 들어서 아닌 척하기는."

"내가 못난이한테 홀랑 빠지는 날이 지구가 멸망하는 날이다, 알아?"

"하! 그럼 왜 반응을 하지? 내가 못난이한테 무슨 짓을 하든 네깟 놈이 무슨 상관이냐고!"

은혁은 벗어두었던 정장 재킷에 팔을 끼워 넣으며 윤재를 쏘아보았다. 사실 자신도 이 반응의 정체를 잘 모르겠다. 그냥 저 정신 나간 놈이 난희에게 키스라도 할 듯 포즈를 취하는 순간 몸이 먼저 반응했다. 그냥 좀 비웃을 생각이었는데, 비웃기 위해서는 몸이 그렇게 벌떡 일어나야 하는 건가? 젠장, 알 게 뭐야!

다행히도 난희가 저 자식을 밀어버려서 일은 생각보다 더 꼬이지 않았지만, 그 뒤가 더 문제였다. 그때까지는 좀 찔리는 마음뿐이었다. 괜히 윤재에게 동화되어 이런 일을 벌인 것에 대해 양심이 조금 찔렸을 뿐.

사실 사람들에게는 제각각 자신들이 살아오던 '세계'라는 것이 있다. 그리고 확실히 난희는 자신이 여태껏 살아온 세계와는 다른 세계에 사는 사람이었다. 그녀가 얄밉고 짜증나게 하는 건 사실이었지만, 굳이 이 세계로까지 끌고 와 짓밟을 만큼 심하게 증오스러운 것도 아니었다.

이대로 안 보고 살았으면 딱 좋겠는데 그게 안 되니 좀 곤란하고 짜증스럽다고나 할까. 얽히면 얽힐수록 자존심이 자꾸 긁혀 좀 골려주고 싶은 타입이라고나 할까. 그냥 그런 얄미운 적군일 뿐이었는데…….

그런데 윤재 녀석이 이쪽 세계에서나 통하는 헛짓거리까지 해가면서, 못난이로서는 놀라 나자빠질 수밖에 없는 수작을 벌이니 기가 찼다. 그때까지는 정말 기가 찬 마음뿐이었다. 하지만 이제 곧 못난이가 평소 성격을 십분 발휘해 윤재란 놈에게 재생 불가능할 정도의 독설을 쏘아주면 다시 상황은 원상 복귀되는 것이고, 그것으로 이 찜찜한 마음을 덮으려고 했다.

그런데 놀랍게도, 아니, 무언가 허하게도 난희는 아무 말도 못한 채 클럽을 빠져나가 버렸다. 그것은 못난이의 평소 성격과 비교했을 때 도망치는 것으로밖에 비춰지지 않았다.

“야! 너 왜 그렇게 도망가! 왜 꽁지를 빼는 건데? 네가 그까짓 일에 당황해서 도망갈 위인이냐? 엉? 그건 네 모습이 아니잖아, 인마!”

잘못하면 그렇게 소리 질러 버릴 뻔했다.

차라리 빽빽 소리치면서 달려드는 게 어울릴 성격이지, 저렇게 무언가 주눅 든 모습으로 달려나갈 여자가 아니었다. 그게 이상하게 은혁을 혼란스럽게 했다. 조금 미안하기도 하고 속상하기도 하고…… 무언가 무척 쓴 것을 씹고 있는 것 같았다. 제길.

“박 여사!”

“뭐?”

“네놈의 수준 낮고 저질스런 짓 때문에 저 못난이와 협공을 펴고 있는 박 여사한테 내가 죽게 생겼다고! 그러니까 시킨 짓은 안 하고 어디서 이상하게 뻘짓이야?”

“너는 새끼야, 끝까지 가만히 있었어. 저 여자 나가고 난 뒤에 나 달려들었다고! 그런데 뭐가 잘났다고 뻘짓이야?”

“그럼 내가 약 먹었다고 못난이 앞에서 편들겠냐? 내 말 무슨 뜻인지 알아먹겠어?”

“모르겠다면?”

“몰라도 알아먹어, 이 새끼야!”

은혁은 고래고래 소리를 지르고는 밖으로 횅하니 나가 버렸다. 윤재와 친구들은 그저 황당한 얼굴로 은혁의 뒷모습을 바라보았다.

"지은혁 왜 저러냐?"

"내가 알아?"

친구들은 어깨를 으쓱하고는 하나둘씩 제자리로 돌아갔다. 윤재도 옷을 툭툭 털었다.

"젠장, 기분만 더러워졌어."

그는 바닥을 뒹구는 의자를 걷어차고는 혀를 차며 위스키를 시켰다. 곧 종업원들이 달려와 밀린 테이블과 쓰러진 의자들을 정리하기 시작했다.

"꼴 좋아. 은혁 오빠 말대로 큰소리치더니 무슨 꼴이야?"

신경을 거슬리는 말발의 소유자로 유명한 효주가 약을 올리고 있었다. 윤재는 위스키를 털어 넣고는 무서운 눈으로 잔을 움켜쥐었다.

"시끄러워."

"오빠 실력도 이제 녹슨 거구나? 예전 실력이 영 안 나오던걸? 처음부터 끝까지 밀리기만 했던 거 아니야?"

"밀리긴 누가 밀려. 한창 잘되던 중이었고, 조금 있으면 어차피 넘어오게 돼 있었는데."

"어머, 웃겨. 오빠 K.O. 됐어. 경기 끝났다고."

"웃기지 마. 내 사전에 패배는 없어. 요망한 것 같으니."

"뭐야?"

자신에게 한 말이라 생각한 효주가 발끈했지만 윤재의 의식

속에 효주는 이미 없었다. 그는 난희를 생각하며 이를 갈고 있었다. 이로써 평온하게 살아가던 난희의 인생에 또 한 명의 못 말리는 남자가 끼어들게 되었다.

난희는 질질 흐르는 눈물을 닦으면서 거리를 걷고 있었
다. 택시라도 타려고 했지만 빈손으로 나오는 바람에 그것도 못
했다. 자동차 헤드라이트가 그녀의 몸을 훑고 지나갔다. 참 처
량한 빛이라는 생각이 들었다. 오늘 하루 동안 당한 수모가 얼
마며 황당함이 얼마인가. 박사현 여사든 지은혁이든 태원그룹
이든 윤재 놈이든 지금은 갈가리 찢어버리고 싶었다. 그 옛날
대하드라마 토지의 서희 대사처럼 찢어 죽이고 말려 죽이고 싶
었다.

하긴 요즘은 죽이고 싶다, 혹은 죽겠다 같은 단어를 너무 많
이 쓰는 시대다. 조금만 힘들어도 힘들어 죽겠다, 조금만 외로

워도 외로워 죽겠다, 조금만 미워도 미워 죽이고 싶다……. 이런 건 정말 정신 건강에 좋지 않은 것이다. 그래서 자신만이라도 그런 말을 사용하지 말아야겠다고 생각했다.

그런 철학적인 생각을 하며 밤거리를 걷고 있는데 등 뒤에서 버팔로 떼가 다가오는 것 같은 굉음과 함께 누군가가 빠르게 달려왔다. 확인하기 위해 돌아볼 필요도 없었다. 이렇게 사람의 복장을 뒤집을 만한 분위기를 풍기는 사람은 이 세상에 그리 많지 않다.

지은혁과 그 부스러기들. 흥!

난희는 억울해서 흘려버린 눈물을 쓱 닦고는 앞만 보며 걸어갔다.

"야, 화났지?"

또 무슨 속 뒤집어지는 소리를 하시려고 저러는지 모르겠다.

"열 받아 죽겠지?"

죽겠다 같은 표현을 쓰지 않겠다고 맹세한 지 채 몇 초도 지나지 않았건만 지은혁이 옆에서 사람을 시험에 들게 하고 있다.

"대답하라고!"

난희의 손목을 홱 낚아챈 은혁이 버럭 소리쳤다. 난희는 그야말로 전광석화처럼 팔을 빼내고 은혁을 노려보았다.

"왜 이래요, 정말? 사디스트예요? 화났으면 어쩌게요? 열 받았으면 어쩌려구!"

"그럼 난 행복하지."

빙글빙글 웃는 지은혁이라는 남자, 오들희 여사 대사처럼 정말 좋게 봐주려 해도 봐줄 수가 없다. 사납게 쏘아보고 있는데 그가 바지 주머니에 손을 찌른 채 허리를 굽히더니 난희 쪽으로 얼굴을 쑥 가져왔다.

"어라? 못난이 울었어?"

"도대체 왜 이래요? 나랑 무슨 원수가 져서 사람을 이렇게 들볶아요?"

"그런 소리 해봐야 닭이 먼저냐, 달걀이 먼저냐는 문제밖에 안 돼. 피차 서로 때문에 괴로운 건 마찬가지잖아? 나야말로 너하고 무슨 원수를 져서 이렇게 엮여야 하는 건지 정말 궁금하다."

난희의 입술이 실룩거렸다. 턱이 바들바들 떨리고 금방이라도 눈물이 뚝뚝 떨어질 듯 눈동자 가득 물이 차 올랐다. 시종일관 시비조와 조소로 일관하던 은혁의 눈썹도 찌푸려졌다.

"너 사람 여러 번 놀라게 한다. 너도 울 줄 아냐?"

"억울해서 우는 거니까 상관하지 말아요."

"하긴 네가 무슨 청순가련형이라고 순수한 눈물 한 방울을 똑 떨어뜨리겠냐."

"상대방에 따라 청순가련한 줄리엣이 되고 싶기도 하고 악랄한 크산티페가 되고 싶기도 한 게 사람이에요. 그쪽 형편이나 제대로 알고 남을 놀리시죠?"

"근데 너 말이야, 왜 윤재한테 그렇게 저자세였냐?"

난희가 눈동자를 또르르 굴렸다. 이건 또 무슨 소린지.

"누가 저자세였다고 그래요?"

"너 잘하면 밀릴 수도 있었어. 만약 그 자식이 약 먹은 것처럼 미친 짓 안 했으면 그 녀석한테 엮일 수도 있었다고. 그렇게 난 체하고 따박따박 대들고 정떨어지게 만들던 그 대단한 성격은 어디 간 거냐?"

이 남자가 누굴 쌈닭으로 몰고 있는 거지?

"그쪽이랑 할 말 없으니까 제발 고이 보내줘요."

"싫다면?"

"사이코예요? 대체 왜 이래요?"

"너 실은 윤재한테 조금이나마 흔들렸던 거 아니야?"

그쯤 되자 난희는 참고 있던 울분이 폭발하고 말았다. 의도하지 않았는데도 고여 있던 눈물이 주르륵 흘러내렸다. 정말 사람을 뭐로 보고 이러는지 모르겠다. 윤재인지 뭔지 하는 남자에게 색다른 인상을 느낀 것은 사실이지만, 그것은 호감 같은 감정이라기보다는 지은혁이라는 남자의 친구 수준의 다양성에 대한 심각한 고찰이었고, 그것은 그대로 회의적인 감정으로 연결된 것이었다. 그런데 뭐라고? 흔들려?

"지은혁 씨, 그쪽은 정말……."

"뭔데?"

"정말 상종 못할 최악이라고!"

가로수가 흔들릴 정도로 냅다 소리를 친 난희는 뒤도 안 돌아보고 달렸다. 한편 은혁은 두 번째 쇼크를 먹고 그 자리에 서 있었다. 도대체 저 계집애한테 최악이라는 소리를 얼마나 들어야 하는 건지.

그나마 상처받고 풀 죽은 것 같아서 잘 좀 대해주려고 했더니 도저히 유유상종할 여자가 아니다. 미동도 않고 서 있던 은혁의 미간이 일그러지더니 그도 똑같은 속도로 달리기 시작했다. 그리고 마치 100m 선수라도 되는 듯 바람처럼 달리고 있는 난희를 따라잡았다.

"이거 놔요!"

난희가 은혁의 손을 매몰차게 뿌리쳤지만 이번엔 그도 밀리지 않았다. 그가 난희의 손목을 꽉 틀어쥔 채 뚜벅뚜벅 걷기 시작했다.

"소리 지를 거예요. 이거 놔요."

"질러봐라. 둘이 파출소에 가 있으면 박 여사가 참 좋아하겠다."

"무슨 상관이에요? 어차피 그쪽 엄만데."

"그래. 우리 엄마이자 네 아버지 상관이기도 하지."

"치사한 남자, 정말 세상에서 최……."

"너 그 최악이란 소리 좀 그만 해!"

세상에서 최고로 치사한 남자라는 말을 하려던 참이었던 난희는 그만 어안이 벙벙해서 은혁을 올려다보았다.

"너한테 나쁜 말이란 말은 모조리 다 들었어. 그리고 최고 히

트는 바로 그 최악이라는 말이야. 도대체 구제의 여지가 없는 그 최악이라는 말 좀 그만 하라고! 알아들었어?"

이 남자…… 엄청 찔리나 보다.

마치 주사 맞은 가축처럼 날뛰는 은혁 때문에 난희는 그만 놀라서 딸꾹질이 나와 버렸다.

"딸꾹"

"가지가지 한다."

"그, 그러니까 왜 소리는 지르고 딸꾹, 그래요?"

은혁은 이마를 손으로 탁 쳐가며 고개를 저었다. 이제는 서로를 더 깎아내릴 화젯거리도 고갈된 상태였지만 은혁은 점점 난희가 황당해지고 있었다. 사람을 황당하게 도발하는 여자, 사람을 황당하게 신경질나게 하는 여자, 사람을 황당하게 반응하게 하는 여자.

"딸꾹."

게다가 황당하게 딸꾹질까지 하는 여자.

"일단 한 번만 닥치고 고이 좀 따라와 봐."

"말 좀 곱게 딸꾹, 쓸 수 없어요? 숙녀한테 무슨 딸꾹, 말이 그래요?"

"그 입 좀 봉하라고! 너만 보면 머리가 딱딱 아파."

"누군 딸꾹, 안 그래요?"

"그러니까 좀 조용하라고! 어휴, 정말 성질 건드려."

은혁은 난희를 질질 끌고 어딘가로 성큼성큼 걸어갔다. 난희는 기가 막혀서 은혁의 뒷모습을 쳐다보았다. 세상에서 최악인 이 남자는 정말 입이 거칠고, 고약했다. 이런 남자를 아들로 두고서 박사현 여사는 얼마나 골치가 아팠을까. 이 남자와 어떻게든 타협점을 찾아야 하는 그녀의 현재가 골치 아프듯.

"자, 일단 좀 마셔."

은혁이 난희를 반강제로 끌고 간 곳은 소금구이 삼겹살집이었다.

"고마워요. 딸꾹."

고마운 마음이 100% 진심은 아니었지만 물을 마실 수 있고, 또 불편한 고급 클럽으로 끌고 가지 않은 것만은 다행이라 대충 말해 버렸다. 물을 마시는 난희를 보며 은혁이 눈썹을 왕창 구겼다.

"너 그 딸꾹질 멈출 때까지 나한테 말하지 마."

"딸꾹, 알았어요."

"하지 말라니까!"

"알았다니까요, 딸꾹. 그러니까 말 시키지 말아요. 딸꾹."

"어휴, 앓느니 죽지. 누가 너더러 정말 짜증나는 성격이라고 하지 않던?"

난희는 대답 않고 메뉴판만 휘이 둘러보았다.

"야, 너 지금 사람 무시해? 왜 말을 씹어?"

난희가 메뉴판을 탁 내려놓고 은혁을 쏘아보았다.

"말하지 말라면서요? 왜 자꾸 이랬다저랬다 딸꾹, 해요?"

"그, 그래. 말자, 말아."

난희는 평온한 자세로 메뉴판을 훑고는 은혁 앞에 턱 놓았다. 그리고 손가락으로 술과 안주를 샤샤샥 짚어주고 주문하라는 눈을 했다. 은혁은 덜 익은 땡감을 씹은 표정으로 메뉴를 탁 덮고는 종업원을 불러 주문을 했다. 난희는 만족스러운 얼굴로 물을 더 마셨다. 다행히 딸꾹질은 멈췄다.

소주와 기본 안주가 나오자마자 난희가 자신의 소주잔에 술을 가득 채웠다. 은혁이 그녀를 별종 보는 눈으로 들여다보았다.

"너 소주도 마시냐? 주량이 얼마야?"

"없어서 못 마시는 정도? 한심하게 가만히 앉아 있지 말고 그쪽도 재깍재깍 따라 마셔요. 설마 양주 아니면 못 마시는 건 아니겠죠?"

"이게 사람을 뭐로 보고."

"어머, 웬일이니. 귀하신 몸께서 소주도 마실 줄 알아요?"

"비꼬지 마라. 네 말투 정말 지긋지긋하다."

"지긋지긋한 날 끌고 온 사람은 그쪽이에요."

"쳇."

두 사람은 소주를 채운 즉시 동시에 잔을 비웠다.

"이 시간까지 안 들어가면 부모님이 걱정도 안 하냐?"

은혁이 다시 술잔을 채우고 술병을 건네자 난희도 술잔을 채우고 대답했다.

"한 번도 실망시켜 드린 적 없어요. 단 한 번만 빼고."

은혁이 난희를 빤히 쳐다보았다. 설마 하는 눈으로 보는 동시에 그녀가 얼른 말해 버렸다.

"이번에 그쪽하고 연관되는 바람에 한 번, 딱 한 번 실망시켜 드렸죠."

역시나!

은혁은 목구멍까지 치밀어 오르는 분노를 서서히 가라앉혔다. 도무지 저 불평불만은 잊어먹지도 않는 여인이다. 아마 자는 저 녀석을 흔들어 깨워 이 세상에 가장 최악이 누구냐고 물으면 지은혁이라고 중얼거릴 것이다.

"너는 잘 모르겠지만 네 부모님은 생각이 다르실 거다. 내가 너와 이런 말도 안 되는 사슬에 엮인 것을 오히려 좋아할지도 모른다는 거지."

"또 잘난 척. 물론 그쪽 사람들은 그렇게 생각할 수도 있겠죠. 돈이 최고다. 돈이 모든 것을 우선한다. 돈이 사람마저 바꿀 수 있다."

"어차피 자본주의 사회야. 그런 인식이 당연한 거 아니냐? 너는 반항하고 싶겠지만 그건 진리가 되어가고 있어. 덕분에 네 배는 좀 아프겠지만 말이다."

"배 안 아파요. 세상이 아무리 요지경으로 변해도 돈보다 더 중요한 게 있다고 믿고 살아가고 있으니까. 그리고 이런 마음은 다 부모님한테 배운 거예요. 그러니 그쪽하고 어쩌고저쩌고 되었다고 좋아하실 분들이 아니에요. 엄마 아버지는 딸이 평온하게, 그저 자연스럽게 살아가길 바라실 거예요. 확신해요.”

“흔히 자식은 부모에 대한 잘못된 환상을 갖고 있지. 나 역시 우리 부모님께서 자식을 위해 돈을 벌고 있다고, 나를 위해 고생하시는 것이니 조금만 참자고 생각했던 적이 있으니까.”

난희가 천천히 고개를 들어 풀린 눈으로 은혁을 바라보았다. 웬일인지 진지한 시선으로 자조하듯 읊조리고 있는 그를 보며 난희는 생각했다. 어쩌다 보니 양주와 소주를 섞어 마셔 버렸네?

역시 폭탄주는 위험하다. 왜 이 남자가 두 사람으로 보이는 거지? 가만있어 봐. 이쪽 남자가 더 잘생겼네? 근데 저쪽 남자는 영 아니다. 아마 본모습은 못생긴 쪽일 거야.

“재벌가의 부의 상속은 유명한 것 아니에요? 어차피 박 여사님도, 지 회장님도 자식들을 위해 부를 유지하시는 거겠죠. 물려주기 위해서.”

“글쎄, 그럴까? 자식을 위한다는 것은 옵션일 뿐이지. 어차피 자기만족이야. 자기 욕심이 커서 그 욕심을 채우고 싶은 것뿐이지. 당신들 마음속에 단란한 가족이나 자식이 차지하는 비중이 고작해야 얼마나 되겠냐. 그보다 더 큰 가치가 도처에 널려 있는 사람들인데.”

“흥, 내가 보기엔 지금 그쪽 모습이 재벌 상속자의 옵션 같은데요? 가령 고뇌하는 재벌 2세의 슬픔 같은 것? 정말 그런 심도 있는 인생의 슬픔을, 괴로움을 진지하게 생각해 본 적이나 있었을까요?”

없겠지. 있는 사람이 카드 정지시켰다고 아버지 사무실에 와서 땡깡이나 놓고 어머니 눈 밖에 나서 그렇게 고생이나 하고 있니?

도전적으로 물어오는 난희를 은혁이 날카롭게 쏘아보았다.

“눈 풀린 걸 보니 얼큰하게 취한 모양인데 취한 여자는 안 때리는 내 신조 때문에 산 줄이나 알아라. 건방진 계집애.”

“잘나가다가 또 욕이야. 정말 그쪽하고는 일정 기간 이상 대화하기…… 싫어.”

갑자기 난희의 목소리가 풀리는가 싶더니 몸이 흐느적거리기 시작했다. 아니나 다를까, 소주병을 세어보니 언제 두 병을 다 마신 것이냐! 자신이 마신 것이 서너 잔 정도이니 나머지만큼을 쥐도 새도 모르게 이 여자가 다 마셔 버렸다는 말이다. 게다가 현재 한 잔이 또 입속으로 들어가고 있다.

“그만 마시는 게 어떠냐?”

“말리지 마사요. 나는 나가 착임져요.”

이미 혀도 풀려 있었다. 착임은 또 뭐냐? 눈동자도 희미해져서 풀린 상태, 팔다리도 아메바처럼 흐느적거리는 상태에 말투까지 정신없어지니 은혁은 기가 찰 노릇이었다.

“말을 알아듣게 해야 알아먹지. 너 지금 무슨 소리야?”

“취해도 내가 알아서 집에 간다구요. 별꼬리야. 내가 지금 누구 때문에 수를 마쉬는데.”

난희의 혀는 이제 통제를 잃고 제멋대로 꼬이고 있었다. 그사이에도 벌써 두 잔이나 더 마셨다.

“이제 하다하다 더 이상 할 게 없으니 주사까지 하냐? 정말 가지가지 한다.”

“아, 정말 누구는 요칼 줄 몰라서 안 하는 줄 아나. 이봐요, 세상에서 혼자 잘나따고 생각하는 아자씨, 정신 좀 차려요. 세상이 그러케 호낙호낙한 줄 아라요?”

은혁은 질린 얼굴로 난희를 물끄러미 쳐다보았다. 대체 호낙호낙은 또 뭐냐.

“경고한다. 나는 주사 있는 여자 정말 싫어한다. 정떨어지는 걸 떠나서 짜증난다고. 주사 중에서도 우는 주사는 정말 싫어하니까 한 대 맞기 싫으면 그만 해라. 나도 모르게 주먹 나가니까 알아서 하라고.”

“오마나, 그러면 울어야겠네? 난 그쪽이 싫어하는 건 다 하고 싶더라.”

깔깔거리며 웃는 난희를 보는 은혁의 얼굴이 확 구겨졌다. 지금은 또 발음도 정상인데다가 현재 두 사람의 관계에 대한 인식도 투철했다. 그런데 눈은 그 어느 때보다 풀려 있으니……

“일어나!”

은혁이 짜증을 담아 소리치고 벌떡 일어나는 순간, 갑자기 난희의 몸에서 힘이 쭉 풀리더니 그대로 고개가 툭 떨어졌다.

"일어나라니까."

"난 말이에요, 내가 정말 화나는 건 말이에요."

은혁은 폭발할 것 같은 화를 꾹꾹 누르며 난희를 내려다보다가 어쩔 수 없이 다시 자리에 앉았다.

"화나는 건 뭐!"

"내가 정말 화나는 건 왜 내 꿈을 산산조각 내냐는 거예요."

"아, 짜증나."

"내 꿈은 좋아하는 사람하고 예쁘게 사귀고, 영화 같은 프러포즈 받아서 우리 엄마 아빠한테 프러포즈 받은 꽃을 보여 드리고, 축하 받으면서 결혼하고⋯⋯."

"질질 짜는 거 듣기 싫으니까 그만 해라. 응?"

"그저 평범한 것, 그런 게 좋았는데. 그렇게 살고 싶었는데 그쪽이 나타나서 다 망쳐 놨어. 우리 엄마 아버지가 그쪽이랑 나랑 이렇게 된 걸 은근히 좋아할 거라구요? 정말 그럴까요? 어디 하나 평범한 곳 없는 그쪽이랑 나랑 어울린다고 생각해요? 조금이라도 맞는 게 있다고 생각하냐구요. 흔히 보색대비는 어울린다고 하지만 그쪽하고 난 얼음하고 불이야. 기름이랑 물이야. 섞이지도 않고 가까이 있어봐야 꺼지거나 흔적도 없이 사라져 버릴 거야. 결코 융화될 수 없는 보색대비야."

난희의 눈망울이 젤리처럼 흔들리고 있었다. 반면 은혁의 현재 상태는 포화 상태의 열기구였다. 무언가 속에서 부글부글 끓어올라 터질 것 같았다. 그렇게 취한 것 같더니 지금은 또 말짱한 상태로 보였다. 저런 말을 할 거면 주사처럼 한심하게 말하면 오죽 좋은가, 대체 왜 저렇게 진지하느냔 말이다. 은혁은 잔을 채워 단숨에 들이켰다.

"솔직히 말할게요. 난 그쪽이 싫어. 감당할 자신이 없어. 잘난 체하고 있지만 사실은 그쪽 같은 타입 정말 힘들어요. 매일 싸우며 하루를 소비하기도 싫어. 내게 주어진 것 중 가장 소중한 게 바로 시간이에요. 내가 나로서 바로 서서 나를 발전시킬 수 있는 소중한 시간을 낭비하기 싫어요."

그때까지 묵묵히 듣고 있던 은혁의 입가에 차가운 조소가 어렸다.

"그럼? 별것도 아닌 그저 그런 남자랑 사귀어서, 결혼하고 사는 건 대단한 거냐? 네 시간을 보상 받을 수 있는 거냐고."

왜 그런지 자존심이 상했다. 저런 기집애가 하는 말 따위 담아 들을 게 뭐가 있다고.

"바보, 그래서 그쪽은 바보야."

"뭐야?"

"그쪽이 바보인 이유가 뭔지 알아요? 그쪽은 날 못난이라고 부르죠? 그리고 내 상대는 별것 아닌 그저 그런 남자일 거라고 단정 내리고 있죠? 그렇지만 그쪽은 몰라요. 별것 아닌 그저 그런 그 남자가 나한테만은 세상에서 가장 귀한 사람이 될 수 있단 걸. 가장 능력있는 최고의 남자가 될 수 있단 걸. 그 남자한테만은 내가 못난이가 아닌 사랑스러운 여자가 될 수 있다구.”

“젠장.”

은혁은 나무젓가락을 냅다 집어 던지고 쓴 술을 삼켰다. 정말 가지가지 한다더니 사람 열 받게 하는 방법도 여러 가지인 여자다.

“눈만 마주치면 잘난 척하더니 너도 사랑에 목매는 별거 아닌 여자였구만. 소녀적인 동화 속에 빠져서 유치한 말이나 하고 있어, 재수없게.”

그가 나쁜 성질을 고스란히 드러내며 성질을 부렸다. 난희는 피식 웃다가 갑자기 고개를 푹 숙이는가 싶더니 노래를 부르기 시작했다. 그것도 큰 목소리로.

“아직 단 한 번의 후회도 느껴본 적은 없어♪ 다시 시간을 돌린대도 선택은 항상 너야~”

“조, 조용히 안 해?”

“친구들과 부모 모두 말을 해~ 너를 단념하라고~♪ 그렇지만 난 느껴. 왜 내게 꼭 너여야 하는지!”

부드럽고 온화한 발라드도 아니고 락 비슷한 음악을 무반주로 불러 젖히는 난희를 보며 은혁은 두손두발 다 들었다. 과연 이대로 버리고 갈 것인가.

“젠장, 왜 취하지도 않아!”

아무리 술을 입 안에 쏟아 부어도 취하지 않으니 은혁은 더욱 미칠 것 같아 투덜거렸다. 적어도 같이 취하면 덜 쪽팔리기나 하지.

　고래고래 소리를 지르며 노래하던 난희의 몸이 기우뚱했다. 은혁은 재빨리 테이블 너머로 팔을 뻗어 난희의 손목을 낚아챘다. 겨우 쓰러지지 않은 난희가 은혁을 올려다보더니 비시시 웃었다. 어라, 그래도 최소한의 인간성은 있는 놈이네? 그런 눈으로 쳐다보는 그녀의 손목을 은혁은 마치 무언가 뜨거운 것에 닿기라도 한 사람처럼 탁 놓아버렸다. 난희가 피식 웃더니 중얼거렸다.

　"선택은 항상 너야. 이봐요. 이 노래 가사 좋죠? 그러니까 나한테 이런 기회 빼앗지 말아요. 누가 뭐라고 해도 내가 확신을 가질 수 있는 그런 남자를 만나고 싶으니까 뺏지 말아요. 그쪽도 좋은 여자 만나서 정신 좀 차리고, 알았어요?"

　이제는 훈계까지 하고 있다. 민난희, 일명 못난이에게 또 당하고 말았다. 중산층 여식으로서 일류대 대학생, 자칭 정도를 지키며 살아가는 소위 지성인인 민난희가 이렇게 주사가 심하리라고는…… 예상하지 못했던 것이다. 바늘로 찔러도 피 한 방울 안 날 것 같은 이 얌체 같은 여자는 이미지 관리하느라 술도 못하는 척, 주사도 없는 척 내숭을 떠는 것 자체를 모르고 있나 보다.

　"우에우에우에, 하나 둘 셋 넷! 우리 사오정 흉내 내기 놀이 할래요? 역시 술은 게임하면서 마시는 게 최고라니까. 무슨 게임 할래요? 어이, 이봐요. 지 사장! 날라리 아저씨, 얼른 같이

해요."

취한 것도 같고, 아닌 것도 같은 모습으로 여전히 속을 박박 긁고 있는 난희를 보며 은혁은 그녀에게 드리워진 어떤 그림자를 읽고 있었다. 정말 암울하게도 그 그림자는 박사현 여사의 그것이었다. 도대체 왜! 주사나 부리고 있는 이런 헐렁한 계집애한테서 또 그 박사현 여사의 포스를 느낀 것일까.

"눈치 게임 할래요?"

"죽을래?"

"근데요, 나 물어볼 게 있는데요. 나 정말 그렇게 못생겼어요?"

은혁은 순간 주춤했다. 그의 눈동자가 잠시 방향을 찾지 못하더니 대뜸 소리쳤다.

"시끄러워, 얌전히 안 있을래?"

"피이, 대답해 주기 싫으면 말아요. 말아요. 말아요. 말아요."

난희의 몸이 왼편으로 점점 기울어지다가 그대로 픽 쓰러졌다.

"정말 가지가지 한다."

혀를 차던 은혁의 머릿속에 갑자기 섬광처럼 어떤 생각이 스쳐 지나간 것은 그때였다.

'그래, 그거야.'

그는 취한 난희를 바라보며 슬며시 야비한 미소를 머금었다. 도저히 통제할 수 없는 민난희, 저 여자의 약점을 잡을 기회가 이런 날 아니면 또 언제 오겠는가. 순간, 박사현 여사의 얼굴이 떠올랐지만 은혁은 피식 웃고 말았다.

'괜찮아, 어차피 난 악역이니까. 여사님이 아시다시피 난 야비한 인간이잖아요.'

천천히 승리의 미소를 짓던 은혁은 얼른 술값을 계산한 후 난희의 팔을 잡아 일으켜 세웠다. 하늘이 도우사 게임을 하자고 애걸하던 난희는 이제 완전히 취해서 축 늘어져 있다. 어쩌면 신의 계시인지도 모르겠다. 이렇게 그가 계획한 일의 기반이 딱딱 잡혀가고 있으니.

"못난이, 정신 좀 차려봐."

은혁은 자꾸만 미끄러지는 난희를 추켜올리며 다급하게 말했다. 그러나 말투와는 달리 그의 입술은 여유를 담은 비릿한 미소를 흘리고 있었다.

그래, 그래. 푹 자라.

"이렇게 잠들어 버리면 나더러 어쩌라는 거야?"

은혁은 피식피식 흘러나오는 웃음을 참으려고 신음까지 흘리며 난희를 곧추세웠다.

"너 정말 무겁다, 응? 여자는 깃털처럼 가벼워야 하는 것 아니냐?"

그래도 완전히 정신을 놓아버린 난희에게서는 아무런 대답이 없었다. 바락바락 대들어도 벌써 몇 번은 더 해야 했을 텐데 그녀는 아무래도 '스스로 통제 불능' 상태인 것 같았다. 은혁은 아예 난희를 들쳐 업고 서둘러 어딘가로 향했다. 그가 도착해서 들어선 곳은 호텔이었다.

카드로 계산을 하고 키를 받아 올라가는 두 사람을 손님들이 흘끗흘끗 쳐다보았다. 축 늘어진 난희와 그녀를 들쳐 메다시피 한 은혁, 고급 손님들이 오가는 이런 호텔에서는 보기 힘든 광경일 테고, 그건 그대로 별스러운 상상을 하기에 딱 좋은 조건일 터였다. 은혁은 그러거나 말거나 신경 쓰지 않고 룸으로 들어서자마자 난희를 침대 위에 팽개쳐 놓았다.

"우씨."

난희가 알아들을 수 없는 말을 중얼거리고는 마치 무언가를 먹듯 냠냠거리면서 시트 위를 뒹굴었다.

"이젠 되새김질까지 하네."

은혁은 식은땀을 닦아가며 숨을 골랐다. 조그마한 몸이었지만 마치 물 먹은 솜처럼 꽤 무거웠다. 구겨진 옷을 털어가며 은혁은 쯧쯧 혀를 찼다. 난희는 킹사이즈 침대 이쪽에서 저쪽을 뒹굴며 여전히 단잠에 빠져 있었다.

"좀 예쁘게 자면 어디가 덧나냐, 이 화상아."

은혁은 재킷을 벗어 소파에 걸쳐 놓고 천천히 침대에 앉았다. 이제 룸서비스로 술을 몇 잔 더 마시고 잠자면 끝이다. 그러나 그 이전에 할 일이 하나 남아 있었으니, 바로 바나나 껍질을 벗기듯 난희의 옷을 조심스럽게 벗기고 시침을 뚝 떼고 그 옆에

눕는 것이다. 아침이 오면 그녀는 속옷만 입고 잠들어 있는 자신을 발견할 것이다. 그리고 그 옆에 누워 있는 나체의 그도.

킥킥. 은혁은 생각만 해도 고소해서 웃음을 참을 수가 없었다. 그쯤 되면 민난희는 이제 지은혁의 밥이 되는 것이다. 조금 치사한 방법이긴 했지만 그만큼 난희의 틈을 잡기가 쉽지 않았다.

적어도 자신이 우위에 있어야 뭘 하더라도 쉽게 할 수 있고, 또 자신이 원하는 쪽으로 일을 진행시킬 것이 아닌가. 이건 말 한 마디만 섞어도 밀리기만 하니 지은혁 체면이 말이 아니었다. 상대가 민난희인만큼 확실하고도 자극적인 방법이 필요했다.

은혁은 느긋하게 룸서비스를 주문하고는 소파로 옮겨 앉았다. 난희는 여전히 냠냠거리며 잠에 빠져 있었다. 셔츠가 벌어져 하얀 목덜미가 드러났다. 그러고 보니 시트 위에 펼쳐진 머리카락도 보통 사람들보다 더 까맣다. 그런데도 무거워 보이기는커녕 가늘고 부드러운 느낌이었다. 가느다란 머리카락 한올 한올이 조명을 받아 반짝거렸다.

"내가 지금 무슨 생각을 하는 거야."

자신도 모르게 넋이 빠져 있던 은혁은 얼른 고개를 내젓고는 정신을 차리기 위해 자신의 뺨을 탁탁 쳤다. 피 끓는 청춘이, 호텔 방에서, 그것도 취해서 의식이 없는 여자를 눈앞에 두고 있으니 요상한 생각이 드는 것은 당연하지 않은가.

"그 상대가 아무리 못난이더라도 말이지."

그렇다. 이것은 남자라면 누구나 갖는 본능인 것이다. 그러나 자신은 그 본능을 대차게 외면할 것이다. 왜냐하면 상대는 그 얄미운 못난이니까.

그는 룸서비스로 들어온 고급 와인을 천천히 들이켰다. 그렇게 잡기 어렵던 사냥감을 뒷 안에 가두어놓고 보니 안 그래도 좋은 술맛이 그야말로 최상이었다. 달콤하게 녹아 넘어가는 와인의 맛을 음미하며 은혁은 사악한 미소를 지었다. 꽤 기분이 좋아진 상태에서 그는 와인글라스를 내려놓고 천천히 일어났다.

"야!"

바로 그 순간 터져 나온 난희의 갑작스러운 고함 소리에 은혁은 깜짝 놀라 멈춰 섰다. 난희가 벌떡 일어나 침대에 앉아 있었다. 간담이 서늘해진 그가 난희를 살펴보는 순간 그녀의 몸이 천천히 뒤로 넘어갔다. 그리고는 다시 알아들을 수 없는 옹알이를 하며 쿨쿨 잠에 빠져들었다.

"휴. 잠꼬대도 거 참."

십년감수한 은혁은 안도의 한숨을 내쉬며 침대 끄트머리에 살짝 걸터앉았다. 천천히 팔을 뻗어 난희의 어깨를 살짝 짚었다. 인식을 하지 못하고 있는 것 같다는 확신을 가진 은혁은 조심스럽게 어깨를 눌러 난희를 바로 눕게끔 했다. 보드라운 머리카락이 뺨을 스르륵 스치며 시트로 떨어져 내렸다.

"굼벵이도 구르는 재주가 있다고 머릿결 하나는 봐줄 만하네."

은혁은 툴툴거리고는 난희의 눈앞에서 손을 살랑살랑 흔들어 보았다. 아무런 반응이 없었다. 결심을 한 그는 천천히 셔츠 단추에 손을 가져갔다. 심혈을 기울여 첫 번째 단추를 끄르는데 식은땀이 등을 타고 쭉 흘러내렸다. 근데 왜 이렇게 손이 달달 떨리는 거냐? 여자 옷 벗긴 게 한두 번도 아니고. 이까짓 화상 같은 계집애 옷 따위야 그냥 확 벗기면 되는데…… 얘 왜 이렇게 목덜미가 하얀 거냐!

은혁은 자꾸만 딴생각이 나는 자신을 꾹 누르고 두 번째 단추에 달달 떨리는 손가락을 가져갔다. 두 번째 단추 열기도 다행히 성공했다. 이제 몇 개만 더 하면 된다고 생각하니.

"휴우."

저절로 한숨을 새어나왔다. 지금껏 여자 옷을 벗기는 데 이렇게 힘들인 적이 있었던가. 사실 여자들이 스스로 먼저 벗고 달려드는 일이 태반이었으니 그럴 일도 없었다. 은혁은 침을 꼴깍 삼키고는 드디어 모든 단추를 다 열었다. 셔츠를 천천히 옆으로 젖히니 얇은 면 티 한 장이 드러났다. 완전 통자 몸매인 줄 알았더니 의외다. 물론 대단한 글래머는 아니었지만, 누워 있어서 그런 건지 몸의 굴곡이 여실하게 드러났다. 하필이면 봉긋 솟아오른 가슴에 시선이 가는 바람에 은혁은 심장이 덜컥 내려앉았다.

'대체 왜 이 상황에 남자의 본능이 고개를 들고 난리냐.'

참으로 신기한 일이었다. 말이 봉긋이지, 주위에 있는 다른 여자들에 비하면 화물차가 밟고 지나간 듯 평평하기 그지없는 발육 부진의 가슴을 보고 심장이 반응하는 것은 뭐란 말인가. 사실 일부러 그 여자들하고 비교해서 그렇지 그렇게 떡판은 아니었다. 오히려 공기를 엎어놓은 듯 동그란 것이 소담스러우면서 예쁜 모양이었다. 아, 몰라!

아무래도 평소에 몸에 좋다고 이것저것 보양식을 챙겨 먹은 것이 화근인 듯했다. 그러니 이렇게 순 별것도 아닌 것에도 일일이 반응을 하는 게지.

은혁은 심호흡을 크게 하고서 난희의 눈앞에 대고 다시 손을 휘휘 저어보았다. 난희는 눈썹만 아주 가늘게 찔끔할 뿐 여전히 깊은 잠에 빠져 있었다. 확인사살을 한 은혁은 그제야 안심을 하고 천천히 하얀 티를 걷어 올렸다. 침대에 진동 장치라도 달아놓은 건지 티를 끌어 올리는 손이 또 달달 떨리고 있었다. 도대체 내가 언제부터 수전증이 있었던 거지?

침을 꼴깍 삼켰다. 서서히 하얀 살결이 드러나고 브래지어의 레이스가 드러나려는 찰나,

"이 원수, 날라리!"

난희가 눈을 번쩍 뜨고는 벌떡 일어났다. 덕분에 뒤로 벌렁 넘어간 은혁은 그대로 침대에서 굴러 떨어졌다. 심장이 쿵 내려앉으며 이제 죽었다는 생각에 침대 아래로라도 숨어버릴 생각을 하고 있는데 어쩐지 침대 위쪽이 조용하다. 살짝 고개를 들어 올려다보니, 비몽사몽간에 헤롱헤롱거리던 난희의 몸이 천

천히 뒤로 넘어갔다. 그리고 끝이었다.

은혁은 기가 막혀서 벌떡 일어났다.

"또 잠꼬대였냐?"

언제 소리를 질렀냐는 듯 쿨쿨 잠만 잘 자고 있다. 이러다가는 조마조마해서 심장이 펑 터질 것만 같았다. 에라, 모르겠다! 은혁은 눈을 딱 감고 침대로 기어올라 가 굳게 마음을 먹고 티를 확 걷어 올려 벗겨 버렸다. 이판사판이었다. 어차피 일을 도모한 것, 대차게 나가보자고 결심했다. 다행히 난희는 몇 번 뒤척이는 걸로 끝이었다. 어쨌거나 현재 난희의 상체를 가리고 있는 것은 앙증맞은 브래지어 하나가 전부였다.

"얘가 이렇게 작았나?"

티라도 가리고 있을 때는 솟아나온 부분 때문에라도 꽤 볼륨이 있어 보이더니, 막상 벗겨놓고 보니 참 마른 몸이었다. 워낙 꼿꼿하게 굴어 몸도 강철로 된 줄 알았더니 하얀 속살이 여리기도 했다. 은혁은 냅다 고개를 젓고는 다음 작업에 착수했다.

이제 관건은 바지를 벗기는 일이었다. 천천히 허리띠를 끄르고 버클을 여는데 또 가슴이 두근두근, 요상한 반응이 시작되었다. 잠시 멈췄던 수전증도 다시 발동되어 주책맞게 떨렸다. 도대체 왜 이런 미친 반응이 일고 있는가에 대한 고찰을 하며 지퍼를 열려 하는데 난희가 또 벌떡 일어났다. 그러나 양치기 소년에게 두 번이나 속은 마을 사람들은 더 이상 소년을 믿지 않는다.

"야, 잠꼬대도 좀 곱게 해. 몽유병 있냐? 더 안 속으니까 그대로 다시 자라고."

그러나…… 양치기의 세 번째 '늑대가 나타났다!'는 실제 상황이었다는 걸 간과하고 있었다. 투덜거리면서 지퍼를 내리고 있는 그의 뒤통수로 무언가 둔탁한 것이 내리꽂히는 동시에 귀를 찢을 듯한 비명이 터졌다.

"꺄아아아악!"

뒤통수뿐 아니라 어깨고 가슴이고 정신없이 발길에 걷어차여 이번에야말로 정통으로 두들겨 맞고 침대에서 나가떨어진 은혁은 신음을 삼키며 바닥을 뒹굴다가 벌떡 일어났다.

"이게 이제는 잠꼬대로 폭행까지 하……."

그러나 은혁의 말꼬리는 흐려졌다. 완전히 잠에서 깨어난 선명한 눈빛의 난희가 미친 듯 비명을 지르며 손에 잡히는 대로 물건을 집어 던지고 있었다. 날아오는 베개는 피했지만 침대 머리맡에 놓여 있는 장식품이 정통으로 은혁의 복부를 치고 떨어졌다.

"으억!"

은혁은 옆구리를 움켜쥐고 신음을 흘렸다.

순간 떠오른 생각은 '난리났다!' 제기랄, 다 되어가고 있었는데. 하필이면 그 순간에 깨어날 것은 뭐란 말인가.

"지, 진정해."

은혁은 두 손으로 허공을 눌러가며 할 수 있는 한 차분한 목소리로 그녀를 가라앉히려 했다. 그러나…….

"변태! 날라리! 아아악!"

"아직 아무 짓도 안 했어. 정말이야. 네가 보면 알잖아."

"짐승, 변태, 최악!"

미친 듯 소리치던 난희는 갑자기 무언가가 허전하다 싶어 천천히 자신을 내려다보았다.

"꺄아아아악!"

이윽고 발견된 자신의 상황에 그녀는 또다시 히스테릭하게 소리치며 집히는 대로 시트를 끌어 몸을 가렸다.

한참 자고 있는데 이상한 기분이 들어 눈을 떴더니 저 변태의 얼굴이 바로 보였다. 그것만으로도 놀라서 미친 듯 걷어차고 밀었는데, 알고 봤더니 저놈이 옷까지 벗겨놓은 것이다.

한편, 은혁은 난감함을 느끼며 목숨을 건지기 위해 몸을 숨길 만한 곳을 찾고 있었다.

"어, 어떻게 이럴 수 있어! 치사한 짐승! 너무해. 난 네가 이렇게까지 나쁜 사람이라고는……."

울먹이느라 말을 잇지 못하는 난희 앞에서 은혁은 참담한 기분으로 서 있었다.

"단지…… 조크였어. 장난을 좀 치려던 것뿐이라고."

"장난? 조크? 당신들은 이런 일로 장난쳐? 이런 플레이로 장난을 쳐?"

"무시하지 마. 내가 뭘 어떻게 한 것도 아니잖아!"

말도 안 통하고, 말이 통하기를 바랄 상황도 아니었지만 아무튼 이럴 때는 도리어 화를 내는 것이 최고일 것 같았다. 은혁이 살아남기 위해 소리친 순간 난희의 눈동자가 옅어지더니 갑자기 몸을 바들바들 떨기 시작했다.

"정말 뻔뻔한 사람이야. 믿을 수 없을 정도로 저질이야."

"뭘 착각하고 있나 본데 나 눈 높아. 짜증나니까 일단 오해는 자제하고……."

"정말 끝까지 그럴 거야? 대체 인간성, 인간성이 어떻게 그래!"

소리친 난희는 그대로 벌떡 일어났다. 눈물을 주르르 흘리며 시트를 꼭 부여 쥔 채 침대에서 내려오려는 난희를 은혁이 저지했다.

"어디 가게?"

"집에 가야지, 어딜 가!"

빽 소리치는 바람에 난희는 숙취로 너무 아픈 머리가 울리기까지 해서 또 울고 말았다. 술이 완전히 깬 것도 아닌데 충격까지 더해져서 살고 싶지 않을 지경이었다.

"비참하니까 저리 비켜. 욕실 가서 옷 입고 갈 테니까."

"가는 건 좋은데 나 아무 짓도 안 했어. 알지?"

"알아, 그쪽이 정신 나간 변태라는 것."

"정말 아니라니까 그러네!"

“비키란 말이야! 더 이상 비참하게 하지 말라구!”

난희는 넋이 나간 사람처럼 소리치고는 은혁의 가슴팍을 밀었다. 그리고 침대를 내려온다는 게 하필이면 발을 헛디뎌 감싸고 있던 시트 자락을 밟고 휘청 넘어졌다.

“꺄아악!”

“야, 야. 왜, 왜 이래!”

시트를 밟은 난희가 휘청거리며 쓰러지려는 찰나 은혁은 화들짝 놀라 옆으로 비키려 했다. 그러나 추락 위기의 난희는 잡히는 대로 앞에 있는 은혁을 붙들 수밖에 없었고 결국 바닥이 울리는 둔탁한 소리와 함께 두 사람의 몸이 겹치며 쓰러졌다.

쿵! 그리고 정적…….

난희와 은혁은 갑자기 닥친 사태에 어느 누구도 움직이지 못했다. 함께 쓰러지는 순간 은혁의 등이 바닥에 튕겨 올랐고, 그 위를 덮친 난희의 입술이 은혁의 입술에 돌진했다. 말캉한 입술이 부딪쳐 오자 은혁의 사고회로가 일순간 끊어졌다. 난희도 이 믿을 수 없는 상황에 넋을 잃고 말았다.

그렇게 몇 초 동안 두 사람의 입술이 닿았다가 떨어졌다. 난희의 눈이 깜빡, 은혁의 눈이 껌뻑. 받아들일 수 없지만 받아들이지 않을 수도 없는 현실에 두 사람 다 넋을 잃은 것도 잠시, 정적은 난희의 비명으로 깨어졌다.

“꺄아아악!”

철썩!

비명과 동시에 무섭게 은혁의 뺨을 후려친 난희는 벌떡 일어나 그의 가슴팍을 꾹 밟고서 후다닥 뛰어나갔다. 옷을 입을 새도, 생각할 겨를도 없었다. 오로지 지금 자신의 처지가 얼마나 위태로운 납치 상태인지, 그것만 인식이 되어 미친 듯이 내달릴 뿐이었다.

우악스럽게 밟힌 은혁은 신음을 삼키다가 난희가 뛰쳐나갔음을 인지하곤 몸을 일으켜 그녀를 따라 달렸다. 그러나 이미 난희는 시트를 감은 채 복도를 내달리고 있었다.

"야! 거기 서!"

은혁이 있는 힘을 다해 소리치며 달렸지만 난희도 젖 먹던 힘까지 다해 뛰고 있었다. 난희는 지금 이 순간이 꿈이었으면 좋겠다는 생각만 들었다. 지금 자신의 뒤를 쫓아오고 있는 짐승 같은 남자가 무서워 죽을 지경이었다. 복도는 소란스러운 소리로 가득 찼다.

"야, 못난이! 제발 서라니까!"

"따라오지 말란 말이야!"

"그러니까 옷이라도 입고 나가라고!"

"꺄아아악! 사람 살려요!"

은혁은 기는 기대로 막히고 심장은 심장대로 쿵 떨어져 내렸다. 완전히 치한 취급이다. 꼼짝없이 성폭행범으로 몰리게 생겼다.

"제길, 당했어. 또 된통 당했어."

은혁은 자신이 파놓은 함정에 자신이 걸렸다는 사실을 통감했지만 어쨌거나 난희를 저지하기 위해 죽을힘을 다해 달렸다. 그러나 난희는 벌써 비상계단을 통해 아래층으로 내달음질 친 후였다.

"정말 미치겠네. 서라니까! 제발 좀!"

"사람 살려요!"

발이 얼마나 빠른지 그녀는 거의 날듯이 아래로 뛰어내려 가 이제는 일층 홀에 접어들었다.

"미쳤어. 저 꼴로 어딜 나가는 거야?"

눈앞이 깜깜해지면서 은혁의 머릿속으로 박사현 여사의 얼굴이 저승사자처럼 압박해 왔다. 정말 울고 싶은 사람은 자신이었다.

"제발 좀 서주라! 무슨 일이든 시키는 대로 할 테니까!"

그러나 난희는 창피한 것도 잊었는지 시트를 동동 감은 몸으로 홀을 가로질러 무조건 출입구로 내달렸다. 사람들의 시선이 일제히 집중되었다.

"살려주세요!"

난희는 되는 대로 소리치며 회전문을 지나 밖으로 달려나갔다. 거리는 많은 사람이 지나다니고 있었다. 그녀는 다리가 후들후들 떨려 당장이라도 기절할 지경이었다. 눈물이 줄줄 흘러내리고 이대로 끝이라는 생각이 들어 절망적인 심정으로 꺼이꺼이 울고 있는데.

“난희 언니?”

귀에 익은 소리가 들리며 누군가가 앞에서 달려와 난희를 멈춰 세웠다. 난희는 사고회로가 끊긴 상태에서 고개를 들어 눈앞에 있는 사람을 쳐다보았다. 눈에 익은 실루엣……. 사, 상희? 상희니?

“상희야! 어흑, 상희야!”

“언니, 도대체 이게 무슨 꼴이야!”

상희도 보통 놀란 게 아니라 난희의 위아래를 살펴가며 눈을 무섭게 치켜떴다.

“어흑, 사, 상희야. 내, 내가 있잖아. 흑흑. 내가…….”

“그래, 말을 해봐. 도대체 이게 무슨 꼴이야? 혹시 저 호텔에서 나온 거야? 그래?”

“그러니까 내가, 어흑.”

난희는 눈물콧물 흘리느라고 말을 잇지 못했다. 그나마 대찬 동생이 눈앞에 있다는 것만으로 마음이 놓였다. 이렇게 비참할 수가 없었다.

“도대체 어떤 새끼야! 어떤 새끼가 언니를 꼬셔서 이런 곳을! 뭐야! 저 남자야?”

상희의 말이 떨어지는 순간 난희는 헐레벌떡 상희의 뒤로 숨었다. 하나둘씩 인파가 몰리고 있었다. 영화 촬영이라도 하는 줄 알았는지 호기심 어린 시선들이 난희와 상희, 아니, 시트를 두르고 있는 난희를 훑었다.

“걱정 말고 내 뒤에 꼭 숨어 있어.”

상희가 침착하게 말하고는 난희의 어깨를 다독였다. 난희는 눈물을 글썽거리며 상희의 허리를 꼭 안았다. 상희가 서늘한 눈매를 매섭게 치켜뜨고는 헐레벌떡 뛰어오고 있는 은혁을 노려보았다.

“이봐요, 당신!”

“야, 너 그렇게 나가 버리면 어떻게…….”

은혁이 말끝을 천천히 흐리더니 난희를 가로막고 있는 상희에게 시선을 고정했다.

“넌 또 뭐냐?”

뭐야, 저 남자는 바로…….

멀리서 봤을 때는 몰랐는데 가까이에서 보니 무척 눈에 익은 얼굴이었다. 이 미남은…….

‘바로 사진 속의 바람둥이 아니야? 그런데 이 남자가 왜? 뭐야, 그러니까 이 바람둥이가 결국 언니를 꿀꺽하려 했다는 뜻이야?

상희는 너무나 기가 막혀서 은혁을 잡아먹을 듯 무섭게 쏘아보았다. 그녀가 팔짱을 척 끼고는 천천히 입을 열었다.

“정말 그렇게 안 봤는데 형부 참 치사한 사람이군요.”

그녀의 말에 난희와 은혁 두 사람 다 놀라 버렸다. 그러나 난희는 지금 그 무엇을 따질 여력이 없었다. 어느 곳 하나 안 아픈 곳이 없었다.

“지, 지금, 너 나를 뭐라고 불렀냐? 혀, 형부?”

“그래요, 형부. 우리 언니랑 결혼 이야기 오가는 사람 맞잖아요!”

“어, 언니?”

“난희 언니 동생 상희예요. 보다시피 천 년에 한 번 날까 말까 한 미인이고 쭉쭉빵빵한 몸매에, 아니지, 지금 이런 말을 할 때가 아니지. 어쨌거나 어떻게 우리 언니한테 이럴 수 있어요?”

그러니까 저 못난이한테 여동생이 있었다는 말이야? 근데 자매가 왜 저렇게 달라?

은혁이 그렇게 생각하는 것도 무리는 아니었다. 시트를 둥둥 감은 번데기 차림의 난희는 사실 눈에 확 들어오는 외모는 아니었다. 단정하고 똑똑해 보이는 인상일 뿐이지만 동생이라는 상희의 얼굴은 객관적으로 봐도 예쁘다고 인정할 만한 미인이었다. 게다가 화장도 마음에 들 만큼 세련되게 하고, 옷도 매우 흡족한 스타일로 입고 있었다. 매우 흡족하게 스커트 길이가 짧았다.

“네가 못, 흠, 난희 동생이라고?”

“그래요. 어떻게 우리 언니한테 이런 짓을 할 수 있어요? 어떻게 유혹한 건지는 모르겠지만 사람 한참 잘못 봤어요. 우리 언니는 이런 취급 받을 여자 아니에요. 이런 데 데리고 다닐 여자가 아니라고요. 형부, 도대체 어떻게 그런 생각을 할 수 있죠?

우리 언니가 얼마나 기분 나빴겠어요?”

“내 참, 다 좋은데 그 형부 소리 좀 어떻게 할 수 없냐?”

“저 역시 이젠 형부라고 부르고 싶지도 않네요. 이렇게 치사하고 못된 사람을 어떻게 형부라 불러요? 우리 언니를 대체 어떻게 본 거예요? 우리 언니가 그렇게 쉽게 보였어요? 정말 사람 볼 줄 모르네요. 내 참, 이해가 안 되네. 사람을 무시해도 유분수지, 어떻게 이럴 수가 있어? 세상 사람들 다 무시해도 우리 언니한테 이러는 것만은 절대 못 참아! 내가 못 참는다구요! 대체 무슨 권리로 우리 언니의 자긍심을 헤치는 짓을 할 수가 있냐고요!”

은혁은 머리가 지끈지끈 아파왔다. 다다다 거리는 인종은 난희 하나뿐인 줄 알았는데, 거기에 상희까지 가세하고 보니 민씨 집안 자매들이 죄다 두려워졌다.

“무언가 오해가 있나 본데 난 결코 네 언니를…….”

“술 먹여서 이리로 데리고 왔어. 일어나 보니 흑흑, 옷을 벗기고 있었어.”

난희가 흐느끼며 부연 설명을 하자 은혁은 쩡 얼어버렸고 상희는 더욱 눈을 치켜떴다.

“언니의 이런 모습을 보고도 오해란 말이 나와요? 치사한 남자들. 정말 짜증나.”

“어이, 너 몇 살이나 먹었어? 어디 어른한테 함부로 그런 말투야?”

"당신이 먼저 우리 언니 무시했잖아. 뭐 정말 저런 치사하고 자기 잘못 모르는 사람이 다 있다지? 당신 같은 사람한테는 주먹도 아까워. 아, 짜증나. 언니, 얼른 가자."

마지막까지 제 할 말을 다 퍼부은 상희가 난희의 어깨를 끌어안더니 팩 돌아섰다. 은혁은 수군거리는 군중의 시선을 받으며 화가 머리끝까지 올라 상희의 어깨를 홱 돌려 세웠다. 순간, 상희가 소리를 빽 지르며 외치기 시작했다.

"도와주세요! 제발 도와주세요!"

"야, 너 조용히 안 할래?"

"이 남자가 착한 우리 언니를 겁탈하려 했어요!"

"야!"

"이보쇼. 가만히 지켜보니까 너무하는 거 아니요? 아무리 결혼할 사이라도 이런 식으로 하면 안 되는 거 아닙니까?"

시민 중 누군가가 나서더니 은혁의 어깨를 툭 치며 상희를 떼어냈다. 상희는 그 틈을 타 가짜로 흘린 눈물을 쏙 말아 넣고는 재빨리 대로로 향했다.

"역시 연기 연습을 하길 잘했어."

그녀는 빠르게 택시를 붙잡고는 난희를 태우고 자신도 올라 탔다. 출발하기 직전 힐끗 은혁이 있는 곳을 보니 그는 용감하고 정의로운 시민들에 둘러싸여 쩔쩔매고 있었다. 그런데 그 남자, 그 와중에서도 사람들의 어깨 너머로 요렇게 외치는 것이다.

“야, 사실대로 말해주고 가! 못난이! 야!”

“이 사람 정말 안 되겠네. 힘없는 여자를 덮치려는 것도 모자라 슬쩍 빠지려 들어?”

“비켜. 넌 뭐야? 누군데 감히 나서?”

“이 사람 정말 안 되겠구만.”

그리고 펀치 소리가 들렸는데 누가 누구를 때린 건지까지는 알 수 없었다. 상희는 유유히 택시를 출발시켜 집으로 향했다. 난희는 숨을 돌리긴 했지만 여전히 훌쩍이고 있었고 상희는 간간이 은혁의 욕을 했다.

택시가 집 앞에 도착하자마자 상희는 집으로 당장 뛰어들어 가려 했다. 순간, 난희가 상희의 어깨를 낚아챘다.

“왜?”

“상희야, 들어가면 아무 소리 말고 내 옷이나 좀 가져다줘.”

“무슨 소리야? 엄마 아빠한테 일러서 매운 맛을 보여줘야지. 안 그래도 그럴 생각으로 마구 뛰어들어 가고 있구먼.”

“됐으니까 옷이나 좀 가져다줘.”

“언닌 뭐가 그러냐? 분하지도 않아? 언니는 지금 호텔에 끌려갔다가 도망쳐 나온 사람이야. 잊었어? 내가 그 말을 아빠한테 안 할 것 같아?”

“그러면 엄마 아버지께서 걱정하실 건 생각 안 하니? 상희야, 부탁이니까 이번 한 번만 언니 말 들어. 옷 좀 가져다줘.”

“언니.”

“언니를 바보로 만들고 싶니?”

난희의 엄한 표정에 결국 상희는 어깨를 축 늘어뜨렸다. 그녀가 터덜터덜 대문으로 다가가더니 문을 열기 전에 고개를 돌려 난희를 물끄러미 쳐다보았다.

“좋아, 이번 한 번만 도와줄게. 그렇지만 나도 모르게 튀어나가는 말까지는 책임 못 진다.”

“그 정도 입단속도 못하면서 말 많은 연예계에 들어가겠다는 거니?”

정곡이 찔린 상희가 입술을 삐죽 내밀었다.

“알았어.”

상희는 투덜거리며 대문을 밀고 안으로 들어갔다. 그리고 문이 닫히자마자 중얼거렸다.

“하긴 이번 일에는 내 책임도 있어. 그 사진을 받았을 때 진즉 언니한테 말해줬더라면 언니가 이런 일을 당하지 않았을 텐데. 지금이라도 줘야 하나. 그렇지만…….”

지금 사진을 내놓자니 언니, 엄마, 아버지 모두에게 엄청난 분노를 살 것 같아 용기가 나지 않았다. 결국 상희는 또 한 번 사진 건은 덮어두기로 결정하고 몰래몰래 방으로 올라가 옷을 챙겨 밖으로 나왔다. 난희는 대충 옷을 끼어 입는 와중에도 단 한 마디도 없었다.

‘난 저럴 때의 언니가 제일 무섭더라.’

역시 난희는 차라리 매섭게 쏘아붙일 때가 낫지, 저렇게 아무

말 없이 냉정한 표정으로 평정을 유지하고 있을 때가 더 무서운
사람이었다. 자라오면서 그럴 때의 난희가 얼마나 차가워지는
지 상희는 너무나 잘 알고 있었다.

제6장 화난 건 어떻게
풀어주면 되는데요

태원그룹의 본가는 기함할 소식으로 아침부터 지붕까지 들썩거렸다. 경찰서에 잡혀 있던 은혁은 지 회장의 입김으로 겨우 풀려났지만 집으로 돌아오니 경찰보다 더 무서운 박 여사가 기다리고 있었다.

난희 자매의 편을 들던 젊고 의협심 투철한 시민과 은혁의 말싸움은 몸싸움으로까지 번졌다. 그 와중에 은혁은 무고한 시민의 이를 두 개나 부러뜨려 버렸다. 은혁은 옷이 흙투성이가 되어 있기는 했지만 한 군데도 다친 곳 없이 말짱했다. 측은지심이 동했던 엄한 사람만 다친 것이다.

"기가 막혀서 말이 안 나오는구나. 치고받고 싸운 것은 네 깜냥이니 이미 포기했다고 쳐도 어찌 난희 양에게 그런 짓을 저지를 수가 있니!"

이가 두 개나 부러진 시민이 사건의 초반부터 끝까지 자세히 진술하는 바람에 은혁은 난희의 일을 말하지 않을 수 없었다. 박 여사의 분노는 머리끝까지 올라와 있었다. 경찰서에서 금방 구출되어 온 은혁은 헝클어진 모습으로 소파에 앉아서 성의없이 투덜거렸다.

"글쎄, 왜 아들 말을 못 믿으세요? 생각하시는 그런 이유가 아니었다니까요."

"이 녀석이 그래도!"

"아닌데 자꾸 맞다고만 하니까 화가 안 나요?"

"그럼, 힘없고 가여운 아가씨를 호텔까지는 왜 데리고 갔니! 내가 너를 모르니? 그 버릇을 아직도 못 고치고 기어코 난희 양한테까지 저지른 게 아니고 뭐냐는 말이다."

"사람을 뭐로 보고 이러세요? 호텔에 간 건 사실이지만 걔가 완전히 취했었다니까요."

"그럼 곱게 집에 데려다 줬어야지. 대체 소문이라도 나면 그 뒷감당을 어떻게 하려고 그런 짓을 함부로 저질러!"

"애가 완전히 취해서 정신이 없는데 집에 데리고 갔다가 몰매 맞을 일 있어요? 보니 그 동생도 장난 아니더만."

"그래도 뭘 잘했다고!"

"잘한 것은 없지만 잘못한 것도 없습니다. 기집애가 주사를 얼마나 부리는지.”

은혁은 건들거리며 귀를 후비적거렸다. 박 여사는 기가 찰 노릇이었다. 대체 이 녀석을 어찌해야 사람을 만들꼬. 그나마 적임자를 발견해 떠넘기려고 했더니 결국 사단을 낸 것이다. 아무리 민 과장이라도 이런 일까지 저지른 은혁에게 딸을 내어줄 것인가.

“제 복을 제가 차는 게지. 쯧쯧.”

“그러게요. 그런 기집애는 첨 봤어요.”

“너 말이다, 너!”

박 여사는 분을 참지 못하고 은혁의 귀를 잡고 사정없이 흔들었다.

“아악! 왜 이래요!”

“정신 좀 차려라, 이 녀석아. 대체 왜 이러니.”

“뭐라고 명예훼손을 해도 전 떳떳해요. 세상 사람들이 생각하는 그런 종류가 아니었다고요. 제가 약 먹었나요, 그런 못난이를 덮치게?”

“이 녀석이 그래도 어미 앞에서 그런 말버릇을! 내가 이리되라고 미역국 먹은 것이 아니건만.”

“피곤해요. 잘 테니까 깨우지 마세요.”

은혁은 머리카락을 쓸어 넘기며 자리에서 일어났다. 아닌 게 아니라 밤새도록 경찰서에서 실랑이를 벌여서 그런지 온몸이 노곤했다.

“그러고도 잠이 온단 말이냐. 지금 난희 양 집에서 무슨 사단이 날지도 모르는 와중에!”

“기껏해야 변태 사위를 맞을 수는 없으니 이 약혼은 없었던 일로 하자! 정도 아니겠어요? 약혼 파기되면 더 좋고.”

“은혁아.”

갑자기 자애로운 어머니의 말투로 자신을 부르는 박 여사를 은혁이 힐끗 쳐다보았다. 생각해 보니 박 여사가 자신을 이렇게 진지하게 부른 일도 없는 것 같았다. 하긴 얼굴을 보는 것도 쉽지 않았으니.

“왜요.”

“정말 난희 양은 영 아니니?”

“왜요? 이제라도 물러주시게요?”

“정 아니라고 하면 어쩌겠니. 여기에서 끝낼 밖에. 난희 양 쪽에서도 이번 일을 알게 되면 마음이 어떻겠느냐. 무슨 사연이 있었는지는 모르지만 결과적으로 볼 때 내 마음도 떳떳치 못하고 네 입장도 곤란하겠지. 난희 양은 더욱 화가 나 있을 테고. 무조건 밀어붙이는 것만이 능사는 아니지.”

박 여사의 얼굴에 회한의 빛이 돌았다. 은혁은 강제성을 쏙 뺀 박 여사의 말투에 이상하게 가슴이 씁쓸했다. 천덕꾸러기 막내아들로 늘 박 여사의 눈 밖에 났었다. 말썽이나 일으키는 철부지 망나니 아들로 이미 낙인이 찍혔으니, 은혁은 무슨 일이든 간에 반강제로나 혹은 멋대로 행동할 수밖에 없었다.

그는 달달해지는 감정이 익숙지 않아 일부러 피식 웃었다.

"박 여사님, 왜 그래요? 박 여사님도 세월 앞에서는 어쩔 수 없는 건가?"

"그렇게 무조건 뒤둥그러지지 말고 대답해 봐라. 나는 난희 양이 마음에 들지만 너에게는 이렇게 일을 망쳐 버릴 정도로 아닌 거니?"

은혁은 이상하게도 쉽게 대답할 수가 없었다. 지금까지의 모든 일들이 바로 저 말을 듣기 위해 오기를 부린 것이 아니었던가? 그런데 왜 지금 선뜻 대답을 할 수 없는 건지.

"아, 몰라요."

괜히 신경질이 나서 톡 쏘아버렸다.

"말을 해야 알지 않니. 네가 말하면 내 쪽에서 어떻게든 해결해 보겠다."

"마음대로 해요. 짜증나는 계집애 따위 안 보면 대 환영이니까."

박 여사가 낮은 한숨을 흘렸다. 혹시나 하고 물어보았지만 역시 아들과 난희는 인연이 아닌 모양이었다. 하긴 처음부터 강제로 만든 인연이었으니 쉽게 합치되기를 바란 것도 모자란 바람이다.

"그래, 알았다."

박 여사의 힘없는 대답이 흘러나오자 은혁은 성큼성큼 걸어 이층으로 올라가는 계단을 디뎠다. 어쩔 수 없이 이 상황을 포기한 박 여사는 가꾸고 있던 난을 다시 들여다보았다.

"화난 건, 어떻게 풀어주면 되는데요?"

천천히 난을 닦던 박 여사의 손이 멈칫했다.

"뭐?"

"화났을 거 아니에요. 울고불고 난리였는데 그거 어떻게 풀어주냐고요."

난간을 발로 툭툭 치며 심통맞게 말하는 은혁을 박 여사는 뚫어지게 쳐다보았다. 순간 그녀의 머릿속에 반짝 하고 떠오른 생각이 있었으니, 혹시 이 녀석…… 미운 정이라도 든 건가? 그렇다면 내가 또 나서 줘야지.

박 여사는 곧바로 표정을 관리하고 싸늘하게 입을 열었다.

"그런 일까지 당했는데 마음을 열기가 쉽겠느냐. 되었다. 이 어미가 오늘이라도 만나 사과할 테니 그렇게 알아. 네가 하든 내가 하든 누구든 끝내면 되는 게니."

은혁의 눈썹이 움찔했다. 그거야말로 박 여사 식 대답이고 누가 들어도 당연한 말인데 왜 이렇게 신경질이 나는 거지? 그가 난간을 퍽 걷어차더니 좀 더 크게 말했다.

"내 일에 왜 엄마가 나서요? 그리고 걔가 무슨 일을 어떻게 당했다고 마음을 안 열어요? 정말 털끝 하나 안 건드렸……."

다니까요, 라고는 말하지 못하겠다. 옷도 벗겼고, 생각해 보니 불시였지만 입술도 닿았다. 물론 정황상으로는 난희의 입술이 자신의 입술을 덮친 것이었지만 그렇게 볼 수만도 없으니.

“됐으니까 어떻게 해야 하는 건지나 말해줘요.”

“그만두래도 그러는구나. 괜히 나서서 일이나 더 틀지 말고 가만히 있어라. 어차피 이제 일 마무리 지으면 안 볼 사람들 아니니.”

어차피 안 볼 사람들 아니니.

왜인지는 모르겠지만 그 말에 은혁의 속이 부글부글 끓어올랐다. 젠장. 그래, 안 보면 딱 좋겠다고. 안 보고 싶다고. 마지막으로, 딱 한 번만 더 보고 말입니다!

그러나 박 여사 성격상 한 번 아니라고 생각한 일은 뒤도 돌아보지 않는다는 것을 은혁도 잘 알고 있었다. 잘 알고 있음에도 은혁은 바로 지금 어머니의 그 성격이 걸림돌처럼 여겨질 날이 오리라고는 생각지 못했었다.

답답한 마음에 나름대로 자존심을 죽이고 물었는데 박 여사가 자꾸만 딴소리를 하는 것이다. 아, 그게 아니래도요!

“안 보든 말든 그 계집애 한 품으면 오뉴월에 서리 내릴 성격이니까 이러는 거 아니에요. 저주 받으면서 살기 싫으니까 어서 해결책이나 알려줘요. 늙었어도 엄마도 여자는 여자니까 알 거 아니에요.”

박 여사는 이마에 선 핏대를 천천히 내리눌렀다. 내 자식이라도 어찌 저리도 불량품일꼬. 어미에게 하는 말투 하고는.

“사과해라.”

“네에?”

“사과밖에 더 있니? 네 말대로 늙어도 여자이기는 한 어미가 여자의 심리를 말하관데 진심을 담은 사과만큼 여자를 움직일 수 있는 것은 없다.”

“사, 사과를 어떻게 해요? 차라리 뭘 사준다든지…….”

“그까짓 물건으로 무마하려고 했느냐? 물건 따위로 마음이 움직일 아이라면 이 어미가 싫다.”

“쳇, 엄마는 그 계집애가 무슨 행동을 해도 좋은 사람이 아니었습니까?”

“그리고 말투부터 바꿔라. 계집애니, 못난이니 그런 말부터 쓰지 말고.”

“그럼 못난이 계집애를 뭐로 불러요?”

“난희, 예쁜 이름이 있지 않니. 난초 난에 계집 희. 난초의 향과 기품이 느껴지는 여인이라는 뜻이 아니니. 얼마나 예쁜 이름이니.”

은혁은 솟아오르는 닭살을 벅벅 문질렀다. 차라리 ‘난리칠 난’에 ‘희한할 희’라면 이해가 가겠다.

“사과해라. 단, 진심을 담아서 해. 꾸밀 것도 없다. 네 마음이 시키는 그대로만 말해봐라. 다른 생각 다 무시하고 그 아이의 마음이 풀리기를 바란다면 그대로만 해.”

“됐어요. 별로 그렇게 간절하지도 않아요.”

은혁은 말을 툭 던지고 쾅쾅 소리를 내며 이층으로 올라갔다. 아들이 내던진 말이 부정적인 말이었음에도 이상하게 박 여사의 눈가에는 온기가 돌고 있었다.

"필요한 말은 다 듣고 올라갔으니 결정은 제 녀석이 하겠지. 죽을 쑬 것인지, 찰진 밥을 만들 것인지는 너 하기에 달렸다."

박 여사는 돋보기를 쓰고는 다시 정성스런 손길로 난을 손질했다.

"과연 전화위복(轉禍爲福)이 될 것이냐."

*

벌써 한 시간째 멋진 스포츠카가 난희의 집 앞에 서 있었다. 움직이지 않는 차 안에는 은혁이 붉으락푸르락 얼굴을 붉히며 앉아 있었다. 그는 이번으로 열 번째 통화 시도를 하는 것이다. 난희의 휴대폰 번호를 누르고 기다렸지만 이제는 받지조차 않았다. 결국 하릴없이 전화 받기를 기다리던 은혁은 세차게 종료 버튼을 누르고는 이번에는 난희의 집 번호를 눌렀다.

[여보세요.]

난희의 어머니 목소리였다. 은혁은 자신이 왜 이렇게까지 해야 하는지 투덜거리며 입을 열었다.

"지은혁입니다."

[어머, 네.]

"지금 집 앞인데 난희 좀 나오라고 전해주시겠습니까."

[저, 그런데…….]

“도무지 전화를 안 받는군요. 그렇게 좀 전해주십시오.”

대답도 기다리지 않고 은혁은 전화를 툭 끊었다. 무슨 사연인지는 모르겠지만 난희의 부모님은 그날 일을 전혀 모르고 있다는 박 여사의 말이었다. 아마도 그 속 깊은 아가씨가 네 허물을 덮어준 것이로구나, 그렇게 덧붙이는 것도 잊지 않았다.

제길, 박 여사 말처럼 정말 난희가 아무 말도 하지 않은 것일까. 그녀는 그렇다 치고 그때 동생도 있었는데 둘 다 아무 말도 하지 않았다니…… 모를 일이었다.

반쯤 포기하고 몇 분 더 기다려 볼 요량으로 앉아 있는데 놀랍게도 대문이 열렸다. 난희가 터덜거리며 나오는 순간 왜 그렇게 짙은 안도감이 드는 건지.

난희는 시큰둥한 얼굴로 나타나서는 더욱 시큰둥한 얼굴로 은혁을 빤히 쳐다보았다.

“일단 타라.”

은혁이 조수석 차 문을 가리켰지만 난희는 고개를 팩 돌린 채 들은 체도 하지 않았다.

“안 타면 내가 내려서 강제로 태운다.”

협박해도 난희는 벙어리라도 된 듯 입도 뻥끗 하지 않았다.

“답답하게 왜 이래? 화난 거 다 알고, 나 보기 싫은 것도 다 아니까 일단 좀 타.”

은혁은 초인적인 힘을 발휘해 성질을 누르면서 말했다. 다행히 난희는 차를 삥 돌아 문을 거칠게 열더니 쏙 올라타서는 또 입을 꾹 다물고 있었다. 은혁은 담배를 꺼내 물고 천천히 할 말을 정리했다.

"젠장."

그런데 욕부터 나오니 오늘도 제대로 말하기는 그른 것 같았다. 욕을 했는데도 난희는 여전히 묵묵부답이었다. 발끈하던 반응도 없었다. 차라리 전처럼 바락바락 대들면 속은 편하겠다.

담배 한 대를 다 피울 때까지 두 사람 사이의 정적은 가시지 않았다. 은혁이 담배를 비벼 끄고는 한숨을 흘렸다.

"말하기 싫겠지. 내 의도는 그게 아니었지만 오해를 할 만한 상황이었으니까."

난희는 팔짱을 낀 채 창밖만 주구장창 바라보았다. 볼에 심술이 한가득 들어 있는 걸 보니 보통 화가 난 게 아닌 모양이다. 그러니까 너답게 덤비래도?

"너도 좀 생각해 봐. 누가 취하래? 세상 남자 다 붙들고 물어봐라. 열이면 열, 남자는 자기 앞에서 취한 여자는 당연히……."

순간 난희가 홱 노려보는 바람에 은혁은 말꼬리를 흐릴 수밖에 없었다. 눈매가 하도 매서워 간담이 서늘할 지경이다. 그럼에도 그녀는 여전히 입을 열지 않았다.

"어쨌거나, 부모님한테 아무 말도 안 했다니, 그건 고맙다."

여전히 묵묵부답.

"부모님 선으로 일이 넘어가면 괜히 귀찮을 수도 있으니까. 난 귀찮은 건 딱 질색이거든."

난희는 속으로 코웃음을 쳤다.

‘쳇, 누가 자기 때문에 말 안 한 줄 아나? 우리 부모님 걱정하실까 봐 그런 거지. 하여간 정말 웃기는 남자야.’

“박 여사도 그 일에 대해 고맙다는 말을 전해달라고 했다.”

하지만 난희는 여전히 입을 열지 않았다. 기다 아니다 수긍조차 없어 답답했지만 억지로 입을 열게 할 수도 없는 노릇이니.

“그리고……”

은혁은 수없이 망설이며 이 자리에 임하고 있었다. 내가 정말 얘한테 사과까지 할 필요가 있을까? 그냥 박 여사 말대로 여기서 끝내 버리는 게…….

“그날 일은 미안했다.”

생각이 채 정리되지 않았는데 말이 나가 버렸다. 은혁은 쏟아내듯 해버린 말에 스스로 놀라서 잠시 공황 상태에 빠졌다. 그러나 난희는 표정 하나 변하지 않고 목석처럼 앉아 있었다. 담뱃갑을 뒤집었다 바로 놓았다 의미없는 행동을 하던 은혁이 말을 이었다.

“어떻게 생각할지 모르지만 결코 네가 생각하는 그런 이유는 아니었어. 갑자기 네가 깨버리는 바람에 상황이 이상하게 변질된 거지.”

입을 꾹 다물고 있던 난희가 말도 다 안 끝났는데 별안간 차 문을 열려고 했다. 쟤 정말 왜 저러니!

난희는 실망, 대실망이었다. 어차피 ‘들어봤자’ 인 말이 아닌

가. 끝까지 죽어도 자신의 잘못이 아니라고 우기려는 거겠지. 갈수록 얄미워서 문을 벌컥 열려는데 은혁의 다급한 목소리가 튀어나왔다.

"그래, 솔직하게 말할게. 그런 상황을 만들어서 널 조종하려 했었어."

대뜸 말한 은혁의 말에 난희가 천천히 손잡이를 놓았다. 이쯤 되니 놀란 사람은 은혁이 아니라 오히려 난희였다. 이 남자가 어쩌자고 이렇게 순순히 나오는 거지?

한편 은혁은 스스로도 이해 못할 심정으로 패닉 상태에 빠져 있었다. 내가 왜 이러는 거냐. 도대체 지은혁이 뭐가 아쉬워서 제 잘못을 술술 불고 있는 거냐고.

"사과해라. 단 진심을 담아서 해. 꾸밀 것도 없다. 네 마음이 시키는 그대로만 말해봐라. 다른 생각 다 무시하고 그 아이의 마음이 풀리기를 바란다면 그대로만 해."

그러나 머릿속으로는 이미 박 여사가 한 말이 맴돌고 있었다.

"그 아이의 마음이 풀리기를 바란다면 그대로만 해."

은혁은 천천히 눈을 감고 말을 이었다.

"네가 너무 통제 불능으로 행동해서 솔직히 네 기를 꺾어놓고 싶었어. 하룻밤을 지내 버린 상황을 만들면 네가 나한테 약점을 잡힐 수밖에 없다고 가정했고, 넌 취해 있었고……."

난희는 그제야 그날의 사건들이 착착 이해가 갔다. 사실 며칠 동안 곰곰이 생각해 봐도 이해가 안 가는 부분이 있었다. 그렇게나 자신에게 학을 떨던 지은혁이라는 남자가 자신이 취했다는 이유로 어찌해 보려고 했다는 것은 아무리 생각해도 아귀가 맞지 않았다. 이 남자는 자존심을 지키면 지켰지, 죽어도 본능에 정신이 팔릴 남자가 아니라는 생각이었다. 적어도 자신이 본 지은혁이라는 인간은 그랬다.

역시 알고 보니 사건의 배후에는 남자의 본능이라는 것보다 더 치사한 이유가 숨어 있었다. 매우 지은혁다운 행동이라고나 할까.

"난 시끄러운 여자가 싫어. 내 앞에서 할 말 다 하는 여자는 더 싫어. 그런데 너는 그 정도를 넘어서서 나한테는 완전한 골칫거리였어. 상황은 갈수록 점점 더 꼬이지, 박 여사는 날 옥죄기만 하지, 약혼날짜는 다가오지. 젠장."

난희는 여전히 입을 꾹 다문 채 은혁의 말을 듣고 있었다. 물론 동병상련의 입장으로서 일정 부분 동조는 갔지만, 아무리 생각해도 결론은 정말 치사한 남자라는 것이었다. 그래서 그런 방법밖에 쓸 수 없었니? 딱 그쪽답구나.

"뭘 어떻게 하려는 생각은 전혀 없었어. 너를 조금 누르고 싶었던 것뿐이고. 내 방법이 잘못되었다는 건 인정해. 네게는 충격이었을 테니 나도 마음이 편치 않다."

난희는 점점 갈수록 마음이 묘해졌다. 그의 말을 들으면서 감정이란 것이 참 신기하게 흘러갈 수도 있구나, 라는 것을 깨닫고 있었다. 일단 이 남자의 이런 모습이 낯설다는 것은 차치하고라도, 이런 말을 할 인간성이 그에게 존재하리라고는 생각지 못한 것이다. 그건 솔직히 놀라운 일이었다.

동시에 '이 남자, 도대체 또 무슨 속셈이야?' 라는 생각도 함께 들긴 했지만.

"이런저런 일들로 갈수록 우리가 더욱 어울리지 않는 관계라는 게 드러나고 있어. 근데 신기하게도 그 와중에 미운 정이 든 건 아닐까 하는 생각이 드는 거야. 어쨌거나 나는 남자고, 너보다 나이가 많은 것도 사실이니까 잘못된 방법으로 네게 일방적인 상처를 주는 일은 없었으면 싶다. 오해가 풀리길 바랄게."

적어도 난희는 지금껏 자신이 만나왔던 여자들과 달랐다. 많은 면에서 달랐다. 은혁은 그것을 조금씩 깨닫고 있었다. 그랬기에 박 여사에게 등 떠밀려 이 자리에 왔다고는 해도, 적어도 지금 한 말만큼은 추호도 거짓이 없다고 생각하는 바였다.

그는 난희가 취한 밤에 했던 말을 떠올려 보았다. 고래고래 듣기 싫은 쇳소리를 내며 노래를 부르던 난희가 말했었다. 기회를 빼앗지 말아달라고. 그녀가 사랑할 기회를 빼앗지 말아달라고. 늘 짜증날 정도로 시끄러운 그녀였지만 그 순간만큼은 고요하고 여자 같았다. 여자 같다는 생각이 들었다.

"좋아요. 그 일은 넘어가 줄게요."

난희가 드디어 입을 열어서 은혁은 겨우 안도의 한숨을 내쉬었다. 얘가 아주 내 숨통을 풀었다 조였다 하는구나.

"감동이다. 너 무쟈게 이해심이 많은 사람이었구나."

“내 자비심은 바다와도 같죠. 자비가 한 중생을 구제할 수 있
으니까요.”

“말을 안 섞으면 모를까, 한 마디라도 섞다 보면 깨닫게 된다.
역시 나는 네가 싫다. 진심으로.”

“피차 마찬가지예요. 그리고 아직 내 말 다 안 끝났어요. 넘어
가 줄 테니까 한 가지 조건 들어줘요.”

“그렇지. 그렇겠지. 그래야 민난희지.”

“어떻게 할래요? 조건 들어줄래요?”

“말해봐. 가능한 걸로.”

난희는 피식 웃었다. 가능할지 안 할지는 그쪽이 결정해야 할
문제라고요.

“앞으로 못난이라 부르지 말아요.”

“오호, 못난이란 말이 싫다? 왜? 너 잘났잖아. 못난이라 부르
든 말든 눈이라도 깜빡할 너냐?”

“무조건 싫어요. 못난이라고 부르지 말아요.”

“싫다. 그건 내 애칭이야. 내가 지은 애칭을 사용하는 건 내
마음이다.”

“그럼 사과 못 받아들여요.”

은혁의 속이 다시 부글부글 끓어올랐다. 사람이 모처럼 진지
하게, 그것도 죽어도 불가능하리라 생각한 사과를, 그것도 직접
찾아와서 했는데 뭐가 어쩌고 어째?

“네가 아주 간이 부었구나, 못난이.”

"그렇게 부르지 말라고 했어요. 그래요, 나 못생긴 거 알아요. 온갖 향기를 풍기는 잘빠진 여자들만 보고 다녔으니 내 얼굴이 못난이 양배추 인형으로 보이는 건 당연하겠죠. 그렇지만 그 말이 여자한테 얼마나 실례가 되는 말인지, 그건 생각해 보지 않았죠? 정말 못생긴 여자에게 못났다고 하는 것이 정말 뚱뚱한 여자에게 살 빼라고 하는 것이 얼마나 상처가 되는지 아냐구요."

"너 뭐 잘못 먹었냐? 어울리지 않게 웬 고해성사야? 너처럼 잘난 애가 왜 자기비하냐고!"

"자기비하도 아니고 자화자찬도 아니에요. 난 그저 보통 인물이고 특출하게 예쁘지 않은 대신 다른 걸로 자신있는 삶을 살아갈 거예요. 무슨 일이 있어도 뒤처지지 않을 자신 있다구요."

"그럼 그렇게 살아. 누가 뭐래?"

"그러니까 못난이란 소리 하지 말라구요."

"다른 걸로 잘난 애가 얼굴이 무슨 상관이야?"

난희는 약이 오를 대로 오른 얼굴로 은혁을 쏘아보았다.

"살아가는 데 외모가 다는 아니지만 완전히 무시할 수도 없으니까요. 다른 면에서 잘하려고 노력은 하지만 조금 더 예쁘고 싶은 마음이 없는 것도 아니니까요. 그게 여자의 본능이라면 어쩔래요? 세상 사람들은 흔히 외모는 별로 비중 두지 않는다고 하지만 과연 그럴까요? 사실 어쩔 수 없이 첫인상을 결정하는 것은 외모라고 봐요. 그러니까 조금 더 예뻐지고 싶고, 조금 더 드러나고 싶은 건 당연하다고 생각해요.”

“그럼 뜯어고쳐라. 돈 대주리?”

으이구, 이걸 그냥! 난희는 말아 쥐었던 주먹을 천천히 다시 펴고 진지하게 말을 이었다.

“김구 선생님과 이승만 대통령이 우익진영으로 고국에 돌아왔을 때 이승만 대통령은 말끔하게 잘생긴 얼굴이었고, 김구 선생님은 어릴 적 앓은 마마 자국으로 얼굴이 얽었대요. 대중들, 특히 여자들의 지지는 이승만 대통령 쪽으로 기울었다죠? 물론 야사일 수도 있겠지만 그랬다고 하네요. 그렇지만 지금 평가했을 때 더 존경받는 사람은 누구죠? 다른 사람은 몰라도 전 김구 선생님이라고 생각해요. 하지만 아무리 능력이 있대도 외모가 전혀 상관없을 수도 없다는 말이에요. 그런 비슷한 이야기를 들을 때마다 난 내가 덜 예쁜 게 속상해요. 그러니까 잠자는 사자 코털 건드리지 말고 못난이라는 극악무도한 단어 그만 써요.”

은혁은 난희를 빤히 쳐다보고 있었다. ‘못난이로 부르지 마!’ 난희의 스파크가 튀고, ‘부르면 어쩔래!’ 은혁의 눈이 부리부리해졌다. 두 사람의 기 싸움을 깬 것은 은혁 쪽이었다.

“싫다. 난 못난이로 부를 테다.”

“그렇게 말해도 못 알아듣네, 정말. 도대체 왜 그러는 건데요?”

“뚱뚱한 사람한테 살 빼라고 하면 욕이고, 못생긴 사람한테 못난이라고 하면 욕이라며? 그럼 넌 욕이라고 생각할 필요가 전혀 없어."

난희는 말뜻을 이해하기 위해 눈동자를 또르르 굴려야 했다.

"그게 지금 무슨 말이에요? 내가 알아들을 수 있는 소리예요?"

"그것까지 내가 다 설명하리? 난 닭살 돋는 말 하면 수명이 줄어드니까 이상한 거 바라지 말고 어쨌거나 그리 알아. 욕으로 들을 필요 없다고!"

똑똑한 것이 꼭 이럴 때는 재깍재깍 못 알아듣는다니까. 은혁은 괜히 성질나서 소리쳤고, 난희는 도무지 그의 말뜻이 정리되지 않아 어리둥절해하고 있었다.

"용건 끝났으면 내려!"

"깜짝이야."

"내리라고! 너 때문에 시간 얼마나 빼앗겼는지 알아?"

그리고 은혁은 정말로 난희의 어깨를 툭툭 밀면서 거의 쫓아내다시피 해서 밖으로 내몰았다. 난희는 기가 막혀서 입을 다물지도 못한 채 차에서 내려섰다. 그가 시동을 걸더니 핸들을 잡고서 피식 웃었다.

"간다, 못난이."

이내 차는 시야에서 사라졌다. 아닌 밤중에 홍두깨라고, 지금 은혁이 무슨 말들을 하고 간 건지 하나도 정리가 되지 않았다. 사람이 갑자기 변하면 죽는다던데……

난희는 고개를 갸웃거리며 대문을 밀고 안으로 들어갔다. 어머니가 무슨 일이냐며 특파원 수준으로 밀어붙이며 다가왔지만 난희는 묵비권을 행사하고 방으로 올라갔다. 문을 닫고 텅 빈 방 안에 멍하니 앉아 있자니 여전히 방금 전 일들이 아리송하기만 했다.

진지하게 생각해 보니 어쩌면…… 저 남자 혹시 갱생의 여지가 있는 걸까? 박사현 여사의 희망대로 저 남자가 조금씩 변할 기미를 보이는 걸까? 미안하다는 말도 했고, 생각하기에도 닭살스러운 말도 했고, 무엇보다 초반에 사람을 무조건 무시하고 깔아뭉개고 유치하게 대응해 오던 기미가 한풀 꺾였다고 할까. 그래, 좀 변했다.

아니면 서로 본 시간이 많아져서 조금씩 그의 본모습을 보게 되는 건가? 에이, 설마. 본모습은 무슨 얼어죽을…….

하지만 첫인상은 정말 성격 나쁘고 비인간성의 극치를 보여 주는 사람이 간혹 알고 보면 의외로 인간적인 경우가 없지는 않으니.

그런데 이상했다. 지은혁이라는 남자에 대해 이것저것 생각을 하다 보니 왠지 마음이 뿌듯해지는 것이다. 만약 자신의 추측이 맞는 것이라면 인간 승리를 바로 옆에서 체험하는 것이 아니고 뭐겠는가. 정말 미운 마음뿐이었는데 갈등이 해소되기 시작하는 순간의 카타르시스 같은 느낌이랄까.

그런 생각을 하며 앉아 있는데 휴대폰이 진동했다. 상희의 전화였다.

"응. 왜?"

[언니, 지금 어디야?]

"집이야."

[아, 잘됐다. 언니, 그럼 내 서랍 좀 봐줄래? 서류를 두고 온 거 있지. 거기 내가 봉투에 넣어놓은 거 있거든. 그거 좀 가져다 주면 안 돼?]

"에휴, 그런 건 잘 챙겼어야지."

[알았어. 나도 언니 한 번 살려줬으니까 언니도 나 좀 도와주라. 나 지금 홍대 앞이거든? 한 시간 안에 와줄 수 있지, 응?]

"기집애, 물귀신 작전 쓰기니? 알았어. 거기로 가져가면 되는 거지? 어라? 서랍 잠겨 있는데?"

[아 참, 그렇지. 옷장 열어보면 내 분홍색 니트 개어놓은 바구니 있거든? 니트 들춰봐. 거기에 열쇠 넣어놨어.]

"알았어."

난희는 참 깊은 곳에도 숨겨놨다고 중얼거리며 열쇠를 꺼내 서랍을 열었다.

"이건가?"

중얼거리며 두 개의 봉투를 꺼냈다. 두 개 중에 상희의 이름이 적힌 봉투가 위에 있어 그걸 들고 나머지 하나는 넣으려는데 그만 봉투가 방바닥으로 툭 떨어졌다. 덕분에 제멋대로 뜯긴 봉투 입구에서 사진 몇 개가 떨어졌다. 난희는 사진을 줍기 위해 허리를 숙였다. 사진을 막 들어 올리던 난희의 눈동자가 흔들렸다.

[언니, 찾았어?]

"응? 응…….."

난희는 반쯤 넋이 나간 얼굴로 사진을 들여다보고 있었다. 이 것도, 저것도, 그것도 모두 은혁의 사진이었다. 그리고 마지막 편지를 읽고 있는데 상희의 다급한 목소리가 들렸다.

[언니, 나 지금 엄청 바쁘단 말이야! 언니, 듣고 있어?]

"아, 응. 그래, 듣고 있어. 거기가 어디라고 했지? 아, 맞아. 그랬었지. 알았어, 금방 갈게."

난희는 전화를 끊고 편지를 쫙 펼쳐 마저 읽었다. 그녀의 까 만 눈동자가 천천히 침울해졌다. 치사하고 유치한 편지였다. 이 게 왜 상희의 서랍 안에 들어 있는 걸까. 그러나 편지의 내용을 다시 한 번 읽어보니 알 것도 같았다. 이런 편지를 부모님이 받 아보면 심란하시겠지. 상희가 웬일로 어른스러운 판단을 내린 모양이다.

난희는 상희의 서류 봉투를 옆구리에 낀 채 은혁의 사진을 하 나씩 휙휙 다시 넘겨보았다. 갈수록 그녀의 입가에 조소가 돌았 다.

"그럼 그렇지."

난희는 사진 속의 난잡한 은혁의 모습을 아주 자세히 보아주 고는 가지런히 정리해 방바닥에 톡톡 두드리기까지 한 후 봉투 에 다시 넣었다. 그리고 봉투를 원위치에 고이 놓았다.

그녀는 벌떡 일어나 옷을 갈아입고 머리를 빗고는 방문을 열었다. 상희에게 전해줄 봉투를 들고 아래층으로 내려가 어머니에게 웃으며 다녀오겠다는 말을 했다. 대문을 나서서 자박자박 거리를 걸어 지하철역으로 향했다.

"어차피 그런 남자였어."

차라리 이 상황이 코미디처럼 느껴졌다. 사진에서 보다시피 지은혁은 여자들의 머리 위에 앉아 있는 놈이었다. 그런 화려한 경력으로 자신까지도 제멋대로 조종하려고 든 것이다. 역에 도착하니 전동차가 도착한다는 단조로운 방송이 흘러나오고 있었다.

도착한 전동차에 오른 난희는 유리창에 비친 자신의 모습을 보며 옅은 한숨을 내쉬었다. 유리에 비친 그녀가 자신에게 물었다. 그런 오기 같은 마음 말고, 혹시 실망한 마음은 없니? 가령…… 서운한 마음 같은 거.

"아니, 없어."

난희는 고개를 저어가며 자신에게 대답했다. 그러나 유리창에 비친 또 하나의 난희는 어쩐지 솔직하지 못한 말을 한 사람처럼 표정이 밝지 못했다.

제7장 진즉 말을 허지 그랬어, 이눔아!

며칠 후, 상희는 주스를 마시며 아래층으로 내려왔다. 난희는 학교에 갔고 어머니는 주방에 있었다. 느긋하게 소파에 앉아 신문을 펼친 상희는 정치, 경제, 사회면을 빠른 속도로 넘겨 운세와 TV 편성표로 점프했다.

"흠, 재물운이 있다라……."

심각하게 운세를 들여다보고 있는데 어머니가 주방에서 나왔다.

"오늘은 어디 안 나가니?"

"갈 일 없어요."

"근데 요즘 언니한테 무슨 일 있니?"

“응? 언니가 왜?”

“글쎄, 요즘 표정이 영 좋지 않아서 그러지.”

“그래? 난 전혀 모르겠던걸?”

상희는 그렇게 대답하고는 신문에 얼굴을 박았다. 역시 그때 호텔 건 때문인가? 생각하며 다시 운세를 읽어 내려가던 상희가 갑자기 와하하 웃기 시작했다.

“엄마, 나 조만간 돈 들어올 운세야!”

“쟤 좀 봐, 넌 그걸 믿니? 에휴, 엄마는 돈이 왕창 나갈 운세다.”

“왜?”

“언니 약혼식 있잖아. 내일모레니까 너도 가서 조신하게 행동해.”

“에엑! 그렇게나 빨리? 아니, 하기는 하는 거야?”

“글쎄 말이다. 저쪽에서 그렇게 말씀을 하시니 하겠지.”

“할머니는? 할머니한테도 말씀드렸어? 와우, 우리 할머니 놀라서 틀니 빠지시는 거 아니야?”

“하여튼 말하는 방정 하고는!”

상희는 등을 향해 달려드는 매서운 손바닥을 번개 같은 속도로 피하고서 혀를 쏙 내밀었다.

“헤헤, 피했지롱.”

“아무튼 조신하게 행동해. 할머니께는 이미 전화로 알려 드렸으니까.”

“허락하셔?”

“글쎄 말이다. 흐응, 하시고는 약혼식 날에 올라오신다고 하시네.”

“그래도 하루 전날 다시 연락드려야 할걸? 할머니, 작은 집에서 농사지으실 때면 농사가 최고인 분이시잖아. 다른 건 눈에도 안 들어오실 텐데. 하기야 뭐, 사랑하는 손녀의 약혼인데 잊으시겠어? 그것도 그렇게 아끼는 큰손녀 일인데. 할머니가 흐응, 이라고 하신 건 찬성하신 거나 다름없다고. 아마 내가 시집간다고 했으면 당장 지팡이 휘두르면서 올라와 다리몽댕이 분질러 놓을걸? 언니야 워낙 믿으니까.”

“그걸 알면 너도 좀 조신하게 행동해. 다리몽댕이가 뭐니, 다리몽댕이가.”

“오호호. 다리몽댕이를 다리몽댕이라고 하지, 다리몽당구리라고 하나?”

엄마는 고개를 절레절레 흔들었다. 상희를 누가 말릴까.

“할머니가 잠정적으로 허락도 하셨겠다, 엄마는 도대체 무슨 걱정이 그리 많아서 계속 어두운 얼굴이유? 돌아가는 걸 보니 저쪽에서 하자는 것 같은데, 그쪽 집 부자니 알아서 척척 준비하겠지.”

“그래도……”

어머니는 수심이 가득한 얼굴로 다시 주방으로 향했다. 사실 엄마를 안심시켜 드리고 싶어서 아무렇지 않은 척 말했지만 약혼이 진행되고 있다는 사실에는 상희도 내심 놀라웠다. 호텔 일까지 있었는데…….

'흠, 민난희답지 않게 무슨 일이지?'

고개를 갸웃거리는데 어머니가 주방에 들어서려다 말고 멈칫했다.

"아 참, 상희야."

"응?"

"거기 이층 방 있잖니. 다용도실."

"다용도실? 우리 집에 다용도실이 있어?"

"왜 있잖아. 비 오는 날 빨래 널어놓고 겨울에 메주 뜨는 방 말이야."

"아, 거기가 다용도실이었어? 창고잖아."

"그래, 그 방. 너 오늘 안 나가면 엄마랑 거기 좀 청소하자."

"우엑, 싫어. 메주 냄새, 퀴퀴한 냄새 나서 들어가기도 싫은데. 엄마 혼자 해."

"이것이 고생해서 키워놨더니 그것도 안 도와줘? 쓸데없는 소리 말고 당장 도와."

"우 씨, 근데 그 방은 왜?"

"거기 조만간 사람이 들어올 거야."

상희가 도대체 누가 라는 눈으로 쳐다보자 어머니가 어깨를 으쓱했다.

"네 형부 될 사람. 약혼식 끝나고 바로 들어올 거야."

"뭐어?"

"그렇게 결정이 났다. 양가 어른들끼리 한 약속이 장난도 아니고 그대로 진행되겠지."

"세상에, 엄마 데릴사위 들여? 무슨 결혼도 아니고 약혼한 상대를 집 안에 들인다는 거야? 하숙 치는 것도 아니고. 그리고 그 방은 너무 좁잖아. 냄새도 엄청날걸?"

"냄새야 환기시키면 되지. 나도 사실 방 문제로 고심했어. 그렇다고 할머니 방을 내줄 수도 없고, 이층을 트자니 돈이 많이 들고…… 아버지는 공사라도 하자고 하시는데 난희가 부득불 그 방을 주라고 하지 뭐니."

가만히 엄마가 하는 말을 듣고 있던 상희가 대뜸 소리쳤다.

"혹시 이러다가 나 그 방으로 내쫓고 언니랑 형부랑 한방 쓰게 되는 거 아니야?"

"얘가 못하는 소리가 없어. 싱거운 소리 말고 얼른 올라가서 창문이나 열어놔!"

노려보는 엄마의 기세가 심상치 않아서 상희는 한 대 맞기 전에 얼른 이층으로 도망가야 했다. 엄마는 주방으로 들어가며 옅은 한숨을 내쉬었다.

처음 이 집을 사려고 할 때 평수는 괜찮았는데 내부 구조가 영 엉망이어서 고심을 했었다. 마당도 있고 위치도 좋아서 다 마음에 들었는데 방들이 조각조각 나 있다는 단점이 있었다. 그러나 기타 다른 조건들이 마음에 들고 집값까지 쌌기에 계약을 해버렸다.

　아래층은 잠깐 시골에 내려가 계신 시어머니의 방과 부부방, 욕실, 주방, 거실이 있고 위층의 넓은 방 하나는 현재 난희와 상희가 함께 쓰고 있었다. 사실 그 방은 난희를 주고 작은 방을 상희에게 주려고 했으나 상희가 죽어도 싫다는 바람에 자매가 함께 방을 쓰게 되었고, 작은 방은 좋은 말로 다용도실로 쓰고 있었다. 다용도실의 용도는 주로 난희의 할머니가 시골에서 가지고 올라온 고추를 말린다든지 삶은 나물을 말린다든지 떠온 메주를 걸어놓는다든지 깨를 펼쳐 놓는다든지 하는 식으로 쓰였다.

　"오늘 청소를 해야 이 양반이 내일 도배를 하든 하겠지."
　어머니는 중얼거리며 이층으로 향했다. 그래도 사람이 지낼 공간이고, 게다가 태원그룹의 막내아들이 살 곳인데 가구니 뭐니 들여놓으려 했지만 난희가 또 한사코 반대했다.

　"이불 한 채하고 옷장도 그 왜 헝겊 옷장 있잖아요. 그것만 넣으면 돼요. 저쪽에서 짐 들여준다고 해도 싫다고 하세요. 들여놓을 곳도 없으니까."

　그 냉정한 말을 떠올리며 어머니는 고개를 설레설레 흔들었다.
　"내 딸이지만 가끔 정말 냉정하단 말이야."

약혼식 날은 무척 빨리 다가왔다. 사진을 발견한 날부터 며칠 동안 난희는 깊은 생각에 빠져 있었다. 지금이라도 사진을 들고 가서 박 여사에게 보이며 이 약혼을 깨고 싶다는 말을 하고 싶었지만 그런 경솔한 행동을 한다는 것이 선뜻 내키지 않았다. 내 부모도 그런 사진을 보면 가슴이 아플 텐데 박 여사도 같은 부모라 똑같을 것이다. 게다가 어른들끼리 이미 결정한 약속을 번복한다는 것도 신경이 쓰였다.

비록 아직 메주 냄새가 완전히 가신 것은 아니었지만 옆방은 이미 깨끗하게 청소가 되어 있었다. 가구도 최소한의 생계유지를 위한 것들로만 들여놓았다. 물론 박 여사 쪽에서 가구 이야기를 꺼내지 않은 것은 아니었지만 어머니는 난희의 의견을 그대로 전했고 박 여사도 다행히 받아들였다고 했다.

확실히 박사현 여사는 마음에 드는 사람이었다. 다만 약혼 상대가 박 여사가 아닌 그 막내아들이라는 것이 문제였다. 가족들은 모두 바빴고, 상희는 벌써부터 미용실에서 죽치고 있었다. 다만 난희만이 무언가를 결정하지 못한 듯 덩그러니 앉아 있었다.

"난희야, 미용실 예약 시간인데……."

어머니가 방문을 열고 머뭇거리며 말했다. 자신의 표정이 안 좋으니, 엄마는 한 마디를 할 때에도 자꾸 자신의 눈치를 살폈다. 걱정 끼쳐 드리고 싶지 않은데도 그게 잘 안 되어서 난희는 마음이 무거웠다. 그렇다고 엄마와 상의할 수 있는 사안도 아니니 더욱 답답했다.

이럴 때 할머니라도 계셨으면 무슨 얘기든지 툭 털어놓고 말씀드리고, 할머니의 지혜로운 조언도 받을 수 있을 텐데.

그러나 할머니는 오늘 약혼식 중에야 도착하신다고 했다. 그렇지만 시간을 잘 깜빡깜빡하시는 할머니는 어쩌면 식이 다 끝난 후에야 도착하실지도 모르겠다. 오늘이 약혼식이라고 벌써 말씀드렸는데도 아직도 안 올라오신 걸 보면 가능성있는 추측이었다.

'우리 손녀가 벌씨로 약혼을 한단 말이구먼.'

아마도 할머니는 주름이 진 얼굴로 그렇게 말씀하시며 인자하게 웃어주실 것이다.

'어느 못된 놈이 우리 귀한 손녀를 이렇게 속상하게 하는 거냐! 내 이놈을 당장!'

그렇게 말씀하시며 무조건적인 편을 들어주기도 할 것이다. 문득 할머니가 무척 보고 싶어졌다. 한번 할머니 생각을 하니 헤어나오기가 힘들었다. 보고 싶어요, 할머니. 나 있잖아요, 조금 속이 상해요. 그 남자가 정말 얄미워 죽겠어요.

가만히 생각하고 있던 난희는 이대로 더 가다가는 생각 속에서 빠져나오지 못할 것 같아 벌떡 일어나 밖으로 나갔다. 어머니가 아래층으로 내려가는 난희의 차림을 보고 말했다.

"너 그렇게 청바지 차림으로 나가니? 엄마가 원피스 사준 것

있잖아. 그거 입고 가렴.”

“됐어요. 어차피 미용실 가면 갈아입을 텐데 뭘.”

“그건 그렇지만…….”

터덜거리며 아래층으로 내려가던 난희가 중간쯤에서 멈추더니 따라 내려오는 어머니를 향해 말했다.

“엄마, 먼저 가계실래요? 저 잠깐 어디 들렀다가 갈게요.”

“무슨 일인데 그러니? 같이 가지.”

“먼저 가계세요. 나 꼭 할 일이 있어서 그래.”

난희를 걱정스러운 눈으로 보던 어머니는 알았다며 안방으로 가 한복으로 갈아입고 백을 챙겨 들고 나왔다.

“와, 우리 엄마 예쁘다.”

“글쎄 말이다. 나는 됐다는데 굳이 저쪽에서 이렇게 옷을 맞춰주시니.”

“주면 받으면 되지 뭐. 돈밖에 없는 불량품 아들을 보내는데.”

“응?”

“아, 아니야. 그럼 엄마 먼저 가요. 나도 금방 갈게. 아버지는요?”

“아버지는 사우나 들렀다가 가신다고 먼저 나가셨지.”

“알았어요. 상희랑 만나서 일단 머리 하고 계세요.”

“그래.”

어머니가 나간 후 난희는 다시 방에 돌아와 방문을 잠갔다.

그리고 문에 등을 기대고 스르르 앉았다. 모든 일이 순식간에 벌어졌고 마치 별똥별이 떨어지는 속도로 진행되고 있었다. 그러나 난희는 아직 무엇 하나도 결정하지 못한 채 혼란을 겪고 있었다.

게다가 지은혁이라는 그 남자는 명색이 약혼식 전인데 며칠 동안 연락 한 번 없었다. 어디서 무얼 한 건지는 모르겠지만 그다지 신뢰는 가지 않았다. 어쩌면 사진에서처럼 어느 호텔에 있는지도 모르지. 아니면 자신의 신세를 비관하며 술을 마시고 있는지도.

"지금 술 마시고 싶은 사람이 누군데."

난희는 멍하니 천장을 바라보다가 머리를 감싸 쥐어 무릎 사이로 숨겼다.

"으으으."

머리가 깨질 것 같았다. 앞으로의 인생 역정이 파노라마처럼 스쳐 지나가면서 과연 어떤 선택이 최선일까에 대한 고찰이 일었다. 자신, 자신의 미래, 지은혁, 상희, 박 여사, 할머니, 그리고 부모님……. 수많은 얼굴들이 스치고 지나가며 마음은 초조해지기만 했다.

"엄마, 언니 왜 이렇게 안 와? 아직도 전화 안 받아?"

약혼식 시작 십 분 전이었다. 상희가 발을 동동 구르며 물어 댔다.

"글쎄, 계속 전화하고 있는데 집 전화도, 휴대폰도, 아무것도
안 받는구나."

박 여사는 약속했던 대로 약혼식을 조촐하게 준비했다. 약혼
식은 신부 측에서 준비하는 것이 통상인데도 박 여사가 모든 것
을 맡겨달라고 강력하게 피력하는 바람에 난희 집에서 할 것은
아무것도 없었다. 그러나 말이 조촐이었지 참석 인원만 적었을
뿐 호텔 약혼식장은 눈이 휘둥그레질 만큼 화려한 것들로 가득
차 있었다. 당연히 난희 가족들은 놀랐고, 그럴수록 어머니는
걱정부터 되었다.

은혁 쪽에서는 지 회장 내외, 장남, 차남 내외, 은혁의 이모
내외, 지 회장 동생 내외 이렇게 정말 가까운 사람만 참석했다.
그러나 모두들 민 과장으로서는 저 위에 있는 상사들이어서 그
의 얼굴에도 부담이 가득 어렸다.

"어쩜 좋아. 언니 도망친 신부 되는 거 아니야?"

"조용히 해라."

어머니는 상희에게 엄포를 놓듯 흘겨보았다. 상희는 입을 합!
다물고 딴청을 피웠다. 이미 미용실에 들르기는 글렀고 지금이
라도 와주기만 하면 좋으련만 난희의 행방조차 모르고 있었다.
상희가 집에 가보라고 아버지를 닦달했지만 아버지는 고개를
저었다. 묵묵히 고개를 젓는 아버지의 생각을 상희는 알 수 없
었지만 어머니는 이해했다.

'굳이 난희가 싫다고 하면 그 뜻에 따릅시다.'

어머니 역시 그렇게 하고 싶었다.

"난희 양은 아직인가 봅니다."

우아한 한복 차림의 박사현 여사가 다가와서 물었다. 아버지와 어머니는 몸 둘 바를 몰라 하며 허리를 숙였다. 그러나 박 여사는 전혀 조바심을 보이지 않고 부드럽게 웃었다.

"그래요. 일단 기다려 봅시다."

"모두 바쁘실 텐데 식이 시작되는 시간까지 오지 않으면……."

"가화만사성입니다. 가족이 화목해야 모든 일이 잘되는 게지요. 여기 참석한 모든 사람들은 가족이고, 일보다 가족 일을 우선으로 해야 할 것입니다. 지금까지는 그걸 잘 못했는데 이제부터라도 하려고 하니 부담 갖지 마시고 난희 양을 기다려 보지요."

어머니는 박 여사를 조용히 쳐다보았다. 마치…… 난희의 행보를 알고 있는 사람처럼 고요하기만 한 그 표정에 역시 한 기업을 이끌어 나가는 여장부는 어딘가가 달라도 다르다는 걸 느낄 수 있었다. 그것은 같은 여자로서 자긍심을 느끼게 해주는 것이었다.

"무엇보다 우리 아이가 예상외네요."

"예?"

"저는 난희 양보다 우리 아이 쪽이 더 신기합니다."

박 여사의 시선이 천천히 은혁을 가리키자 난희 어머니가 따라서 고개를 돌렸다. 흰색 턱시도를 근사하게 차려입은 허우대 멀쩡한 사위의 표정이 무척 심란했다. 난희 어머니는 걱정스러운 눈으로 박 여사를 바라보았다.

“난희가 실례를 해서 어떻게 하지요?”

손목시계와 괘종시계를 번갈아 쳐다보는 은혁의 모습이 옆에서 보기에도 화가 많이 난 것 같았다. 그러니 난희의 어머니 입장으로는 참 미안한 일이었는데 박 여사는 어쩐지 아들의 모습을 즐기는 것 같았다. 난희의 어머니는 도무지 박 여사의 속을 알다가도 모르겠다고 생각했다.

“저는 좀 놀라고 있는 중이에요. 저 아이가 조바심을 내는 모습이 신기하기도 하고, 또 재미있기도 하군요.”

“예?”

어머니가 반문했지만, 박 여사는 아무 말 없이 그저 미소만 짓고는 정중하게 인사한 후 천천히 식장으로 돌아갔다. 박 여사의 미소에 담긴 여운이 무슨 뜻인지 난희의 어머니는 잘 이해할 수가 없었다.

박 여사는 은혁에게 다가가서 미소를 잃지 않고 조용히 말했다.

“화가 나는가 보구나.”

금방까지 손목시계를 들여다보던 은혁이 시침을 뚝 떼고 딴청을 피웠다.

“화는 무슨 화요.”

"화내고 있지 않니."

박사현 여사의 도발에 은혁이 급기야 울분을 터뜨렸다.

"그럼 이게 화 안 날 상황이에요!"

홀을 메우는 클래식 음악을 가르는 그 목소리에 사람들이 움찔하며 두 사람을 돌아보았다. 박사현 여사는 얼른 나서서 부드러운 미소로 장내를 정돈하고는 은혁의 옆으로 다시 돌아가 섰다. 그녀는 자꾸만 삐져나오려 하는 흡족한 미소를 숨기며 엄하게 말했다.

"이제 조금만 있으면 식이 시작된다. 그때까지 난희 양이 오지 않으면 네 소원대로 모든 게 없던 걸로 되는 게지."

말하면서 흘끗 그 얼굴을 쳐다보니 시원해하기보다는 일그러지는 은혁의 폼이 그야말로 재미있었다.

"자존심 상하니?"

뭐라고 버럭 소리칠 줄 알았던 은혁은 온통 얼굴을 일그러뜨린 채 아무 말이 없었다.

"속으로 생각하고 있는 게 있을 거 아니냐? 분수를 안다면 이 자리에 못 나타나겠지, 그게 바로 네가 생각하는 방식의 어투 아니었니?"

"그런 말 한 적 없으니까 그만 긁으세요."

"어미는 믿을 수가 없구나."

"짜증나는 여자인 건 사실이지만 분수에 안 맞을 건 없다고요!"

은혁이 버럭 소리를 치는 통에 또다시 두 사람에게 장내의 시선이 집중되었다.

"젠장."

은혁은 낮은 욕설을 내뱉으며 시선을 왼편으로 돌렸다. 박 여사가 슬쩍 눈짓을 하자 모두들 시선을 거두었다. 사실 그녀는 내심 조금 놀랍기까지 했다. 지금 한 말이 과연 아들의 입에서 나올 수 있는 말이었던가.

"분수에 안 맞을 건 없다, 라?"

"객관적으로는 괜찮은 녀석이라는 말이니까 오해하지 마세요. 저도 사업할 사람인데 사람 보는 눈은 있다고요. 여자로서는 꽝이지만 인간적으로는 괜찮다는 뜻일 뿐이라고요."

"호오, 그러냐. 그런데 누가 사업체는 준다더냐?"

"그것도 안 주실 거면 어머니는 제게 무엇을 주실 건데요?"

박 여사는 재차 놀란 눈으로 아들을 들여다보았다. 오늘 은혁이 그녀를 여러 번 놀라게 하고 있다. 은혁의 마음속에 어떤 빈곤이 있는지 잘 아는 박 여사로서는 항상 그것이 마음에 걸렸었다.

거대한 사업체를 이끌어 나가며 박 여사나 지 회장이나 자식에게 살뜰한 정을 베풀 시간이 없었던 것은 사실이었다. 물질로 모정을 대신할 수 있다고 생각한 자신의 과거가 시간이 흐를수록, 머리카락에 서리가 내릴수록 후회가 되는 것이다. 그것을 직접적으로 말해오고 있는 아들이 요즘 들어 부쩍 커버린 것 같은 느낌을 지울 수 없었다.

어릴 때는 치맛자락을 붙잡고 늘어져서라도 '엄마, 엄마! 안 아주세요' 하더니 사춘기에 접어들고부터는 입을 딱 닫아버린 것처럼 아예 아무것도 요구하지 않았다. 그때 알아차렸더라면 지금쯤 상황이 조금은 나아졌을까?

"어쨌거나 식이 시작할 때까지 난희 양이 나타나지 않으면 우리 쪽에서도 어쩔 수 없지 않겠느냐."

"누가 뭐래요!"

"나는 네가 왜 화를 내는지 모르겠구나. 행여나 조바심을 내는 게냐? 난희 양이 오지 않아서?"

"누가 화를 냈다고 그래요. 그런 일 없어요. 말이 돼요?"

"흔히 사람들은 그런 역설에 빠지지. 당연히 그 자리에 있으면 소중함을 느끼지 못하는 것."

"철학적인 말로 이 상황을 부풀리지 마세요. 소중함 따위 느낄 이유 없어요. 이런 식으로 제 뒤통수를 치는 그 녀석한테 배신감이 들 뿐이에요."

오호라, 그거였군. 조바심이 나고 화가 나는 이유는 난희 양에게 배신감을 느낀 것이다? 하긴 벌써 두 사람 사이에 어떤 감정의 변화가 생기길 기대하는 것은 무리겠지.

"이제 일 분 전이다."

"저도 시계 볼 줄 아니까 중계방송 하지 마세요."

글쎄, 나는 왜 이렇게 하고 싶은지 모르겠구나.

　박 여사는 터져 나오는 웃음기를 삼키며 좌중을 천천히 둘러보았다. 밖에서 기다리던 난희의 부모님도, 여동생이라는 예쁜 아가씨도 자리에 앉아 있었다. 이제 모든 사람들이 예비 신랑신부를 기다리고 있었는데, 불행하게도 혼자 제자리에 서 있는 사람은 멀쩡하게는 생겼지만 성격 나쁘기로 유명한 예비 신랑뿐이었다.

　"안 되겠구나. 시간이 다 됐다. 모두 바쁜 사람들이니 어쩔 수 없이……."

　"삼십 분만 더 기다려요."

　박 여사는 자신의 말을 자른 은혁을 흘끗 쳐다보았다. 그는 입구 쪽을 뚫어지게 쳐다보며 분노를 삼키고 있었다.

　"이대로 바보가 될 수는 없어요. 삼십 분만 더 기다려요."

　"한가한 사람들 아니다. 삼십 분이라니, 말도 안 된다."

　"왜 이러세요? 이 약혼을 마음대로 결정지어서 저를 이 지경으로 만든 사람은 엄마라고요."

　"그렇다고 해도 여긴 공식적인 자리가 아니냐. 약속을 허투루 여기는 아가씨를 무얼 보고 더 일을 진행시킬까."

　"그건 엄마 생각이시고, 전 이대로 웃음거리가 될 수 없어요."

　"어차피 가족들이다. 웃음거리가 될 일도 없을뿐더러, 너로 하자면 뻔뻔하기로 유명한 인물이 아니었니?"

　"가족이 아니라고요! 그 계집애한테 웃음거리가 될 수가 없다고요!"

은혁이 씩씩거리며 담배라도 찾는 듯 옷을 더듬거리다가 턱시도라는 것을 생각하고는 욕설을 흘렸다. 말하는 투를 보니 양쪽의 자존심 싸움이 극렬한 상황인 듯했다. 박 여사는 오기로 똘똘 뭉쳐진 은혁을 보면서 어쩌면 이 녀석이 가장 자신을 닮은 자식일지도 모른다는 생각을 했다.

은혁의 얼굴이 온통 일그러진 채 삼십 분이 더 흘렀다. 난희 가족은 그야말로 불편한 얼굴로 앉아 있었고, 은혁 쪽 가족들은 간간이 대화를 나누면서 주위 상황을 살피곤 했다. 은혁은 굳어진 얼굴로 서 있다가 삼십 분마저 흘러 버리자 갑자기 몸을 홱 돌리며 외쳤다.

"저 잠깐 나가요."

"무슨 소리냐."

"가서 잡아오든 끌고 오든 할 테니까, 이 약혼식 절대 끝내지 말아요."

"어디에 있는 줄 알고 찾아온다는 소리냐."

"대한민국 어딘가엔 있겠죠. 망할 계집애."

욕설을 터뜨리며 은혁이 밖으로 뛰어나갔다. 박 여사는 달려나가는 은혁을 보며 빙그레 웃었다. 그가 나간 후 박 여사가 좌중을 둘러보며 말했다.

"자, 젊은 사람들에게는 이렇게 변수들이 많답니다. 긴 삶에서 오늘 하루만 여유를 가져봅시다. 두 사람에게는 평생을 결정짓는 일이니 모두들 바쁘실 테지만 조금만 더 기다려 주시기를 부탁드립니다.”

가족들은 수군거렸고 박 여사와 지 회장은 귓속말을 주고받았다. 실내는 고요한 술렁임이 이어지고 있었다.

은혁은 뛰어나가자마자 차를 찾아 무조건 시동부터 걸었다.

“네가 감히 나를 거부해?”

마찰음이 일도록 시끄럽게 차를 출발시키는 은혁의 얼굴이 제멋대로 구겨졌다.

“해도 내가 해야지 감히 네가?”

핸들을 획획 돌리는 은혁의 눈썹이 심하게 일그러졌다. 머리카락이 바람에 마구 휘날렸다. 나무만 보고 숲을 보지 못한다고, 지금 은혁은 그런 상황에 빠져 있었다.

난희가 약혼식에 나타나지 않는 순간 생각지도 못한 상황에 뒤통수를 맞으면서, 자신은 처음부터 이 약혼식이 깨지기를 바라고 있었던 입장이라는 사실을 잠깐 잊어버렸다. 약혼식이 끝나면 그는 이제 난희의 집으로 들어가야 한다. 게다가 그녀와 결혼해야 할지도 모른다. 그러나 지금은 그런 것 따위는 하나도 판단이 되지 않고 오로지 그녀가 나타나지 않았다는 사실에만 화가 나 있었다.

이성적인 사고가 불가능하게끔 난희는 은혁을 화나게 하는 인물이었고 또 난희로 인해 반응하고 있었다. 그 모든 것이 어떤 감정의 꿈틀거림인지도 인식하지 못한 채, 은혁은 무슨 일이 있더라도 난희를 끌어다가 약혼식을 치르고야 말겠다는 오기에만 집중하고 있었다.

"눈에만 띄어봐. 가만 안 둔다."

끼이이익! 요란한 굉음을 내며 은혁의 차가 멈춘 곳은 난희의 집 앞이었다. 그는 문짝이 떨어질세라 차 문을 닫고 내려서 무조건 대문을 발로 찼다. 초인종을 사나울 정도로 누르고 또 대문을 걷어찼다. 그러나 대문은 열리지 않았고 안에서는 아무런 대답도 없었다.

"젠장, 안 열어! 야! 못난이!"

은혁은 덜컹거리는 대문을 온몸으로 밀다가 급기야 고래고래 소리쳤다.

"이게 정말."

흰 턱시도에 온통 철대문의 녹이 묻었다. 은혁은 점점 더 화가 나서 대문이 찌그러질 정도로 차고 또 찼다. 그래도 묵묵부답이었다. 정신없이 발로 차다가 발끝을 세워 담을 올려다보니 높이가 만만했다. 은혁은 팔을 걷어붙이고 손에 침을 퉤퉤 뱉었다. 그까짓 것 타 넘어가 주지.

은혁은 대충 준비체조를 하고 긴 다리를 이용해 껑충 뛰어올랐다. 그러나 처음 시도는 참패. 벽에 부딪혀 튕겨져 나간 충격에 은혁은 오히려 바닥에 등을 찧고 뒹굴어야 했다.

"제길."

그는 투덜거리며 일어나 다시 벽을 향해 몸을 날렸다. '내 몸은 스프링이다'라고 자기최면까지 걸면서 평소 헬스로 다져진 온갖 근육을 총동원하여 몸을 날린 찰나, 드디어 벽 상단을 짚을 수 있었다.

"됐어!"

그는 회심의 미소를 짓고는 젖 먹던 힘까지 끌어올려 담 위로 몸을 끌어 올렸다. 암벽 등반을 하듯 천천히 발로 벽을 디뎌가며 남은 몸을 완전히 끌어올리려는 찰나였다. 갑자기 무언가 둔탁한 것이 사정없이 그의 넓적다리를 후려쳤다.

"으악!"

충격을 이기지 못한 은혁이 벽에서 쿵 떨어져 내려 바닥을 사정없이 뒹굴었다. 눈물이 찔끔 날 정도로 호되게 맞은 넓적다리가 얼큰하여 은혁은 넓적다리를 비벼가며 욕설을 터뜨렸다.

"젠장, 어떤 새끼야!"

"예끼 이노옴! 그러는 네놈은 어떤 놈이냐!"

괄괄하게 소리치는 사람은 다름 아닌 백 살도 더 되어 보이는 노파였다. 허리는 구부정 휘어지고 잔주름이 자글자글 잡힌 노파는 머리에 머릿수건을 쓰고 몸뻬바지를 입고 보따리까지 쥐고 있어 완벽한 시골 노파의 모습 그대로였다. 귀신처럼 갑자기 나타난 노파의 손에 반질반질 윤이 나는 단단한 지팡이가 들려 있었다.

은혁은 넓적다리를 문지르며 온통 얼굴을 일그러뜨렸다.

“이 할멈이 진짜.”

“허! 이놈 말하는 본새 좀 보게.”

한 걸음이라도 디디면 금방이라도 쓰러질 듯 위태롭게 생긴 노인의 목소리는 믿을 수 없을 정도로 생기 넘치고 괄괄했다. 도무지 그 주름살과 다 빠진 치아가 어울리지 않는 목청이었다. 그러나 지금은 그게 중요한 게 아니었다.

“지금 그 지팡이로 날 친 겁니까?”

“눈 깔아, 이눔아! 말하는 꼬락서니 하고는. 그래, 이눔아. 내가 이 지팡이로 쳤다. 어디 한 번 더 맞아볼 테냐! 이누움!”

노파가 윤이 나는 지팡이를 높이 치켜들며 달려드는 동시에 은혁은 한 바퀴 뒹굴 몸을 굴렸다. 그는 자신의 반사 신경에 쾌재를 터뜨렸다. 그러나 그것도 잠시, 어찌나 재빠른 노파인지 몽둥이는 전혀 방향을 잃지 않고 이번에는 은혁의 옆구리를 정확하게 파고들었다.

“으아아악!”

은혁의 고통스러운 비명이 하늘을 울렸다. 보따리를 내려놓은 노파는 본격적으로 몽둥이질을 할 생각인지 손바닥에 침을 퉤퉤 뱉었다.

“어디 젊은 놈이 할 짓이 없어서 대낮에 남의 집 담을 넘누. 이래 반반한 낯짝으로 도둑질을 혀?”

변명할 사이도 없이 다시 지팡이가 내리꽂혔다. 그러나 다행히도 지팡이는 땅을 헛짚었다. 그 위력이 얼마나 센지 땅을 헛친 노파의 몸이 부르르 진동할 정도였다. 은혁은 그때를 놓치지 않고 재빨리 옆으로 피해 옆구리를 움켜쥐고 노파를 노려보았다.

"미쳤어요? 정말 노파 맞아?"

"이 녀석 여전히 말하는 본새 좀 보게. 그래, 이눔아. 미친 할멈이다, 이눔아!"

아뿔싸, 말을 잘못했다. 뒤늦은 후회를 했지만 노파는 이미 이성을 잃은 것인지 흰자위를 드러내며 정신없이 지팡이를 휘둘러 대고 있었다. 은혁은 그 카리스마에 짓눌려 구석에 내몰린 채 난생처음으로 생명의 위협을 느꼈다. 노인의 모습은 흡사 백발 마녀와도 같았다. 허공을 휙휙 가르는 지팡이는 이제 더 이상 단순히 걷는 것을 도와주는 지지대가 아니었다. 백발 마녀가 휘두르는 저주의 몽둥이였고, 이소룡이 휘두르는 쌍절곤의 위력까지 내포하고 있었다. 은혁은 열세를 감지하고는 살아남기 위해 재빨리 외쳤다.

"하, 할멈! 그, 그만 좀 해요! 무턱대고 사람을 잡으니까 하는 소리 아니에요. 치지 좀 말아봐요!"

"이누움, 오늘 내가 네눔 정신머리를 뜯어고쳐 놓겠다아!"

"아, 정말! 나도 화나면 가만히 안 있는 놈이에요. 정말이라고!"

"그래, 이눔아. 어디 한번 쳐봐라. 늙은이 한번 쳐봐라."

"아 씨, 정말 미치겠네. 도둑질 하려던 게 아니고 이 집 주인

만나려는 거라고요!"

"믿을 말을 지껄여라, 이눔아. 그럼 곱게 만나지 담은 왜 넘고 지랄이여, 지랄이."

"지, 지랄? 이 할멈 말 진짜 험하네."

"이눔아, 늙은이 말이 험한지 젊은 네눔 말이 험한지 어디 한 번 짚어보자, 어디 짚어부아!"

노파가 다시 지팡이를 치켜올렸기에, 저 지팡이에 맞으면 최소한 실신이라는 판단을 내린 은혁이 넙죽 엎드려 외쳤다.

"마, 말 좀 들어줘요. 진짜로 도둑 아니라니까. 이 집 딸 만나러 왔어요. 진심이에요. 하늘에 대고 맹세해요."

실로 목숨의 위협을 느꼈다. 지금 이 순간 자글자글하게 주름이 잡힌 노파의 얼굴은 더 이상 사람의 얼굴이 아닌 저승사자의 그것이었다. 그렇다고 노파를 칠 수도 없는 노릇이니 점입가경이 따로 없었다. 은혁이 숨넘어갈 듯이 외치자 노파가 천천히 지팡이를 내리더니 눈을 가늘게 떴다.

"이 집 딸?"

"그래요. 이 집 딸 만나려고 하는데 문을 안 열어줘서 담 넘던 거였다니까요."

"그러니까 담을 왜 넘어, 이 후레자식 눔아. 초인종은 국 끓여 먹으라고 달아놓은 겨!"

"아, 답이 없으니까 그런 거 아니에요! 할멈 말귀 정말 못 알아듣네. 귀 먹었어요?"

"그래도 이눔이 말하는 본새 하고는."

은혁은 정말이지 울고 싶었다. 무시무시한 노파는 그 성격이 박 여사와 난희를 합친 것에 진배했다. 은혁은 두손두발 다 들고 싹싹 빌었다.

"살려주세요. 정말 도둑 아니라니까요."

"허여멀건 눔, 이눔. 그려, 어디 대답해 봐라. 이 집 딸하고는 무슨 관계누?"

"무슨 관계는요, 만나야 할 관계지."

"그래도 이눔이!"

"야, 약혼녀예요. 약혼식 해야 하는데 나타나지 않아서 데리러 온 겁니다."

"약혼식을 하는데 왜 안 나타나누."

"그것까지 할멈이 알 필요 있어요?"

"그래도 이눔이!"

"아, 알았어요! 그러니까 그 이유는 정말 저도 몰라요. 안 나타나니 데리고 가야겠다는 생각밖에 없었어요. 믿어주세요, 제발."

은혁은 난생처음으로 사정조로 싹싹 빌며 말하고 있었다. 고급 턱시도에 온통 흙과 녹이 묻은 꼴로 싹싹 빌고 있는 이상한 젊은이를 내려다보던 노파가 천천히 지팡이를 바로 했다.

"그럼 그렇다고 진즉 말을 할 것이지. 괜히 정력만 낭비했구먼."

은혁은 기가 막혀 죽을 지경이었다. 그렇게 아니라고 말할 때
는 들어주지도 않더니! 대체 난희 하나 잡으러 왔다가 이게 무
슨 고생이란 말인가.

"초인종을 눌러도 사람이 안 나오면 집에 아무도 없다고 알고
물러나야지, 담을 넘으면 어떡혀."

"있을 것 같으니까 그런 거 아니에요."

심술을 풀풀 풍기며 투덜거리던 은혁은 노파가 홱 쏘아보는
통에 입을 딱 닫았다.

"그나저나 약혼 예복이 그리 못쓰게 되어 어쩌누. 비싸 보이
는디."

이 할머니가 지금 병 주고 약 주시나.

"대문 열어줄 테니까 찾는 사람 있나 어디 찾아봐."

그러더니 할머니는 주머니를 부스럭거려 열쇠를 찾았다. 은
혁은 반쯤 넋이 나간 눈으로 할머니의 등을 바라보고 있었다.

"자, 잠깐. 지금 뭐 하는 겁니까?"

"뭐 하는지 보면 모르누. 대문 열고 있지 않누."

"그러니까 할머니가 왜 이 집 키를 갖고 있냐고요."

"오늘 내 사랑스러운 손녀가 약혼을 한다기에 부랴부랴 시골
에서 올라왔다, 이눔아!"

찰칵! 열쇠 구멍이 돌아가는 소리와 동시에 콰쾅! 벼락이 내
리치는 것 같은 충격이 은혁의 몸에 내리꽂혔다. 대문은 열렸지
만 반대로 은혁의 말문은 막혀 버리고 말았다. 내 사랑스러운

손녀? 그 손녀가 약혼을 해? 그렇다면 이 할머니가……!

말할 수 없는 충격에 빠진 은혁을 다시 돌아본 할머니가 다 빠진 이를 드러내 보이며 씨익 웃었다.

"그러니까 우리 난희랑 약혼한다는 낮 도깨비가 네눔이었구 먼."

너무나 억울해서 말도 안 나왔다. 어버버거리는 그를 향해 할 머니가 지팡이를 휙 휘둘러 옆구리를 쿡 찌르고는 말했다.

"뭐 한댜. 얼른 들어와, 이눔아."

"할멈, 양심도 없어요? 손녀사위를 이렇게 처참하게 때려놓 고 어떻게 사과 한마디 안 해요!"

억울해서 외치는데 할머니가 또 주름이 자글자글한 눈으로 씨익 웃었다.

"그러니까 진즉 말을 하지 그랬어, 이눔아!"

난희는 하릴없이 거리를 걷고 있었다. 벌써 약혼식은 시작되 었을 것이다. 결국 어떤 결론도 내리지 못한 채 망설이다가 약 혼식 시간을 놓치고 말았다. 이렇게 되면 아버지는 태원그룹에 서 어떻게 되는 것이며, 아버지가 회사에서 퇴출되기라도 하면 가족들은 또 어떻게 되는 것일까. 박사현 여사에게는 무어라고 할 것이며, 은혁은 또 얼마나 고소해할 것인가.

수많은 생각들이 엉키고 있었음에도 여전히 결정은 내려지지 않았다. 약혼이라는 것이 쉬운 것인가. 사랑도 없는 정략적인 약혼이라니 가당키나 한 것인가. 지금이 조선시대도 아니고…….

"그날 일은 미안하다."

은혁이 사과하던 순간이 떠올랐지만 동시에 겹쳐 오는 사진들 때문에, 난희는 고개를 푹 숙인 채 거리를 걷고 또 걸었다.

같은 시간, 약혼식이 진행되기로 했던 S호텔의 넓은 홀은 지금 침묵에 휩싸여 있었다. 그것은 약간의 수군거림이 섞인 고요함이었다. 예비 신부는 제시간에 나타나지 않았고 예비 신랑마저 신부를 데리러 가서 감감무소식이었다. 벌써 한 시간이 흘러버렸다. 침묵을 지키고 있던 박사현 여사는 지 회장의 탐탁지 않아하는 표정에 결단을 내려야 했다. 그녀로서는 좀 더 기다려주고 싶었지만 무조건 밀어붙이는 것만이 능사는 아닌 듯싶었다.

'오늘만이 날은 아닌 게지.'

그녀는 반 정도 이 상황을 포기하고서 천천히 자리에서 일어났다. 아들의 조급한 마음을 확인한 것만으로도 얻은 것이 없는 건 아니었다. 어쩌면 처음부터 억지로 시작된 인연이었으니, 시간 내에 나타나지 않은 난희를 탓할 수만도 없었다. 박 여사는 그래도 못내 아쉬운 욕심을 누르며 천천히 입을 열었다.

"장내에 계신 여러분들, 바쁜 시간에도 불구하고 이렇게 미래
가 촉망되는 두 사람의 약혼식에 참석해 주신 것에 감사드립니
다. 그러나 이 약혼식은……."

바로 그 순간이었다. 갑자기 홀의 문이 활짝 열려 사람들의
시선이 일제히 돌아갔다. 그와 동시에 난희의 부모님이 벌떡 일
어났다. 한 시간을 꼼짝없이 앉아 있었던지라 좀이 쑤셨던 상희
도 따라 일어났다.

"언니!"

상희가 외치는 순간 난희의 어머니가 달려나갔다. 아버지는
그제야 겨우 한숨을 흘리고는 상희의 부축을 받으며 자리에 앉
았다.

"난희야."

어머니는 안도하는 눈으로 난희를 바라보며 그 어깨를 보듬
어주었다.

"미안해요, 엄마."

작게 중얼거리는 난희의 말에 어머니는 고개를 저었다.

"아니야. 우리가 강요한 거니 신경 쓰지 말렴."

"엄마."

"어디에 갔는지 내내 걱정했어. 이렇게 왔으니 그래도 다행이
다."

"정말 죄송해요."

난희는 또 한 번 속삭이고는 아버지를 바라보고, 또 저 멀리

서 있는 박사현 여사를 바라보았다. 박 여사의 질책을 각오하고 있었지만 그녀의 표정에는 변화가 없었다. 그저 여유로운 미소를 띤 그녀는 그대로 확고한 바위 같았다.

그런데 지금, 왜 저분의 표정이 마치 안심하라고 말해주는 것처럼 느껴지는 걸까.

자신과 은혁의 관계가 어떻게 될지 그것은 잘 모르겠지만, 난희는 박사현 여사와 앞으로도 계속 좋은 관계를 유지하고 싶은 욕심이 일었다. 그것은 무척 간절할 정도로 깊게 든 생각이었다.

난희의 얼굴을 물끄러미 바라보던 박 여사가 좌중에게 시선을 돌리더니 말을 마저 이었다.

"여러분, 집중해 주세요. 으음, 예비 신부가 도착했지만 저는 이 약혼이 부득이한 사정으로 파기가……."

"잠깐만요, 드릴 말씀이 있습니다."

난희가 똑똑한 어조로 나서는 바람에 박사현 여사의 말이 멈췄다. 박 여사가 찬찬히 난희를 바라보았다. 다행히 그녀의 표정에서 말이 막힌 것에 대한 불쾌감은 찾을 수 없었다. 무슨 말이라도 해주기를 기다리는 것 같은 박 여사의 느낌에 난희는 심호흡을 크게 하고 말을 이었다.

"저는, 우선 죄송하다는 말씀부터 드리겠습니다. 이 자리에 참석해 주신 모든 분들께 죄송합니다. 저는, 이 약혼에 대한 확신을 가질 수 없어서 잠시 결론을 내리지 못했습니다. 그렇지만 오랜 고민 끝에……."

나름대로 용기를 내어 말을 이어가던 난희는 문득 그 자리에 누군가가 없다는 것을 뒤늦게야 깨달았다. 순간 그녀의 눈이 커지더니 턱이 바르르 떨렸다.

지은혁, 그 남자가 없었다. 난희는 그야말로 맥이 탁 풀렸다. 그렇게 많은 고민을 한 끝에 결국 이 자리에 오기로 결심했는데, 은혁은 참석조차 하지 않은 것이다. 난희는 배신감에 치를 떨며 차갑게 입을 열었다.

"그런데 늦은 사람은 저뿐이 아니었군요."

"아니다. 늦은 사람은 너 하나뿐이니라."

그 순간 등 뒤에서 들려온 소리에 난희는 눈을 동그랗게 뜨고 고개를 돌렸다. 좌중들의 시선도 다시 한 번 활짝 열려진 문으로 일제히 향했다. 난희가 깜짝 놀라 외쳤다.

"할머니!"

그곳엔 주름이 자글자글한 노파가 지팡이를 짚고 서 있었다. 그리고 노파의 곁에서 걸레조각으로 변한 턱시도를 입고 서 있는 저 남자는 분명 오늘의 주인공인 예비 신랑이 맞았다. 한 시간 전에 식장에 있을 때만 해도 무척 미끈한 차림이었는데, 지금 모습은 폐차장에 차와 함께 끌려갔다가 눌려지는 차들 틈에서 겨우 탈출해 나온 듯 너덜너덜했다. 한마디로 거지가 따로 없었다.

그쯤 되니 난희는 할머니의 등장보다 은혁의 몰골이 더욱 수

상했다.

“꼴이 왜 그래요?”

은혁이 머리카락을 마구 헝클어뜨리고는 성큼성큼 다가오더니 난희의 앞에 멈춰 섰다.

“너 말이다. 감히 날 창피 주려고 늦게 나타나는 것도 모자라서, 대체 그 차림이 뭐야? 감히 청바지 쪼가리를 입고 약혼식에 나타나?”

“그쪽 차림이나 먼저 보고 말을 하시죠? 어디에서 구걸하다가 왔어요?”

“이걸 정말!”

“어쨌거나 늦은 사람은 내가 아니고 그쪽이에요. 약혼이 깨져도 내 탓은…….”

“아니다, 난희야. 네가 틀렸다. 내가 이 인물을 집 앞에서 잡아왔다. 너 찾으려고 담을 넘으려는 인사를 지팡이로 호되게 잡았지.”

“네? 할머니, 그게 무슨 말씀이세요?”

난희는 눈을 깜빡이며 할머니에게 물었다. 은혁을 집 앞에서 잡아오셨다니 무슨 뜻일까. 그렇다는 것은……. 난희의 눈동자에 겨우 상황 파악의 빛이 돌자 할머니가 웃으며 고개를 끄덕였다.

“그래, 네 생각이 맞다. 오늘 늦은 사람은 너 하나뿐인 것 같구나.”

할머니의 주름진 눈가에 인자한 미소가 돌아서 난희는 그제야 마음이 편해졌다. 여유가 생겨서 그런지 그제야 모든 사람들에게 미안한 마음이 들어 얼굴이 붉어졌다.

"안녕하시오. 나는 여기 난희의 친할머니 되는 사람이외다. 아닌 밤중에 홍두깨라고 사랑스러운 손녀가 갑자기 약혼을 한다기에 밭을 갈다가 상경하는 통에 차림이 이렇소이다. 연락이야 미리 받았지만 대자연에 묻혀 있다 보니 나도 모르게 깜빡했지. 젊은 분들이 양해해 주기를 바라오. 그건 그렇고, 상경해서 집에 갔는데 웬 신수 멀건 청년이 남의 집 담을 타넘고 있기에 지팡이로 때려잡았더니 놀랍게도 그 인사가 손녀사위라고 하더이다."

할머니의 유창한 언변에 좌중은 웃어야 할지 울어야 할지 모르는 얼굴들을 했다. 그러나 마치 이끌리듯 모두들 100% 집중을 하고 있었다.

특히 그 틈에 섞인 난희의 아버지는 지팡이로 은혁을 다스렸다는 대목에서 저도 모르게 몸을 움찔했다. 어머니의 따끔한 매맛을 너무나 잘 알고 있었기에 저절로 오금이 저린 것이다. 아버지는 동정을 담은 눈으로 은혁을 쳐다보았다. 꼴이 왜 저런지 이제야 이해가 되었다.

모두들 할 말을 잊고 침묵하고 있는 가운데 갑자기 화통한 웃음소리가 터졌다. 그것은 바로 지 회장에게서 나오는 것이었다. 그가 천천히 일어나더니 할머니를 향해 정중하게 허리를 숙였다.

"안녕하십니까. 저는 은혁이 아비 되는 사람입니다."

"반갑소이다. 이 늙은이가 귀한 아드님을 잡을 뻔한 사람이외다. 사과하겠소."

"아닙니다. 오히려 제가 죄송합니다. 대낮에 남의 집 담을 타넘으려 했다면 법적으로 봐도 가택침입죄이지요. 그나마 지팡이로 다스리시어 그 선에서 묻어주셨다니 불행 중 다행입니다."

"대관절 이 어린것들을 갑자기 시집 장가를 보낸다고 하니 늙은이가 경황이 없었소이다."

"일단 자리에 앉으시지요."

"앉는 거야 문제가 되지 않지만 이 아이들이 골치가 아프구려."

할머니는 비록 남루한 행색이었지만 힘이 넘쳤고, 목소리는 홀이 울릴 정도로 카랑카랑했다. 성글게 짠 자줏빛 스웨터와 헐렁한 몸뻬바지 차림으로도 거칠 것이 없었다. 구부정하게 굽어졌던 허리마저 일자로 쭉 펴고 당당하게 외치니 모두들 입을 벌린 채 할머니만 보고 있는 상황이었다. 그런 할머니의 시선이 난희와 은혁을 향하자 두 사람은 동시에 움찔했다.

"자, 양가 어른들께서 오래들 기다렸다. 어쩔 것이누."

박사현 여사는 차분하게 상황을 바라보고 있었다. 자신도 여장부라 일컬어지고 있었지만 저 할머니는 한술 더 뜨는 것 같았다. 말을 하는데 막힘이 없었고 행동에도 단 한 치의 망설임이 없었다. 한 마디 한 마디 내뱉는 말들은 모두 다 정당성을 띠고 있었고, 보이지 않는 위협도 자신만큼이나 수준급이었다.

“너, 일단 약혼식 끝나고 보자.”

완전히 너덜너덜해진 차림으로도 뭐가 잘났는지 은혁이 이를 갈며 중얼거렸다. 난희는 코웃음을 치며 그의 위아래를 한심하다는 듯 훑었다.

“그나마 겉모습 하나는 봐줄 만했는데 그것마저 후줄근하니 약혼할 마음도 싹 가시네요.”

“네 차림은 뭐 대단한 요조숙녀라도 되는 줄 아나 보지? 거울부터 보고 말씀하시지.”

“흥!”

아직 싸움이 끝나지 않은 듯 으르렁거리는 두 사람의 등짝에 전광석화와도 같은 손바닥이 쩍! 쩍! 한 번씩 오셨다 가셨다. 난희와 은혁은 울상을 지으며 매운 손바닥의 주인공인 할머니를 동시에 돌아보았다.

“할머니.”

“아, 정말 이 할멈이 또.”

“가만히 보고 있자니 끝이 없구먼. 어른들 기다리고 계시는데 어디서 배워먹은 버르장머리들인고! 난희야, 할미가 그렇게 가르쳤누! 어서들 옷 제대로 갈아입고 다시 나타나지 못할까!”

“그, 그렇지만 할머니, 가져온 옷이 없어요.”

“할멈! 턱시도가 어디 난전에 파는 물건인 줄 알아요?”

“그럼 내 몸뻬바지라도 빌려주랴?”

은혁은 부르르 떨며 할머니를 노려보았다. 할머니와 은혁을 번갈아 쳐다보던 박사현 여사가 그제야 나서서 상황을 정리했다.

"자, 자. 일단 난희 양이 준비를 할 동안 턱시도는 알아보겠습니다. 아이들이 도착했으니 하객들은 조금만 더 기다려 주세요. 대신 본식은 간단하게 치르도록 하겠습니다."

박 여사는 빠르게 장내를 정리하고 은혁을 떠밀다시피 해서 밖으로 내보낸 후 난희를 데리고 바로 옆의 룸으로 들어가자 난희의 엄마도 바로 따라 들어왔다.

"자, 혹시 몰라서 단정하게 입을 수 있는 원피스만 준비해 났어요. 간소하지만 이렇게라도 해서 식을 치르도록 해요."

난희는 박 여사가 내민 옷을 받아 들었다. 박 여사는 간소한 원피스라고 하지만 소박한 난희의 입장에서는 여태껏 본 중 가장 고급스러운 옷이었다. 난희는 부드러운 천의 재질을 손끝으로 느끼며 천천히 고개를 숙였다.

"죄송합니다."

낮은 소리로 사과를 하자 난희의 어머니도 덩달아 허리를 숙였다. 박 여사는 희미하게 미소를 지으며 고개를 저었다.

"늦게라도 와주었으니 됐어요. 부족한 자식이지만 은혁이가 조금씩 변해가는 모습을 볼 수 있어서 나름대로 즐거웠구요."

그리고 박 여사는 밖으로 나갔다. 난희는 고개를 갸웃거리며 어머니를 바라보았다.

"엄마, 그 남자가 뭐가 변해? 내가 보기엔 더 안 좋기만 하던데?"

그러나 어머니도 못 알아듣기는 매한가지였다.

"엄마, 나 정말 약혼해야 해?"

"싫으면 네가 지금이라도 아니라고 말하렴."

"그게, 싫다기보다는……."

"싫다기보다는?"

"난, 그 남자가 너무 얄미워서……."

난희의 눈에 눈물이 글썽거렸다. 어머니는 난희의 눈물을 곱게 닦아주며 빙그레 웃었다. 이미 엄마는 은혁이 난희를 찾으러 달려나간 시점에서 마음을 정했다. 인간지사 새옹지마라고, 딸의 인생이 어떻게 흘러갈 것인지는 모르겠으나 무언가 좋은 예감이 들었다. 그러나 혹여 경박한 말이 일을 그르칠까 하여 언행을 아꼈다.

무릇 자식을 위하는 마음은 자신이나 은혁의 부모 쪽이나 모두 마찬가지일 것이다. 자식들이 고운 인생을 살기를 바라는 부모의 마음이 어찌 재물이 많고 적음에 따라 다르겠는가. 그저 양가 부모가 미래를 기대하며 약속한 이 식이 제대로 진행되어 주기만을 바랄 뿐이었다.

한편, 밖으로 나온 박 여사는 문 앞에서 기다리고 있던 할머니와 마주치자 진심을 담아 정중하게 허리를 숙였다.

"좋은 시기에 와주셔서 감사드립니다."

"사돈댁 아드님께서 좀 시끄럽더이다. 끌고 오느라 내가 고생을 좀 했소."

"그, 그 녀석이 조금 그렇지요."

"말버릇도 나쁘고, 참을성도 없고, 쓸모없는 오기만 많고."

은혁의 성품이 거칠 것 없이 들추어지자 박 여사의 얼굴이 살짝 붉어졌다. 허리가 구부러진 난희의 할머니가 다 빠진 이를 드러내 보이며 씩 웃었다.

"손녀사위는 조금 문제가 있어 보이는데 시부모 자리는 좋구려."

"과찬이십니다."

"내 손녀라서가 아니라 똑똑하고 착한 아이요. 심성 곧고 생각 깊고."

"그렇지요. 우리 아이와 그런 면에서 참 반대라는 것은 알고 있습니다."

할머니는 단단하게 지팡이를 짚고 서서 고개를 끄덕였다.

"하나만 여쭤보겠습니다. 그런데 어째서 두 아이들을 도와주신 것인지요."

"시끄럽게 부딪치는 것은 본시 징조가 좋지 않은 것이라 한다오. 그래서 꿈도 쇠붙이가 나온다든지 동전이 나오는 꿈은 좋지 않은 것이라오. 액땜을 해야 하지요. 집안에 남의 쇠붙이가 들어오는 것도 같은 이치로 액을 불러오는 것과 같소이다. 가만히 보니 두 아이가 쇠붙이처럼 시끄럽게 부딪치는 것 같소만?"

"그렇지요. 허면…… 역시 안 좋은 것일까요?"

"그렇다면 내가 왜 도왔겠소. 시끄럽게 부딪치는 것 같긴 한데, 이상하게 그것이 쇠붙이가 부딪칠 때처럼 신경을 거스르는 소리가 나지는 않는다는 거요. 그저 바람일 뿐이오만, 쇠붙이라기보다 황금과 같은 광물끼리 부딪치는 것으로 이해를 하고 싶소이다. 손녀가 삼 개월의 유예기간에 대해 상의를 해왔을 때부터 어쩐지 느낌이 왔소이다. 제 꾀에 제가 당할 걸 짐작했기에 굳이 막지는 않았소만 사부인이 기왕 시작한 것, 잘 이끌어줘야 할 거요.”

“그런……. 처음부터 난희 양의 뒤에 계셨던 것이군요. 저는 난희 양의 그 꾀가 어쩐지 마음에 들었는데요. 부끄러운 말이지만, 이상하게도 세월이 흐를수록 장난기만 많아지는 것 같습니다. 그래서 난희 양의 꾀를 지켜보는 게 즐겁더군요.”

“하하! 그 면은 이 늙은이와 죽이 잘 맞는구려. 얼마 남지 않은 시간, 장난하듯 진지하게 살아보는 것도 좋다오. 그저 늙은이의 바람일지 모르겠으나, 둘의 성격이 의외로 닮아 있어 밀어주고 당겨주면 더없이 잘 어울릴 것 같다는 생각이오. 그 댁 아드님에게는 기가 센 여자가 어울리는 것 같지 않소?”

박 여사의 얼굴에 희미한 미소가 감돌았다. 할머니도 다 빠진 이를 드러내 보이며 웃었다.

“내 멀리서만 들어 확실한 과정은 잘 몰라 그저 짐작할 뿐이오만, 개인 간의 사사로운 약속도 중요할진대 하물며 양가의 찬성으로 성사된 혼약을 목전에 두고 어찌 그르칠 수가 있겠소.”

할머니는 지팡이를 짚고 걸어서 약혼식이 열릴 홀로 들어갔

다. 조용히 그 뒤를 따르며 박 여사는 생각에 잠겼다. 처음 서교
동 임 여사가 음모를 가지고 점을 쳤을 때 점괘에서 그런 말이
나왔었다. 서로 앙숙 같은 사이, 기가 센 여자가 대주를 잡을 것
이다……. 물론 미리 말을 맞춘 엉터리 점괘였지만, 그 말 덕분
에 지금 여기까지 연결되어 온 것도 사실이었다.

진정 운명이란 것이 있는 것인가.

박 여사는 그런 생각을 하며 그 과제를 풀 당사자인 은혁과
난희 두 사람이 돌아오기를 기다렸다.

곧 약혼식은 재개되었고 약혼식 내내 예비 신랑신부는 단 한
번도 웃지 않았다. 오히려 눈만 마주칠라치면 서로 노려보는 통
에 지켜보는 사람들이 불안할 정도였다.

"하이고, 저 천생연분들 좀 보구려."

모두 불안해했는데 할머니만이 빠진 이를 드러내 보이며 웃
어 젖혔다. 그 말에 예비 신랑신부는 또 동시에 눈살을 찌푸렸
고, 난희 쪽 부모님은 식은땀을 살짝살짝 닦아야 했다. 지 회장
은 난희의 할머니에게 정중한 예의를 갖추어 접대했고, 할머니
로 인해 박 여사는 난희의 집안에 대한 다른 생각 하나를 더 품
게 되었다.

그저 딸자식 하나가 우연히 머리 좋게 타고난 것뿐이라고 생
각할 뻔했었는데 그게 아니라는 것을 오늘 확실히 깨달았다. 가
풍이란 무시를 못하는 것, 역시 집안에는 어른이 있어야 한다는
것도 더불어 깨우쳤다. 그래서 자손들이 더욱 화목하고 올곧게

살아가고 있다는 그 모든 것들을 종합해 볼 때, 부디 박 여사는 은혁이 난희의 집에 들어가서 조금이라도 달라지기를 바라는 바였다.

은혁은 조달의 여왕인 박 여사가 십 분도 채 안 돼 구해온 새 턱시도를 입고 있었다. 다행히 호텔 내부의 재량으로 지원이 가능했다. 깨끗한 새 턱시도로 갈아입고 약혼식을 치르는 와중 갑자기 은혁의 머릿속이 탕! 하고 울렸다. 그제야 은혁은 상황을 파악하고 말았다.

아뿔싸! 내가 지금 무얼 하고 있는 건가.

지금껏 자신의 목적이 무엇이었던가. 바로 이 약혼식을 파기시키는 것이 아니었던가. 그런데 가만히 두었으면 의도대로 되었을 그 모든 것을 망쳐 버린 사람은 또 누구인가.

'바로 지은혁, 내가 아닌가.'

은혁은 뒤늦게 가슴을 치고 있었다. 자존심 세우기에 급급해서, 오기에 눈이 멀어 결국 일을 이 지경으로 만들었다. 약혼식을 끝끝내 하고야 만 것이다. 그것만이면 다행일까. 지인들의 기억에 자신은 이 약혼에 안달이 나서 억지를 부려 일을 성사시킨 장본인으로 기억될 것이다. 약혼 당일 신부가 안 나타나 부랴부랴 달려나가 신부를 급기야 끌고 오고 만……

'으아악!'

은혁은 더 생각하기도 괴로워 참담하게 어깨를 늘어뜨렸다. 그는 옆에 서 있는 단정한 원피스 차림의 난희를 흘끗 쳐다보았다. 도무지 예쁜 곳은 찾아볼 수 없는 얼굴, 얄미운 말투, 단 한 번도 지지 않고 대드는 그 나쁜 성격, 작은 일도 그냥 넘어가지 않는 짜증나는 깐깐함. 그것이 그가 알고 있는 그녀였다. 그러나 은혁은 조금씩 느끼고 있었다. 그녀가 가진 것은 그게 다가 아니라는 걸.

'지은혁을 부지불식간에 도발시키는 요망스러운 여자.'

그 하나를 더 추가해야 하는 시점이 온 것이다.

'뭐, 저렇게 입고 있으니까 밉상 얼굴이 좀 예뻐 보이기도 하네.'

정식 드레스는 아니었지만, 몸 선에 꼭 맞는 하얀 원피스 디자인이 그녀를 몇 분 만에 성숙한 여자로 탈바꿈시켜 놓았다. 그 대단한 깐깐함도 단아한 차림에는 쏙 들어가 버렸다. 여성스럽다는 느낌이 폴폴 묻어나고 있으니, 역시 옷이 날개인가.

아무튼 말도 많고 탈도 많았던 약혼식이 무사히 끝나가는 시점, 은혁은 드디어 길었던 하루가 끝난 것이라 생각했다. 그러나 그것이 얼마나 안일한 생각이었는지 잠시 후 그는 몸으로 깨달게 되었다.

약식으로 진행된 약혼식이 끝난 후 피로연이 시작되었다. 예비 신랑신부의 본의 아닌 숨바꼭질로 배를 곯다시피 하며 기다리고 있던 좌중들은 그 어느 때보다 더 피로연에 충실했다. 그때 인상을 찡그리고 서 있는 예비 신랑의 곁으로 누군가가 은밀하게 다가섰다. 은혁은 자신의 옆으로 슬금슬금 다가오고 있는 상희를 흘끗 쳐다보았다. 호텔 앞에서 본 기억이 퍼뜩 떠올랐다. 난희보다 더하면 더했지 덜하진 않을 것 같은 민씨 자매 중 둘째, 상희가 비시시 웃으며 말했다.

"형부, 약혼 축하드려요."

은혁은 탐탁지 않다는 눈으로 상희를 흘끗 쳐다보고는 시선을 홱 거두었다. 상희가 의미심장한 미소를 짓더니 은혁을 다시 불렀다. 그가 상희를 노려보며 낮게 으르렁거렸다.

"혼자 있고 싶으니까 저리 좀 가 있지 그래."

"어머나, 우리 형부 너무 터프하시다. 알았어요. 근데 한 마디만 하고 갈게요. 있잖아요, 형부. 얼마 전에 운세를 보니까 저한테 금전운이 있다는 소식이에요."

"그래서 뭐?"

"이거 좀 보실래요? 아주 은밀히."

상희가 뒤에 숨기고 있던 무언가를 슬쩍 건네는 순간, 은혁의 눈이 공처럼 커지더니 눈썹에 경련이 일었다.

"이, 이게…… 뭐야?"

그는 사진을 얼른 구겨 손 안에 쥐고 주위를 휙휙 둘러보았다. 다행히도 모두들 신부에게 관심이 가 있는 것 같았다. 하긴 가족이고 친척이고 누구 하나 자신에게 관심이 있을 턱이 있나.

"보시다시피 우리 형부님께서 다른 여자랑 공사다망한 장면을 포착한 사진이죠."

은혁은 무시무시한 눈으로 벌레 보듯 상희를 내려다보았다.

“너 뭘 믿고 이런 짓을 하는 거지?”

“어머, 기분 나쁜 말씀 마세요. 오해하고 계시나 본데, 이건 우리 집으로 배달되어 온 우편물이라구요. 때마침 제가 받아서 허물을 감추어 드렸더니 되레 이렇게 사람을 몰아세우시기예요? 기분 나빠지려고 그러네.”

은혁은 도무지 믿을 수 없는 상황에 말문이 막혔다. 그는 손 안에서 구겨져 있는 사진을 슬쩍 보았다가 히뜩 놀라 다시 확 구겼다. 언제였더라? 단 하룻밤 만나서 놀고 서로 바이바이하며 헤어진 여자와 호텔에서 나오는 장면이 딱! 포착되어 있었던 것이다. 숨이 턱 막히면서 저도 모르게 이마에 식은땀이 맺혔다.

“누가 보낸 건지는 모르겠지만 사위 삼지 말라는 노골적인 메모도 동봉되어 있던걸요. 적군이 왜 그렇게 많아요?”

“정말이냐? 정말 그런 우편물이었어?”

“그럼 제가 거짓말해요? 정 궁금하시면 편지를 보여 드릴 수도 있어요. 사진도 이것 한 장이 아니랍니다. 아주아주 많이 들어 있더라구요. 그것도 사진마다 상대가 다르던데, 형부는 정말 능력도 좋으세요. 깔깔깔.”

민상희, 아주 신났다. 은혁은 부들부들 떨며 주머니에 손을 찔러 넣었다. 물론 구겨진 사진이 들린 손이었다. 누군지 몰라도 다 죽여 버리겠다는 생각을 하며 떨어지지 않는 입을 열었다.

“이 사진…… 네 언니는 알아?”

눈앞이 깜깜해지는 순간 왜 그 말을 묻고 싶었는지는 모르겠지만 기왕 나온 말이니 대답을 기다렸다. 상희는 도리도리 고개를 저었다.

"아무도 몰라요. 우리 언니, 그리고 엄마, 아버지까지 세트로 놀라실까 봐 입수하는 즉시 제가 보관하고 있었거든요."

은혁은 그 대목에서는 저절로 한숨을 돌렸다.

"그런데 그걸 나한테 보여주는 이유는 뭐냐?"

"형부도 참, 다 아시면서. 사랑하는 처제에게 용돈도 주실 겸 보관료도 주실 겸 의리를 지켜준 사례금도 주실 겸."

그러면서 상희가 두 손을 고이 모아 불쑥 내밀었다. 은혁은 그런 상희를 내려다보며 혀를 찼다.

"머리에 피도 안 마른 것이 지금 어른을 협박하는 거냐?"

순간 상희의 눈초리가 새침해졌다. 그녀가 고개를 팩 돌리더니 차갑게 지껄였다.

"알았어요. 그럼 그만두세요. 전 형부 생각해서 매일매일 너무 힘들게 숨겨 드리고 있었는데. 칫, 필요없으면 그만두시라구요. 사실 벌써부터 언니한테 보여주려고 생각했으니까."

뒤도 안 돌아보고 가려고 하는 상희의 덜미를 홱 낚아챘다. 상희는 목 뒷덜미가 잡힌 채 천천히 고개를 돌렸다. 협상 결렬인 줄 알았더니. 쿡쿡, 상희는 회심의 미소를 흘렸다.

"기다려 봐."

상희가 비시시 웃으며 돌아서자 은혁이 속주머니에서 지갑을 꺼내 십만 원 권 수표 두 장을 내밀었다.

"어머, 형부~우. 조금 더 쓰세요오. 이렇게 예쁜 처제한테 약혼 선물도 안 하세요?"

"아, 알았으니까 가까이 좀 오지 마."

은혁은 콧소리를 섞으며 다가오는 상희를 피해 뒷걸음질 치며 재빨리 세 장을 더 건넸다.

"돼, 됐냐?"

"아잉~ 네, 이 정도면 됐네요. 오케이. 고맙습니다. 아아, 예쁜 처제는 멋진 형부가 있어서 너무 행복해요. 그럼 형부, 언니와 백년해로하세요!"

윙크를 찡긋 한 상희가 너무나 흐뭇한 얼굴로 사라졌다. 갑자기 닥친 상황에 넋을 잃은 은혁은 천천히 지갑을 찔러 넣으며 중얼거렸다.

"백년해로? 돈을 강탈해 간 것도 모자라 악담까지 퍼부어?"

그는 암울해 오는 미래를 생각하며 지끈거리는 머리를 감싸 쥐었다. 지팡이로 사람을 두들겨 패는 원더우먼 같은 할멈, 자신의 비밀을 쥐고 흔드는 것도 모자라 공갈협박까지 하는 치사한 처제, 거기다가 사정없이 그를 도발하게 하는 못난이까지…… 그 집에는 두려운 대상들이 너무나 많았다.

'그 집에 가기 싫다.'

지금 이 순간, 은혁은 이 모든 것이 꿈이기를 간절히 바라고 있었다.

제8장 삼 개월,
　　　그 피 튀기는 접전의 시작

약혼식 이튿날, 상희는 핫팬츠 차림으로 하품을 하며 방
에서 나왔다. 어제 형부로부터 받은 보조금으로 친구들과 밤새
도록 놀고 새벽녘에야 집에 들어온 바람에 늦잠을 자버렸다. 시
계를 보니 열한 시가 조금 넘어가고 있었다.

"아웅, 씻어야지."

늘어져라 하품을 하며 욕실 문을 벌컥 열었다. 소매가 없는
탱크 탑과 핫팬츠 차림으로 드러난 옆구리를 벅벅 긁어가며 욕
실 문을 여는데…….

"꺄아아악!"

깜짝 놀란 그녀는 비명을 지르며 욕실 문을 세차게 닫았다.

욕실 안에 생각지도 못한 인물이 앉아 있는 바람에 기겁을 한 것이다.

흰 폴라 셔츠와 트레이닝 바지 차림으로 변기에 앉아 담배를 뻑뻑 빨아가며 신문을 보고 있던 장본인은 다름 아닌 형부였다. 그쪽도 금방 깬 건지 머리카락은 온통 흐트러져 있고 눈은 반쯤 감긴 모양새가 꼴이 말이 아니었다. 한쪽으로 완전히 쏠린 부스스한 머리를 한 채 상희와 시선이 마주친 그는 별로 놀라는 모습이 아니었다.

"아, 맞아. 오늘부터 새로운 식구가 있었지."

상희는 그제야 그 사실을 상기하고는 비틀거리며 방으로 다시 들어갔다. 새벽에 들어온 상희는 모르고 있었지만 은혁은 어제 약혼식이 끝나자마자 이 집으로 들어왔다. 박 여사는 이미 모든 짐을 난희의 집으로 부쳐 놓은 상태였다. 짐이라야 옷가지와 은혁의 소소한 개인 용품이 전부였다. 일체의 가구도, 다른 사치품도 제외되었다. 최소한의 생명 유지, 즉 인간으로서 필요한 생필품이 짐의 전부였다.

어젯밤 은혁은 투덜거리며 이층 자신의 방으로 배정된 곳에서 꼼짝도 하지 않았다. 그곳은 방이라는 허울 좋은 이름을 덮어쓴 감옥과 다름없었다. 은혁이 도착하기 전 난희가 그 방을 미리 살펴보았을 때도 아직 채 메주 냄새가 빠지지 않은 상태였다. 떠밀리듯 난희의 집으로 들어와 홀로 남겨진 은혁은 그 방에서 밤새도록 담배를 피우며 생각에 빠졌다.

"제대로 하지 않으면 유언장에서 네 이름이 빠질 게다. 상속자에서 빼버릴 테니 그리 알아."

박 여사가 마지막으로 한 말이었다. 정말 빼도 박도 못하게 된 상황이었다. 그나마도 위안인 것은 박 여사가 카드는 막지 않았다는 것이다.

"젠장."

은혁은 그야말로 먹구름이 낀 앞날을 예감하며 그 밤을 뜬 눈으로 지새다 새벽녘에야 잠이 들었다.

한편 상희는 책상에 앉아 하품을 찌익 했다. 이층을 같이 쓰게 되었으니 당장 욕실이 문제였다. 도대체 왜 남자들은 욕실에서 담배를 피우는 걸까. 투덜거리는데 문이 열리더니 난희가 들어왔다.

"어라? 언니 학교 안 갔어?"

"응. 오늘은 오후 수업."

난희는 일찍 일어나서 벌써 씻은 모양인지 손에는 커피가 들려 있었다. 상희는 난희의 상큼한 모습이 갑자기 부러워졌다. 그만큼 당장이라도 씻고 싶은 마음이었다.

"언니, 형부 좀 어떻게 해봐. 욕실에서 담배를 피우잖아."

책꽂이에서 책을 몇 권 꺼내던 난희가 흠칫했다. 그녀가 고개를 홱 돌리더니 상희에게 엄포를 놓았다.

"너 형부라고 부르지 말랬다."

"그렇지만 형부는 형부잖아."

"무슨 형부야? 말도 안 되는 소리 말고 다른 호칭을 써. 아니면 아예 부르지 말든지."

"그럼 뭐라고 불러? 아저씨? 오빠? Mr.지? 은혁 씨?"

"모르겠다. 한참 고민해 보려무나."

난희는 몸을 돌려 밖으로 나갔다. 혼자 남은 상희는 과연 무엇으로 불러야 용돈을 또 얻을 수 있을까에 대한 심각한 고민에 빠져들었다.

한편, 밖으로 나온 난희는 욕실 앞에서 팔짱을 낀 채 발끝으로 바닥을 톡톡 치며 노크를 했다.

"있어!"

대뜸 안에서 터져 나온 목소리였다. 누군지 알고 저렇게 반말이신지.

"이봐요. 빨리 나와보시죠."

"아, 짜증나. 왜?"

"욕실 전세 냈어요? 벌써 몇 시간째인 줄 알아요?"

"과장하지 마. 삼십 분 전에 일어났는데 몇 시간은 무슨."

"그러니까 일어나자마자 쭉 지금까지 욕실 차지하고 있었다구요. 여기 혼자 살아요?"

"정말 짜증나게 하네."

안에서 요란한 소리와 함께 물 내려가는 소리가 들리고 무언가를 발로 툭툭 걷어차는 소리 등 온갖 잡음이 들린 후에야 거칠게 문이 홱 열렸다. 은혁은 매우 불성실한 태도로 욕실 문에 기대서서 난희를 내려다보았다.

"뭐야?"

"좀 비켜봐요."

난희는 은혁을 툭 치고 지나 욕실 안으로 들어갔다. 역시나 한바탕 난리가 난 욕실 풍경을 보며 난희는 한숨을 폭 내쉬었다. 무엇보다 숨 막힐 정도로 역한 담배 냄새에 난희는 화가 머리끝까지 났다.

"욕실에서 담배를 피우면 어떻게 해요? 여기가 본인 혼자 쓰는 공간이에요? 저랑 제 동생이 함께 쓰는 곳이라구요. 여자와 함께 쓰는 욕실에서 담배를 피우셔야 되겠어요? 그리고 신문을 다 봤으면 여기 책 꽂아놓는 곳이 있잖아요. 이렇게 던져 두면 물이 튀어 다 젖잖아요. 다 보고 난 신문은 당연히 정리를 해야죠. 그리고 칫솔은 썼으면 제자리에 꽂아야 하고, 치약 뚜껑도 닫아야 하잖아요. 세면대에서 머리를 감으면 머리카락 때문에 막힐 수 있다는 것도 몰라요? 샤워를 하고 나서는 비누 거품을 다 씻어내고."

"야!"

다다다 훈계를 쏟아내던 난희가 은혁을 흘끗 쳐다보았다. 그의 얼굴이 터지기 일보 직전이었다.

"왜요?"

"너 지금 뭐 하는 거냐?"

"뭘 하고 있다고 생각해요? 공동생활을 하는 데 있어 최소한의 기본예절을 알려주는 거잖아요."

"기본예절 좋아하시네. 내가 지금 그런 것까지 하나하나 지켜줄 사람으로 보이냐?"

"기본적인 예절이 없는 게 그렇게 자랑인가요?"

"너 말이야, 잘 들어. 나는 지금까지 누구한테도 터치 받지 않고 살아왔어. 그런데 지금 네가 감히 나를 훈계하려는 거냐?"

"그건 그쪽 사정이고 여기에서 지내면 이곳 상황을 따라야 하는 것 아니에요? 말이 나왔으니 말인데 욕실은 방이 아니에요. 세 사람이 같이 쓰는 공간에서 담배를 피워가며 그렇게 오래 있으면 어쩌자는 거죠?"

"내가 내 마음대로 있겠다는데 네가 무슨 상관이야? 기껏 코딱지만한 욕실 갖고 유세 떠는 거냐?"

"지금 뭐라고 했어요?"

"젠장, 이런 너저분한 욕실 하나 가지고 잘난 척하는 거냐고!"

은혁과 난희의 시선이 팽팽하게 맞부딪쳤다. 난희는 은혁의 유치한 발언에 화가 났고, 은혁은 난희의 간섭에 화가 났다.

"성질나게 이따위 곳에 살게 된 것도 열 받아 죽겠는데 내가 지금 성심을 다해 네 깐깐한 사정에 맞추게 생겼냐고!"

“이따위 곳이라고 했어요?”

“그러니까 성질나게 왜 건드려!”

“이제 한곳에 지내게 됐는데 그까짓 충고도 미리 못해요?”

“그러니까 너 따위가 왜 나한테 충고를 하냐고!”

난희는 어이없다는 눈으로 은혁을 쳐다보았다. 말이 통하는 상대라야 충고든 배려든 먹힌다는 사실을 유감스럽게 지금에야 깨닫고 있었다. 지금 은혁은 앞뒤가 꽉꽉 막힌 데다 꼬여도 보통 꼬인 게 아니었다.

“정말 유치하네요. 지금 내가 텃새 부리는 것 같아요? 그래요?”

“네가 텃새를 부리든 철새를 부리든 내가 알 게 뭐야? 듣고 싶지 않으니까 나한테 이래라저래라 종알거리지 말란 말이야!”

은혁은 자신의 골방으로 들어가 문을 쾅 닫아버렸다. 들어서자마자 밤새도록 맡은 역한 메주 냄새가 또다시 났다.

“도대체 이건 무슨 냄새야! 젠장, 뭘 하던 방이기에 똥 냄새가 나냐고!”

곱게 자란 은혁이 메주 냄새가 어떤 것인지 알 리가 없었다. 그저 몇 년은 씻지 않은 발에서 풍기는 고약한 냄새와 비슷하다는 것만 느끼고 있을 뿐이었다. 메주라 하면, 못생긴 여자를 지칭할 때 쓰라고 있는 단어라고만 알고 있는 그였다.

은혁은 불쾌한 기분에 안 그래도 밀려오던 분노가 울컥 치밀어 올랐다. 한쪽에 세워져 있는 비키니 옷장을 쾅 걷어찼더니 기우뚱하면서 혼자 울렁울렁 거렸다. 뭐가 어떻게 생긴 옷장이 걷어차도, 걷어차도 헝겊만 울렁 하고 만다. 이래 가지고는 터프하게 화도 못 내는 것이다. 비키니 옷장 꼬라지 때문에 더 화가 난 은혁은 단단한 벽에 주먹을 내리꽂았다. 얼마나 열 받았는지 아픔도 느껴지지 않았다. 흠, 이 정도는 돼야 폼이 살지.

"어미는 삼 개월 동안 네가 조금이라도 변하기를 바란다."

박 여사가 했던 말이 떠오르면서 모든 상황이 짜증으로 느껴졌다. 도대체 박 여사는 왜 자신을 들볶는 것이며 왜 난희와 얽히고설키게끔 만들어 이런 상황에 빠뜨린 것인가. 모든 것이 마음에 들지 않았다. 좁은 방 안에서 그는 인생의 끝 같은 것을 맛보고 있었다. 모든 것이 구질구질한 것뿐이라는 생각에 온갖 욕지기가 치밀어 올랐다.

"제길."

벽에 꽂은 주먹을 부들부들 떨고 있는데 문이 벌컥 열리더니 난희가 들어섰다. 은혁은 돌아보지 않은 채 중얼거렸다.

"나가."

"입에서 나온다고 다 말이 아니에요. 그쪽은 자꾸 '이따위' 라는 단어를 쓰면서 우리 집을 모독하는데 우리가 그쪽한테 죄 지은 거 있어요? 왜 그쪽 관점에서 우리 집을 모욕해요?"

"아, 정말 짜증나. 넌 왜 그렇게 매사에 따박따박 따지고 드는 거야? 좀 가만히 두면 안 되냐고!"

은혁은 지금 기분 같아서는 모든 것을 다 걷어차 버리고 싶었다. 이러다가는 잘못해서 난희까지 걷어찰까 봐 제발 그녀가 나가주기만을 바랐다. 단 한 순간이라도 자신을 그냥 두어주기를 바라는 것이 정말 솔직한 마음이었다.

"짜증나니까 제발 그만 하라고."

"내가 하고 싶은 말은 말조심을 해달라는 거예요. 나는 괜찮지만 집엔 상희도 있고, 부모님도, 그리고 할머니도 계세요. 이왕 함께 생활하게 되었으니 서로 최소한의 예절이나 지켜야 할 사항을 주고받는 건 당연하잖아요."

"그게 왜 당연한 건데? 나는 그따위 것 하나도 당연하지 않으니까 그만 하라고!"

"왜 자꾸 화만 내요?"

"네가 짜증나게 하잖아!"

은혁은 더 참지 못하고 책상 위에 두었던 라이터를 집어 던졌다. 난희의 옆을 날아서 지나간 값비싼 라이터는 금방 도배를 한 벽에 흠집을 내고 바닥으로 툭 떨어져 내렸다.

난희도 놀랐겠지만 은혁은 더 흠칫 놀랐다. 자신도 모르게 성질이 폭발하고 말았는데 어쩌다가 그녀가 서 있는 쪽으로 집어 던지고 말았을까. 거 봐…… 내가 나가라고 했잖아.

난희는 놀라 동그랗게 커진 눈으로 라이터를 보다가 은혁에게로 시선을 돌렸다. 은혁은 난희의 시선을 애써 모르는 척하고 있었다. 라이터가 벽에 부딪치는 순간 그의 가슴에도 무언가 금이 쫙 갔다. 결국 감정은 더욱 제멋대로만 흘러갔다. 모든 게 이미 엎질러지고 망가진 것만 같아 되돌리기도 귀찮았다. 그는 비키니 옷장을 있는 대로 걷어찼다. 하지만 옷장은 또 울렁, 하고 끝이다.

"너 내가 이렇게 있으니까 만만해 보여? 나를 네 마음대로 조종할 좋은 기회로 보이냐고. 뭐든지 건성이 없어. 다 네 멋대로 흘러가야 마음이 편하지? 그런 짜증나는 성격으로 몇 사람 열받게 했어? 몇 사람 피 말렸냐고! 유감스럽지만 나는 그 리스트에 올리지 말란 말이야!"

난희는 그저 놀란 눈으로 은혁을 빤히 쳐다보고만 있었다. 그럴수록 은혁은 자신이 더 미친놈인 것만 같았다. 그때마다 가슴에 새겨진 금은 더욱 쫙쫙 늘어났다. 균열이 멈추지 않고 증가하는 것을 지켜볼수록 더 화딱지가 나서 그는 주먹을 부르르 떨며 재차 소리쳤다.

"그깟 약혼식 했다고 내가 네 남자라도 된 줄 알아? 내가 이 집에 들어왔다고 지은혁이 완전히 망해 버린 것 같냐고!"

화를 내고 있는 그, 어느 때보다 더 심한 말을 쏟아내고 있는 그의 사나운 성격, 그리고 무지막지한 말들…….

그러나 난희는 그 순간만큼은 다른 말로 반응하고 싶지 않았다. 그것은 겁이 났다거나 기세에 눌렸다거나 하는 그런 의미가 아니었다. 왠지…… 그가 불안해 보였다. 그리고 아주 조금이었지만 그 마음이 이해가 갈 것도 같았다.

은혁은 주먹을 꾹 쥔 채 부들부들 떨다가 낮은 욕설을 터뜨리며 몸을 돌렸다. 난희는 그의 등을 물끄러미 바라보았다. 하긴 확실히 이번 약혼으로 인한 피해자가 자신 한 사람만은 아니었다.

난희는 천천히 허리를 숙여 라이터를 집어 들었다. 그리고 옷자락으로 조용히 닦은 후 은혁의 뒤로 다가섰다.

"받아요."

은혁은 돌아보지 않았다. 그의 섬세한 옆 선이 불안정하게 흔들리고 있었다. 난희는 옅은 한숨을 내쉬고는 라이터를 책상 위에 놓았다.

"갈게요."

난희는 방문 앞까지 걸어갔다가 문을 열기 전 천천히 말했다.

"어차피 삼 개월이에요. 그때까지 불편하더라도 조금만 참아요. 박 여사님도 그 이상은 강요할 분이 아니라는 걸 그쪽도, 나도 잘 알잖아요. 삼 개월이면 끝나니까, 그때까지만 우리 싸우지 말고 지내요. 나도…… 노력할 테니까."

은혁은 돌아선 모습 그대로 벽을 응시한 채 미간을 일그러뜨렸다. 난희의 낮은 목소리가 이어졌다.

"그렇지만 그때까지 정 안 되겠으면, 오늘처럼 이렇게 화가 나서 미칠 것 같으면, 도저히 안 될 것 같으면 말해요. 언제든 돌아간다고 해도 다른 일 없도록 부모님께는 잘 말씀드릴게요."

은혁은 천천히 주먹을 말아 쥐었다.

"그리고…… 오늘은 미안했어요. 믿을지 모르겠지만 따지려는 마음은 아니었어요. 그렇지만 서둘렀던 건 사실이었으니까 미안하다고 말할게요."

문이 닫혔다. 미동도 없이 서 있던 은혁은 한참 후에야 고개를 돌려 책상을 바라보았다. 작은형이 대학 입학 선물로 사주었던 라이터가 책상 위에 놓여 있었다.

시기가 문제였다, 라고 스스로를 정당화 시켜보았다. 하지만 이상하게도 난희에게 못된 소리를 내뱉는 것이 전처럼 속 편하지가 않았다. 전에는 한 마디라도 더 악독하게, 하나라도 더 미운 눈초리를 보내고 싶었는데, 지금은 도대체 뭐가 어떻게 빌어먹을 형태로 돌아가고 있는 건지 못된 소리를 쏟아낼 때마다 심장이 따끔따끔 쑤셨다.

"삼 개월이면 끝나니까, 그때까지만 우리 싸우지 말고 지내요."

그 말을 듣는 순간에는 자신도 모르게 무언가가 울컥하고 올라왔다. 삼 개월이라는 시간이 서로에게 빌어먹을 시간이라는 것은 너무나 잘 알고 있었다. 자신은 죽도록 그 시간이 싫은 것처럼 그녀도 그렇게 생각하는 게 당연한 건데, 왜 자신은 되어도 그녀는 안 된다는 생각을 하고 있는 걸까. 모든 것이 열 받는 것투성이다.

방을 나선 난희는 문을 닫고 천천히 등을 기대고 섰다.

"아무래도 안 될 것 같아."

중얼거림이 흘러나왔다. 은혁과 자신은 너무나 다른 사람이라 부딪치는 면도 너무 많다. 무엇보다 그는 자신이 하는 말을 받아들일 마음이 전혀 없다. 자신 역시 은혁의 행동, 그리고 말투 하나하나가 귀에 거슬린다. 그러니 자신도 자꾸 실수를 하고, 그도 마찬가지인 것 같다. 끝도 없이 어긋나는 레일을 보는 것 같다는 생각이 들었다. 혹은 아슬아슬하게 외줄을 타는 불안함…….

그때 맞은편 방문이 끼익 열리더니 상희의 하얀 얼굴이 쏙 나타났다.

"언니, 한판 했어?"

목소리를 낮추며 물어온 말에 난희는 빙긋 웃으며 고개를 끄덕였다. 자조적인 조소가 난희의 입가에 어렸다. 상희가 폭 한숨을 내쉬었다.

"어제 약혼한 사람들이 뭐 그래? 몇 십 년 살다가 대판 싸운 갱년기 부부처럼."

난희는 어깨를 으쓱하고 기대고 있던 몸을 일으켰다.

"욕실 비었으니까 얼른 써."

"언니도 참. 욕실 때문에 싸운 모양인데, 오자마자 아무것도 모르는 사람한테 그렇게 구박부터 하면 어떻게 하냐?"

상희의 말을 듣는 순간 무언가 마음이 텅 비는 것 같았다. 가슴 한쪽에 이상한 느낌이 들면서 기분이 나빠졌다. 동생 상희가 지금 현명한 말을 해준 것이다. 자신이 미처 생각지 못한 말을 해주고 있었다. 섣부른 행동을 해버렸다. 경솔하기 그지없었다. 왜 이렇게 마음이 무거운 것일까, 했더니 바로 그것 때문이었다. 아직 채 여유를 찾지 못한 사람을 무조건 몰아붙였다. 변명도 통하지 않을 만큼 자신의 패배였다.

"어휴, 꼭 나 때문인 것 같아 조마조마해서 고생했네."

상희가 투덜거리며 문을 열고 나오자 난희는 방으로 들어가 책상에 앉았다. 상희가 문 앞에 서서 마저 종알거렸다.

"솔직히 욕실 쓰고 싶은 마음은 있었지만 그렇다고 대단히 바쁜 일이 있는 것도 아니었어. 게다가 언니가 가만뒀으면 혹시 알아? 잘생긴 형부의 샤워 현장이라도 운 좋게 보게 됐을지?"

랄랄라 거리며 상희가 욕실로 쏙 들어간 후, 난희는 볼펜을 쥐고 부르르 떨면서 문을 노려보았다. 저것이 지금 무슨 소리를 하는 거야!

그러나 아무리 생각해도 상희의 말이 맞았다.

"너무 심하게 몰아붙였나?"

언니가 되어선 상희보다도 못한 것 같다. 그녀는 한숨을 폭 내쉬고 책상으로 고개를 돌렸다. 전공서적을 뒤적거렸지만 하나도 집중이 되지 않았다. 은혁이 퍼붓던 말들이 머릿속에서 사라지지 않았다. 물론 기분 나쁘고 자존심 상하는 대목에서는 신경질이 나긴 했지만…….

유감스럽다고 해야 하나, 미안하다고 해야 하나. 자신의 고집 때문에 은혁과 첫날부터 부딪쳤다.

"정말 내가 너무 깐깐한 걸까?"

더 이상 여기에서 책을 잡고 있어봐야 집중이 될 것 같지 않아 책을 챙겨 자리에서 일어났다. 도서관으로 갈 생각으로 문을 여는데 은혁도 외출을 하려는지 마침 나오고 있었다. 시선이 부딪치자마자 두 사람은 동시에 멈칫하며 섰다.

"어디…… 나가요?"

난희는 쉽지 않게 말을 건넸다.

"왜? 나가는 것도 허락 맡아야 하나?"

그러나 돌아오는 것은 저런 류의 성질을 긁는 대답이다. 난희는 잠시나마 미안했던 마음이 깃털처럼 가벼워지는 것을 느끼며 쿵쿵거리며 아래층으로 내려갔다. 하여튼 저 남자한테 정상적인 협상을 기대한 내가 잘못이지.

은혁은 그녀가 내려간 후 주머니에 넣어두었던 라이터를 꺼내 만지작거렸다.

무언가가 사방에서 옥죄어오는 것 같아 한순간 이성을 잃었나 보다. 그래서 평소 성격대로 퍼부었는데 난희가 의외로 사과를 해왔다. 물론 그녀는 깐깐하고 짜증나도록 딱딱거리는 성격의 소유자다. 그러나 그것뿐이었다면 과연 그 순간에 사과의 말 같은 것을 할 수 있었을까. 자존심 때문에라도 흰자위까지 드러내며 더 달려들었겠지. 그러나 그녀는 그가 내뱉는 분노에 찬 말들을 고요히 듣고 있었고 라이터를 주워 건네주었다. 그리고…… 먼저 사과했다.

"제길."

바람이라도 쐬면 답답한 마음이 가실 것 같아 뚜벅뚜벅 걸어 내려갔다. 마침 거실에 아무도 없어 말을 섞지 않아도 다행이라는 생각을 하며 대문을 나서는데 저 앞에서 난희가 걸어가고 있었다.

"그래, 한 번만 태워주지. 내가 아니면 누가 널 구제해 주겠냐."

그나마 카드와 애마는 빼앗기지 않았기에 그런 생각을 하고 있는데, 갑자기 은색의 벤츠 쿠페 한 대가 골목에서 튀어나와 난희의 앞에서 멈춰 섰다. 낯익은 차의 출현에 은혁은 고개를 휙휙 돌려 되는 대로 가까운 전봇대 뒤로 몸을 숨겼다.

휴, 다행이다. 차도 멀리 세워놨기에 망정이지 잘못하면 내 신세가 곧장 소문날 뻔했어. 저놈, 입 싼 걸로 유명한데 말이지.

눈을 가늘게 뜨고서 상황을 지켜보는 은혁의 눈썹이 슬슬 꿈틀거렸다. 들키지 않은 건 다행이긴 한데, 저 자식이 여긴 왜 온 거지? 저 차는, 바로 한윤재라는 놈의 차다!

윤재는 가까스로 알아낸 난희의 집 주소를 들고 난희를 기다리고 있었다. 물론 이 일에는 효주의 도움이 컸다. 무슨 일이 있는 건지 은혁은 며칠째 연락도 되지 않았고, 효주 역시 요즘은 은혁의 주변 일을 전혀 알 수 없다고 말했다.

그런 연유로 은혁을 통해 난희의 소식을 듣는 것은 불가능하다는 판단에 일단 포기하고, 여차저차 자신의 능력을 총 동원하여 난희에게 직접 접근하기로 했다. 다행히도 효주가 소식통이 되어준 덕에 주소를 알아내서 아침부터 기다리고 있었는데, 때마침 난희의 모습이 보여 윤재는 쾌재를 부르며 액셀러레이터를 밟은 것이다.

난희는 갑자기 튀어나온 차를 힐끗 쳐다보았지만 모르는 차라고 생각하며 걸음을 재촉했다. 그때 차 유리가 부드럽게 내려가더니 안에서 남자의 목소리가 튀어나왔다.

"헤이, 이봐!"

난희는 고개를 갸웃거리며 천천히 허리를 숙여 차 안의 상황을 보았다.

"어?"

"오호, 놀라는 걸 보니 날 기억하는 모양이네?"

윤재는 웃고 있었지만 난희는 불쾌한 기분을 숨기지 않고 미간을 일그러뜨려 주었다.

"유감스럽지만 전혀 모르겠네요."

"왜 그래? 기억하는 눈인데."

"말을 정정하죠. 전혀 기억하고 싶지 않은 얼굴이네요."

"하하, 역시. 며칠 동안 그 청량음료처럼 톡톡 쏘는 말투가 무지 그리웠잖아."

난희는 별 능구렁이를 다 본다는 듯 그를 싹 무시하고 다시 걸어갔다. 사실 그날 일을 생각하면 타이어에 구멍을 내줘도 모자랄 판이지만 지금 기분이 기분인지라 더 나빠지고 싶지 않아 참는 줄이라 알아라. 윤재는 냉랭하게 자신을 외면하는 난희의 옆으로 천천히 차바퀴를 굴리며 따라갔다.

"아가씨, 왜 이름을 속였어?"

"무슨 말이에요?"

"김지영이라며?"

윽! 깜짝 놀랐지만 난희는 평정을 유지하며 앞만 보고 걸었다.

"본명이 민난희라던데?"

"홍신소 해요? 지나가는 길이면 앞서 가시죠?"

"지나가던 길? 바로 집 앞에서 이렇게 만났는데 지나가던 길이라고? 세상에 이런 우연이 그렇게 많을 것 같아? 안 그렇게 생겨서 왜 그래? 똑똑한 여자라면 이쯤은 알잖아? 난 너를 만나고 싶어서 아침부터 기다린 거라고."

난희의 걸음이 우뚝 멈췄다.

"우리 집 조사한 거예요?"

"조사하지 않고서 알 방법이 있나?"

"신고할 거예요."

"좋아하는 여자한테 대시하고 싶어 환장한 남자 잡아넣는 법 조항도 있다면 신고해."

“정신 나간 스토커를 잡아넣는 조항은 있을걸요?”

“나 스토커 아니야. 말했잖아, 네가 마음에 들었다고. 순수한 마음의 표현일 뿐이지.”

도대체가…… 온몸에 청동을 들이부은 것처럼 윤이 나는 구릿빛 피부로 능구렁이 변죽을 부리고 있는 이 남자는 또 어떤 생명체냐? 무슨 속셈이냐고.

척척 걷는 난희의 옆으로 또 차가 따라붙었다.

“이봐, 난희 씨. 태워줄 테니까 타.”

“싫어요.”

“그러지 말고 타라.”

“왜 이래요? 싫다니까!”

소리쳐 주고는 재빨리 속도를 높였다. 그러나 차는 계속해서 따라오고 있었다.

“타라, 어이. 난희 양!”

난희는 귀를 꼭 막고 더욱 속도를 붙였다. 그러나 아무리 걸어도 사람의 걸음이 차보다 빠를 수는 노릇. 기회를 보던 난희는 옳지, 쾌재를 부르고는 골목으로 쏙 들어가 버렸다. 허를 찔린 윤재는 헛웃음을 치고는 액셀러레이터를 밟아 속도를 높였다. 그 일대를 탐문하며 빙빙 돌아보았지만 난희는 머리카락조차 보이지 않았다.

“젠장, 골목이 어디로 통하는 거야!”

윤재는 그제야 난희에게 뒤통수를 맞았다는 것을 깨닫고 핸들을 쾅 내려쳤다. 아무리 둘러봐도 미꾸라지의 진로를 찾아낼 길이 없었다. 오늘은 포기해야겠군. 윤재의 입술이 씩 말려 올라갔다.

"정말 갈수록 재미있다니까."

그는 핸들을 톡톡 두드리다가 부드럽게 돌려 그곳을 벗어났다.

한편 같은 시간, 은혁은 도로를 달리고 있었다. 시원한 바람이 머리카락을 훑고 지나갔다.

"기분 좋네."

그러나 말과는 다르게 금세 기분이 나빠졌다. 요란한 음악을 틀어놓았는데도 잠시 전의 광경이 머릿속에서 떠나지 않았다. 새침한 얼굴로 앞만 보고 걸어가는 난희와 그 옆을 끈덕지게 따라붙던 윤재의 차.

"젠장, 내가 무슨 상관이야."

은혁은 핸들에 힘을 싣고는 거칠게 차를 운전했다. 몇 대의 차를 추월했더니 옆 차들이 욕지거리를 퍼부으며 휙휙 뒤로 밀려났다. 그러나 은혁은 그런 말들이 하나도 들리지 않았다. 이게 감히 어제 약혼한 주제에 바람을 피워? 그런 말도 안 되는 생각이 떠오르자 그는 더욱 신경질을 내며 속도를 높였다.

"그런 계집애 따위 내가 무슨 상관이냐. 한윤재, 어지간히도 눈 낮아."

그는 피식피식 웃으며 친구들과 만나기로 한 약속 장소로 향했다.

난희가 윤재에 대해 느낀 것은 '부잣집 출신들은 어떻게 그렇게 다들 똑같을까. 할 일이 정말 없구나' 정도였다. 갑자기 집 앞으로 찾아와 껄렁한 말투로 관심이니 뭐니 하는 말을 늘어놓는 걸로도 모자라 끝까지 쫓아오려 들다니.

"어떻게 한 번 보고 그런 말을 하지? 참 이해할 수 없는 족속들이야. 시간이 발에 치일 정도로 남아도나?"

난희는 중얼거리며 골목에서 나와 주위를 살폈다. 다행히도 이 동네와 어울리지 않는 윤재의 외제차는 보이지 않았다. 안심을 한 난희는 재빨리 지하철역으로 달려갔다. 아무튼 지은혁이고, 한윤재고 간에 난희의 입장에서는 모두 골치 아픈 존재들일 뿐이었다.

특히 지은혁의 뻔뻔함, 그리고 그 성질머리에는 두손두발 다 들었다. 사람이, 그것도 여자가 먼저 태산 같은 배려로 말을 걸었으면 최소한 그런 반응은 하지 말아야 하는 것 아닌가?

이왕 같은 집에서 동고동락하게 된 것, 되도록 좋은 마음으로 지내려고 했는데 다 물거품이 된 것 같았다. 난희는 은혁에 대한 불만을 한 바가지씩 퍼부으며 전철에 올랐다.

은혁은 주차장에 차를 세우고 바로 클럽으로 들어갔다. 친구들 몇 명이 모여 있었지만 효주나 윤재는 보이지 않았다.

“어이, 요즘 왜 이렇게 얼굴 보기 힘드냐?”

친구 건영의 물음에 은혁은 인상을 찌푸리며 대답했다.

“경영 수업 중이시다.”

“설마.”

“믿기 싫으면 믿지 말고.”

은혁은 의자에 느긋하게 기대 앉아 술을 따랐다. 경영 수업이고 뭐고 간에 카드 값만 제대로 착착 지불해 주면 회사 앞에는 얼씬도 하지 말자는 게 자신의 신조였다. 붙잡히면 바로 일터로 직진해야 하니, 뭐 하러 그런 골치 아픈 일에 사서 휘말리겠는가.

자신이 아니라도 태원을 위해 목숨 바칠 사람은 많았다. 형들은 그쪽에 재능이 있는 것 같으니 열심히 일을 해서 규모를 더 키워 마음껏 물려받으라는 말이다. 자신은 그저 지 회장과 박사현 여사의 유전자를 가지고 태어난 보상을 카드 값 메워주시는 것으로 해주면 그걸 마음껏 누릴 생각이었다. 그나마 박사현 여사가 측은지심이 있어 망나니 아들에게까지 베풀 자애가 남아 있다면, 유언으로 요트 한 척과 시골에 별장 한 채를 내려주십사 간청할 생각이었다. 그러면 나중에 요트나 타고 흘러흘러 다니다가 죽기 전에 별장으로 돌아와 여생을 마치고 싶은 사람이었다.

은혁은 ‘사업’이라는 말만 들어도 골치부터 아팠다. 그런 재능이야 두 형님들께 골고루 나눠 주셨으니 자신까지 뛰어들 필요가 없었다. 어쩌면 자식도 사업적 감각이 뛰어난 두 형님들 선에서 딱 끝났어야 옳았을지 모른다. 형님들에 비해 별 재능도 없는 자신은 덤으로 태어난 인생일지도 모르겠다. 그저 박사현 여사와 지 회장의 귀염둥이로 말이다. 귀염둥이는 귀염둥이답게 사고나 쳐주고 깜찍한 요행만 바라면 되는 것이다. 진지하게 일을 해서 귀염둥이 본연의 자세를 잃을 필요가 없었다.

클럽 안을 쭉 둘러보니 이 암울하면서도 현란한 공간에서는 대낮부터 술판이 당연하게 벌어지고 있었다. 나른한 재즈를 틀어놓고 온갖 조명을 화려하게 깔아놓은 채 흥청거리고 있는 것이다. 이 얼마나 자신과 딱 어울리는 공간인가. 유학을 가서 처음 이런 별천지를 발견했을 때, 그는 유레카! 라고 외치고 싶었다. 계속해서 자신을 괴롭히던 고민이 일시에 해소되는 느낌이었다.

'그래, 이게 내 길이야!'

고등학교 때까지 항상 고민에 휩싸였었다. 왜 자신이 형들이 밟았던 수순을 그대로 밟아 그들과 똑같은 인생을 살아야 하는 걸까. 아니, 차라리 똑같으면 다행이었다. 자신은 이리 휘둘리고 저리 휘둘리며 아무리 기를 써봐도 형들을 넘을 수는 없는, 한계가 정해진 목표를 가지고 살아야 하는 것이었다.

'넌 내 동생이니까 당연히 형을 따라야 한다'. 큰형은 그렇게 말했었다. '이 녀석아, 정신 좀 차리고 부모님 걱정 좀 시키지 마라'. 둘째형은 그렇게 말했었다.

형들을 좋아하긴 했지만 간섭받는 것은 싫었다. 어차피 형들은 부모님께 기대를 받는 쪽들이었고 '인생의 승리자'라는 역할 모델을 맡고 있는 사람들이었다. 그에 반해 자신은 어, 했더니 아, 하고 나이가 먹어버린 케이스랄까.

고등학교 때까지는 형들의 말에 휩싸여 의미없는 시간을 보냈다. 부모님이야 자신이 무얼 하든 귀염둥이 막내아들이 하는 것이니 일절 터치를 하지 않았다. 그래서 부모님의 기대 같은 것은 사실 안중에 두지 않았다. 자신은 존재 자체로 부모님을 행복하게 해주는 생명체였으니까. 그러니 특별히 아등바등하며 무얼 더 잘할 필요도 없었다.

그러다가 유학을 가게 되었고 새로운 세상을 접했다. 한국에서는 형들의 지시와 부모님의 지인들이 내쏟는 이목 때문에 접하지 못했던 세상을 마음껏 즐길 수 있었다. 둘째형을 따라 간 유학이었지만 둘째형은 후계자 수업을 받으시느라 눈코 뜰 새 없이 바빴다.

그래서 자신도 카사노바의 후계자 수업을 받기 위해 눈코 뜰 새 없이 바쁘게 보내주었다. 자신과 꼭 맞는 사상을 가진 친구들과 어울리는 시간은 더없이 편했다. 모두들 근심 걱정 없이 하루하루를 낭비하며 지내는 족속들이었다. 이렇게 이상이 합치될 수 있는 인간들이 지구상에 존재하고 있었다니. 그가 아는 인물들은 부잣집 아들 중에서도 주로 형들 타입이었으므로 꽤나 갑갑했었다.

역시나 자신은 막사는 인생들과 궁합이 맞는다는 생각을 하며 은혁은 점점 더 향락문화에 빠져들었다. 그런데 그게 부모님을 꽤 열 받게 한 모양인지 유학에서 돌아오자마자 부모님의 닦달이 시작되었다. 그렇게 흥분을 하는 박사현 여사도 처음 보았고 한숨을 푹푹 내쉬는 지 회장도 처음 보았다. 귀염둥이 아들은 무슨 짓을 해도 귀여운 게 아니었나? 거참, 부모님이 오히려 이해가 가지 않았다.

의미를 찾을 수 없는데 자꾸만 일만 하라니 은혁은 미칠 노릇이었다. 굳이 태원그룹에 욕심이 있는 것도 아니었다. 자신이 원하는 것은 그저 요트와 별장 한 채뿐인 것이다. 그 정도는 박사현 여사가 가진 능력의 아주 조그만 귀퉁이만 떼어내도 충분히 해줄 수 있는 수준이 아닌가? 그저 아들자식 연금 들어주었다고 생각하고 공짜로 주시면 될 것을, 왜 그렇게 일까지 부려먹으려는지 이해가 안 되었다.

그래서 도망치고 도망 다니며 시간을 보내다가 현재를 돌아보았더니 벌써 스물여덟이었다. 그리고 지금 그의 인생은 완전한 늪에 빠져 허우적거리고 있었다. 방목해서 키우던 귀여운 막내아들의 다리에 족쇄를 채워 어느 유형지로 휙 던져 버리신 것이다. 그 박사현 여사께서 말이다.

조명은 더욱 현란한 빛을 뿌리며 이곳저곳을 비추었다. 음악 소리가 귀를 간질이고 여자들의 웃음소리는 더욱 높아졌다. 좋은 세상이다. 벌써부터 술에 흠뻑 취한 클럽이라는 작은 세상이

빙글빙글 돌아가고 있었다.

'하긴 이렇게 좋은 날 책 보따리 싸들고 도서관 가는 녀석도 있는데, 이런 녀석이 있으면 저런 녀석도 있는 거고.'

은혁은 오전 늦게 일어나 잠깐 아래층을 흘끗 살폈었다. 그 대찬 할머니와 부딪칠 생각을 하니 선뜻 마음이 내키지 않아 계단참에서 아래층 상황만 살피는데 거실에 난희가 앉아 있는 것이 보였다. 난희네 집 거실은 한쪽 벽면에 소파를 일렬로 붙여 놓고 테이블은 소파와 뚝 떨어뜨려 놓았다. 때문에 가족들은 모일 일이 있으면 소파에 앉기보다는 방바닥에 직접 방석을 깔고 앉아 옹기종기 이야기하는 것을 좋아했다.

흘끗 난희의 상황을 살피니 그녀는 통유리로 된 거실 창문을 활짝 열어놓고 테이블 앞에 앉아 책을 읽고 있었다. 신문 말고는 활자에 눈이 잘 안 가는 은혁으로서는 아침부터 책을 달고 사는 난희의 모습이 이해가 가지 않았다. 난희는 책장을 넘기는 것 외에는 별다른 행동을 하지 않았다. 가끔 흘러내리는 머리카락을 귀 뒤로 넘기곤 했는데 그럴 때면 볼 따위의 옆모습이 드러나곤 했다. 전에도 느꼈지만 옆 선이 그나마 봐줄 만하다는 생각이었다.

"눈 버리게 뭘 보고 있는 거냐."

그는 툴툴거리며 욕실로 들어갔다. 그런데 처제라는 아가씨가 문을 벌컥 열어 맞짱 뜨듯 한 번 쳐다봐 주었더니 곧 난희가 방으로 쳐들어오고, 이런저런 이유로 말다툼을 벌이고…….

그 생각을 하자 벽장 속에 갇히기라도 한 것처럼 또 가슴이 갑갑해졌다. 게다가 윤재라는 녀석까지 나타나 속을 긁어댔으니.

한창 술을 털어 넣고 있는데 저쪽에서 누군가가 저벅거리며 걸어왔다. 바로 그 녀석, 눈도 엄청 낮은 윤재라는 놈이 만면에 미소를 담은 채 다가오고 있었다.

"저 새끼는 뭐가 좋다고 저렇게 실실거려?"

"어이, 동무들. 모두 좋은 밤 보내셨나."

윤재가 은혁의 맞은편에 털썩 앉아서 호쾌하게 웃자 모두들 윤재 쪽으로 시선이 집중되었다. 건영이 픽 웃으며 말했다.

"한윤재, 오늘 기분이 좋아 보이시는데?"

"그런가?"

윤재가 자신의 얼굴을 쓰윽 만지면서 너털웃음을 터뜨렸다.

"지은혁, 오랜만에 얼굴 본다."

"뭐가 그렇게 기분이 좋은데? 허파에 바람 들었냐?"

"좋지, 나쁠 건 또 뭐냐. 세상이란 축복으로 넘친 곳인데."

"어떤 노파 표현을 빌어, 지랄하고 있다."

그래도 윤재는 뭐가 그렇게 좋은지 기분 좋게 웃고는 잔을 들고 은혁의 옆 자리로 옮겨 앉았다. 은혁은 담배를 꺼내 물고 윤재를 물끄러미 쳐다보았다. 옆으로 바짝 다가온 그가 낮은 소리로 말했다.

"부탁 하나 있다."

“뭔데.”

“우리 베스트 프렌이잖아. 인정하지?”

“갑자기 웬 쉰 소리야. 용건만 말해.”

“프렌드로서 부탁한다. 전화번호 넘겨라.”

은혁의 눈썹이 움찔했다. 그러나 그는 모르는 체하고는 시선을 돌렸다.

“번호? 무슨 번호?”

“골치 아프다는 상대방 말이야. 넌 싫다면서, 나한테 넘겨.”

잔을 쥔 은혁의 손에 힘이 들어갔다. 또 정체를 알 수 없는 요상한 반응이 시작되고 있는 것이다.

“아주 단단히 도셨군.”

“민난희 아버지가 너네 과장이라며? 효주 통해서 주소랑 집 번호는 어떻게 알아냈는데 그 이상은 잘 안 되더라고. 어쨌거나 휴대폰 번호쯤은 네가 조달해라.”

“직접 본인이 따시지. 집 주소도 아시겠다.”

“쉽지 않으니까 하는 말 아니냐. 표정을 봐서는 손에 잡히는 대로 흉기로 써버릴 태세더라.”

그 순간, 은혁의 눈가에 만족감이 돌았다. 잘했다, 못난이. 그러나 은혁은 그런 생각을 하고 있는 자신에게 퍼뜩 놀라 바로 정색을 했다. 윤재가 안달이 난 얼굴로 계속 귀찮게 굴었다.

“누이 좋고 매부 좋고, 도랑 치고 가재 잡는다잖냐. 상부상조하자. 너는 민난희가 싫고, 나는 걔가 흥미가 당기니.”

“네가 걔에 대해 뭘 안다고 당기고 말고야? 취향도 가지각색인 건 좋은데 그 녀석 이름만 들어도 짜증나니까 쓸데없는 소리 말고 저리 가시지?”

“야, 너 지금 소유권 주장하는 거냐? 그 자식 엄청 깐깐하게 구네. 그깟 휴대폰 번호 알아도 그만, 몰라도 그만인데 친구끼리 치사하게 이러지 말자고.”

“알아도 그만, 몰라도 그만인 번호 갖고 지분거리는 너는 뭔데? 못난이 성격에 번호 흘렸다가 들키면 가만히 있을 것 같냐? 쓸데없는 일로 칼침 맞을 생각 없어.”

안 그래도 다다다 늘어놓는 잔소리에 뇌가 울릴 지경인데, 귀찮은 일까지 만들 생각 따위 전혀 없었다. 그런 그의 마음도 모르고 윤재가 계속해서 졸라댔다.

“야, 네가 흘린 건지 난희가 알 게 뭐야. 진정 치사하게 이러기냐?”

몇 마디로 끝내려던 심산이었던 은혁은 윤재의 계속된 접근에 짜증이 치밀어 올랐다. 게다가 엄연한 공식 명칭을 두고 왜 자꾸 친한 척 이름을 불러대느냔 말이다. 못난이라고, 그 녀석은 못난이란 말이다!

은혁은 만사 귀찮다는 얼굴로 술잔을 탁 내려놓았다.

“수준 낮은 짓 하면서 놀지 마라. 네가 바람둥이 명성이나 시험할 상대가 아니라는 거다.”

“지금 뭐라고 했냐?”

“한 번 장난쳤으면 됐다고! 누가 계속 손봐달라고 부탁했어? 돈 받았으면 그걸로 떨어져 나가. 왜 자꾸 짜증나게 헛짓거리야?”

“너, 진심이 뭐냐?”

윤재의 말에 은혁의 짙은 눈썹이 움찔했다. 은혁은 치밀어 오르는 화를 삭이며 양주를 벌컥 들이켰다. 윤재는 글라스를 빙빙 돌리며 그런 은혁을 주시하고 있었다. 은혁이 스트레이트 잔을 쾅 내려놓고는 윤재를 돌아보았다.

“뭐가 뭐야?”

“우스워서 하는 말이다. 세상에서 가장 짜증나는 사람 대하듯 말한 사람은 너였어. 안 그래?”

“그렇다 하더라도 너한테 양도하겠다고 표현한 기억도 없다면?”

“양도? 이 자식 웃기네. 누가 누구한테 양도하는 건데? 난희가 그 말을 들었으면 좋아할까?”

“난희? 너 인마, 아까 전부터 계속 난희, 난희 하는데.”

점점 울화가 치밀어 올랐다. 제멋대로 친한 척을 하고 있는 이 녀석이 정말, 진심으로 짜증났다.

“솔직히 말해. 눈에 빤히 보이는데 딴소리 말고. 너 난희한테 관심있는 거냐? 그래?”

“헛소리 계속하면 가만 안 둔다.”

“아니면 뭔데? 네가 싫다는 여자 내가 갖겠다는데 무슨 말이 그렇게 많냐고!"

"이 새끼가!"

순식간에 은혁이 윤재의 멱살을 틀어쥐었다. 그의 눈에 불길이 이글거리고 있었지만 윤재는 느긋했다. 그가 킥 웃고는 은혁의 손을 가볍게 털어냈다.

"지금 그 꼴을 보고도 아니라는 말을 믿으라는 거냐?"

은혁은 부르르 떨리는 몸으로 윤재를 마주 노려보았다. '이 자식이 지금 누구한테 씹던 껌 취급이야? 감히 어디다가 갖다 붙이는 거냐? 사람을 뭐로 보고!' 라고 말하고 싶었지만 그 말이 막상 나오지 않아 더욱 화가 났다. 윤재가 픽 웃더니 시선을 돌려 술을 털어 넣었다.

"더 우스운 꼴 되기 전에 솔직하게 말해, 말과 반대라고. 실은 싫지 않은 것 아니냐?"

"만약 그렇다면? 그렇다면 어쩔 건데!"

"그렇다면 이제부터 나를 두려워해야겠지."

"네가 정말 나를 웃기고 있구나. 그게 무슨 뜻이냐?"

"난희 옆에 가려면 내 허락 맡아야 할 날이 곧 올걸?"

윤재가 씩 웃으며 자신감을 드러냈다. 은혁은 그 꼴을 조용히 보고 있다가 안주머니에서 휴대폰을 꺼내 그에게 냅다 던졌다. 하마터면 중요한 부분을 정통으로 맞을 뻔했다. 윤재는 가까스로 휴대폰을 받아 들며 은혁을 쳐다보았다.

"이건 무슨 뜻이냐?"

"못난이라고 저장되어 있으니까 가지든 말든 마음대로 해, 새끼야."

그쯤 되면 윤재 녀석, 됐다고 말하며 휴대폰을 도로 던질 줄 알았다. 저렇게 기분 나쁘게 팽개치듯 넘겼는데 설마 검색까지 해서 찾아보겠어?

그러나 윤재는 벌써 버튼을 눌러 자신의 휴대폰으로 번호를 옮긴 후였다. 게다가 흡족한 얼굴로 싱글벙글 웃기까지 하는 것이다. 대체 저 자식 뭐냐? 번호 저장을 마친 윤재가 휴대폰을 도로 건네며 말했다.

"고맙다, 친구. 일이 잘 풀리면 은혜는 꼭 갚도록 하지."

"은혜고 뭐고 내 앞에서 이제 그 자식 얘기 꺼내지 마."

"그 자식이면 누구 자식을 말하는 거냐?"

"애인으로 삼든 데리고 놀든 마음대로 하라고."

"오호, 진심이야? 괜찮겠어?"

은혁은 눈썹을 찌푸리며 술잔을 다시 채웠다. 하긴 이렇게 되든 말든 무슨 상관이란 말인가. 처음부터 곱게 번호를 내주었어야 옳았다. 괜히 쓸데없는 오해나 받아버리고, 구차하게 뭐 하는 짓인지 모르겠다. 언제부터 고운 못난이였다고.

"박 여사가 찜한 여자다. 처음부터 나와는 관계없는 여자라고."

은혁은 누구에게 하는 말인지 모를 말을 중얼거렸다. 윤재가 자리에서 벌떡 일어났다.

“그거 듣던 중 반가운 소리다. 어쨌거나 앞으로 난희와 잘되어도 뒤탈은 없겠지?”

“박 여사는 아들 친구라도 열 받으면 한강에 던져 버릴 성격이니까 알아서 하셔.”

“네 어머니랑 그렇게 깊게 관여되어 있는 거냐?”

“왜? 겁나냐?”

“이거 왜 이래? 사나이 한윤재를 뭐로 보고.”

“진짜 골고루 헛소리 하고 있군. 네가 여자한테 꽂힌 게 한두 번이냐는 소리다. 어쨌든 가볍게 행동했다가는 뼈도 못 추릴 테니까 앞으로 잘해보라고.”

“어차피 여자란 한 번 즐기면 끝이지. 그렇게 심각하게 고민할 필요 없다고 본다. 팔딱팔딱 뛰는 생선 같은 여자는 또 처음이라 호기심이 일지만, 어차피 팔딱팔딱 뛰어도 인어가 아닌 사람인 이상 여자는 안아주고 보듬어주면 좋아하게 되어 있거든.

건들거리며 말을 내뱉는 윤재를 은혁이 싸늘하게 올려다보았다. 그 미간이 험악하게 일그러지는 것을 보며 윤재가 픽 웃었다.

“왜? 신경 쓰여?”

은혁은 윤재가 자신을 도발하고 있다는 것을 알 수 있었다. 더해봐야 꼴만 우스워질 뿐이다.

“마음대로 해, 새끼야. 데리고 놀든 맛을 보든.”

더럽게 매운 맛 봐야 정신 차릴 놈이다. 못난이 펀치가 얼마나 매운지 한번 당해보라고.

"오케이, 됐어. 그걸로 엔딩!"

윤재가 나간 후 은혁은 술을 쭉 들이키고는 윤재가 던져 놓은 자신의 휴대폰을 집어 들었다. 버튼을 눌러 전화번호를 검색해 내려가던 은혁은 못난이를 찾아 그 자리에서 지워 버렸다.

"남자라는 이름의 늑대들이 속으로는 무슨 생각을 하고 있는지도 모르고 있겠지, 너란 애는."

난희의 번호를 지워 버린 은혁은 고개를 푹 숙였다. 갑자기 성질이 뻗쳐 있는 힘껏 휴대폰을 던져 버렸다. 그리고 벽에 맞아 둔탁한 소리를 내며 떨어지는 순간, 놀란 여자들이 날카로운 비명을 질렀다. 화들짝 놀란 건영이 은혁을 살피며 고개를 갸웃거렸다.

"은혁아."

"말 시키지 마. 기분 더러우니까."

그는 스트레이트 잔을 다시 채워 벌컥 들이켰다. 이제 번호도 지워 버렸다. 게다가 다른 놈한테 넘겨 버리기도 했다. 잘된 것이다. 어차피 서로 자유로워지고 싶은 관계 아닌가.

그러나 은혁은 모르고 있었다. 난희와의 통화는 단축 버튼을 눌러 했던 때보다, 직접 번호를 눌러 통화한 때가 더 많았다는 것을.

제9장 박 여사, 불러도 대답 없는 이름이여,
부르다가 내가 죽을 이름이여!

이튿날 밤, 난희는 팔짱을 끼고서 기가 막힌다는 눈으로 은혁을 쳐다보고 있었다. 술이 떡이 되어 현관에 들어선 은혁은 몸도 제대로 가누지 못하는 상태였다. 아버지와 어머니가 놀라서 얼른 뛰어나가 은혁을 부축했다.

"아이고, 자네 무슨 술을 이렇게 마셨는가."

아버지가 못내 걱정스러운 얼굴로 묻고,

"괜찮겠어요? 꿀물이라도 마실래요?"

어머니까지 조바심을 내며 은혁을 살폈다. 난희는 오로지 기가 찰 뿐이었다. 어젯밤부터 이틀 연속, 그러니까 이 집에 들어와 지내는 내내 술을 마신 것이다. 곱게 마신 것도 아니고 술에 떡이 될 정도로 마시고 들어오는 저 남자는 도대체 뭐지? 우리 집이 취한 사람 재워주는 모텔이냐고. 모텔은 돈이나 벌지!

"내 어깨 잡게. 올려보내 주겠네."

"아, 짜증나. 이거 놔요. 내 발로 걸어갈 거니까."

은혁이 그 자랑스러운 성질머리를 내보이며 난희의 아버지를 툭 밀었다. 그러나 민다는 것이 취한 몸으로 너무 힘을 준 탓인지, 아니면 중심을 잘못 잡은 탓인지 제 발에 제가 걸려 콰당 하고 넘어졌다. 난희는 순간 풋 터져 나오는 웃음을 참느라고 고생해야 했다.

아야! 소리를 내며 손으로 바닥을 더듬거린 그가 낮은 욕설을 터뜨리며 몸을 추스르고 일어났다. 난희는 고소해 죽을 지경이었다. 그런데 저 남자, 지가 저 스스로 넘어진 주제에 괜스레 아버지에게 화를 내는 것이다.

"아, 비키라니까 왜 귀찮게 굴어서 넘어지게 해요?"

"아니, 나는……."

당황한 아버지가 더듬거렸다. 난희의 얼굴이 구겨진 것은 당연한 결과였다.

"이봐요! 정말 보자 보자 하니까 내가 전에 말했……."

참지 못한 그녀가 빽 소리치며 나서는 찰나 누군가가 그녀의 팔을 홱 잡아 뒤로 끌어냈다. 억센 손길의 주인공은 할머니였다.

"할머니."

“취한 사람이랑 무슨 이야기를 하려고 그러누.”

“그렇지만 할머니.”

“안 그래도 덜 된 녀석이 술까지 취했는데 말귀를 알아들을까.”

할머니가 쯧쯧 혀를 찼다. 할머니는 두 밤, 그러니까 2박3일 동안 은혁이 하는 꼴을 가만히 지켜보고 있을 뿐 아무 말도 하지 않았다. 난희는 할머니가 나서서라도 은혁을 혼내주길 바랐지만 그저 은혁과 마주칠 때마다 혀만 쯧쯧 찰 뿐 별다른 말씀을 하지 않으셨다. 오늘도 역시 할머니가 자신을 말리고 있는 것이다.

“내가 말해볼 테니 너는 물러나 있어라.”

그래도 귀는 열렸는지 흔들거리며 서 있던 은혁이 할머니를 홱 노려보았다.

“할멈, 지금 뭐라고 했습니까?”

은혁이 풀린 눈으로 비틀거리며 할머니에게 다가섰다. 건들거리며 걷는 폼이 불량배 저리 가라다. 부모님은 조마조마한 눈으로 은혁을 지켜보는 것을 보고 난희는 기가 막혔다. 지금 왜 자신의 가족들이 눈치를 봐야 한단 말인가. 얹혀사는 주제에 주사나 부리고 있는 천하의 나쁜 놈은 그가 아닌가? 난희는 조용하던 집안에 풍파를 일으키는 나이 먹은 한심이를 조용히 노려보고 있었다. 은혁이 다가오든 말든 할머니는 전혀 흔들림없이 구부정한 허리를 하고서 은혁을 쳐다보았다.

"잘하는 짓이다, 젊은 놈이 술에 절어서는."

"할멈이 나 술 먹는 데 보태준 거 있어요?"

"말 한번 잘했다, 이눔아. 그나마 보태준 게 없어서 가만히 있는 줄이나 알아라! 아니었으면 네놈 다리몽댕이 벌써 부러졌어! 에잇, 고연 눔."

"할멈이 뭔데 날 쳐요? 할멈이 내 다리몽댕이 전세 냈어요?"

"고연 눔, 무료로 재워주고 먹여줬더니 못하는 소리가 없구먼."

"하! 할멈, 말 좀 제대로 하쇼. 그 좁고 냄새 풀풀 나는 방에서 내가 행복할 것 같습니까? 말이 나왔으니 하는 말인데 할멈이 내 방에 와서 자봤어요? 얼마나 비참한 줄 아냐고요."

은혁의 표정이 말과 똑같이 비참해 보였다. 부잣집 아들이 메주 쑤던 방에서 살자니 그 고충이 심각하긴 할 것이다. 그러니 저렇게 천인공노할 짓을 서슴지 않고 있겠지. 할머니는 씩씩거리며 퍼부어대는 은혁을 물끄러미 쳐다보았다.

"등 따시고 배부르니 못하는 소리가 없구먼. 지하철 바닥에서 신문지 덮고 자는 신세도 네눔만큼 허풍이 심하지는 않겠어. 그리 비참하누? 그리 억울하누?"

"시끄러워요. 지하철 바닥에 신문지 덮고 자는 거지와 비교되는 내 기분을 알기나 해요? 도대체 그 방은 뭐 하던 방인데 그렇게 냄새가 나는 겁니까!"

"메주 걸어놓던 방이다. 이따금씩 호박도 말리고 깨도 말린다. 대답이 되었누?"

"메주? 호박? 지금 그걸 자랑이라고 말하는 겁니까?"

"이봐요, 그쪽은 예의범절도 몰라요? 내가 그랬죠? 나 무시하는 건 괜찮아도 우리 식구들은 무시하지 말라고. 왜 우리 할머니한테 그런 식으로 말해요? 그쪽은 어른이란 개념도 몰라요?"

난희가 참지 못하고 차갑게 소리치자 은혁이 눈동자를 또르르 굴려 이번에는 난희에게 향했다.

"어랍쇼? 만인의 꽃, 우리 민난희 양께서 아직까지 계셨구만. 난 또 워낙 조용해서 없는 줄 알았지. 만날 따박따박 시끄럽게 굴더니 어째 조용하나 했어. 그렇지, 그렇게 나서야 민난희 양이시지."

그래, 좋아. 다른 말은 다 덮어주지. 그런데 만인의 꽃? 저건 또 무슨 소리라니?

"정말 수준 낮아서는."

"야, 못난이. 내가 너 때문에 도대체 어디까지 망가져야 하냐? 가족한테 버림받아, 친구들한테 꼴 우스워져. 골방에서 쭈그러져 있기까지. 도대체 내가 어디까지 망가져야 하냐고!"

"자기가 판 무덤이라는 생각은 안 들어요? 왜 남의 탓을 해요?"

"그러니까 네가 나타나서 내 무덤을 더 깊이 팠다는 말이잖아! 반성 좀 해, 인마! 반성 좀 하라고!"

"정말 한심해, 유치하고 철부지 같아. 물론 지내기 불편하긴 하겠지만 지금 그쪽이 투정 부리는 건 그런 게 아니야. 지내기 불편하거나 적응하기 어려운 게 아니라 무조건, 난 이런 곳에 어울리지 않아. 난 절대 이런 상황과 맞을 수 없어. 이렇게 외치고 있는 거잖아요. 어떻게 그런 철부지 같은 생각을 할 수 있어요? 그쪽, 성인 맞아요? 그 정도 환경 변화도 적응하지 못하고 그렇게 빌빌거리면서 성인이라 할 수 있어요?"

"옳거니, 우리 손녀 딸 말 한번 잘한다."

"어, 어머님……."

난희의 엄마는 싸움을 말리시기는커녕 부추기고 있는 할머니를 애원하는 눈으로 바라보았다. 그러나 할머니는 '이왕 싸울 거면 치고받고 싸워라'라는 얼굴로 흥미롭게 지켜보고 있었다. 방금 전에 술에 취한 사람한테 무슨 말이 통하느냐고 말리시던 그 어머님, 맞으세요?

"세상에는 그쪽보다 더 비참한 삶을 살아가는 사람도 많아요. 아직 급식비를 못 내서 점심을 못 먹는 아이도 있고, 수술비가 없어서 치료를 못하고 있는 사람들도 태반이에요. 환경이 갑자기 변해서 적응을 못한다는 핑계? 그것도 그래요. 그쪽처럼 모든 것을 가졌다가 하루아침에 파산해서 구렁텅이로 내몰리는 사람은 없을 것 같아요? 그쪽 생각대로라면 그런 사람들은 살지도 말아야겠네요? 세상 끝난 것처럼 말하고 있으니, 구차하게라도 살아가려고 노력하는 사람들의 삶은 삶도 아니라는 거네요?"

"그렇지. 역시 우리 손녀 장래 법관답다."

"할머니, 외교관이에요."

"그랬던가? 외교관이든 법관이든 어려운 건 매한가지니 무엇이면 어떠누."

"그건 그래요."

쿵짝이 너무나 잘 맞는 할머니와 손녀를 보며 어머니는 이러지도 저러지도 못하고 있었다.

은혁은 풀린 눈으로 난희의 가족들을 물끄러미 둘러보았다. 참 신기한 건 이 집 식구들이다. 똘똘 뭉치는 것 하나만은 대단하다. 은혁으로서는 그다지 경험한 적이 없는 것이라 볼수록 신기했다. 특별히 신나는 일이 없는데도 만날 신난 것 같았고 만날 호호 깔깔 난리가 났다. 밥 먹을 때마다, 주방을 쓰윽 스쳐지나갈 때마다, 욕실에 가기 위해 나왔다가 거실에 모인 식구들의 웃음소리를 들을 때마다 그런 생각을 했었다. 장난감 없이도, 술에 취하지 않아도 아주 신나게 웃음꽃이 피는 가족이다.

그러나 더 신기한 건 난희의 비꼬는 말들이 예전처럼 완전히 듣기 싫지는 않은 자기 자신이었다. 되는 일도 없지, 윤재 놈은 자신을 박박 긁지, 난희는 여전히 마주칠 때마다 쌩쌩 얼음 칼날만 날리지, 방에서는 냄새가 사라지지 않지, 삼 개월의 시간은 지지리도 흘러가지 않지, 모든 것이 짜증나 일부러 더 취한 척 오기를 부려보았다. 분명히 독을 품은 말발이 날아들 거라

만반의 준비를 하고 있었는데 역시나 난희의 입에서 날카로운 칼날이 가차없이 날아왔다.

'철부지, 유치해, 또 뭐라고 했더라? 그런데 난 왜 그 말들이 정겹게 들리는 거지?

술에 취한 은혁은 자신의 감정이 왜 이렇게 흘러가는 건지 도무지 이해할 수 없었다. 맨정신으로도 이해하기 힘든데 술까지 취했으니 더욱 알 리 만무했다. 그래서 화가 났다. 저 못난이하고 정말 미운 정이라고 든 건가? 에잇, 미운 정만큼 무서운 게 없다는 말, 개뿔 거짓말이겠지? 거짓말이어야 하는데…….

은혁은 그 자리에 털썩 앉아서 난희를 조용히 올려다보았다. 그녀는 늘 그랬듯 개선장군처럼 우뚝 서 있었다.

“야, 못난이!”

“왜요.”

“그래, 네 말 다 인정한다. 나 한심하고 또 적응력도 없다. 그렇지?”

“그쪽은 한 번도 우리 집에 적응해 보려고 노력하지 않았어요. 아직 단 이틀뿐이라지만 일 초도 그런 모습을 보여주지 않았어요. 젠장, 왜 내가 이런 곳에 있어야 해. 오로지 그런 생각뿐이었죠. 마치 왕자와 거지가 옷을 바꿔 입은 상황처럼 감히 이 내가 어떻게 평민들과 어깨를 나란히 하겠느뇨.”

은혁이 고개를 숙이더니 킥킥 웃었다.

“비웃어요?”

“내 흉내 내는 게 꽤 재미있어서 그런다. 왜?”

황당한 대답에 난희는 어깨를 으쓱했다. 그때 할머니가 갑자기 부모님의 시선을 끌더니 그만 방으로 들어가자는 신호를 보냈다. 부모님은 서 있는 난희와 킥킥 웃으며 앉아 있는 은혁을 걱정스러운 눈으로 바라보았다. 그러나 할머니는 안심하라는 눈짓을 해 보이며 들어갈 것을 종용했다. 부모님은 못내 걱정스러워하면서도 할머니의 강요에 의해 안방으로 들어갔다. 곧이어 할머니도 사라지고 거실에는 은혁과 난희만 남았다.

“너 내가 취한 것 같냐?”

“차라리 취한 모습이 낫긴 하네요.”

“그래? 그럼 이제 절대 술 안 마셔야겠다. 난 네가 좋게 보는 행동은 절대 하지 않을 거니까.”

“듣던 중 반가운 소리네요.”

일 초도 망설이지 않고 툭 돌아온 대답에 은혁이 천천히 고개를 들었다.

“정말…… 그러냐?”

“뭐가요?”

“아니다. 내가 너와 무슨 대의명분을 논하겠냐.”

“취하면 그렇게 이상한 단어를 끌어다가 써요? 아니면 본래 단어 뜻을 모르는 거예요?”

“너 똑똑한 거 다 아니까 시끄러워.”

“칫.”

“야, 못난이.”

“왜요?”

“내 말 들어줄 시간 있냐?”

난희는 은혁을 물끄러미 들여다보다가 황당해서 헛웃음을 흘렸다.

“해봐요.”

“좀 긴데 너처럼 못된 녀석이 참을 수 있겠냐?”

“정말…… 계속 그럴래요?”

“노려보니 훨씬 더 못생겨지네.”

저 남자를 정말.

“네가 말한 것처럼 좁고 냄새 나는 방이 싫은 건 사실이야. 하지만 이유는 신분이 바뀐 왕자로서의 자만이 아니야. 사실은, 내가 무슨 짓을 어떻게 하고 살았기에 이런 상황에 처한 걸까, 하는 자괴감이 더 컸어. 이건 정말 솔직한 말이니까 의심하지 마라. 어쨌거나 쫓겨나듯 이 집에 들어와서 네 얼굴 보고, 네 부모님 얼굴 보고, 주름 자글자글한 할멈 얼굴 보고, 네 동생 얼굴 보고…… 그래야 하는 게 진짜 쪽팔렸다고.”

무관심하던 난희의 얼굴에 조금씩 진지함이 어렸다.

“너라면 안 쪽팔리겠냐? 입장 좀 바꿔놓고 생각해 봐라.”

“그래서 어제 아침에도 그렇게 화냈던 거예요?”

만약 그런 것이라면 어제 아침의 일이 조금은 이해가 되었다. 이유가 있어서 자신의 잔소리를 순간 참아내지 못한 것이라면…….

물론 이 남자를 어디까지 믿어야 하는지에 대한 고찰은 계속되어야 하겠지만 한 가지 갈등이라도 풀 수 있다면 난희로서는 일방적으로 고개를 돌릴 이유가 없었다.

난희는 자신이 던진 진지한 질문에 은혁이 답하기를 조용히 기다렸다. 그러나 은혁은 고개를 숙인 채 영 말이 없었다.

뭐야? 정말 심각하게 고민하고 있는 건가?

"이봐요, 아침에 그래서 화낸 거냐구요."

조금 톤을 높여 물어보았는데도 반응이 없다. 난희는 팔짱을 풀고서 혹시나 하는 마음에 그의 어깨를 툭 쳐보았다. 기우뚱, 은혁의 몸이 그대로 옆으로 쿵 넘어갔다.

기가 막히게도 그는 이미 정신없이 잠들어 있었다.

"뭐야, 이 남자."

하도 기가 막혀 웃음도 안 나왔다. 그때 방문이 벌컥 열리더니 할머니가 밖으로 나왔다. 아버지, 어머니도 때맞춰 나왔다…… 기보다는 밖의 상황에 귀를 기울이고 계셨던 모양이다.

"할머니, 이 남자 자요."

"그렇게 마셨으니 정신을 잃을 만도 하지. 술 냄새가 진동을 하는구먼."

할머니가 혀를 끌끌 차자 옆에 있던 아버지가 은혁을 일으켜 세우려고 했다.

"그만둬라."

"예?"

"그만두래도. 이대로 자게 해. 아침에 일어나면 창피한 걸 알겠지. 그것도 모르면 영 아닌 놈이고. 계속 술 마시고 들어오는 걸 두고 볼 수는 없지 않누."

"그렇지만 어머니."

"모르는 건 하나씩 가르쳐야 하니라. 이눔은 뭐가 옳고 뭐가 그른지를 모르는 게다. 무지(無知)라는 건 꼭 멍청하다는 뜻만은 아니다. 똑똑하고 사회적으로 이름있는 사람들도 무지(無知)한 것들이 많아. 공부만 하느라고 다른 것은 배우지 못했는지, 정작 알아야 할 건 건성건성 건너뛰어. 그래서 옆 사람들 눈살을 찌푸리게 하지만 정작 본인은 무얼 잘못했는지 전혀 모르지."

난희는 감탄 어린 눈으로 할머니를 바라보았다. 사실 할머니의 말이 맞다는 생각이었다. 그것이야말로 난희가 은혁에게 가장 화가 나는 부분이었다. 가끔 그는 그 자신도 모르는 말과 행동들로 그녀를 상처 준다. 가령, 그가 부모님에게 하는 행동들…… 그러나 은혁은 그것이 다른 사람들에게 상처가 되는지 그 이유조차 모르는 것 같았다. 보고 당하는 난희만 답답할 뿐이었다.

"할머니……."

언젠가는 이 남자가 자신의 잘못이 뭔지 아는 날이 올까요? 그럼 나도 내가 실수한 것에 대해서 먼저 사과를 하고, 또 화해도 할 생각이 있는데.

박 여사, 불러도 대답 없는 이름이여,
부르다가 내가 죽을 이름이여!

"무지(無知)는 죄가 아니지만 나쁘다는 것을 인식하면서도 고의로 하는 것은 죄가 될 수 있지. 다만 먼저 손가락 치켜들고 욕하기 전에 상대방의 뚜껑을 열어보고 그 안에 담겨 있는 것부터 확인해야 하니라. 그리고 고칠 수 있는 건 고쳐 줘야지. 이눔은 그래도 그릇 안에 찰랑찰랑 물이 담겨 있느니라. 텅 빈 것 같지도 않고, 썩은 음식물이 담긴 것 같지도 않잖누?"

"할머니, 제가 보기엔 별로 찰랑찰랑해 보이진 않아요. 사람을 얼마나 화나게 한다구요. 지금은 좀 덜해졌지만 처음엔 정말 성격이 심하게 나빴어요."

"무릇 사람이란 첫인상으로 모든 것을 판단하는 경우가 많으니라. 그러나 첫인상이라는 것은 그 사람이 가진 단면 중 하나일 뿐이야. 사람의 성격이라는 것은 보는 사람의 입장 차이마다 다르고, 상황마다 좋고 나쁜 게 섞이는 게다. 나에게 잘해주면 좋은 사람이고, 나에게 반대하면 나쁜 사람이지. 그렇게 복잡한 것이거늘 어떻게 짧은 첫인상 하나로 전부를 판단하려 드느냐. 내가 이눔을 처음에는 도둑이라고 보았던 것처럼 시각은 상황마다 달라질 수 있는 게니라. 무슨 말인지 알아듣겠누?"

"네, 할머니."

난희는 반대의 여지를 두지 않고 고개를 끄덕였다. 언제나 할머니가 하는 말씀은 옳았다. 난희는 항상 할머니에게 많은 말을 듣고 자랐다.

하지만 아직은 은혁과 쉽게 마음이 터놓아지지 않았다. 어차피 이렇게 된 것 매일같이 얼굴을 마주치고 살아야 하니, 그녀 역시 기왕이면 친하게 지내고 싶었다. 그러나 기본적으로 은혁에 대한 이미지가 좋지 않아 그럴 마음이 잘 들지 않았다. 무엇보다 상희의 서랍 속에 숨어 있던 그 사진이 문제인 듯했다. 그 때 느낀 충격과 불신이 아직도 마음속에서 꼼지락거리고 있는가 보다.

어쩌면 그 시기가 막 은혁이 새롭게 보이려던 시기와 겹쳐서 더욱 불신과 배신감이 짙어졌는지도 모르겠다. 그가 못된 남자란 건 알고 있었지만 나쁜 남자라는 생각은 하지 않았었다. 그러나 사진 속에서 이 여자, 저 여자와 난잡하게 얽혀 있는 모습은 정말이지 나쁜 남자로 보였다. 바람둥이가 나쁜 놈이라는 인식은 지양해야 하겠지만, 특히 은혁이 그런 남자라는 데서 충격이 더했다.

게다가 그걸 상희가 가지고 있다는 생각에, 상희가 알고서도 덮어두었단 생각에, 그 남자의 약혼녀인 자신이 무척 창피하다 느꼈다. 그 남자보다 자신이 더 창피하고 동생의 얼굴을 쳐다보질 못할 지경이었다. 동생이 다른 생각을 하지는 않겠지만, 아랫사람의 허물을 덮어주는 역할 관계가 아니라 아랫사람에 의해 배려를 받은 상황이라는 게 정말 쓸쓸했다.

술에 취해 들어온 이 남자, 그에게 묻어 있을지 모를 사진 속여자들의 화장품 냄새, 그걸 떠올리면 자신이 이름뿐인 약혼녀일 뿐이라 해도 그가 무척 경박하게 느껴져서 싫었다. 바람둥이 남자는 정말 사절이었다.

　할머니가 꼬부라진 허리로 천천히 걸어가더니 은혁의 앞에 섰다.

　'내 보기에도 이눔은 아직 못난 면이 더 많은 눔이지만 그 어머니를 보면 자식을 알 수 있다고 했다. 사부인을 닮았으면 무언가는 있는 놈이겠지. 그것만 믿고 나도 이눔에게 기회를 주려고 하는 게다.'

　"그래도 이눔 귀엽지 않누? 떠벌떠벌 말은 많지만 그만큼 안에 악독한 것은 담아놓지 않아 보인다만."

　"그렇게 본다면 그럴 수도 있지만요."

　"귀엽잖누, 이눔 자식!"

　귀엽다면서 할머니는 은혁의 옆구리를 냅다 걷어찼다. '에이 씨! 뭐야!' 신경질을 내며 몸을 뒤척이기에 깬 건가 싶었더니 곧바로 몸을 잔뜩 웅크리고 다시 잠이 들었다.

　"그러니까 어머님 말씀은 여기에 그대로 재우자는 말씀이세요?"

　"현관 바로 앞에 이눔을 재우면 들어오던 복도 도망가지 않겠누?"

　하시더니 할머니가 은혁의 몸을 발로 툭 차서 힘주어 밀었다. 온통 인상을 쓰면서 떼구루루 굴러간 은혁의 몸은 거실 중간 정도에서 멈췄다. 아하하! 난희는 웃느라고 정신이 없었다.

　"내 생각으로는 옷도 벗겨놓았으면 좋겠다만 아직 상희가 들

어오지 않았고, 또 손녀사위를 사랑하는 너그러운 마음으로 그
건 봐줘야지."

난희가 계속 숨이 넘어갈 듯 웃자 할머니도 싱긋 웃었다.

"그러니 자, 다들 들어가라. 난희 너도 올라가고."

"그렇지만 어머님……."

어머니가 못내 걱정스러운 눈으로 할머니를 쳐다보았다. 그
러나 할머니는 뒤도 안 돌아보고 방으로 들어갔다. 아버지도 고
개를 설레설레 젓다가 어머니와 함께 안방으로 들어갔다. 난희
는 마지막까지 서 있다가 은혁을 잠시 쳐다보고는 이층으로 올
라갔다.

"쫓겨나듯 이 집에 들어와서 네 얼굴 보고, 네 부모님 얼굴 보
고, 주름 자글자글한 할멈 얼굴 보고, 네 동생 얼굴 보고…… 그
래야 하는 게 진짜 쪽팔렸다고."

은혁이 했던 말이 조금씩 떠오르더니 점차 선명해졌다. 역시
할머니 말씀대로 그렇게까지 나쁜 사람은 아닌 걸까? 그러나 여
전히 그란 남자가 완전히 이해가 되려면 아주 긴 시간이 걸리지
않을까 하는 생각이었다.

할머니의 말씀은 믿지만, 그의 행동에서 이따금씩 나름대로
귀여운 점을 발견하기도 하지만, 그 몇 가지에 대충 넘어가 주
기에 난희는 은혁에게 너무 많이 당하고, 또 서러웠던 것이다.

그러나 무언가를 가르치려던 할머니도, 못내 걱정스러운 마
음으로 방으로 들어갔던 부모님도, 또 별다른 마음 없이 느긋하

박 여사, 불러도 대답 없는 이름이여,
부르다가 내가 죽을 이름이여!

게 이층으로 올라갔던 난희도 그날 희대의 엽기적인 사건이 벌어지리라고는 생각지도 못하고 있었다.

　사건의 발단은 그 모든 일을 까맣게 모르는 상희의 늦은 귀가로부터 시작되었다.
　상희는 친구들과 나이트클럽에서 신나게 놀다가 열두 시가 땡 치는 늦은 시간에야 집으로 돌아왔다. 열쇠로 대문과 현관문을 차례로 열고 거실로 들어선 순간, 그녀는 달빛이 희끄무레 비치는 거실 한쪽에서 꿈틀거리고 있는 어떤 물체를 발견했다.
　으, 으악!
　너무 놀라면 오히려 비명도 안 나온다고 했던가, 정말 속으로만 비명이 터졌다. 상희는 손으로 입을 막고서 원초적인 두려움에 달달 떨었다. 그러기를 얼마, 시야가 점차 실내에 적응이 되자 커다란 창을 통해 밀려든 달빛을 통해 거실을 똑똑히 볼 수 있었다. 덕분에 제멋대로 뒹굴고 있는 물체가 사람이라는 것까지도 천천히 깨달았다. 도둑이면…… 다 죽었어!
　그녀는 달달 떨리는 손으로 벽을 더듬어 스위치를 찾았다. 그러나 얼큰하게 취한 상태라 쉽게 스위치를 찾지 못했다. 불 켜기를 포기한 그녀는 알딸딸한 정신을 바로잡으려고 노력하며 뒹굴고 있는 존재를 자세히 쳐다보았다.
　"휴우."
　순간 안도의 한숨이 흘러나왔다. 정말 다행스럽게도 거실을 뒹굴고 있는 몸의 정체는 시체가 아니라 형부였다. 시체도, 귀신도, 도둑이 아니라니 어쩌나 다행인지 상희는 또다시 긴 한숨을 내쉬었다.

"깜짝 놀랐네. 근데 왜 여기에서 자는 거야?"

처음 극장에 들어가면 한순간 어둠에 놀라 아무것도 안 보인다. 그러다가 점점 익숙해지듯, 상희도 이제 어둠에 익숙해져서 은혁의 모습이 점점 더 자세하게 보였다. 때마침 적절하게 비춰 준 달빛에 노출된 은혁의 몸이 마치 스탠드 아래에 있는 것처럼 뿌옇게 어른거렸다. 근데 참 남세스럽게도 상반신을 벗고 잠이 들어 있었다. 테이블에 가려져 있어 보이는 건 상체뿐이었지만, 오, 촘촘한 근육! 상완근! 이두, 삼두! 캬, 역시 생각했던 대로 흡족하구나! 아무튼 형부는 자는 모습도 잘생겼다.

기왕 발견한 것, 이런 기회도 흔치 않을 텐데 근친상간 한번 저질러? 그런 시답잖은 생각을 하고 있는데 은혁이 뒹굴 구르더니 저쪽으로 한 바퀴 굴러갔다. 그 바람에 테이블에 감춰져 있던 몸 전체가 드러났다. 호기심에 다가가던 상희의 발걸음이 우뚝 멈췄다. 머릿속이…… 텅 비어버렸다. 입이 쩍 벌어졌다. 지금 눈앞에서 벌어지고 있는 사태 때문에 완전히 백지 상태가 되어버렸다.

"어버버."

안 그래도 백지인 자신의 머리가 여기에서 더 백지가 되면 안 된다고 생각하면서 상희는 굳은 몸을 움직이려고 애썼다. 그러나 몸은 쉽게 말을 들어주지 않았고 다만 눈앞의 상황이 놀라울 뿐이었다.

거실이 더운 게 문제였을까? 취한 사람은 체온이 내려가는지라, 감기라도 걸릴까 걱정되었던 어머니가 잠들기 전 거실 온도를 평소보다 더 높여놓은 게 사건의 발단이었다. 거실 바닥은 겨울도 아닌데 지글지글 끓었다. 덕분에 은혁은 숨이 턱턱 막혀 올 정도로 더운 실내 온도를 견디다 못해 비몽사몽간에 옷을 하나씩 벗어 던졌다. 원래 몸에 열이 많아 평소에도 팬티 한 장만 입은 채 자곤 했으니, 거실이 제 방인 줄 알고 훌훌 벗어 던진 건 그의 잘못이 아니었다.

그러나 문제는 이곳이 제 방이 아니라 거실이란 것, 그리고 술과 잠에 취해 그가 아무것도 모르고 있다는 것, 마지막으로 그 현장을 상희가 목격하고 있다는 것이었는데…….

상희는 때 아닌 변태 나체쇼에 입을 다물 줄 몰랐다. 그러던 중 상희의 눈이 반짝하고 빛났으니.

'가만있어 봐. 오늘 이게 무슨 횡재수야.'

웬만한 상황에는 눈도 깜짝 하지 않는 담대한 심장을 가진 장본인으로서 상희는 점차 이 상황이 재미있어지기 시작했다.

"이럴 때 아니면 언제 잘생긴 형부의 몸매를 감상하겠어."

호기심이 동한 게다. 취하기도 했겠다, 대담해진 상희는 눈을 빛내며 은혁 쪽으로 다가갔다. 그런데 달빛을 길라잡이 삼아 천천히 다가가던 상희가 고개를 갸웃거렸다. 무언가가 이상했다.

실오라기 하나 걸치지 않은 채 완벽하게 드러난 은혁의 탄탄한
몸매, 그 잘난 근육들을 천천히 감상하며 내려가는데 이상하게
도 가운데 부분 쪽이 특히 더 어두운 것이다. 신체의 중앙, 그
부위가 주위 어둠보다 더 까맣다는 것을 인식한 순간 상희는
'도대체 저긴 왜 저래?' 라는 생각을 하며 두 눈을 비비적거렸
다.

취해서 풀린 눈을 비비고 또 비벼보아도 역시 가운데가 특히
더 까맣다. 비틀거리는 걸음으로 다가가고 있는 상희는 오로지
'저곳이 더 어두운 이유를 알고 싶다' 라는 일념뿐이었다. 그리
고 은혁의 바로 앞에서 멈춘 상희, 목표물까지 다가간 것으로도
모자라 천천히 무릎을 꿇고 그 부분을 자세히 탐문하기에 이르
렀는데…….

"꺄아아아악!"

순간 천지가 요동하는 비명 소리와 함께 은혁이 눈을 번쩍 떴
고, 각 방에서 요란한 소리가 우당탕 퉁탕 들려왔다. 은혁은 바
로 옆에서 들려오는 비명 소리에 화들짝 놀라 일어나서 주위를
두리번거렸다. 웬일로 하룻밤 사이에 골방이 꽤 넓어졌나 싶었
는데 이곳은 자신의 방이 아니었다.

"뭐야!"

거실인 모양이다. 내가 왜 여기에서 자고 있는 거지? 눈을 껌
뻑이다가 숙취로 지끈거리는 이마를 눌렀다. 그런데 이상하게
도 옆에서 인기척이 느껴져 고개를 돌렸더니 역시 누군가가 목

석이 된 채로 앉아 있었다. 아니, 무릎을 꿇고서 그를 바라보고 있었다.

"누구냐? 어라?"

상희였다.

"너 뭐냐? 왜 거기서 그런 눈으로 멍청하게 앉아……."

머리카락을 헝클어뜨리며 중얼거리던 은혁은 이상하게 아래쪽이 썰렁한 것 같아 천천히 밑을 내려다보았다. 순간,

"으아아악!"

또 다른 비명 소리가 연이어 거실을 울렸다. 머릿속이 하얗게 변하는 동시에 수만 가지 생각이 제멋대로 밀려들었다. 다행히 가까운 곳에 옷이 있어 그는 미친 듯이 옷가지를 끌어 모아 되는 대로 자신의 중심부를 가렸다. 순간 방문이 활짝활짝 열리며 부모님과 할머니가 동시에 뛰어나왔다.

"뭐, 뭐야!"

정신없이 달려나오던 아버지의 걸음이 우뚝 멈췄다.

"도둑이…… 냐."

말끝이 흐려지며 아버지의 입이 닫혔다. 어머니도, 할머니도 할 말을 잊은 듯 고요했다. 눈앞의 광경……. 옷가지 하나로 겨우 중요부위를 가리고 있는 나체 사위와 그 앞에서 영화 '나 홀로 집에'의 한 장면처럼 두 뺨을 감싸 쥔 채 비명을 지르는 포즈로 굳어버린 딸…….

"사, 상희야."

“엄마, 우엥.”

그제야 상희가 눈물 콧물을 짜며 엄마의 가슴에 달려들었다. 어머니는 차마 더 보지 못하고 남세스럽다는 말을 연발하며 상희를 데리고 방으로 들어갔다. 거실에는 아버지와 할머니만이 남았다. 은혁은 완전히 술이 깬 채 두 사람을 올려다보았다. 아버지도 도무지 표정 관리가 안 되는 모습으로 은혁을 내려다보았다.

정적, 정적, 또 정적…….

'자, 잔 거다! 이 거실에서 자다가 옷을 벗어 던진 거다. 그걸 상희가 본 거다!'

'별일없을 줄 알았더니 결국 사위가 일을 낸 게다. 옷을 벗어 버린 게다. 그걸 상희한테 들킨 게다!'

각자 대충 상황 정리는 되었지만, 뭘 어떻게 설명해야 할지 모르겠는 은혁, 그리고 뭘 어떻게 반응해야 할지 모르겠는 아버지…….

그 불편하기 그지없는 정적을 깨뜨린 것은 할머니의 웃음소리였다. 할머니가 꼬부라진 허리를 더 구부리며 배꼽을 잡고서 웃어 젖힌 것이다. 그제야 아버지도 허허 너털웃음을 터뜨렸고 은혁은 완전히 스타일이 구겨진 채 안간힘을 다해 몸을 가리고 있었다.

“내, 내가 왜 여기서 자는 겁니까?”

그나마 겨우 한 말이었다.

"그, 글쎄, 늦게 들어와서 여기에서 잠이 들었으니 우리도 어쩔 수 없었지."

아버지는 참, 뭐라고 표현하기 힘들 정도로 기묘한 표정을 하고 대답했다. 여전히 할머니는 신이 나셔라 웃고 있었다.

"할멈, 왜 그렇게 웃고 난리예요!"

"예끼, 이눔. 말버릇 고치지 못할까?"

상황이 상황이니만큼 은혁은 그들에게 저자세여야 했다.

"하, 할머니는 왜 그렇게 웃으시냐고요."

"그럼 울리? 예끼 놈! 우리 귀한 손녀딸의 눈을 더럽혔겠다!"

"내, 내가 알고 그랬어요? 그리고 당한 쪽은 나라고요. 나도 모르게 벗고 자는 걸 와서 본 쪽은 귀한 손녀딸이란 말입니다."

"그래도 이눔이!"

할머니는 그러면서도 연신 웃느라 정신이 없었다.

"내 생전 최고로 재미있는 구경거리였다."

우 씨, 쪽팔려! 쪽팔려 죽겠으니까 고만 좀 웃으라고요!

은혁은 구겨질 대로 구겨진 얼굴로 주섬주섬 되는 대로 옷을 주워 입고서 이층으로 도망치듯 올라갔다.

"그눔 꽁지 빠지네."

그때 완전히 올라간 줄 알았던 은혁이 이층 계단에서 얼굴을 쑥 내밀더니 한참을 머뭇거리다가 할머니를 향해 겨우 입을 열었다.

"개, 개한테 말하시면 안 돼요."

“개 말이냐? 멍멍 개?”

은혁은 얼굴을 확 구긴 채 방으로 냅다 뛸 수밖에 없었다. 방에 들어선 은혁은 사정없이 벽에 머리를 찧었다. 온 집 안이 쿵쿵 울렸다. 이럴 수 없었다. 어떻게 이런 시련이 일어난단 말인가. 못난이가 안다면 무어라 할 것이며 상희의 얼굴은 앞으로 어떻게 보고, 이 집 사람들은 또 얼마나 비웃을 것이란 말인가. 대체 왜 자신에게 이런 시련이 일어나는 것인지, 은혁은 쉬지 않고 벽을 쾅쾅 쳤다.

“젠장. 돌겠네, 돌아!”

그는 포효하며 괴로워했다. 세상 모든 폭우가 자신에게 몰려들어 온통 몰아치는 것 같은 고통에 풍덩 빠진 것 같았다. 그러나 은혁의 괴로움은 그것으로 끝이 아니었다.

다음날 아침, 그는 그나마 지은 죄가 있어 빨리 일어났다. 불편한 마음으로 쥐 죽은 듯 방에 짱 박혀 있는데 누군가가 문을 똑똑 두드렸다. 난희인가? 심장이 덜컥 내려앉았다. 그러나 문을 열고 들어온 사람은 상희였다.

하지만 난희나 상희나 다 볼 면목이 없는 상황인지라, 최대한 자연스러운 얼굴을 가장하여 상희를 쳐다보았다. 그런데 상희의 표정이 예사롭지 않았다. 눈동자에 장난기를 뚝뚝 묻히고 들어온 그녀가 은혁 앞에 척 버티고 섰다.

“형부, 어젠 제가 술에 취해서 좀 정신이 없었어요.”

“그, 그러냐?”

"뭘 본 것 같기는 한데 기억에 있어야죠."

"그으래?"

은혁은 한가닥 희망을 붙들고 상희를 쳐다보았다. 그러나 상희를 철석 믿어버리기에는 아무래도 께름칙했다. 아니나 다를까.

"그런데 가물가물 무언가가 기억이 날 것 같기도 해요. 처제로서 언니에게 말을 해줘야 할 것 같기도 하고…… 할머니랑 아빠, 엄마는 말하지 말라고 하시지만……."

"얼마면 되는데!"

마치 보란 듯 비비적거리며 말끝을 흐리면서도 얼른 나가지는 않고 시간을 끌고 있는 상희의 폼이 뭘 의도하는 건지 은혁은 금방 알아차릴 수 있었다. 성질이 난 은혁이 버럭 소리쳤다.

"얼마면 되는데!"

역시 상희가 비시시 웃으며 손을 척 내밀었다.

"주시는 대로 받을게요. 예쁜 처제는 형부한테 얼마를 달란 소리는 못해요. 어떻게 그런 소릴 해요."

눈을 반짝이며 샐샐 웃는 상희를 보며 은혁은 기가 찼다. 그는 쓴웃음을 삼키며 지갑을 열어 집히는 대로 상희의 손에 수표를 얹어주었다. 순간 상희의 눈이 휘둥그레지더니 만면에 미소가 넘쳤다.

"어머나, 이렇게 많이 주세요? 이렇게 많이는 필요없는데. 저 버릇 나빠져요, 형부~우."

"그러면 좀 덜든지."

은혁이 돈을 회수하려는 찰나 상희가 손을 뒤로 쏙 빼고는 비시시 웃었다.

"하지만 형부가 처제를 생각해서 주시는 건데 어떻게 사양을 하겠어요. 형부, 잘 쓸게요."

이 집 자매들에게 두손두발 다 들었다. 될 대로 되라는 심정으로 패닉 상태에 빠져 있는데 문을 열려던 상희가 돌아보더니 쾌활한 목소리로 덧붙여 말했다.

"형부랑 전 천생연분인가 봐요. 어떻게 이렇게 매번 비밀 공유를 하게 되는지 말이에요. 정말 앞으로도 이런저런 일이 많이 있기를 바랄게요. 사랑해요, 형부!"

예상치 못한 일이 일어난 것이다. 현재 자신의 최대 난적은 상희로 변해 있었다. 은혁은 괴로운 심정으로 의자에 앉아 담배를 꺼내 물었다. 이미 너구리 소굴이 된 그 협소한 공간에서 은혁은 울분을 터뜨렸다.

박 여사! 박 여사!

불러도 대답 없는 그 이름을, 부르다가 내가 죽을 이름을 외칠 뿐이었다.

＊

며칠 동안 은혁의 행동거지가 심히 수상했다. 난희는 영 떨떠

름해서 은혁을 탐색하듯 살폈지만 그는 시선을 마주칠 때마다 히뜩 놀란 얼굴로 피해 버렸다. 은혁은 그녀뿐 아니라 가족들의 얼굴까지 잘 쳐다보지 못하고 있었다. 그것은 이전처럼 자만심에 충만하여 스스로 외면하는 모습과는 또 다른 것이었다. 더 이상한 것은 할머니였다. 할머니는 은혁을 볼 때마다 빠진 이를 드러내 보이며 씨익 웃곤 하셨는데 그럴 때면 은혁은 밥을 먹다가도 후다닥 이층으로 올라가 버리곤 했다.

물론 은혁이 저자세를 보이는 것이 나쁘지는 않았다. 거들먹거리며 다니는 모습보다야 속 편했지만, 저런 식으로 겉돌고 있는 것은 또 나름대로의 문젯거리를 안겨주었다. 여하튼 어떤 식으로든 이방인이 가족 속에 있다는 것은 신경 쓰이는 일이었다.

가족들 중 은혁에게 살갑게 굴며 다가가는 사람은 상희뿐이라고 보는 게 옳았다. 상희야 워낙 붙임성이 좋은 성격이라 누구와도 잘 지내는 편이었지만 은혁에게까지 저리 잘하면서 살랑거린다는 것이 나름 신기했다. 호텔 사건이나 사진 사건으로 은혁을 꽤 싫어할 거라고 생각했기 때문이다. 둘 사이에 오가는 모종의 거래를 모르는 난희로서는 상희와 은혁의 관계가 풀지 못할 수수께끼였다.

아침마다 부모님은 식사를 하러 내려온 은혁을 어려운 사람 대하듯 맞았다. 아버지의 입장으로는 목숨처럼 여기는 회사의 사주 아들이니 부담스럽기는 하리라. 다행히도 은혁이 요즘 들어 아버지 앞에서 조금 기죽은 모습을 보이기는 했으나 근본적인 행태는 매한가지였다. 난희가 가장 기분 나쁜 것은 은혁이 한 번도 아버지에게 먼저 인사를 한 일이 없다는 것이었다. 아버지가 먼저 안부를 물으면 건성으로 대답하는 것이 다였다. 그것은 인사가 아니었다. 아버지가 먼저 건넨 배려를 받아주는 것뿐이다.

'젊은 녀석이 목이 부러졌나. 인사하는 걸 못 봤어.'

난희는 심통이 나서 은혁을 노려보았지만 은혁은 함께 맞받아 노려봐 주는 것 외에는 도무지 갱생의 기미를 보이지 않았다. 그럴 때마다 느는 것은 한숨이요, 드는 건 심란함뿐이었다.

한편 은혁은 그날 새벽, 형부와 처제 사이의 부적절한 사건 이후로 도무지 식구들 대하기가 겸연쩍었다. 특히 난희의 할머니가 가장 큰 문제였는데, 자신을 볼 때마다 음흉한 미소를 담고서 히죽 웃으니 쥐구멍이라도 있으면 들어가고 싶었다. 그나마 부모님들은 알아서 모른 체를 해주고 있건만 할머니만이 천상천하 유아독존으로 자신을 괴롭히는 것이다.

또한 상희와는 여러 번의 꼬투리로 인해 부적절하게도 친밀한 관계가 되었는데 그것 역시 골칫거리였다. 상희의 입을 봉하기 위한 물질적인 투자는 점점 늘어갔고 이제는 상희가 샐샐거리며 웃으며 다가오면 겁부터 났다. 돈이 나가는 것은 문제가 되지 않았지만 완전히 그녀의 밥이 된 자신의 신세가 한탄스러웠다.

'기분 전환을 해야겠어.'

박 여사, 불러도 대답 없는 이름이여,
부르다가 내가 죽을 이름이여!

골방에 틀어박혀 손도 안 대고 담배를 뻑뻑 빨던 은혁은 자신의 구질구질함이 점점 더 인생을 구렁텅이로 몰고 가는 주범이라고 판단을 내렸다. 방을 휘 둘러보았더니 비키니 옷장과 칠이 다 벗겨진 나무 책상뿐이다. 이래서는 인간 지은혁의 얼굴에도 빈곤이 묻어나게 생겼다. 그것은 점점 더 보이지 않는 악재로 작용할 것이고, 길게 봤을 때 자신의 인생에 도움이 안 될 터였다.

폼생폼사, 폼으로 살고 폼으로 죽던 인간 지은혁의 인생이 도대체 왜 이래야 하는 것이냐.

은혁은 발딱 일어나 그길로 식구들의 눈을 피해 가구점으로 달려갔다.

할머니와 거실에 앉아 TV를 보고 있던 난희는 초인종이 울려 현관문을 열고 밖으로 나갔다.

"누구세요?"

"문 좀 열어주세요. 가구 도착했습니다."

가구? 난희는 고개를 갸웃거리면서 일단 대문을 열었다. 엄마가 무얼 샀나? 생각하며 대문을 여는 순간 척 보기에도 고가로 보이는 윤이 반질반질한 오크목 가구와 바로크 풍의 장식장과 소파까지, 온통 입이 쩍 벌어질 정도로 값비싼 가구들이 트럭에서 줄줄이 내려오고 있었다.

"자, 잠깐만요! 주소를 잘못 알고 계신 것 아니에요? 배달이 잘못된 것 같은데요.”

난희는 집에 들어오려는 인부들을 막아서며 외쳤다. 아닌 게 아니라 가구의 부피가 얼마나 큰지 닫혀 있던 대문을 마저 열어야만 들어갈 것 같았다. 소소하게 작은 물건부터 먼저 옮겨야겠다고 투덜거린 인부가 무슨 말이냐는 듯 난희를 물끄러미 쳐다보았다.

“주소는 여기가 맞는데요? 문패에도 민재오 씨 댁이라고 써 있었고요.”

“하, 하지만 아버지가 이런 가구를 사실 리가 없는…….”

거기까지 말하던 난희의 눈이 번쩍 떠졌다. 이 집에 이런 고급 가구를 들일 사람이 한 사람 말고 또 누가 있겠는가! 난희는 따지듯 인부에게 물었다.

“젊은 남자였죠? 이 가구 산 사람이요!”

“그건 저도 모르겠습니다. 저희야 배달을 할 뿐이라서요. 그나저나 대문을 마저 좀 열어주셔야겠습니다. 문이 좁아서 들어갈지나 모르겠네요.”

난희의 머리에서 스팀이 팍팍 올라왔다.

“열고 자시고 할 것도 없으니까 도로 가져가세요. 어차피 대문을 지나가도 집 안엔 더 안 들어갈 테니까요. 아저씨가 보시기에도 이 집에 이렇게 큰 가구가 들어갈 것 같으세요?”

“글쎄요, 그게 참…….”

인부는 난희의 똑 부러지는 말에 이렇다 저렇다 바로 대답을 하지 못하고 망설였다.

난희는 씩씩거리며 가구를 노려보고 있었다. 도대체 그 좁은 골방에 12자 장롱이 들어갈 수 있다는 생각은 어떻게 한 걸까? 그것도 장롱뿐이면 다행이었다. 침대에 서랍장에 소파에 장식장까지, 도대체 이 남자는 어디로 생각을 하는 거야!

"난희야, 그게 다 무언고?"

난희는 할머니의 목소리에 몸을 홱 돌려 억울해 죽겠다는 눈으로 할머니를 쳐다보았다.

"이 남자가 또 일을 저질렀어요. 할머니, 이것들 좀 보세요!"

"허어, 참……."

이번에는 할머니도 기가 찬지 쉽게 입을 열지 못했다. 인부들은 작업을 중지한 채 대문과 집을 번갈아 쳐다보고 있었다.

"죄송하지만 할머님, 배달이 밀려서 얼른 가봐야 하거든요. 그럼 일단 마당 안으로 다 들여놓겠습니다."

"젊은 사람이 보기에 마당에 이 장롱과 이불을 개어놓을 풀이나 나무가 있어 보이는가? 마당에 들여놓아 어쩌려고?"

"하지만 저희도 빨리 배달을 마치고 돌아가야 하기 때문에……."

"도로 싣고 가게. 배달이 잘못되어 온 것 같으니."

"아닙니다. 민재오 씨 댁이라고 분명히 지시를 받았는데요."

"이 집에 방세도 안 내고 세 들어 사는 백수가 한 놈 있는데, 그놈이 멋대로 시킨 모양이야. 가끔 굶으면 정신이 헤까닥 돌기도 하는데 그예 사고를 쳐버렸군.”

할머니의 말에 인부들은 고개를 갸웃거렸다. 도대체 무슨 말씀을 하시는 건지? 하는 얼굴로 가구를 들여놓지도, 그렇다고 다시 싣고 가지도 못해서 갈등하는 모습이었다.

“도착했군요. 그런데 얼른 안 들이고 뭐 하는 겁니까?”

그때 대문 밖에서 낯익은 목소리가 날아들었다. 순간 난희는 기다렸다는 듯 눈에 섬광을 일으키며 달려나갔다. 역시 지은혁이 타이를 바람 끝에 살짝 날리며 건들건들 걸어오고 있었다.

“이봐요! 또 무슨 짓을 저지른 거예요!”

“아, 짜증나. 앤 왜 또 사람을 보자마자 시비야?”

다짜고짜 화를 내는 난희를 오히려 이해할 수 없다는 듯 은혁이 불성실한 어조로 말하더니 난희의 어깨를 툭 치고 지나가 대문으로 들어섰다. 순간 그의 걸음이 주춤했는데, 대문 안에 난희보다 더 무서운 할머니가 허리를 구부정하게 하고서 서 있었기 때문이다.

“네놈 잘 왔다. 겨울도 아닌데 장작거리는 뭐 하러 저렇게 준비를 했누?”

“자, 장작거리라니요?”

은혁은 대문에 딱 붙어 할머니의 시선을 요리조리 피했다. 적어도 지팡이는 안 들고 계시니 생명의 위협은 느껴지지 않았지만 백발이 성성한 모습으로 요렇게 노려보며 서 있는 모습은 역시 월하의 할머니 공동묘지였다.

박 여사, 불러도 대답 없는 이름이여,
부르다가 내가 죽을 이름이여!   365

"들여놓을 곳도 없는데 가구를 사버리면 다 쪼개서 들여놓으
라는 것과 뭐가 다르냐, 이 말이다!"

"쪼, 쪼개다니요! 이게 다 얼마짜리인 줄이나 알고 하는 말이
에요?"

"비싼 장작을 때면 집이 더 뜨끈하겠지. 덕분에 뜨끈뜨끈한
방에서 허리도 지질 수도 있고, 어떤 정신 나간 놈은 뜨끈하다
못해 옷을 홀렁홀렁……."

"할멈!"

은혁이 하얗게 질려서 얼른 할머니의 말을 막았다. 뒤에서 두
사람을 지켜보고 있던 난희가 눈을 요렇게 떴다. 은혁이 왜 저
렇게 당황하는 거지?

은혁은 난처한 얼굴로 난희의 상황을 흘끗흘끗 살폈다. 아직
아무것도 모르고 있는 것 같았지만, 저 똑똑한 것이 언제 눈치
를 챌지 모르는 것이다. 그는 간절한 얼굴로 할머니에게 눈짓을
했다.

'할멈, 제발 그 말만은…….'

'그럼 요 녀석아! 돈 자랑 말고 얼른 그 가구들 다 돌려보내지
못할까!'

'하지만 벌써 다 지불도 마친 거라고요! 카드로 다 긁었는데
어쩌란 말이에요!'

'그거야 네 사정이고, 얼른 해결 안 하면 요기에서 홀랑 다 불
어버릴 것이다!'

두 사람만이 통하는 대화들이 서로의 눈을 통해 오갔다. 은혁은 속으로 가슴을 쥐어뜯다가 결국 맥없이 고개를 툭 떨쳤다.

"좋아요, 협상합시다. 대신 딴 건 몰라도 침대는 죽어도 양보 못합니다. 도저히 방바닥에서는 못 자겠다고요. 허리가 끊어질 것 같아서 잠도 안 와요. 잠은 자야 살 것 아니에요."

"침대고 뭐고, 여기 있는 물건은 하나도 집에 들여놓을 수 없어요!"

언제 은혁의 앞으로 온 건지 난희가 눈에 파란 광채까지 튀기며 소리쳤다. 은혁은 부글부글 끓어오르는 화를 가라앉히며 낮게 말했다.

"야, 못난이. 난 침대가 없으면 잠을 못 잔다고. 평생 침대에서만 잤는데 어떻게 하루아침에 방바닥에서 자라는 거야?"

"습관은 충분히 고칠 수 있어요. 못 자겠으면 잘 수 있도록 노력해 봐요. 가위에 눌리는 것도 아니고, 단지 불편하다는 것 때문에 그 좁은 방에 침대를 들여놔요? 절대 안 돼요. 한번 참아봐요. 남자가 돼서 그것도 못 참아요? 에베레스트 등반한다고, 오지 체험 한다고 일부러 흙바닥에 침낭만 깔고 자는 사람도 못 봤어요? 그렇게 일부러 인간 한계에 도전하는 사람도 많은데 그쪽은 대체 뭐 하는 사람이에요?"

"아, 이 못난이가 또 사람 열 뻗치게 하네. 야, 내가 뭐 하러 따뜻한 방구석 놔두고 에베레스트를 등반해야 하는 건데? 내가 도대체 뭣 때문에 오지 체험하는 사람들을 생각해서 침낭 체험

에 동조를 해야 하는 거냐고! 그 사람들이 나한테 술값을 보태
줬어, 기름 값을 줬어? 나하고 삶의 방식 자체가 다른 사람을 왜
나하고 비교하냔 말이야!"

"꼭 술값 보태주고 기름 값 대줘야 자신하고 관계가 있는 거
예요? 그런 사람들을 보면서 나도 더 열심히 살아야겠다는 그런
생각조차 안 드는 거냐고요! 난 지금 그런 뜻으로 말하고 있는
거잖아요. 세상에는 그런 종류의 인내도 있으니까 지은혁 씨도
방바닥에서 자는 곤란함쯤은 스스로 견뎌보라고요."

"웃기고 있네. 정력 아깝게 뭐 하러 그런 쓰잘데기없는 일을
견디고 자시고 해야 하는데? 난 죽어도 침대를 써야겠으니까 못
난이, 너도 괜히 힘 빼지 말고 신경 꺼."

"그런 가구 따위 집 안으로 한 귀퉁이라도 들여놔 봐요. 내가
가만히 있나."

"애 정말 성질나게 하네. 난 폭신한 데 누워야 잠이 오는 사람
이라고! 정 침대를 막을 거면 네가 대신 폭신하게 해주든지!"

이건 또 무슨 말? 열 받아서 아무 소리나 내지르던 은혁도 히
뜩 놀라 멈추고 난희도 눈이 휘둥그레진 데다, 인부들까지 힘힘
괜히 허공으로 시선을 짚었다. 할머니만이 능글능글 웃더니 은
혁의 팔을 툭 쳤다.

"이눔이 약혼녀하고 같이 자고 싶어서 환장을 했구먼!"

허억! 은혁은 너무 놀라서 뒤로 자빠질 뻔했다. 그, 그게 절대
아니라고요!

“그래도 결혼식까지는 참아야제, 그걸 못 참겠다고 그렇게 성화를 부리믄 쓰나? 니 이눔 자석! 할미 몰래 난희 방으로 침투하면 할미가 작살낼 것이다!”

“그, 그런 게 아니라도요! 난 그냥 침대가 필요하다는 말을 하려다가……”

“그려! 침대는 결혼 후에 찾으라 이 말이여! 벌써부터 그렇게 밝히면 정력 낭비해서 코피 쏟으니까 조심하래도 저러네.”

난희의 얼굴이 새빨개지고 인부들은 저희들끼리 쿡쿡 웃음을 터뜨렸으며 은혁은 점점 새하얗게 질려가고 있었다. 엄한 상상에 그의 귓불까지 빨갛게 달아올랐다. 그런 뜻이 아닌데도 자꾸만 그렇게 말하니까 그런 상상이 가면서 자신이 정말 그런 생각을 한 것인지 의심이 되기도 하고.

“그러니까 이눔, 너는 우리 손녀랑 한방을 쓰고 싶다는 항변을 하고 싶어 이 침대를 꾸역꾸역 사 왔다는 말이구먼!”

“할멈, 정말 왜 이러세요. 아니라니까!”

“할머니!”

은혁과 난희가 동시에 달려들었지만 할머니는 눈빛 하나로 그 둘을 가볍게 제압하고는 키득키득 웃었다. 세상에 이렇게 짓궂은 할머니가 또 있을까. 그것은 은혁과 난희 두 사람이 동시에 한 생각이었다.

“이제야 이해가 가는구먼. 이눔이 벌써 신혼살림 차리고 싶어서 환장을 한 거였어. 하이고, 살림살이 하나 많아서 좋다.”

"할머님, 저희들 얼른 배달하고 가야……."

"우리 영감도 첫날밤부터 얼마나 몸을 달아하는지. 하이고, 내가 우리 영감 때문에 첫날밤에 숨이 꼴딱꼴딱 넘어갔었지. 아무튼 그때만 해도 이 할미가 참 고왔었지. 우리 손녀 보이지? 이렇게 이쁜 것이 다 나를 딱 빼다 박아서 그런 것이지 않누. 그러니 저 손녀사위 놈이 늑대처럼 눈을 번뜩이고 지랄을 떠는 것도 당연혀. 저놈이 어떻게 하면 우리 손녀하고 하루라도 더 빨리 도장을 찍어보나 그 생각에 돌아버려서……."

"도, 도로 가져가세요. 얼른 도로 가져가세요."

은혁은 더 이상 버틸 수 없다는 것을 깨닫고서 잽싸게 백기를 흔들었다. 저 짓궂은 할멈이 자신을 살살 선동하고 있는 것이다. 정말이지 아귀 같은 할멈이었다.

은혁이 포기를 하자 그제야 할머니가 홀홀 웃으시며 인부들에게 말했다.

"도로 가져갈 건 없고 다 복잡해지니까 이건 이눔 본가로 실어다 놓으면 되겠구먼. 어차피 신혼살림을 미리 사놓은 것이니까. 이눔아, 그려 안 그려?"

"저, 저는 못난이하고 결혼을 할 마음이……."

"어머, 누군 있어요? 기분 나빠, 정말."

서로를 째려보는 시선이 금방이라도 한쪽이 한쪽을 잡아먹을 태세였다. 할머니가 모르는 척 두 사람 사이에 끼어들었다.

"옳거니, 그리 합방을 하고 싶어서 우리 손녀사위가 그새를 못 참고서 옷을 훌렁훌렁…….”

“해, 해결할게요. 얼른 해결할게요.”

“그려? 빠르게 해결할 텨?”

“해요, 한다고요.”

“되었다. 그럼 되겠구먼.”

할머니가 유유자적 돌아서자 은혁은 땡감을 씹은 표정으로 인부들에게 돌아서서 양해를 구했다. 인부들은 저마다 괜한 힘을 썼다는 얼굴이었으나 고객에게 화를 낼 수도 없어 어쩔 수 없이 가구를 다시 차에 실었다.

“그럼 다시 제 위치로 가져다 놓겠습니다. 나머지는 손님께서 직접 매장에서 해결을 하십시오.”

은혁은 성질을 누르며 알았다고 고개를 끄덕였다. 그렇게 동네와 어울리지 않는 휘황찬란한 가구를 실은 트럭은 유유히 떠났다. 할머니도 이미 들어간 후였고 마당에 둘만 남은 은혁과 난희는 서로의 얼굴을 쫙 째려보았다.

“너 오해하지 마라. 할멈이 다 혼자 오버한 거니까.”

“할머니한테 그런 말투 쓰지 말라고 했죠? 그리고 뭘 오해하지 말란 거예요? 난 그쪽이 뭘 생각하고 있는지 요만큼도 신경 쓰지 않거든요?”

난희가 엄지와 검지로 먼지 알갱이만한 공간을 만들어 보이자 은혁의 얼굴 근육이 씰룩거렸다. 이게 정말 보자 보자 하니까…….

박 여사, 불러도 대답 없는 이름이여,
부르다가 내가 죽을 이름이여!

"좋은 말 할 때 조금만 더 넓혀라, 응?"

"지금 그게 그렇게 중요해요?"

"사람이 사람한테 그 만큼도 신경 쓰지 않는다는데, 그럼 기분 좋아? 너라면 좋겠어?"

"어차피 그쪽은 내가 얼마만큼 신경을 쓰든 관심없는 것 아니었어요?"

정곡이 콕 찔린 은혁의 얼굴이 벌겋게 달아올랐다. 아 참, 그랬었지. 근데 난 왜 그런 것 따위에 흥분을 한 거지?

"그건 그렇고 할머니하고 무슨 일 있었어요? 훌렁훌렁, 그게 도대체 뭐예요?"

순간 은혁의 얼굴에 또 똑같은 증상이 나타났다. 왜 그 말만 하면 얼굴이 하얗게 질리고 창백하게 굳는지 모르겠다. 난희는 도무지 의미를 알 수 없는 저 반응의 이유가 너무나 궁금했다.

"할멈이 제멋대로 말하는 걸 내가 어떻게 알아! 네 할멈이니까 네가 알겠지!"

이 눈치도 빠른 것이 그냥 설렁설렁 넘어가면 될 것을, 하여간 쓸데없이 똑똑해 가지고는.

"어머, 별꼴이야. 왜 또 성질은 내고 그래요? 하여튼 말끝마다 성질을 안 내면 지은혁이 아니지."

"너야말로 안 걸고넘어지면 민난희가 아니야. 알아?"

"허영심에 들떠서 말도 안 되는 가구나 사들이는 주제에 정말 잘났어."

"너 지금 주제라고 했냐? 엉?"

"그래요. 주제라고 했어요. 내 말이 틀렸어요?"

"이게 정말 오냐오냐 봐줬더니……."

순간 현관문이 벌컥 열리면서 할머니가 그 자글자글한 얼굴을 쏙 드러냈다.

"뭐 하고 있누? 난희야, 어여 들어와서 저녁 준비해야지. 저녁에는 오징어나 데쳐서 초고추장에 찍어 먹자꾸나. 손녀사위도 들어와서 오징어 껍질 벗기는 것 좀 도와주겠누? 훌렁훌렁 벗겨야 하는디."

"누, 누가 그런 걸 한대요! 아, 짜증나. 정말!"

뭐라고 할 새도 없이 은혁이 대문을 박차고 뛰어나갔다. 난희는 또 훌렁훌렁, 이라는 단어에 반응하는 은혁을 수상쩍은 얼굴로 쳐다보았다. 분명 뭐가 있는 것 같긴 한데…….

"할머니, 도대체 저 남자랑 무슨 일 있으신 거예요?"

궁금증을 참지 못한 난희가 돌아보았지만 할머니는 빠진 이를 드러내 보이며 씨익 웃을 뿐이었다.

"저 귀여운 것. 귀여워 죽겠다니까."

라는 말을 남기고 현관문을 툭 닫고 들어가셨다.

그날도 은혁은 투덜거리며 골방에 앉아 있다가 손톱이 긴 것

박 여사, 불러도 대답 없는 이름이여,
부르다가 내가 죽을 이름이여!

373

같아 손톱깎기를 찾았다. 그러나 자신의 유배지에 그런 호사스러운 물품이 있을 리가 없었다. 그나마 폼 나는 가구라도 있으면 덜 답답할 것 같았는데 그것마저도 난희와 할멈의 협공으로 막혀 버린 지 하루가 지났다. 가구를 물린다는 것은 지은혁의 자존심상 용납할 수 없는 것이라, 구매한 가구는 두 형수님들의 집으로 이등분되어 배달되었다.

갑작스러운 선물을 받은 형수님들이야 룰루랄라 좋아했지만 형님들은 또 카드 값이 늘어나겠구나, 한숨을 내쉬었다고 한다. 그 소식은 곧장 박사현 여사에게 넘어갔고, 당연히 즉각 전화가 걸려와 귀가 따갑도록 잔소리를 들어야 했다.

그쪽 집에서 얼마나 황당했을 것이냐, 아직도 정신을 차리지 못했느냐, 어떻게 그런 생각머리를 할 수가 있느냐 등등.

오랜만에 전화를 한 모친께서는 그런 구박만 한 보따리 늘어놓고 매몰차게 끊어버렸다. 행여라도 한 번만 더 이상한 물건을 사들였다는 소식이 들리면 카드마저 막아버리겠다는 말도 잊지 않았다. 한참 클럽에서 신나게 술을 마시던 중 일방적으로 당한 일이었기에, 은혁은 기가 막혀 휴대폰을 들여다보았다.

'내 참 더러워서.'

지끈거리는 골을 누르고 있는데 다시 휴대폰이 진동해 들여다봤더니 또 박사현 여사였다. 무슨 못다 한 잔소리가 있어서 이리 다시 연락을 때리시는 건지, 휴대폰을 귀에 대자마자 박사현 여사가 또 열나게 소리쳤다.

[네놈, 그런데 번호는 왜 또 바뀐 거냐? 이 번호 알아내느라고 고생했잖느냐!]

"성질나서 던져 버렸어요."

[이 녀석이!]

"걱정 마세요. 못난이한테 던진 건 아니니까. 던지고 싶은 마음이야 굴뚝같지만."

[내가 네 녀석을 던져 버리기 전에 정신 똑바로 차리고 살아라. 알겠니? 삼 개월, 단 삼 개월뿐이다. 시간을 소중하게 생각해라. 나중에 시간이 모자라다고 땅을 치고 후회해도 늦는다.]

"행여나 그럴 일은 전혀 없을 테니까 말도 안 되는 상상으로 주름살 늘리지 마세요. 그나마 주름살이 자글자글해져서 이 집 할멈이랑 똑같은 얼굴 되면 막내아들 간 떨어지니까요. 여보세요? 여보세요, 엄마!"

그러나 전화는 이미 끊어진 후였다. 이제는 막내아들의 말을 듣는 척도 하지 않는 것이다. 은혁은 한숨을 폭 내쉬었다. 무인도에 홀로 떨어진 심정이 이와 같을까. 박 여사는 이제 말도 섞어주지 않고, 결국엔 메주 걸어놓던 방으로 돌아와야 하는 이 신세였다.

결국 가구 건은 반대파의 세력에 의해 무자비하게 숙청당했기에 은혁은 거기에서 질 수 없어 그날 저녁, 옷을 한 보따리 사서 집으로 돌아왔다. 밤 열 시, 명품 브랜드로 가득 찬 쇼핑백들을 한 아름 안고 그가 거실로 들어섰을 때 모두의 얼굴에 드러난 경악의 표정이란.

"정말…… 못 말리겠다."

역시나 민난희가 먼저 임전 태세를 취해왔다. 마치 포기한 사람처럼 중얼거리는 그녀의 말을 은혁은 유유히 넘겼다. 내가 내 돈으로 내 옷을 사겠다는데 네가 왜 그런 건방진 말을 하는데?

"와아, 형부. 이 브랜드들 좀 봐. 죽인다."

그나마 이 집 안에서 말이 통하는 사람이 하나라도 있다는 건 다행이었지만, 그게 자신을 호시탐탐 노리는 상희라는 게 또 딜레마였다. 은혁은 안 그래도 상희의 몫으로 사 온 옷이 담긴 쇼핑백을 척 내밀었다.

"가져라."

"에? 내 거예요? 정말? 정말?"

그래도 은밀한 협상의 대상자는 그의 기분을 흡족하게 만들어주는 센스는 있었다. 폴짝폴짝 뛰면서 좋아하는 모습에 은혁은 은근히 기분이 좋아졌다.

"상희, 얼른 돌려줘. 받기만 해봐, 응?"

당연히 물러서 있을 민난희가 아니었다. 하루 종일 백화점을 돌아다니면서 쭉쭉빵빵 잘 차려입은 여자들만 보고 왔기 때문일까? 그날따라 더욱 촌스러운 난희의 패션, '티와 청바지의 수수한 만남의 장'을 위아래로 쭉 훑어본 은혁이 툭 던지듯 말했다.

"너무 질투하지는 마라. 네 거도 있으니까."

쑥 내밀어진 종이 가방이 툭 소리를 내며 바닥으로 떨어졌다. 은혁의 눈썹이 꿈틀했다.

"너 지금…… 감히 내가 준 선물을 쳤냐?"

"누가 이런 것 사달라고 했어요? 그리고 이 선물은 누구 돈으로 사는데요? 그쪽이 직접 일해서 번 돈이에요? 어떻게 그렇게 뻔뻔할 수 있어요?"

"지금…… 쳤냐고."

"그러니까 왜 자꾸 화나게 해요? 낮엔 말도 안 되는 가구로 기가 막히게 하더니 이젠 또 옷이에요? 어떻게 그렇게 생각이 짧을 수가 있어요? 이렇게 펑펑 쓸 때마다 양심에 찔리지도 않아요?"

은혁의 주먹이 부르르 떨렸다. 할머니도, 민 과장 내외도, 상희도 모두 다 자신을 쳐다보고 있는 상황이었다. 그 속에서 난희는 마치 그가 초등학생이라도 되는 것처럼 훈계를 하고 있다. 여러 가지 다른 점들은 대충 참고 넘어가 줄 수 있었지만, 이런 식으로 가끔 사람을 심하게 갑갑하게 하는 그녀는 정말이지 짜증났다.

"너, 네가 뭐라고 생각하는 거냐."

"왜요? 기분 나빠요? 자존심 상해요? 정말 화를 내고 싶으면 먼저 어른스러운 모습을 보여봐요. 그쪽 돈으로 그쪽 물건을 사는 거라 표현하겠지만, 그럴 거면 본인 것만 사서 본인만 즐겨요. 왜 청하지도 않은 물건을 집으로 사들이고, 선물이라는 명목으로 우리 가족을 끌어들여요?"

"언니……."

상희가 옆에서 난희의 소매 끝을 끌어당겼다. 점점 되돌릴 수 없을 양상으로 변해가는 두 사람의 신경전에 상희도 겁을 먹어 버렸다. 언니의 성격은 자신이 더 잘 알고 있었다. 언니는 한 번 화가 나면 얼마나 사람을 긁어대는지에 대해서도. 물론 언니의 생각은 맞았고, 그런 확신에 의해 행동하는 언니였지만 그게 다른 사람들을 지치게 할 때가 많다는 것도 사실이었다.

"언니, 그만 해. 그냥 형부는 선물을 사 온……."

"됐어."

상희는 낮은 목소리로 자신의 말을 잘라 버리는 은혁을 물끄러미 쳐다보았다. 다른 때 같았으면, 아니, 다른 때보다 더 심하게 화를 내는 언니였으니 혹시 지붕이 날아갈 정도의 다툼이 일어날지도 모른다고 겁을 먹었는데 오히려 형부는 조용했다. 마치 지친 사람처럼 힘이 없어보였다.

"그래, 민난희. 네 말이 맞다. 돈도 안 버는 주제에 선물이라니, 웃기지도 않지. 그런 한심한 돈은 한심한 인간인 나 혼자만 쓰고 돌아다녀야 하는 건데, 고매한 너를 끌어들여서 미안하다. 네 가족을 끌어들여 진창에 발 담그게 해서 미안하다."

못내 초조한 눈으로 지켜보고 있던 어머니가 일어서려는 순간 할머니가 며느리의 팔을 턱 잡았다. 어머니가 돌아보자 할머니는 입을 닫고서 고개를 저어 보였다.

난희는 조금 난처한 얼굴로 은혁을 쳐다보고 있었다. 당연히 같이 화를 낼 줄 알았는데 갑자기 왜 저러는지 모르겠다.

사실 그렇게 심하게 말하려고 했던 건 아니었다. 그냥 조금 조바심이 난 것뿐이었다. 아직은 인식이 안 되고 있겠지만, 어차피 삼 개월이라는 시간은 흘러가게끔 되어 있다. 박사현 여사를 생각해서라도 그 시간을 헛되이 보내고 싶지 않았다. 가족 모두를 가짜 약혼에 동참시킨 걸 생각해서라도 은혁이 조금이라도 변해주기를 바랐다.

그러나 그는 오늘만도 벌써 두 건의 사고를 터뜨렸다. 그런 그를 도무지 이해할 수 없었다. 그래서 자신도 모르게 동생에게 하듯 그를 닦달하고 말았다. 말을 할 때는 감정이 앞서 돌아볼 여유가 없었는데 지금 생각해 보니 자신도 정도를 넘어섰다. 그건 어쩌면 은혁이 평상시처럼 반응을 해오지 않기 때문인지도 모르겠다. 어차피 상식이 통하지 않는 남자라면 지금 이럴 때에 똑같이 안하무인으로 나와야 하는 것 아닌가? 그런데 왜 지금 저렇게 힘없는 표정으로 서 있는 거냐고.

마치 그런 말을 한 내가 무척이나 독한 사람으로 느껴지게끔…….

"어른들 선물은 한 번도 사본 적이 없어서 안 샀는데, 오히려 다행이네. 또 환불하려면 귀찮으니까 말이지. 나야 본래 여자들 선물밖에 살 일이 없었던 놈이니까 그건 자신있었는데 생각해 보니 웃긴 짓을 했어."

박 여사, 불러도 대답 없는 이름이여,
부르다가 내가 죽을 이름이여!   379

"지은혁 씨, 지금…… 비꼬고 있는 거죠?"

평상시처럼 화를 내란 말이야. 항상 신경질을 팍팍 냈잖아. 그런데 도대체 왜 그러는 거야. 왜 자꾸 내가 더 나쁜 사람인 것처럼 만드는 거냐구.

그때 상희가 난희의 소매를 끌어당겼다.

"언니, 너무 그러지 마라. 솔직히 형부가 형부 돈 가지고 물건을 사는 건 맞잖아. 그걸 언니가 간섭하는 건 월권이라고 봐."

이것 봐. 내가 이럴 줄 알았다니까.

난희는 자신만 심술쟁이가 되어버린 이 상황이 마음에 들지 않았다. 아니면…… 정말 내가 못돼먹은 걸까?

"올라간다."

은혁이 쇼핑백들을 챙기더니 위층으로 터덜터덜 사라졌다. 상희는 물부터 마시자며 난희를 다독여 주방으로 끌고 들어갔다. 엄마가 얼른 할머니를 돌아보았다.

"애들 말렸어야 하는 것 아닐까요? 저렇게 만날 싸우기만 해서 어쩌죠?"

"되었다. 그냥 두어라. 어차피 터져야 할 문제가 속속 터지고 있는 게니."

"하지만 저렇게 싸우기만 하다간……."

"에미야, 너는 오늘 싸움의 원인이 뭐라고 생각하고 있느냐."

"그거야, 은혁 군이 카드를 함부로 쓰는 버릇을 고치지 못해서……."

“아니다.”

할머니는 단호하게 말하고 고개를 저었다. 아버지도 대답을 바란다는 듯 할머니를 조용히 바라보았다.

“그게 겉으로 보이는 이유이기는 하다만, 내가 생각하기에는 서로에게 맞춰가는 과정에서 부딪친 게 아닌가 싶다.”

“하지만 도통 두 사람의 성격이 맞춰지지 않으니 그게 문제죠. 아시잖아요. 난희, 저 공부하는 것만으로도 바쁘고 힘들어요. 잠자는 시간까지 줄여서 학과 공부에 외무고시 준비에 종종거리면서 뛰어다니는 것 보면 보는 제가 속이 다 아파요. 그러니 저는 오죽하겠어요? 아무리 태원그룹이 대단하다지만 저한테는 소중한 딸이에요. 안 그래도 여유없는 애를 끌어다가 일부러 은혁 군과 싸움을 붙이는 것 같아서, 저는 회장님도 여사님도 다 싫네요.”

“허나 평생 공부만 하면서 살 것도 아니지. 아니, 공부만 해서는 안 되는 게니라. 난희도 자꾸만 경험을 해봐야 해. 이런 사람, 저런 사람들을 말이지.”

“하지만 은혁 군은 아무래도 우리 난희하고는 아닌 것 같아요. 서로 좋아해도 모자란 삼 개월인데, 저렇게 싸우기만 해서야 아무런 의미가 없잖아요.”

“글쎄, 과연 그럴까. 서로를 맞추려면 일단 스스로부터 자신의 단점을 깨달아야 하느니라. 그래야 맞추는 과정을 비로소 시작할 수 있는 것이지. 저 사람은 저곳이 모가 났고, 나는 이곳이 모가

박 여사, 불러도 대답 없는 이름이여,
부르다가 내가 죽을 이름이여!

났으니 나는 이곳을 좀 더 깎고, 저 사람은 저곳을 조금 깎아주면 되겠구나. 그렇게 서로를 가늠하면서 맞춰가는 게 바로 성장이니라. 무작정 둘 다 툭툭 불거진 부분만 내세우면서 아무리 부딪쳐봐야 절대로 맞물릴 리가 없지. 그래서는 성장이 있을 수 없지. 저쪽은 이 부분이 들어갔으니 나는 저 부분을 조금 내밀면 내겠구나. 그것이 바로 상생(相生)이니라. 상생을 이루기 위해서는 각자 서로의 상극(相剋)을 먼저 깨우쳐야 하지. 모자란 부분을 깨닫고 배려의 마음을 가지게 되면 상생상극(相生相剋)의 조합이 이루어지게 되니라. 상생상극, 화(火), 수(水), 목(木), 금(金), 토(土)의 오행(五行)이 서로 조화를 이루고 충돌을 하면서 돌아가는 것, 바로 그게 인간사의 본질적인 운행인 게다. 조화와 충돌, 충돌과 조화. 아직 우리 난희는 충돌의 본질밖에 깨닫지 못한 상태인가."

물을 마신 난희는 주방을 나서려다 멈칫했다. 거실에서 할머니의 목소리가 들리고 있었다.

"언니 왜?"

"쉿, 조용."

난희는 상희의 입을 막고서 할머니의 말씀에 귀를 기울였다.

"오늘 싸움의 결과는 은혁이라는 놈이 난희에게 창피를 당한 것 같지만, 실은 난희도 은혁이라는 놈 때문에 제 부족한 점을 들켰지. 상대가 화를 낸다고 해서 함께 화를 내고, 틈도 주지 않고 몰아붙이기만 하는 것은 손녀가 가진 부족한 점이다. 사형수에게도 담배 한 대의 여유는 베풀어지는데, 어찌 난희는 다른

사람도 아닌 제 약혼자에게 도망갈 조금의 여유도 주지 않고 그
리 몰아붙일 수 있을까. 그건 융통성의 부족이지. 똑같은 사람
이라도 이럴 때가 있으면 저럴 때도 있는 법일진대, 하나의 잣
대로만 판단을 해서 한 가지 방법으로만 대처를 하는 것은 아직
난희가 깨닫지 못하는 부족함이지. 물론 나는 우리 손녀가 싸우
는 와중에 그런 점들을 스스로 조금은 눈치 챘으리라고 본다.
내가 너무 꽉 막힌 성격은 아닐까. 그런 생각을 반드시 했으리
라고 보는 게야. 제 잘못을 깨우치면 바꾸려고 노력을 하는 것
이 또 우리 똑똑한 손녀의 장점이니까."
　　난희는 할머니의 말이 혼잣말도, 또 부모님께 하시는 말씀도
아니라는 것을 알 수 있었다. 그것은 바로 자신, 자신에게 하시
는 말씀이었다. 단지 들으라는 것보다 권유를 해주시는 것이었
다. 난희야, 이런 점은 네가 조금 고쳐 주어야 하지 않겠느냐.
　　"아직 우리 난희는 충돌의 본질밖에 깨닫지 못한 상태인가."
　　그것은 중얼거림이 아닌 질문이었다. 손녀에게 하신 질
문……
　　은혁과 다투는 와중에 했던 생각을 할머니는 마치 자신의 마
음속에 들어왔다가 나가신 것처럼 말씀하시고 있었다. 난희는
깨달을 수 있었다. 오늘, 두 사람이 똑같이 한심한 짓을 했을지
언정 조금 더 잘못을 한쪽은 자신이라고.
　　"제 스스로에 대해 올바른 판단을 내릴 수 있을 때에야 비로
소 남에 대해서도 관대한 마음의 여유를 가질 수 있는 게다. 그

박 여사, 불러도 대답 없는 이름이여,
부르다가 내가 죽을 이름이여!　383

러기 전에는 절대 다른 사람을 함부로 매도하지도, 간섭하지도 말아야지.”

난희는 천천히 머리를 조아렸다. 착각을 하고 있었나 보다. 자신도 모르게 은혁의 버릇을 뜯어고쳐 새사람으로 만들 수 있다는, 그렇게 하고 싶다는 착각을 말이다.

서로의 성격조차 잘 파악하지 못한 아직은 엷기만 한 인간관계를 하고서 그를 바꿀 수 있다는 근거없는 자만심을 가지다니, 자신은 아직 한참은 모자란 사람인가 보다. 한쪽이 한쪽을 무조건적으로 발전시키는 관계는 없다. 두 사람이 동시에 발전하는 것이라면…… 또 모를까.

『내 사랑 못난희』 제2권으로…